AF398587

Katja Segin liebt Geheimnisse aller Art. Besonders gern verfasst sie deswegen geheimnisvoll-dramatische Fantasy- oder Familiengeschichten mit einem historischen Hintergrund. Dafür durchforstet sie regelmäßig Geschichtsbücher und alte Fotoalben und sucht nach Inspiration. Privat lebt sie ganz ohne Drama mit ihrem Mann und zwei Schildkröten in der Altstadt von Paderborn.
Geheimnissen krimineller Art geht sie unter dem Pseudonym Mina Giers auf den Grund.

KATJA SEGIN

Der Duft *von* Meer *und* Hoffnung

ROMAN

Erstausgabe Januar 2025

Copyright © 2024 dp Verlag, ein Imprint der
dp DIGITAL PUBLISHERS GmbH
Made in Stuttgart with ♥
Alle Rechte vorbehalten

Der Duft von Meer und Hoffnung

ISBN 978-3-98998-507-0
E-Book-ISBN 978-3-98998-468-4

Covergestaltung: ArtC.ore-Design / Wildly & Slow Photography
Umschlaggestaltung: ARTC.ore Design
Unter Verwendung von Abbildungen von
shutterstock.com: © Georgios Tsichlis, © thatkasem14, © JoeLogan,
© Sergey Clocikov, © Pixel-Shot, © DarkBird, © Nataly Studio,
© Finley..y, © MarBom
Lektorat: Sandra Florean
Satz: dp DIGITAL PUBLISHERS GmbH
Druck und Bindung: Books on Demand GmbH, Norderstedt

*Für Konnie, auch wenn dein Name nicht
Konstanze ist ;)*

Kapitel eins

Juni 1961

Ernestine nahm das schwere Buch aus dem Regal. Der rötliche Ledereinband, der beinahe die gleiche Farbe wie ihr Haar hatte, duftete ganz leicht nach ihrem Lieblingsgericht.

Grüner Knurrhahn, das Geheimrezept ihrer Familie ... Der Dunst, der beim Kochen entstand, war hundertfach in das weiche, von vielen Berührungen verfärbte Material gesunken und rief bei ihr augenblicklich einen unstillbaren Appetit hervor.

Unstillbar, weil sie selbst nicht kochen konnte. Eigentlich eine Schande für eine Frau Anfang zwanzig, doch seit stetig deutlicher wurde, dass ihr älterer Bruder Emil es gesundheitlich nicht schaffen würde, das Antiquariat zu führen, bezogen ihre Eltern sie immer mehr in die Geschäfte mit ein.

Sie seufzte und strich über den Buchdeckel, auf dem sie jeden Fettspritzer einzeln kannte. Dieser große hier war beim letzten Mal hinzugekommen, als Adelheid, ihre neue Köchin, den schmackhaften Eintopf zubereitet hatte. Sie hatte ihre Sache mehr als gut gemacht und sich geradewegs in Ernestines Herz gekocht.

Ein wenig neidisch war sie auf diese Kunst. Viel lieber würde sie selbst die Hauswirtschaftsschule besuchen, so wie es ihre Freundinnen von früher getan hatten. Sie wollte kochen lernen, nähen, stricken und alles, was man brauchte, um einen Haushalt zu führen. Wie sollte sie jemals einen Mann finden, wenn sie das nicht konnte?

»Ernestine! Nun lass doch dieses Buch und kümmere dich um die Geschäftsbücher! Deinem Bruder geht es nicht gut, das weißt du doch.«

Ernestine fuhr herum und hätte beinahe das alte Kochbuch fallengelassen.

Ihre Mutter hatte die hauseigene Bibliothek betreten und blickte sie streng an. Wie fast immer stemmte sie dabei die Hände in die Hüften und zog die Brauen derart zusammen, dass zwischen ihnen, direkt über der Nasenwurzel, eine steile Falte erschien. Ehrlich gesagt hatte sich diese Falte längst in die Haut gegraben und glättete sich auch nicht, wenn Mutter einmal entspannt aussah. Wohlgemerkt kam das auch eher selten vor.

»Natürlich, Mutter«, sagte sie und räusperte sich. Die Buchhaltung war ihr ein Graus.

Behutsam legte Ernestine das Buch zurück ins Regal. Es würde ihr nicht gefallen, wenn damit etwas geschehen würde. Sie war vielleicht die einzige, der dieses alte Familienerbstück etwas bedeutete, doch da konnte sie nicht aus ihrer Haut: Einem guten Essen konnte sie einfach nicht widerstehen. Und dieses Buch steckte voller guter Gerichte.

Ihre Mutter wartete, bis sie an ihr vorbei in den Flur getreten war, und schloss geräuschvoll die Tür hinter ihnen. Ernestine spürte ihren missbilligenden Blick auf sich ruhen.

»Heute Abend solltest du wirklich das Essen ausfallen lassen, Ernestine«, sagte sie scharf.

Ernestine konnte es nicht verhindern, dass sie zusammenzuckte. Obwohl sich ihr Magen bei dem Gedanken, nichts mehr zu bekommen, jetzt schon schmerzhaft verzog, nickte sie. »Natürlich, Mutter.«

Wenn sie ihr jetzt in die Speckröllchen kniff, die sich über ihrem Rocksaum wölbten, könnte sie für nichts garantieren.

»Und wie du aussiehst. Deine Haare kräuseln sich schon wieder. Kind, du hast das störrische Haar deiner Großmutter, da musst du ...«

Ernestine strich sich über ihre hochgesteckten rotbraunen Locken, die sie in Wahrheit sehr schön fand. »Sicher hast du recht, Mutter.«

So schnell, wie es gerade noch damenhaft war, ließ sie ihre Mutter stehen, spurtete den Flur entlang und öffnete die schwere Tür, die in die Geschäftsräume des Antiquitätengeschäfts führte, das ihre Familie in mittlerweile dritter Generation betrieb.

Sofort umfing sie die Geschäftigkeit Bremens, die durch die einladend geöffnete Glastür quoll. Absätze klickten auf dem Kopfsteinpflaster in der Jakobistraße. Einige Jungs in knielangen Hosen boten ihre Dienste beim Schuhputzen an, ein weiterer verkaufte die Tageszeitung, die er lautstark anpries.

»Extrablatt! Moorleiche im ewigen Meer bei Aurich entdeckt! Lesen Sie bei uns alles über den grausigen Fund!«

Ernestine musste lächeln. Sie kannte die Geschichte der berühmten Moorleiche von Bernuthsfeld, die vor über fünfzig Jahren im Moor gefunden wurde. Sie selbst hatte sie sich als Kind einmal ansehen dürfen, wenn auch nur heimlich. Ihr Bruder Emil hatte sie mitgenommen. Auch wenn es schon fünfzehn Jahre her war, erinnerte sie sich immer noch an die Aufregung, die sie den ganzen Tag über nicht losgelassen hatte.

Seitdem machte das Moor häufig Schlagzeilen, in den meisten Fällen entpuppte sich die vermeintliche Leiche jedoch als entlaufenes Schaf, das den Weg aus dem Moor nicht finden konnte.

Dennoch juckte es sie in den Fingern, sich eine Ausgabe der Zeitung zu kaufen. Immerhin besaß ihre Familie ein Sommerhaus in der Gegend, das sie sehr liebte. Sie konnte es jedes Jahr gar nicht erwarten, wenn sie dorthin aufbrachen.

Sie kramte schon in der Tasche ihres biederen Rockes nach Kleingeld, als ihr Vater von seinem Platz hinter dem Tresen aufstand und die Tür ins Schloss drückte.

»So ein Lärm, da kann ja kein Mensch arbeiten.« Mit seinen lustigen Fältchen um die Augen sah er immer freundlich aus, wie er sie über seine Brillengläser hinweg anblickte. »Stimmt es nicht, Mädchen? Gut, dass du da bist. Dem Emil geht's nicht gut. Es wird sicher besser, wenn du ihn ablöst und er sich ein wenig hinlegen kann.«

Ernestine nickte und lächelte ihren Vater an. »Natürlich, Vater.«

Wieder einmal fiel ihr auf, wie sehr sich ihre Eltern im Typ unterschieden. Sie hatten die Fältchen an völlig unterschiedlichen Stellen, und, auch wenn sie beide das gleiche von Ernestine erwarteten, schaffte Vater es, sie dazu zu bewegen, es gern zu tun.

Sie klopfte an die Tür zum Hinterzimmer. Ein leises Husten erklang, dann folgte die Stimme ihres Bruders. »Herein.«

Sie öffnete die Tür und schob sich durch den Spalt. »Ich übernehme die restliche Buchhaltung, Emil. Leg du dich doch ein wenig hin. Du siehst müde aus.«

Müde war stark untertrieben. Sein hageres Gesicht war noch eingefallener als sonst. Sie hatte ihn über ein Stockwerk hinweg die ganze Nacht husten hören, immer im Wechsel mit dem Geschrei des kleinen Konrads, der noch bei Emil und seiner Frau Merle im Zimmer schlief – oder eben nicht schlief, wenn sein Vater dauernd Geräusche machte.

Ausnahmsweise protestierte Emil nicht. Das zeigte, wie schlecht es ihm an diesem Tag wirklich ging. Das und der Berg an handschriftlichen Rechnungen, die noch ins Rechnungsbuch eingetragen werden mussten. Schrecklich viele Rechnungen. Ihr wurde ganz flau bei dem Anblick.

Weit war er nicht gekommen.

»Vielen Dank, Ernie. Ich weiß auch nicht, was heute mit mir los ist. Irgendwie habe ich schlecht geschlafen.« Er erhob sich mit einem Ächzen, das einem viel älteren Mann deutlich besser gestanden hätte.

Wie immer versuchte er, seine Krankheit herunterzuspielen. Dabei konnte sogar Ernestine an den sorgenvollen Mienen der Ärzte ablesen, wie es um ihn stand.

Traurig blickte sie ihm nach, als er viel zu gebeugt für sein Alter durch die Tür verschwand. Noch Minuten später vernahm sie sein unterdrücktes Husten. Es hallte durch das Treppenhaus, während er sich hinauf in die kleine Wohnung schleppte, die er mit seiner Familie bewohnte.

Ergeben setzte sie sich auf seinen Platz. Er war noch warm, und ein leichter Hauch seines Rasierwassers lag in der Luft.

Das und der würzige Geruch einer Portion Labskaus. Sie entdeckte die Leckerei hinter dem alten Abakus, den niemand mehr benutzte. Wie es aussah, hatte der Appetit Emil sehr früh verlassen. Es fehlten höchstens zwei oder drei Löffel der roten Masse.

Ernestine konnte es nicht verhindern, sich darüber zu freuen. Sofort mischte sich Scham darunter. Natürlich wünschte sie sich, dass es ihrem Bruder bald wieder besser ginge.

Labskaus verkommen zu lassen, war auch keine Lösung, vor allem, wenn Adelheid es zubereitet hatte.

Mit einem genüsslichen Seufzen schob sich Ernestine den ersten Löffel zwischen die Lippen. Diese neue Köchin war ein wahrer Segen für dieses Haus.

Kapitel zwei

Gegenwart

Was für ein Segen, dass sie es bald geschafft hatte! Helmke schleppte einen weiteren Karton die dunkle Stiege hinauf, die in den ersten Stock führte.

Von oben vernahm sie ein leises Rumpeln. Ihre Tochter Konstanze räumte offenbar mit viel Elan ihre Sachen ein. Als sie das große Zimmer mit dem altmodischen Himmelbett erblickt hatte, das nun ganz allein ihr gehören sollte, hatte sie vor Freude gequietscht. Vor allem, weil es direkt mit einem weiteren Raum verbunden war, den sie zu ihrem Arbeitszimmer auserkoren hatte.

Der Gedanke daran entlockte Helmke ein Lächeln. Sie sollte froh sein, dass Konstanze nicht dagegen rebellierte, aus ihrem Freundeskreis, ihrer Schule und ihrem Zuhause in Oldenburg gerissen zu werden, um in einem muffigen, dunklen Herrenhaus in einem ostfriesischen Kaff zu leben.

Ja, sie war froh darüber, überhaupt keine Frage. In der großen Kinderlotterie hatte sie die beste Tochter der Welt erwischt; fantasievoll, genügsam, abenteuerlustig und unglaublich neugierig.

Helmke hatte nur ihr Los ein wenig zu früh gezogen – jedenfalls wenn man den Großteil ihrer Familie fragte. Da half es auch nichts, dass sie ihren Abschluss an der

Wirtschaftsschule mit Auszeichnung abgelegt, sich eine Garnitur eleganter Hosenanzüge gekauft und das Familiengeschäft im Alleingang aus der Misere gezogen hatte, und all das in Rekordzeit.

Sie sah an sich hinab. Besagter Hosenanzug in gedecktem Dunkelblau war an diversen Stellen eingestaubt. Am Knie könnte sogar ein schmaler Riss entstanden sein.

Sie biss sich auf die Lippe. Das war ihre Lieblingshose, jedenfalls von den seriösen. Hoffentlich ließ sie sich stopfen.

»Mama!«, rief Konstanze von oben. »Weißt du, wo mein Kuschelkissen ist?«

Helmkes Blick fiel auf den türkisfarbenen Zipfel, der aus ihrem Karton hervorlugte. »Ich bringe es dir sofort, Maus!«

Schnell nahm sie die letzten Stufen. Die Höhen waren teilweise so unregelmäßig, dass sie ins Straucheln geriet.

Kein Wunder, dass Großtante Ernie lieber im Erdgeschoss ihr Lager aufgeschlagen hatte und ihnen den kompletten ersten Stock überließ. Immerhin war sie inzwischen fünfundachtzig Jahre alt und nicht mehr gut zu Fuß.

Im nächsten Moment streckte Konstanze ihren blonden Wuschelkopf durch die Tür ihres neuen Zimmers.

»Ich glaube, ich werde hier große Geheimnisse entdecken, Mama«, sagte sie strahlend und strich sich eine Locke aus der Stirn.

Instinktiv hatte Helmke das Bedürfnis, es ihr nachzutun. Sie sahen sich mit ihren blonden Locken nicht nur

sehr ähnlich, sondern hatten auch die gleichen Ange-
wohnheiten.

Sie spürte, wie sich ihre Mundwinkel stolz hoben. »Da
bin ich mir sicher, Maus.«

»Wusstest du, dass es hier ein Tau gibt? Das führt einfach in die Decke! Was das wohl bedeutet?«

»Hm, zeig mal.« Sie trug den Karton an ihrer Tochter
vorbei ins große Schlafzimmer.

»Hier!« Konstanze zeigte auf ein dickes rotes Seil mit
einer Quaste am Ende und hüpfte dabei auf und ab. Jedes Mal, wenn sie oben war, überragte sie Helmkes ein
Meter siebzig bereits um etliche Zentimeter. Es würde
nicht mehr lange dauern, dann schaffte sie das auch im
Stehen.

»Ich denke, damit konnte man früher eine Glocke läuten. Dann kamen die Dienstboten und haben einem alles gebracht, was man haben wollte.«

»Meinst du, das funktioniert immer noch?« Ihre Tochter strahlte sie an, als hätte sie sie bereits zu ihrer Lieb-
lingsdienstbotin erkoren.

»Auf keinen Fall funktioniert das noch. Nicht mehr,
seit Tante Ernie nicht mehr hier schläft. Jetzt gibt es immer Stubenarrest, wenn man da läutet.«

Konstanze kicherte. »Und du hast wirklich nichts dagegen, dass ich Tante Ernies altes Zimmer bekomme?«
Sie ließ sich auf das Bett fallen. Ihre Pose machte deutlich, dass die Entscheidung ohnehin gefallen war, egal
was Helmke jetzt dazu sagte.

»Ach was. Mir passt das auch viel besser.«

Sie brauchte nicht so viel Platz und arbeiten würde sie ohnehin unten in der Bibliothek. Dort stand ein riesiger Tisch, auf dem sie sich ausbreiten konnte. Das Internet funktionierte da auch viel zuverlässiger.

Zwar hatte sie es nicht weit bis nach Aurich, wohin Ernie vor über fünfzig Jahren die Hauptfiliale des Antiquitätenhandels verlegt hatte, aber hin und wieder würde es sicher möglich sein, auch von zu Hause aus zu arbeiten.

Momentan war sie jedoch einfach nur erleichtert, dass sie nicht mehr die weite Strecke von Oldenburg nach Aurich fahren musste. Wie viel mehr Zeit ihr dadurch für Konstanze bleiben würde!

Konstanze sah sie an und lächelte. »Ich freu mich, dass wir jetzt viel mehr Zeit füreinander haben werden, Mama.«

»Auch wenn wir die Zeit hier am … am Ende der Welt verbringen müssen?« Sie biss sich grinsend auf die Unterlippe, als sie das Blitzen in Konstanzes Augen wahrnahm. Ihre schlaue Tochter hatte natürlich sofort verstanden, was sie eigentlich hatte sagen wollen.

»Dieser Ort wird meinen wissenschaftlichen Studien zuträglich sein.« Konstanze zog ihr Kissen und einen Panamahut aus dem Karton.

Beides landete auf ihrem Bett. Seit sie lesen konnte, bekam sie nicht genug von allem, was mit Archäologie zu tun hatte, und plante mit Inbrunst ihre eigene Ausgrabung.

»Wusstest du zum Beispiel, dass in diesem Moor, dem Ewigen Meer, schon mal eine Leiche gefunden wurde?«

Sofort lief Helmke ein Schauer über den Rücken. »Du meinst diesen archäologischen Fund, nicht wahr?«

»Natürlich! Aber das heißt nicht, dass ich dort nicht auch noch etwas finde!« Sie lachte auf und umarmte ihr Kissen.

»Ach, Maus!« Helmke schlang die Arme um sie.

Was für ein Glück sie doch hatte, so eine tolle Tochter zu haben.

Kapitel drei

Juni 1961

»Was für ein Unglück«, murmelte Ernestines Mutter.

Ernestine fühlte sich von ihr gemustert und hatte das unbestimmte Gefühl, dass sie damit gemeint war. Ihre Existenz in ihrer Gesamtheit.

Dabei war es ihr Bruder, der sich zum Abendessen hatte entschuldigen lassen. Sein Platz war frei geblieben. Nur seine Frau saß mit dem Rest der Familie am Tisch und blickte verschüchtert in die Runde. Die meiste Zeit jedoch musste sie sich ohnehin um das kleine Kind kümmern, das neben ihr in einen Kinderstuhl geklemmt worden und gerade dabei war, ein eingespeicheltes Brot in seinen Haaren zu verteilen.

In Ernestines Eingeweiden krampfte sich die Sorge unangenehm zusammen. Sorge um ihren Bruder, um sein Leben. Und natürlich auch die daraus resultierende Angst davor, das Geschäft in einigen Jahren allein führen zu müssen.

Sie wollte das doch gar nicht!

Unauffällig sah sie zum Tischhaupt hinüber. Ihr Vater stocherte in seinem Essen herum. Er wurde immer magerer.

Ihre Mutter war immer schon die zäheste in der Familie gewesen.

Um ihren Bauch zu beruhigen, griff Ernestine nach der Schüssel mit den Klößen. Sie schaufelte sich zwei Stück auf den Teller, und, als ihr der warnende Blick ihrer Mutter auffiel, nahm sie noch einen dritten. Dabei hatte sie gar nicht mehr so viel Hunger. Diese Frau brachte sie dazu, aus reinem Trotz mehr zu essen.

Sie zerkleinerte die soften, runden Bälle und übergoss sie mit viel zu viel brauner Soße.

Die Falten ihrer Mutter vertieften sich. Ihr würde ein bisschen mehr braune Soße ebenfalls hervorragend stehen, dann wäre sie nicht so hager. Wer weiß, vielleicht wäre sie sogar ein wenig zufriedener.

Ernestine schaufelte sich ein viel zu großes Stückchen Kloß in den Mund und kaute selig. Sie selbst war nach dem Genuss von gutem Essen jedenfalls immer sehr zufrieden, vor allem, wenn es so schmeckte wie heute.

Die Soße war hervorragend, viel vollmundiger und intensiver als die ihrer früheren Köchin. Bestimmt gab es eine geheime Zutat, und Ernestine wüsste nur zu gern, um was es sich dabei handelte.

Wie aufs Stichwort betrat die neue Köchin Adelheid den Raum. Sie war eine zierliche Frau mit kräftigen Händen. Ihren langen blonden Zopf hatte sie geflochten und um ihren Kopf gelegt wie einen Haarreif. Mit gesenktem Blick trug sie eine weitere Schüssel zum Tisch. Grüne Bohnen schwammen in einem hellen Dressing, zusammen mit einigen Zwiebelstückchen.

Mutter griff sie am Arm, bevor sie wieder verschwinden konnte. »Was ist das, bitte?«

Nicht wenige Menschen schafften es, das Wort »bitte«
so unfreundlich klingen zu lassen wie Ernestines Mutter.

Sogar Vater hob kurz den Blick. Seine Augen weiteten
sich bei dem Anblick der Bohnen, und Ernestine
kannte ihn lange genug, um zu wissen, dass ihm das
Wasser im Mund zusammenlief.

»Das ist Bohnensalat, gnädige Frau«, antwortet Adelheid bescheiden, ohne den Blick zu heben. Es fehlte nur,
dass sie einen Knicks machte.

Ernestine betrachtete sie aufmerksam, studierte ihre
ernsten, etwas bedrückt wirkenden Gesichtszüge unter
dem zurückgekämmten Haar. Sie schätzte sie auf etwas älter als sich selbst, vielleicht Mitte zwanzig, doch
das konnte auch an ihrer Ernsthaftigkeit liegen.

»Bohnen!« Mutter gab sich ordentlich Mühe, entrüstet zu wirken. »Wissen Sie, was Bohnen mit meinem
Mann anstellen?«

Adelheids dunkle Augen blitzten auf, aber sie war
klug genug, den Kopf zu schütteln. »Es ist ein Rezept
meiner Mutter«, fügte sie lediglich hinzu.

Schrecklich, dass Mutter es jedem so schwer machen
musste. Adelheid war noch neu, woher sollte sie wissen, dass Mutter es nicht schätzte, wenn Vater Bohnen
aß?

Entschlossen griff Ernestine nach der Schüssel. »Das
probiere ich sehr gern. Du doch auch, Mutter?« Sie löffelte eine Portion Bohnen auf den Teller und zwinkerte
der jungen Frau zu, die erst so kurz in ihrem Haus lebte.

»Bohnen!«, krähte Konrad und klopfte mit seinem
Löffel auf den Tisch.

Adelheid zwinkerte zurück. Ein zurückhaltendes Lächeln umspielte ihre Lippen, und sofort wirkte sie jünger.

Vielleicht würde Ernestine morgen in den Unterlagen einmal nach ihrem Alter sehen. Eine Sache wusste sie bereits: dass Adelheid, im Gegensatz zu ihr, bereits ein Kind hatte. Da sie zudem immer schwarze Kleider trug, konnte sich Ernestine den traurigen Hintergrund zusammenreimen.

Ernestine seufzte. So tragisch es war, immerhin war Adelheid einst verheiratet gewesen. Ein Glück, das ihr selbst wohl für immer verwehrt bleiben würde.

Welcher Mann würde schon eine Frau heiraten, die ein großes Antiquitätengeschäft führen musste? Männer wollten eine Frau, die sich um sie kümmerte, die ihnen etwas kochte, ihre Sachen flickte.

Das konnte sie alles nicht. Sie war nur in der Lage, die Buchhaltung zu machen und den Wert eines alten Buches einzuschätzen oder die Epoche, in der ein bestimmtes Möbelstück oder Kunstwerk geschaffen worden war.

Trotzig schob sich Ernestine eine Gabel voller Bohnen in den Mund und kaute. Das würzige Dressing war genau nach ihrem Geschmack. Adelheids Talent würde noch ihr Untergang werden, wenn sie alles so gut zubereitete.

Als die Köchin den Nachtisch servierte – dunkle Schokomousse in flachen Dessertschalen, bei deren Anblick Ernestine das Wasser im Munde zusammenlief –, und jeder beherzt zugriff, räusperte sich Mutter laut vernehmlich, sobald das Tablett bei Ernestine stoppte.

»Meine Tochter verzichtet heute auf den Nachtisch«, sagte sie laut.

Adelheid zögerte und sah von Ernestine zur Herrin des Hauses. Langsam ging sie weiter zu Merle, Ernestines Schwägerin.

Ernestines Gesicht wurde heiß. Sie senkte den Blick und fixierte die Tischdecke. Das weiße, eingewebte Blumenmuster verschwamm vor ihren Augen, und kalte Wut kroch ihr in die Kehle. Nur das verhinderte, dass sie etwas sagte.

Der kleine Konrad, dessen Haare wieder brotfrei waren, langte mit seinen dicken Händchen nach einem Schälchen. Bei ihm regte sich am Tisch kein Widerstand, obwohl es sicher jedem bewusst war, dass er den größten Teil des Desserts in seinem Gesicht und auf der Tischwäsche verteilen würde. Und die Menge, die in seinem Bäuchlein landete, war für ein kleines Kind garantiert auch alles andere als empfehlenswert.

Diese Demütigung war zu viel. Ernestine schob den Stuhl zurück. »Entschuldigt, mir geht es nicht ...«, murmelte sie, bevor sie, ohne jemanden anzusehen, den Raum verließ.

So schnell sie konnte lief sie die Treppe hinauf zu ihrem Zimmer. Es gelang ihr, die Tür hinter sich zuzuwerfen, bevor die erste heiße Träne über ihr klammes Gesicht lief.

Wie früher als Kind warf sie sich auf das Bett und vergrub den Kopf in der Menge an Zierkissen, die sich am Kopfende türmte. Sie dämpften alles um sie herum: den Straßenlärm, die Tauben, die auf dem Sims über ihrem

Fenster nisteten, das Husten ihres Bruders und das Geklapper von Geschirr aus der Küche direkt unter ihrem Zimmer.

Nur ihre Gedanken, die behielten ihre volle Kraft und schrien sie in ihrem Kopf an.

»Du dicke Kuh!«

»Niemand liebt dich, wenn du so weiter frisst!«

»Was soll nur aus dir werden?«

Sie stöhnte in die weiche Wattefüllung ihres Lieblingskissens. Darüber hätte sie beinahe das leise Klopfen überhört, das plötzlich ertönte.

Abrupt hob sie den Kopf. Was war das? Es hatte beinahe so geklungen, als hätte jemand an ihre Tür geklopft, doch wer sollte das gewesen sein? Alle außer ihrem Bruder waren beim Essen, und ihn hatte sie gerade noch in seiner Wohnung husten hören. Er ahnte nicht, dass sie bereits in ihrem Zimmer war, und wusste natürlich nicht, was sich zugetragen hatte.

Sie lauschte, aber das Klopfen wiederholte sich nicht. Zum Glück, denn sie hatte überhaupt keine Lust, jetzt mit jemandem zu reden.

Dennoch bewegte sie irgendetwas dazu aufzustehen und nachzusehen. Vielleicht hatte sie sich nur verhört.

Behutsam öffnete sie die Tür einen Spalt breit.

Niemand stand davor, der Flur war verwaist. Die gegenüberliegende Schlafzimmertür ihrer Eltern war geschlossen, der Zugang zur Wohnung ihres Bruders ebenfalls. Nur ein leises Husten erklang dahinter.

Sie musste sich verhört haben.

Ernestine wollte die Tür gerade wieder schließen, als ihr Blick auf den Fußboden fiel.

Dort stand ein kleines Silbertablett und darauf ein Glasschälchen mit einer duftenden Schokomasse. Ein silberner Löffel lag auf einer weißen Serviette bereit.

Kapitel vier

Gegenwart

Helmke legte den letzten silbernen Löffel auf seinen Platz und trat einen Schritt zurück.

Sie betrachtete ihr Werk. Der dunkle Tisch im Esszimmer von Großtante Ernestines Haus war so groß, dass es nicht leicht war, ihn nur für drei Personen zu decken. Das Geschirr wirkte verloren, egal, wie sie es anordnete. Da konnte auch der große Strauß roter Lilien nichts ausrichten. Sie hatte schon die größten Teller des Hauses benutzt.

So gemütlich und wohnlich sie sich auch eingerichtet hatte, es war kein Wunder, dass die alte Frau nicht mehr allein hier leben wollte. Die Pflegekraft, die zwei Mal am Tag vorbeischaute, reichte als Gesellschaft sicher nicht aus.

In dem alten Herrenhaus in Bremen wäre sie sich allerdings noch bedeutend verlorener vorgekommen, da war sich Helmke sicher. Insofern konnte sie es vollkommen verstehen, dass Ernestine das Geschäft hierher verlegt hatte; in ein Haus, in dem sie sicher in ihrer Jugend schöne Sommer verbracht hatte.

Das große Haus der Familie Tegeler in der Jakobistraße in Bremen, in dem sich einst das Antiquitätengeschäft befunden hatte, kannte Helmke nur noch von Bildern aus dem Album ihres Vaters. Er hatte bis zu dem Tod seines Vaters, Ernestines Bruders Emil, darin gelebt. Danach war Oma Merle zu ihren Eltern nach Oldenburg gezogen und hatte ein neues Leben begonnen.

Nur durch Glück war Helmke vor fünf Jahren auf diesen Zweig der Familie gestoßen und das zu einem Zeitpunkt, als sie gerade beinahe mit ihrem Studium fertig war und die zu dem Zeitpunkt fast schon achtzigjährige Ernestine eine Nachfolgerin im Geschäft suchte, das sie nicht mehr allein führen konnte.

Helmke lächelte bei dem Gedanken, wie sich manchmal alles fügte. Man musste dem Universum nur die Chance dazu geben, indem man offen war, fleißig, aufgeschlossen ... und eine Möglichkeit ergriff, wenn sie sich bot.

Dass sie ein paar Jahre später dann sogar zusammenziehen würden, hätte sie seinerzeit allerdings auch nicht für möglich gehalten.

Ein würziger Duft wehte aus der Küche zu ihnen herüber und kündigte an, dass der Auflauf so gut wie fertig war. Hoffentlich schmeckte er Großtante Ernie. Sie war als Feinschmeckerin in der Familie bekannt und Helmke war keine besonders geübte Köchin. Es gab nur eine Handvoll Gerichte, die sie gut beherrschte, und ihr Schollenauflauf war eins davon.

Besser, sie stapelte erst einmal hoch, bevor Ernestine es noch bereute, sie hier aufgenommen zu haben.

Helmke schob das Blumengesteck auf dem Tisch ein Stückchen nach links. Wirkte der Tisch so nicht etwas gemütlicher und irgendwie voller, die Gedecke weniger verloren?

Sie schüttelte den Kopf und schob es wieder zurück. Da half alles nichts, drei Teller waren drei Teller, das änderte sich auch nicht, wenn sie den ganzen Tisch voller Blumen packte.

Rasch lief sie in die angrenzende Küche. Sie musste die Scholle aus dem Ofen nehmen, bevor der Käse verbrannte.

Es dauerte ein paar Minuten, bis sie einen Topflappen gefunden hatte. Wertvolle Minuten, die Käsekruste war einen Hauch zu dunkel geworden.

Helmke verkniff sich einen Fluch.

Irgendein Geräusch musste sie allerdings von sich gegeben haben, denn plötzlich erklang eine Stimme hinter ihr. »Ich bin mir sicher, es wird hervorragend schmecken, mein Liebes.«

Helmke fuhr herum. Ernestine stand im Türrahmen, mit einer Hand auf einen massiven Gehstock gestützt. Es fiel ihr sichtlich schwer, ihren Körper aufrecht zu halten, dennoch umspielte ein Lächeln ihre Lippen.

»Das hoffe ich sehr. Eine besonders talentierte Köchin bin ich nicht, muss ich zugeben.« Zerknirscht kaute Helmke auf ihrer Unterlippe.

Ernestines Mundwinkel hoben sich. »Ach, Merl... ich meine, Konstanz...« Sie wedelte mit der Hand in der Luft wie immer, wenn sie nicht sofort auf den richtigen Namen kam. Es war ihr sichtlich unangenehm, obwohl niemand ihr diesen kleinen Anflug von Verwirrung übelnahm. In ihrem Alter hatte sie schließlich schon einige Menschen kennengelernt, deren Namen sie durcheinanderwürfeln konnte. »Helmke, meine ich.« Ein sympathischer Anflug von Röte überzog ihr Gesicht. »Du kannst nichts dafür, das liegt einfach nicht in deinen Genen. Ich bin zum Beispiel auch eine miserable Köchin, oder zumindest habe ich es niemals richtig gelernt.« Ein Schatten wanderte über ihr Gesicht, während sie diese Worte aussprach, doch sie vertrieb ihn durch ihr Lächeln. »Aber weißt du was?«

Helmke schüttelte den Kopf. »Nein, was denn?«

Das Lächeln der alten Frau verbreiterte sich. »Es gibt in Aurich ein hervorragendes Fischrestaurant und einen tollen Italiener. Und das Beste an der Sache: Die liefern auch.«

Helmke lachte auf, Erleichterung machte sich in ihr breit. »Das ist schon mal gut zu wissen!«

Nicht dass sie etwas dagegen hatte, sich hin und wieder an den Herd zu stellen, doch so richtig Spaß hatte sie nicht daran. Ihr Job erfüllte sie da deutlich mehr. Dennoch hatte sie immer das Gefühl, sich dafür rechtfertigen zu müssen.

Ernestine stöhnte leise. »Bitte sieh es mir nach, dass ich mich schon einmal hinsetze. Meine alten Knochen wollen nicht mehr so lange stehen.« Mit Hilfe des Stockes schlurfte sie ins Esszimmer.

Immerhin tat sie das so schnell, dass Helmke ihr gar nicht mehr zur Hilfe eilen konnte. Vermutlich war das auch nicht nötig.

Helmke sah ihr ein paar Augenblicke nach. Für ihr Alter kam Ernestine wirklich noch hervorragend allein zurecht. Nur zum Duschen, Anziehen und Ausziehen kam jeden Tag eine Hilfe vorbei, doch das war wohl eher ihrem Gewicht und der daraus resultierenden Bewegungseinschränkung geschuldet.

Man sah ihr an, dass sie gern gut aß.

Sofort stieg Helmkes Puls an. Ob ihr Auflauf Ernies Ansprüchen genügen würde, noch dazu, da er leicht verbrannt war?

Die Haustür öffnete sich und fiel sofort wieder ins Schloss. Schnelle, leichte Schritte tanzten durch den Flur, kurz darauf steckte Konstanze ihren Kopf durch die Tür.

Sie schnupperte. »Riecht super! Da komme ich wohl gerade richtig!«

Helmkes Blick fiel auf die schlammverkrusteten Schuhe ihrer Tochter, auf die mit braunen Spritzern verunstaltete Hose und ihre schmutzigen Finger. Sie sah aus, als hätte sie im Alleingang versucht, die Gefährtin der bekannten Moorleiche aus dem in direkter Nachbarschaft liegenden Ewigen Meer auszubuddeln.

Es fiel ihr schwer, nicht zu grinsen. »Wenn du dich beeilst, schaffst du es noch, dich schnell umzuziehen, bevor deine Urgroßtante und ich alles aufgegessen haben.«

Konstanze verdrehte die Augen. »Wehe, ihr lasst mir nichts übrig.« Noch im Umdrehen kickte sie die schmutzigen Schuhe von den Füßen.

Ohne dass Helmke sie darauf hinweisen musste, räumte sie sie unter das Regal neben der Treppe. Sehr umsichtig und rücksichtsvoll Ernie gegenüber, die mit ihrem Stock sicher nicht immer so geschickt rangieren konnte.

Dann fegte ihre Tochter die Treppe hinauf. Wasser rauschte, jedoch viel zu kurz, als dass irgendetwas ordentlich hätte gewaschen werden können.

Helmke trug die Auflaufform ins Esszimmer und platzierte sie möglichst mittig zwischen den drei Tellern. »Was möchtest du trinken?«, fragte sie an ihre Großtante gerichtet.

»Wasser reicht mir, Marei… ähm, meine Liebe«, sagte diese.

Helmke lief erneut in die Küche und stellte drei Gläser und eine Karaffe mit Wasser auf ein kleines Tablett. Das Haus war mit Küchenutensilien wirklich hervorragend ausgestattet. Manches erinnerte an eine professionelle Restaurantküche.

In einer großen Schublade fand sie einen Pfannenwender, der geeignet war, Auflaufportionen abzustechen und auf den Tellern zu platzieren. Er wog mehr als alles, was sich in ihrer alten Küche gefunden hatte.

Sie steckte ihn in eine Gürtelschlaufe ihrer Hose und balancierte das Tablett zum Tisch.

In dem Moment, als sie die Gläser verteilte und aus der Karaffe füllte, erschien Konstanze. Sie hatte sich tatsächlich saubere Kleidung angezogen und zumindest ansatzweise die Hände gewaschen. Nur unter den Nägeln sah man noch deutliche Reste vom Moor.

Konstanze drückte Ernie einen schnellen Kuss auf die Wange und schwang sich dann auf ihren Stuhl. »Ich liebe Schollenauflauf!«, sagte sie mit einem langgezogenen I im mittleren Wort.

Ernie freute sich sichtlich. »Na, was hast du denn heute so erlebt, Kleines?«

Für einen Moment überlegte Helmke, ob Ernie bewusst darauf verzichtete, Konstanze mit ihrem Namen anzusprechen.

Konstanze zog den Pfannenwender aus der Gürtelschlaufe und begann, den Auflauf in Portionen zu zerteilen. Sofort fühlte sich Helmke an Torfstecher erinnert. Wie passend.

»Ich war im Moor unterwegs und habe mir die Gegend angesehen!« Vorsichtig balancierte Konstanze ein Stück vom Auflauf zu Ernies Teller.

Nur ganz wenig ging auf dem Weg dorthin verloren. Helmke schnappte sich ein Stückchen Käse von der Tischplatte und steckte es sich in den Mund. Ihr Vater hätte jetzt gemeckert, dass Konnie doch vorsichtig sein sollte, und warum man das überhaupt ein Kind machen ließe.

Helmke warf einen schnellen Blick zu Ernie, doch diese sah einfach nur hungrig aus – und vielleicht ein wenig besorgt. Jedenfalls runzelte sie die Stirn.

»Da bist du aber bitte schön vorsichtig, ja? Das Gelände ist nicht ganz ungefährlich.«

Wenn jemand das wusste, dann auf jeden Fall Ernie. Dafür lebte sie schon so lange hier in der Gegend.

»Ist denn da schon mal etwas Schlimmes geschehen?«, fragte Helmke. Ein leiser Anflug von Sorge machte sich in ihr breit.

Ernestine wiegte den Kopf. »Es kommt schon hin und wieder zu Unglücken, wenn die Leute nicht auf den Wegen bleiben. Aber wenn man sich richtig verhält, dann kann nichts passieren.« Sie legte die Hand auf Konstanzes Arm. »Danke dir, Kind. Der Auflauf duftet hervorragend. Ich will nur, dass du vorsichtig bist.«

Helmke runzelte die Stirn. Sollte sie sich wegen Konstanzes Ausflügen ins Moor Sorgen machen? Ernies Vorsicht wunderte sie, immerhin hatte sie als Kind hier die Sommer verbracht und war sicher ebenfalls über das Gelände gestreift.

Den Rest des Abends plauderte Ernie mit Konstanze über die Schule und mit Helmke über das Geschäft und einen Nachlass, aus dem sie ein Möbelstück ersteigern sollte.

Auf das nahegelegene Moor und seine Gefahren kam das Gespräch nicht mehr, dafür lobte sie noch mehrfach das Essen, seinen feinen Geschmack und vor allem, wie gut es roch.

Kapitel fünf

Juni 1961

Ernestine atmete tief ein, sobald sie die Küche betrat. So sehr sich ihre Mutter auch darüber echauffierte, sie selbst liebte es, wie es hier roch.

Sogar noch jetzt, als das Essen längst beendet war, die Töpfe geschrubbt worden waren und das Geschirr bereits in der Spüle stand, hing der Duft der Knödel in der Luft. Das Aroma der Soße hatte sich im Raum festgesetzt und das gebratene Fleisch, dessen Überbleibsel unter einer Glasglocke auf der Anrichte standen, verströmte einen unwiderstehlichen Geruch.

Adelheid stand in der Tür der Speisekammer und machte sich Notizen. Sie drehte sich rasch um, als Ernie hereinkam. Ein Lächeln stahl sich auf ihr Gesicht, sobald sie sah, was diese in der Hand hielt.

Ernie stellte das Tablett mit dem leeren Schälchen neben die Spüle. Irgendwie hatte sie ein schlechtes Gefühl dabei, als würde sie der Köchin damit mehr Arbeit bereiten. Am liebsten würde sie es schnell abspülen.

»Vielen Dank«, sagte sie leise zu der schwarzgekleideten jungen Frau. »Das war wirklich sehr nett von dir. Deine Mousse war köstlich.«

Adelheid senkte bescheiden den Kopf. »Ebenfalls ein Rezept meiner Mutter.«

»Du hast wohl viel von ihr gelernt.« Kurz überlegte Ernestine, was sie selbst von ihrer Mutter gelernt hatte, gab die Überlegung jedoch schnell wieder auf. Ihr fielen zu viele Eigenheiten ihrer Mutter ein, die sie absichtlich vermied, um etwas zu finden, was sie von ihr übernommen hatte.

»Ich habe alles von ihr gelernt.«

»Aber du kannst auch neue Gerichte sehr gut zubereiten.« Ernie biss sich auf die Zunge. Irgendwie hatte sie das Gefühl, etwas Nettes sagen zu müssen, als Dank dafür, dass die Köchin es riskiert hatte, ihr den Nachtisch zu bringen.

Adelheid schlenderte zur Spüle. »Sie meinen den Eintopf, den ich zum Einstand gekocht habe? Den Grünen Knurrhahn?«

Sie ließ Wasser ins Becken und gab etwas Spülseife hinzu. Mit raschen Handbewegungen sorgte sie dafür, dass sich das Putzmittel auflöste.

Schon bei dem Namen ging Ernestine das Herz auf. »Das ist mein absolutes Lieblingsgericht.«

Es war eine kleine Nicklichkeit ihrer Mutter, dass sie der neuen Köchin an ihrem ersten Abend freie Hand ließ. Vermutlich hatte sie gehofft, dass sie etwas finden würde, über das sie sich aufregen konnte, doch Adelheid hatte diesen Wusch nicht erfüllt.

Als sie das alte Familienkochbuch in die Küche gelegt hatte, hätte Ernestine es niemals für möglich gehalten, dass sich die junge Frau ausgerechnet diesen Eintopf als ihr erstes Essen für die Familie Tegeler aussuchen würde.

»Ach, deswegen öffnete sich dieses alte Kochbuch wie automatisch auf dieser Seite.«

Die beiden Frauen sahen einander an. Dann brachen sie gleichzeitig in Gelächter aus.

»Immer, wenn ich mir das Essen gewünscht habe, hab ich der Bertha, unserer früheren Köchin, das Buch aufgeschlagen auf die Anrichte gelegt.« Ernie wischte sich eine Träne aus dem Auge. »Dann wusste sie Bescheid.«

»Das erklärt es natürlich!«, japste Adelheid ein wenig außer Atem.

Die junge Köchin wirkte, als sei ihr eine unglaubliche Last von den Schultern gerutscht. Bestimmt hatte sie Angst gehabt, mit ihrer kleinen Tochter in dieses große Haus zu kommen, allein unter fremden Menschen zu leben und von ihrem Wohlwollen abhängig zu sein. Als sie Mutter kennengelernt hatte, war diese Angst sicher nicht eben geschrumpft. Gewiss war sie froh gewesen, nachdem ihr bewusst geworden war, dass es hier eine junge Frau in ihrem Alter gab.

Und dann noch eine, deren Liebe zum Essen sie teilen konnte.

Ernestine lächelte ihre neue Freundin – denn so empfand sie es – an. Erst jetzt wurde ihr bewusst, wie einsam sie geworden war, seit ihre Schulfreundinnen andere Wege eingeschlagen hatten als sie selbst. Emil war nur ein schwacher Ersatz, da sich seine Aufmerksamkeit in den vergangenen Jahren vermehrt auf seine eigene kleine Familie konzentriert hatte. Als dann dieser Husten ausgebrochen war, hatte sie auch ihn als engen Vertrauten verloren.

Adelheid deutete mit einem entschuldigenden Lächeln auf den Spülstein. »Ich muss noch den Abwasch erledigen, Fräulein.«

Ernestine nickte und knöpfte die Manschetten ihrer Bluse auf. »Wenn du versprichst, mich Ernie zu nennen, helfe ich dir.« Sie rollte die Ärmel auf und griff nach einem Lappen, den sie für ein Trockentuch hielt.

Hoffentlich hielt sich Mutter vorn der Küche fern. Es war zum Glück nicht ihre Art, sich hierher zu begeben. Wenn sie etwas mit der Köchin zu besprechen hatte, bestellte sie sie in ihr Arbeitszimmer.

Adelheid sah sie aus geweiteten Augen an. »Sie wollen mir helfen?«

Ernie schüttelte den Kopf. »Nein. Nur, wenn du mich duzt.«

Die Augen der jungen Köchin blitzten auf. Sie nahm Ernie den Lappen aus den Fingern und drückte ihr ein größeres, viel sauberer wirkendes Tuch in die Hand. »Na fein, Ernie. Ich spüle, du trocknest ab.« Für einen Augenblick verdunkelte sich ihre Miene. »Aber nur, solange niemand es hört. Vor Frau Tegeler nenne ich dich weiterhin Fräulein Ernestine.«

»Das halte ich für eine sehr gute Idee.« Ernie wusste sehr genau, was Mutter von einer Verbrüderung mit dem Personal hielt. Ihrer Meinung nach hatte sich jeder nur mit Angehörigen des eigenen Standes abzugeben. Auf diese Diskussion konnte sie durchaus verzichten.

Sie nahm die ersten Gläser in Empfang und begann damit, sie zu polieren. Dabei erzählte sie von ihrer Familie und den Marotten der einzelnen Mitglieder, von ihrer Liebe zu dem alten Kochbuch und ihrer Sehnsucht nach dem Sommerhaus in Aurich, in das sie dieses Jahr zum ersten Mal seit langer Zeit nicht würden

fahren können. Den Grund musste sie nicht aussprechen, Adelheid hatte sich sicherlich auch gewundert,
dass sich ein Zimmermädchen allein um das gesamte
Haus kümmern musste. Das war nicht immer so gewesen – und hoffentlich würde es nicht immer so bleiben.

Dann fragte sie Adelheid über ihr Leben aus, ihre
früheren Anstellungen und – ganz behutsam natürlich – über ihren Mann. Es war ein Thema, das sie um-
trieb.

»Er war Gärtner in dem ersten Haus, in dem ich gearbeitet habe«, erzählte Adelheid. »Ein ganz stattlicher
Kerl mit kräftigen Unterarmen, dem man es ansah,
dass er kräftig zupacken konnte.« Sie schluckte und
wandte schnell das Gesicht ab.

Ernestine senkte den Kopf. »Du musst ihn sehr geliebt
haben.« Ob sie auch jemals so über einen Mann würde
sprechen dürfen? Über jemanden, der sie auch mochte?

Adelheid schien sich wieder gefasst zu haben. »Er war
ein guter Mann. Anständig. Nicht jede Frau hat so viel
Glück.«

»Wie meinst du das?« Ob sie schlechte Erfahrungen
gemacht hatte?

Ein trauriges Lächeln umspielte Adelheids Lippen.
»Als Hausangestellte sieht man mitunter mehr, als einem lieb ist. Und es gibt Fälle, in denen eine Frau ohne
Mann besser ...« Sie brach ab. »Tut mir leid. Es steht mir
nicht zu, so etwas zu sagen.«

Ob sie ahnte, wie es in Ernestine aussah? Nun, in die
Verlegenheit, sich mit einem schlechten Mann herum-
ärgern zu müssen, würde sie wohl nicht geraten.

Sie sah an sich hinab, und ihr Blick blieb an ihrem
runden Bäuchlein hängen, das vom weiten Faltenwurf

ihres Kleides nur im Ansatz verdeckt wurde. Sofort stieg Traurigkeit in ihr auf. Welcher Mann sollte sich in sie schon verlieben?

Wie immer, wenn sie traurig war, knurrte ihr der Magen, und sie hätte sich am liebsten sofort über den restlichen Braten hergemacht, der unter der Glasglocke auf seine Weiterverarbeitung wartete. Es war ein Teufelskreis, den sie einfach nicht zu durchbrechen vermochte.

Sie zwang sich, den Blick vom Fleisch zu lassen. Bestimmt hatte Adelheid es als Brotbelag für den nächsten Tag eingeplant, doch ganz sicher nicht als Mitternachtsimbiss für die pummelige Tochter des Hauses.

Nachdenklich sah sie zu, wie die Köchin die Teller ins Wasser gleiten ließ, um die Reste der braunen Soße abzuwaschen.

»Worüber denkst du nach, Ernie?«, fragte Adelheid plötzlich.

Ernie zuckte zusammen. Auf keinen Fall würde sie dieser Frau, die gerade vor ein paar Monaten ihre große Liebe verloren hatte, von ihren eigenen Sehnsüchten erzählen. »Ich frage mich, wie du es hinbekommst, dass diese Soße so schmackhaft ist. So vollmundig und intensiv hat die Bratensoße von Bertha niemals geschmeckt.« Sie warf Adelheid einen schnellen Blick zu. »Gib es zu, du hast eine geheime Zutat.«

Adelheids Mundwinkel zuckten. »Das ist durchaus im Bereich des Möglichen.«

Auch sie schien über den Themenwechsel erleichtert zu sein.

»Verrätst du es mir?«, fragte Ernie.

Die junge Köchin zog einen Teller aus dem Seifenwasser, ließ die Flüssigkeit ein wenig abtropfen und reichte ihn an Ernie weiter.

»Es gibt ein großes Geheimnis der guten Küche, das nicht allen bekannt ist«, sagte sie mit einem mysteriösen Unterton.

»Und du verrätst es mir?«, wiederholte sich Ernie gespielt quengelnd.

Die Köchin zwinkerte verschwörerisch und trocknete sich die Hände an ihrer Schürze ab. Danach trat sie an die Anrichte. Sie zog eine Schublade auf, zögerte aber. »Du musst versprechen, es für dich zu behalten.«

Ernie hob die rechte Hand und streckte Zeigefinger und Mittelfinger in die Höhe. »Ich schwöre.« Am liebsten hätte sie die Hand jetzt auf das alte Kochbuch der Familie gelegt. Das hätte sich sehr passend angefühlt.

»Also gut.« Adelheid holte etwas aus der Schublade. Es war eine kleine Schachtel. Sie hielt sie Ernie entgegen.

Diese trat einen Schritt näher, dann erkannte sie, um was es sich handelte. »Pralinen?«

Schon wieder lief ihr das Wasser im Mund zusammen.

Adelheid nickte. »Ein wertvoller Trick: In jedes herzhafte Essen gehört etwas Süßes, und in jede Süßspeise gehört eine Prise Salz.«

Ernie deutete auf die Dessertschälchen, in denen sich die Mousse befunden hatte. »Du hast den Pudding gesalzen?«

Adelheid lachte auf. »Eine Prise!«

Ernies Gesicht wurde warm. »Ich weiß leider nicht, was das bedeutet.«

Ihre Freundin schien es allerdings nicht armselig zu finden, dass sie sich damit nicht auskannte. Sie hob die Hand und rieb Daumen und Zeigefinger aneinander. »Das, was zwischen diese beiden Finger passt, ist eine Prise.«

»Das ist nicht viel. Und das macht einen Unterschied?«

»Auf jeden Fall! Einen riesigen Unterschied!«

»Und warum steht das nicht im Rezept?«

Adelheids Schultern hoben sich. »Das weiß ich auch nicht. Vielleicht, weil es dann kein Geheimnis mehr wäre.« Sie überlegte kurz. »Nicht einmal in diesem wunderbaren Kochbuch deiner Familie steht es.«

»Vielleicht sollten wie es hinzufügen?« Bei der Vorstellung, das Familienkochbuch zu verändern, kribbelte es in Ernies Eingeweiden.

Adelheid seufzte. »Ach, es wäre schon einfach schön, wenn das Buch nicht in der Bibliothek stünde, sondern hier, wo ich es studieren kann. Ich glaube, darin finde ich einige tolle Rezepte, die ich gern ausprobieren würde.«

Ernie nickte. »Das verstehe ich.«

Ein warmes Gefühl breitete sich in ihr aus, als ihr bewusst wurde, dass sie wirklich einen Menschen gefunden hatte, der dieses Buch genauso schätzte wie sie, nämlich nicht nur als wertvolles Erbstück, das von Generation zu Generation weitergereicht wurde, sondern als Inspiration.

Sie fasste einen Entschluss: Wenn es sich schon nicht ändern ließe und es eines Tages so weit war, dass sie das Geschäft übernommen hatte, dass sie das Sagen hatte, dann würde sie dafür sorgen, dass die Köchin des

Hauses jederzeit Zugang zu dem Kochbuch erhielt. Nur so ergab es Sinn. Was brachte es, wenn dieses Schmuckstück in der Bibliothek versauerte?

Sie hoffte nur, dass die Köchin, die sie dann in der Bibliothek besuchte und sich das Kochbuch auslieh, Adelheid sein würde.

Kapitel sechs

Gegenwart

Helmke hatte sich mit ihrem Laptop in der Bibliothek von Ernies Haus niedergelassen. Hier stand in der Mitte ein alter Tisch, der gut für Konferenzen genutzt werden könnte, so groß war er. Um ihn herum gruppierten sich einige Stühle, und in der Mitte gab es einige Stromanschlüsse. Wieder waren es rote Lilien, die dem Raum etwas Farbe verliehen.

Sie öffnete das Geschäftsprogramm des Antiquitätenhandels Tegeler und in einem weiteren Browserfenster die Website des Auktionshauses in Hamburg. Es dauerte noch eine halbe Stunde, bis die Möglichkeit eröffnet wurde, die ersten Gebote abzugeben.

Noch einmal betrachtete sie die Artikelbilder, studierte die Beschreibung. Ihr Gespür sagte ihr, dass sie einem wahren Schatz auf die Spur gekommen war. Das Preisziel des Auktionshauses lag weit unter dem Wert des zierlichen Chippendale-Schreibtisches, da war sie sich sicher.

Noch sicherer wäre sie, wenn sie ihn erst einmal persönlich in Augenschein nehmen könnte, aber dafür hatte sie keine Zeit gefunden. Der Umzug nach Aurich hatte mehr ihrer Energie geraubt, als sie gedacht hatte. Doch jetzt war es so harmonisch und friedlich hier, die Stille und die unberührte Natur direkt vor der Haustür taten ihr so gut, dass sie geradezu spürte, wie sich ihre Batterien wieder aufluden.

Wer hätte gedacht, dass drei Frauen unter einem Dach, drei Generationen von Frauen sogar, so einträchtig miteinander auskommen würden?

Dennoch wäre es ihr lieber, Ernestines Meinung zu dem Stück zu hören. Ihre Großtante hatte im Laufe ihres Lebens so oft den richtigen Riecher bewiesen, war Risiken eingegangen, die sich beinahe immer gelohnt hatten. Außerdem hatte sie viel mehr Erfahrung als Helmke, die erst fünf Jahre im Geschäft war.

Wo sie nur blieb? Sie hatten sich für genau jetzt hier verabredet.

Helmke ließ den Blick über die Reihen von Büchern schweifen. Wie es sich für ein renommiertes Haus gehörte, blickte sie auf zahlreiche Buchrücken mit goldgeprägten Ledereinbänden. Bisher hatte sie noch keine Zeit gefunden, ein wenig zu stöbern, doch sicherlich gäbe es einige Schätze zu entdecken.

Sie erhob sich und schritt die Regale ab. Solange Ernestine noch nicht hier war, konnte sie die Gelegenheit auch genauso gut nutzen.

Auf Anhieb entdeckte sie einige wertvolle Stücke. In einer Vitrine thronte eine Erstausgabe von *Oliver Twist* mit der Signatur des Autors. Auch ein Board voller Bibeln mit Goldprägung weckte ihr Interesse. Für eine davon wüsste sie sofort einen Käufer, der dafür Unsummen hinblättern würde.

Ein ganzes Regal war offenbar Ernestines Leidenschaft gewidmet: dem Essen. Eine Antiquitätenhändlerin mit einem feinen Gaumen war keine schlechte

Kombination. Auf diese Weise hatte sich ihre Großtante einen gewissen Ruf erarbeitet. Sie spürte alte, wertvolle Kochbücher auf und hatte es in den Siebzigern sogar in die Zeitung geschafft, als sie das handgeschriebene Rezeptbuch einer berühmten Köchin aus dem neunzehnten Jahrhundert für eine Rekordsumme an ein Sternerestaurant veräußert hatte.

Ein gerahmter Zeitungsartikel zeigte die feierliche Übergabe des Werkes. Im Hintergrund türmten sich bereits die Leckereien, auf die sich Ernie sicher schon gefreut hatte, als das Bild gemacht worden war.

Obwohl es fast fünfzig Jahre her war, erkannte Helmke ihre Großtante sofort. Sie war schon damals eine stattliche Person gewesen. Ihre Haare waren noch rotbraun und sie trug einen zu der Zeit modernen Kurzhaarschnitt, der ihr Gesicht zusätzlich ein wenig runder wirken ließ.

Sie war die einzige Frau auf dem Foto, umringt von Männern in spießigen Anzügen. Dennoch wirkte es nicht so, als gehörte sie nicht dazu. Ganz im Gegenteil, sie hielt sich selbstbewusst gerade und schien vollkommen akzeptiert zu werden.

Ein warmes Gefühl von Stolz breitete sich in Helmke aus. Was ihre Großtante geschafft hat, ist den meisten Frauen ihrer Zeit nicht möglich gewesen.

Im Gegensatz zu den anderen Regalböden, die sich allesamt unter ihrer Last zu biegen schienen, klaffte zwischen den Kochbüchern eine Lücke. Die angrenzenden Werke, eins davon erkannte sie als ein zweihundert Jahre altes Buch über friesische Hausmannskost, kippten in diese kleine Kluft, die sich in ihrer Mitte aufgetan hatte.

Helmke runzelte die Stirn. Was hatte dort wohl einmal gestanden?

Sie wischte mit dem Finger über die freie Stelle. Als sie die Hand zurückzog, hinterließ sie eine deutliche Spur im Staub. Was auch immer es war, es fehlte nicht erst seit gestern, sondern mindestens, seitdem der Putzservice zum letzten Mal hier gewesen war – vielleicht auch länger. Seltsam, dass ihre Großtante diesen Platz nicht längst besetzt hatte.

Das Klopfen ihres Gehstocks auf den Holzdielen im Flur kündigte Ernestines Ankunft an.

Helmke hatte die Tür extra offen gelassen. Sie wollte es der alten Dame so einfach wie möglich machen, sich fortzubewegen.

Schon stand diese im Türrahmen und lächelte. »Das sind meine Lieblingsbücher, Liebes. Es mögen nicht die wertvollsten sein, aber jedes von ihnen enthält eine Erinnerung an ein wundervolles Essen, das ich genießen durfte.« Sie rieb sich mit der freien Hand den umfangreichen Bauch. »Oder auch an zwei oder drei.«

Helmke lachte auf und ging zurück zum Tisch, auf dem der Laptop inzwischen in den Ruhemodus übergegangen war. Auf dem Bildschirmschoner wirbelte ein Foto von Konstanze wild umher.

Ernestine betrachtete es interessiert. »Was genau wolltest du mir zeigen, Marei... Ach, ich meine ...« Ein verlegenes Lächeln breitete sich auf ihrem Gesicht aus. »Bitte verzeih, Helmke. Du musst mich ja für tüddelig halten.«

»Ach was, überhaupt nicht.« Helmke zog ihr einen Stuhl zurecht und deutete darauf. Mareike hieß die Pflegekraft, wenn sie sich richtig erinnerte. Da die Frau schon seit vielen Jahren zu Ernie kam, fühlte sich Helmke ein wenig geehrt, mit diesem Namen angesprochen zu werden. »Willst du es dir nicht bequem machen? Ich hätte gern deine Einschätzung zu einem Möbelstück gehört.«

Mit einem Ächzen, das so klang, als käme sie vielleicht nie wieder hoch, ließ sich Ernie auf den Stuhl fallen.

Helmke ließ sich neben ihr nieder und drückte eine Taste.

Sofort lud die Website des Auktionshauses neu. Ein Bild des Schreibtisches erschien, nur die Zeit bis zum Start der Auktion hatte sich verändert. Sie zählte unerbittlich herunter.

Helmke drehte den Laptop so, dass Ernestine den Bildschirm besser erkennen konnte. »Was hältst du von diesem Stück?«

Schweigend betrachtete die alte Frau das Bild. Als Helmke schon überlegte, ob sie sich genug mit der Technik auskannte, um zu wissen, wie man zum nächsten Foto kam, klickte Ernie sich weiter. Ihr Gesicht war ernst und konzentriert.

Helmke bemerkte, dass sie die Luft anhielt, und zwang sich zum Atmen. Sie war gespannt, was ihre Großtante zu diesem Schmuckstück sagen würde.

Als der Start des Bietvorgangs immer näher rückte, räusperte sie sich. »Ich weiß, es ist ein Risiko, aber ich würde gern auf den Tisch bieten. Ich glaube, er könnte mehr wert sein als das.« Sie zeigte auf den Schätzwert.

Ernestine kniff die Augen zusammen, während sie versuchte, den Preis zu entziffern. »Da bin ich mir beinahe sicher, meine Liebe.«

Sofort kehrte dieses Gefühl von Stolz zurück, das sie vorhin beim Betrachten des Artikels empfunden hatte. »Ich dachte an diesen Betrag als Höchstpreis. Was meinst du?« Sie schob ihrer Tante einen Zettel hin, auf dem sie eine Summe notiert hatte.

Ernestine setzte ihre Brille ab und rieb sich die Augen. »Mein Vorschlag wäre, einhundert Euro höher zu gehen.«

»Warum das?«

»Weil ich vermute, dass der Muhlhauser aus Hamburg auch mitbieten wird. Und wie ich ihn kenne, bietet er genau bis zu der Summe, die du dir überlegt hast.«

»Du meinst, er erkennt auch, dass das Stück mehr wert ist?«

»Auf jeden Fall. Wenn er davon Wind bekommen hat, dann bietet er auch mit, dieser windige Halunke. Der junge Kerl hat ein viel besseres Gespür als sein Vater vor ihm. So hat er mir schon mehr als ein Schnäppchen vor der Nase weggekauft.«

Helmke biss sich auf die Lippe. Der »junge Kerl« war schätzungsweise siebzig, und der Vater war schon länger tot, als Helmke lesen konnte. Dennoch war der Tipp unglaublich wertvoll. Genau das hatte sie sich von ihrer Großtante erhofft.

Sie wurde ganz kribbelig bei dem Gedanken, wie viel sie von der alten Frau noch lernen würde, jetzt, da sie so eng zusammenlebten. Noch ein Grund, so oft wie möglich von zu Hause aus zu arbeiten. Es war definitiv die richtige Entscheidung, hierher zu ziehen, nicht nur, um ihrer Großtante zu helfen. Sie halfen einander gegenseitig, und das war ein schönes Gefühl.

Sie sah sich um und atmete tief die staubige, aber inspirierende Atmosphäre der Bibliothek ein, in der sie sich befand.

Die Zeit lief ab, und eine kleine Glocke ertönte. Sofort tippte sie, ohne weiter darüber nachzudenken, den Betrag ein, den Ernie vorgeschlagen hatte.

Jetzt hieß es abzuwarten, bis der Zeitraum der Gebotabgabe verstrichen war.

»Immer eine spannende Situation, so eine stille Auktion«, murmelte Ernestine. »Aber noch mehr liebe ich den offenen Bieterkrieg.« Sie schmunzelte.

Helmke sah sie aus großen Augen an. »Das hatte ich dir gar nicht zugetraut!« Ernestine war eine so kultivierte und freundliche Dame, dass schon allein das Wort Krieg aus ihrem Mund völlig falsch klang.

»Viele meiner Konkurrenten auch nicht!« Ernies Augen blitzten verschmitzt. »Das war stets mein Vorteil. Hin und wieder war einer von ihnen so baff, dass er nur mit offenem Mund dasaß und völlig vergaß, ein höheres Gebot abzugeben. Und schon hat *Antiquitäten Tegeler* den Zuschlag bekommen!« Sie ließ die flache Hand auf die Tischplatte knallen wie der Auktionator den Hammer.

Helmke grinste. Hoffentlich hatte sie mit Mitte achtzig auch noch so viel Elan. Und vor allem, hoffentlich war sie in dem Alter auch geistig noch so auf der Höhe. Möglichst lange einer Tätigkeit nachzugehen, die man liebte, schien jedenfalls eine gute Idee zu sein. »Es ist so schön zu sehen, wie sehr du in diesem Beruf aufgehst.«

Ernies Miene verdunkelte sich. »Ach, das war nicht immer so, Liebes. Ich hatte keine Wahl. Als junge Frau in deinem Alter hatte ich andere Pläne für mein Leben.«

Das versprach ein spannender Bericht zu werden. »Was hättest du gern gemacht?« Sie erwartete etwas Atemberaubendes, einfach weil ihre Großtante so ein beeindruckender Mensch war.

Ernie lachte auf. »Du wirst enttäuscht sein. Ich wäre gern einfach Hausfrau geworden und Mutter wie du. Aber dieser Wunsch hat sich nicht erfüllt.«

»Ich verstehe. Wegen Onkel Emil.« Ernie nickte traurig und Helmke sprach schnell weiter, um die Stimmung aufzulockern, bevor sie sich zu sehr verfestigen konnte. »Na ja, mein Plan war es auch nicht, mit sechzehn ein Kind zu bekommen.« Helmke lächelte. »Ich hatte einfach nur Glück! Aber seitdem ist auch meine Auswahl an möglichen Plänen eingeschränkt.«

Ernie drückte ihr die Hand. »Ich glaube, deswegen verstehen wir uns so gut. Wir wissen beide, wie sich das anfühlt.«

Ein warmes Gefühl breitete sich in Helmke aus. »Es dauert noch eine gute Stunde, bis wir erfahren, wie die Auktion ausgeht. Magst du dich solange ein wenig hinlegen? Ich berichte dir sofort, wie es...«

»Papperlapapp!« Ernie sah aus, als hätte sie beinahe wieder auf den Tisch gehauen. »Ich warte hier! Wenn ich etwas gelernt habe, dann Geduld.« Mit einem leisen Ächzen lehnte sie sich nach vorn und angelte nach der Tageszeitung, die die Putzfrau wie immer am Morgen auf dem Tisch in der Bibliothek abgelegt hatte.

Helmke zog den Laptop wieder zu sich, damit ihre Großtante genügend Platz zum Lesen hatte. Es war schön, etwas Gesellschaft zu haben.

Diese machte ein äußerst zufriedenes Gesicht, als sie das Blatt aufschlug. Sie überflog den Wirtschaftsteil und die Politik und blätterte schnell weiter zum Lokalteil.

Helmke öffnete derweil ihr Mailprogramm und klickte sich durch den Posteingang. Mails hatte sie beinahe immer zu beantworten.

Wie stets wählte sie zuerst die aus, die eindeutig Werbung enthielten oder aus irgendwelchen Gründen den Spamfilter umgehen konnten. »Ich habe doch gar kein Konto bei eurer Bank«, murmelte sie.

Bei einer Nachricht ihres Vaters überlegte sie kurz, ob sie diese ebenfalls zum Löschen anklicken sollte. Ihr Blick blieb an den Lilien hängen, während sie darüber nachdachte. Er schrieb ihr eigentlich nur aus einem Grund: Weil er unzufrieden damit war, dass sie einen Platz in diesem Teil der Familie eingenommen hatte und er nicht. Seit Oma Merle nach Emils Tod mit ihm nach Oldenburg gezogen war, hatte er kaum noch Kontakt zur Familie seines Vaters gehabt und sich auch als Erwachsener nicht allzu sehr darum bemüht. Er schien zu glauben, es sei sein Geburtsrecht, dass Ernie ihn ins Geschäft holt. Dass Helmke dafür studiert und es sich erarbeitet hatte, musste er wohl verdrängen.

Ihr Finger schwebte schon über der Taste, die alle diese Nachrichten ins Nirvana befördern würde, als Ernestine ein Zischen entfuhr.

Helmkes Kopf ruckte hoch.

Das Gesicht ihrer Großtante war kreidebleich geworden. Ihre Lippen zitterten, und jeglicher Elan, den Helmke gerade noch bewundert hatte, war von ihr gewichen.

Schnell griff Helmke nach ihrer Hand. »Tante Ernie. Was ist denn mit dir?«

Sie schielte auf die Zeitungsseite, die sie gerade gelesen hatte. Die Todesanzeigen waren es schon einmal nicht. Dennoch hatte sie das Gefühl, die alte Frau hätte mindestens einen Geist gesehen.

»Tante?« Geschickt ließ Helmke ihren Mittelfinger auf den Punkt gleiten, an dem man den Puls fühlen konnte.

Ernies Herz schlug schnell und flatternd. Ihr Atem ging flach.

Endlich reagierte sie. »Ich … ich glaube, ich muss mich ein wenig hinlegen.«

Sie versuchte, sich hochzudrücken, doch es gelang ihr nicht.

Sofort sprang Helmke auf und stützte sie. »Das klingt nach einer guten Idee. Du bist auch ganz blass geworden.«

Ernestine lehnte sich schwer auf Helmkes Arm. Sie konnten wirklich alle froh sein, dass die alte Frau noch so aktiv und mobil war. Es würde buchstäblich nicht leicht werden, sie zu pflegen.

Gemeinsam schafften sie es in die kleine Kammer neben der Treppe, die eigentlich einst als Dienstbotenzimmer gedacht war. Das Fenster ging in den Hinterhof und zeigte genau auf den Kücheneingang, doch immerhin hatte Ernestine dort einige Hortensien gepflanzt und ein Kräuterbeet angelegt, sodass sie wenigstens einen hübschen Ausblick hatte.

Helmke half ihrer Großtante auf das Bett. Es war vorsorglich schon mit einem Motor ausgestattet und ließ sich in der Höhe verstellen, auch wenn die alte Dame das noch nicht brauchte. Nicht alle Menschen in ihrem Alter dachten so vorausschauend.

Mit einem Schnaufen lehnte sich Ernie zurück und schloss die Augen. Langsam kehrte die Farbe in ihr Gesicht zurück.

Helmke betrachtete sie nachdenklich. Was hatte sie nur dermaßen aufgewühlt, dass sie so einen Anfall von Schwäche erlitten hatte? Mit der Auktion hatte es nichts zu tun gehabt, da war sich Helmke sicher. So wichtig wäre es auch nicht gewesen.

»Ich hole dir noch schnell ein Glas Wasser«, sagte sie.

Ernie nickte. »Ich danke dir, Liebes.« Ihr entfuhr ein leises Stöhnen. »Es ist gut, dass du hier bist.«

Kapitel sieben

Juli 1961

»Ah, Adelheid! Gut, dass du da bist!« Ernestine trug noch schnell die Nummer des neuerworbenen Sekretärs ins Kassenbuch ein, dann schloss sie es. Gemischte Gefühle breiteten sich in ihr aus.

Auf diesen Einkauf war sie ein wenig stolz. Sie hatte ein echtes Schnäppchen gemacht, und Vater hatte ihr anerkennend zugenickt.

Dieser Stolz sorgte jedoch nicht dafür, dass die Sorge aus seiner Miene verschwand, die sich in den vergangenen Tagen und Wochen darin eingenistet hatte. Um die Finanzen des Geschäfts stand es nicht gut. Genau genommen trug sie viel mehr mit dem roten Stift ein als mit dem schwarzen.

Noch dazu war Emil mit leeren Händen von der Auktion in Hamburg zurückgekehrt, bei der der Nachlass eines bekannten Dirigenten versteigert worden war. Sie hatten einige schöne Stücke ins Auge gefasst, doch im letzten Moment hatte ihm wohl der Mut gefehlt, den letzten Schritt, das letzte kleine Risiko einzugehen. Besonders ihr größter Konkurrent, Antiquitäten Muhlhauser, hatte ihn eingeschüchtert.

Ernie ahnte, was der Vater dachte: Ihrem Bruder fehlte das Gespür, wann es sich lohnte, etwas mehr zu bieten als andere, und der Schneid, das auch zu tun, egal ob jemand die Nase rümpfte oder lachte. Doch vielleicht lag es nur an dem Husten, der immer schlimmer wurde und ihn mehr und mehr auszehrte.

Wenn es so weiterging, würde sie bald an seiner Stelle die Auktionen besuchen und sich um die Auswahl der Stücke allein kümmern müssen.

Ihr wurde ein wenig flau in der Magengegend, als ihr das bewusst wurde. Würde man sie als Frau ernst nehmen, noch dazu in ihrem Alter?

Adelheid legte ein paar Briefe vor Ernie ab. »Die hat deine Mutter mir mitgegeben.« Dann stellte sie einen Teller mit Gebäck auf den Schreibtisch. Es waren kleine Törtchen, die mit einer Puddingcreme gefüllt zu sein schienen. »Magst du dieses Gebäck kosten? Es kommt gerade aus dem Ofen.«

Hinter dem Schreibtisch, in einem selbstgebauten Fort aus den Besucherstühlen und den Rückenkissen des kleinen Sofas, das seit Jahren einfach keinen Abnehmer fand, hockte die kleine Hedwig, Adelheids Tochter. Sie lächelte vor sich hin und ein kleines Bläschen aus Spucke hatte sich in ihrem Mundwinkel gebildet.

Ernie musste intuitiv lächeln. Was sie bei anderen Lebewesen eklig gefunden hätte, war bei diesem Geschöpf einfach zauberhaft.

»Was ist das denn?«, fragte sie und deutete auf die Küchlein.

»Das ist eine Spezialität aus Portugal. Ich habe das Rezept in einem der Bücher im Verkaufsraum entdeckt, einem alten, handgeschriebenen Folianten.«

Ernies Kopf ruckte hoch. »Du kannst Portugiesisch?«

Adelheid lachte auf. »Nein, ich nicht. Aber ich habe es Marisol gezeigt, und die konnte mir zumindest die Zutaten übersetzen.«

»Marisol sollte sich lieber darum kümmern, das Silber ordentlich zu polieren, sonst schmeißt Mutter sie noch raus.« Ernie verzog den Mund. Das wäre sehr schade, denn sie mochte diese lebenslustige Frau, auch wenn ihre Eignung als Dienstmädchen nicht optimal war.

Auch Adelheid zog bekümmert die Brauen zusammen. »Ich werde mit ihr sprechen.«

Der Vanilleduft, der von den Törtchen aufstieg, zog Ernestine wieder in ihren Bann. Vanille und noch etwas, das sie gerade nicht einordnen konnte. »Aber was genau ist es nun?«

»Es nennt sich Pastéis de Nata. Der Teig ist eine Art Blätterteig, und die Füllung wird so ähnlich zubereitet wie Vanillepudding.« Adelheid nahm eine Serviette, legte eins der Törtchen hinein und reichte es Ernie. »Koste es.«

Ernie lief das Wasser im Mund zusammen. Wenn Adelheid so weiterkochte und buk, brauchte sie demnächst eine neue Garderobe.

Wider besseres Wissen biss sie in das Gebäckstück. Der buttrige, süße Geschmack explodierte auf ihrer Zunge.

Da würde sie nicht aufhören können zu essen, bis der Teller leer wäre, das wusste sie jetzt schon.

»Und? Wie ist es geworden?« Adelheid grinste. Natürlich konnte sie Ernie am Gesicht ablesen, dass es ihr schmeckte.

»Wie Weihnachten und Geburtstag zusammen«, sprach diese aus, was ihr spontan vorhin durch das Gehirn geschossen war.

»Das liegt am Zimt.« Die Köchin nahm sich selbst eins der Teilchen und biss hinein. »Ja, es ist genauso geworden, wie ich es erwartet hatte«, sagte sie zufrieden kauend.

Hedwig gurgelte. Ihre Mutter hockte sich vor ihr Fort, in dem die Kleine eher eine sicher verwahrte Gefangene als die Herrscherin über ihr Königreich war, und stippte mit dem Zeigefinger in ihr Törtchen. Dann hielt sie ihrer Tochter die Leckerei an die Lippen.

Vertrauensvoll lutschte Hedwig daran herum. Ihr kleines Gesichtchen verzog sich vor Freude. Noch eine zufriedene Testesserin.

Beim Betrachten dieser Szene ergriff eine unangenehme Wehmut von Ernie Besitz. Dieses Kind fühlte sich wohl in seiner Rolle. Hedwig fühlte sich dazugehörig, sie hockte in ihrer Kissenburg wie eine kleine Königin. Obwohl sie keinerlei Macht besaß, ihr Schicksal zu beeinflussen, und völlig vom Wohlwollen anderer abhängig war, schien sie damit zufrieden zu sein.

Und sie selbst? War sie mit dem Schicksal zufrieden, dass ihr auferlegt worden war, von ihren Eltern, durch ihre Herkunft, dank der Krankheit ihres Bruders?

Seufzend nahm sie noch ein Törtchen. Wenn sie schon sonst nichts unter Kontrolle hatte, dann wenigstens diesen kleinen Genuss.

»Du musst jetzt nach vorn in den Laden, richtig?«, fragte Adelheid, nachdem der Pudding von ihrem Finger abgeleckt worden war.

Ernie nickte. »Vater hat noch einen Termin und Emil hat sich hingelegt. Es geht ihm nicht allzu gut.«

»Dein armer Bruder.« So, wie Adelheid dabei guckte, meinte sie allerdings eher die arme Ernestine mit ihrem Mitleid.

Sorge verkrampfte Ernies Herz, und sie verschlang ein weiteres dieser Pastetchen. »Der Arzt hat versprochen, noch heute einen Hausbesuch zu machen.«

»Dann danke ich dir sehr, dass du auf Hedwig geachtet hast, während ich das Rezept ausprobiert habe.« Die Köchin räumte die Kissen wieder auf das Sofa und stellte die Stühle auf, bevor sie ihre Tochter auf den Arm nahm. »Das Abendessen ist auch schon vorbereitet.«

»Sie ist ein Schatz. Du kannst sie jederzeit hier bei mir lassen, Adelheid.« Die Wehmut in ihrer Stimme hörte sie selbst.

Näher käme sie an das Gefühl, eine Mutter zu sein, wohl niemals heran.

Sie stellte das Kassenbuch ins Regal und verließ hinter ihrer neuen Freundin und deren Tochter die Schreibstube.

Vater war gerade mitten in einem Beratungsgespräch und nickte ihr wohlwollend zu, während Adelheid unauffällig in den privaten Teil des Hauses in der Jakobistraße verschwand.

Mit einem freundlichen Nicken gesellte sich Ernie zu dem Gespräch dazu. Der Mann, mit dem er sprach, trug einen braunen Cordanzug und ein gestreiftes Hemd. Sein schütteres Haar hatte er mit einigen Strähnen von der Seite überkämmt.

Er interessierte sich für einen goldverzierten Spiegel, der vom Stil her überhaupt nicht zu ihm zu passen schien. Eine interessante Wahl, und auch ein wenig zu teuer für seine Verhältnisse, würde Ernie schätzen.

Was ihn wohl bewogen hatte, sich ausgerechnet dieses auffällige Stück auszusuchen?

Trotz allem blieb er am Ball, auch wenn sich Vater nicht auf die Preisvorstellungen des Mannes einlassen wollte.

Ernie wunderte sich, sagte aber nichts dazu. In ihren Unterlagen lag die Preisvorstellung durchaus im Bereich dessen, was der Mann entgegen aller Erwartungen zu geben bereit war, doch Vater blieb hart.

Aufmerksam lauschte sie den Worten ihres Vaters und analysierte seine Verhandlungstaktik. Er blieb freundlich, aber unnachgiebig.

Es war ihr geradezu körperlich unangenehm. Sie hätte vermutlich schon längst eingeschlagen und das Geschäft abgeschlossen, auch wenn der Gewinn sich dann im Rahmen gehalten hätte.

Als sie schon das Gefühl hatte, der Kunde würde die Augen verdrehen und den Laden verlassen, geschah etwas Seltsames: Der Mann senkte kurz den Kopf, und etwas in ihm schien zu brechen. Nur ein winziger Widerstand, der plötzlich wegbröckelte.

Er nickte und zückte sein Scheckbuch. Nur seine hart arbeitenden Kiefermuskeln deuteten an, wie schwer ihm das fiel, doch er schien nicht anders zu können.

Ernestine wich dem Blick des Mannes aus und lief nach Verpackungsmaterial. Vater senkte nur den Kopf wie in einem langsamen Nicken.

Er nahm den Scheck über die viel zu hohe Summe entgegen, während Ernie das gute Stück in Papier einschlug. Wenn sie etwas konnte, dann Waren verpacken. Das hatte sie bereits als Kind gelernt, während Emil bei der Buchhaltung zusah und bei genau solchen Verhandlungen wie gerade teilnahm.

Eigentlich hatte sie gedacht, das wäre ihr Schicksal, bis sie einen netten Mann kennenlernte, der sie heiratete und dessen Arbeitsbrote sie dann mit genau dieser Inbrunst verpacken würde wie die Waren im Geschäft.

Und dann war alles anders gekommen.

Sie schlang Paketband um das Papier und reichte dem Käufer seinen Schatz.

Der nickte ihr freundlich zu, doch in seinem Gesicht arbeitete es. Er kam ihr vor wie ein Getriebener, und sie schämte sich ein wenig für das Verhalten ihres Vaters. Der Antiquitätenhandel Tegeler hätte auch ein gutes Geschäft gemacht, wenn er dem armen Kerl ein wenig entgegengekommen wäre.

Kaum war der Käufer durch die Tür, reichte Vater ihr den Scheck. »Bist du so lieb und trägst die Einnahmen gleich noch ein, Kind?«

Sie nickte und starrte auf die Summe, die der Mann in dem dafür vorgesehenen Feld eingetragen hatte. »Natürlich.« Es war zwar viel Geld, aber retten würde dieser eine vorteilhafte Verkauf das Geschäft auch nicht.

Ihr Vater wollte sich bereits abwenden und den Laden verlassen, doch er zögerte. »Ist alles in Ordnung?«

Ernie nickte, dann schüttelte sie den Kopf. »Ich weiß nicht. Ich frage mich ...« Sie biss sich auf die Zunge.

Vaters Brauen zogen sich über seiner Nase zusammen wie ein flaches V. »Was fragst du dich?«

Nach einem tiefen Atemzug fasste sie sich ein Herz. »Ich frage mich, warum der Mann plötzlich bereit war, diese Summe zu zahlen.«

Ein leises Lachen ertönte. »Das musst du schon ihn fragen, Kind.«

Natürlich. Sie hatte geahnt, dass er das sagen würde. Vielleicht musste sie es anders formulieren. »Aber du wusstest es doch, dass er das zahlen würde. Sonst hättest du nicht versucht, ihn so weit oben zu halten mit deiner Verhandlung. Du hättest ihm entgegenkommen können.«

Vater runzelte die Stirn. »Ich ... ich wusste es nicht.«

Er schien nachzudenken, bevor er fortfuhr. »Ich hatte nur so ein Gefühl. Das Gefühl, dass er den Spiegel unbedingt haben wollte.«

»Aber woher kam dieses Gefühl? Und wie ... na ja, wie fühlt sich das an?« Sie hatte gerade nur das untrügliche Gefühl, dass sie diese Fähigkeit niemals lernen würde.

Ein leises Lachen erklang. »Das sind gute Fragen, Tochter.« Ihr Vater, der gerade noch fest entschlossen schien, den Raum zu verlassen, wandte sich nun vollkommen Ernestine zu. Nicht nur sein Körper, auch seine Aufmerksamkeit war ganz bei ihr, vielleicht zum ersten Mal in ihrem Leben.

Ein warmes Gefühl breitete sich in ihr aus.

»Woher ich es wusste ...« Ein Lächeln stahl sich auf seine Lippen. »Ich weiß nicht, ob ich es dir erklären kann, Kind. Aber hast du dir schon einmal ausgemalt, was für eine Geschichte die einzelnen Stücke, die wir hier verkaufen, erlebt haben? Hast du dich gefragt, ob dieses Gemälde einst in der guten Stube eines berühmten Menschen hing, oder ob dieser Teppich vielleicht im Hinterzimmer einer düsteren Bar lag?«

Er zeigte auf einen wunderschönen alten Perser mit einem Brandloch in einer Ecke, der ansonsten perfekt erhalten war.

»Ein Hinterzimmer?« Sie erschauerte und umschlang ihren Körper mit ihren Armen. Würden sie wirklich Dinge in ihren Fundus aufnehmen, die eine solche fragwürdige Vergangenheit hatten?

»Dann sag du mir einen Grund für dieses Brandloch. In meiner Vorstellung hat der Verbrecherkönig, der vom Besitzer der Bar Schutzgeld erpresste, dort als Warnung seine Zigarre ausgedrückt.«

Ernie musste schlucken, als sie in ihr Innerstes lauschte. Was dachte sie, weswegen sich dieses Loch dort in die feine Wolle gefressen hatte? Dann kam ihr eine Idee. »Ich sehe ihn in einem Wohnzimmer liegen. Es ist Weihnachten, und die Eltern haben gerade den Tannenbaum aufgestellt und geschmückt. Die beiden Kinder, ein Junge und ein Mädchen, warten draußen, während die beiden noch die Kerzen anzünden. Dann lassen sie die Kinder herein. Und während der Junge nur staunend auf das Lichtermeer starrt, läuft das Mädchen schnell zum Baum. Sie hat nämlich gesehen, dass eine der Kerzen nicht richtig angebracht worden war. Sie kippt langsam vom Zweig und schüttet dabei heißes Wachs aus. Dann fällt sie auf den Teppich. Das Mädchen kann die Flamme gerade noch austreten, bevor etwas Schlimmeres geschieht.«

Vater nickte anerkennend. »Eine sehr schöne Geschichte.«

Ihr Gesicht wurde heiß, als sie an jenen Weihnachtsmorgen dachte, an dem sich diese Szene beinahe so abgespielt hatte. Nur dass sie selbst es gewesen war, die diese Kerze nicht richtig angebracht hatte.

Es war ihre Pflicht gewesen, die Flamme auszutreten. Emil, der sich mit ihr in die Weihnachtsstube geschlichen hatte, konnte nur stumm zusehen. Doch in ihrem Fall hatte sich der Brandfleck auf dem Parkett befunden, und immerhin hatte ihr Bruder ihr dabei geholfen, den Teppich so zurechtzuziehen, dass er die schwarze Stelle verdeckte.

Jedes Dienstmädchen wusste von dem kleinen Malheur, nur ihre Eltern waren völlig ahnungslos.

Sie musste sich auf die Lippe beißen, um nicht zu grinsen. Sie servierte ihrem Vater das Geständnis geradezu auf einem der Silbertabletts aus ihrem Fundus, und er ahnte nicht, wie wahr diese Geschichte war.

Stattdessen breitete sich ein stolzes Lächeln auf seinem Gesicht aus. »Genau das meinte ich, Kind. Und nun stell dir vor, der nächste Kunde, der hereinkommt, ist eben dieser kleine Junge, der seiner Schwester dabei zugesehen hat, wie sie die Flammen löscht. Er sieht hier diesen Teppich, und Erinnerungen an glückliche Zeiten kommen in ihm hoch.« Vater zwinkerte verschwörerisch. »Wenn du das erkennst, dann weißt du, wie viel dieser Mensch zu geben bereit ist.«

Die Tür zum privaten Teil des Hauses öffnete sich, und wie auf Bestellung kam ihr Bruder herein.

Obwohl er sich ein Taschentuch gegen den Mund presste und allgemein elend aussah, musste Ernie grinsen. Wenn Vater wüsste ...

»Ich verstehe, was du meinst«, sagte sie.

Ob sie das jemals schaffen würde, vermochte sie nicht zu sagen. Sie sah auf den Neuankömmling, der auf zittrigen Beinen zu ihnen trat, und wünschte sich, er könnte ihr das abnehmen.

Kapitel acht

»Ich wünschte, ich könnte dir das abnehmen, Mama.« Konstanze steckte sich eine der Zwetschgen in den Mund, die sie auf ihrem Streifzug irgendwo aufgelesen hatte, und kaute hingebungsvoll. Dabei sah sie Helmke so liebevoll an, dass es dieser ganz heiß in der Brust wurde.

»Musst du nicht, Maus.« Helmke lief das Wasser im Mund zusammen. Diese Zwetschgen sahen verführerisch aus. »Du bist ohnehin schon die tollste Tochter aller Zeiten, weißt du das eigentlich?«

»Berücksichtigst du dich dabei? Du bist ja eigentlich auch eine Tochter, irgendwie. Oder hört man damit irgendwann auf?«

Die Antwort kam mit Innbrunst aus ihr heraus. »Inklusive mir! So eine tolle Tochter, wie du es bist, war ich nicht. Aber meine Eltern waren auch nicht so toll wie ich, also gleicht sich das wieder aus.«

Konstanze warf mit einem Zwetschgenkern nach ihr. Helmke duckte sich, und der Kern landete irgendwo hinter ihr auf dem Boden. Es klickte, als er aufkam.

»Aber du musst so viel arbeiten.« Konstanze deutete auf den Laptop, auf dem immer noch die Auktionsseite geöffnet war. Bisher war die Entscheidung über den Zuschlag nicht gefallen, es konnten noch Gebote abgegeben werden. »Und dann auch die Sorge um Tante Ernie. Das ist doch total stressig!«

»Ach was«, sagte Helmke, bemerkte allerdings selbst, wie falsch das klang. »Das schaffen wir schon, wir drei. Kümmere du dich mal lieber um deine Karriere als Einserschülerin.«

Ihre Tochter sah aus, als wollte sie sofort einen weiteren Kern abfeuern, verkniff es sich aber. »Ich wünschte viel eher, dass ich schon fertig mit der Schule wäre. Weißt du, dass bei der Ausgrabung studentische Hilfskräfte gesucht werden?«

»Welche Ausgrabung?« Helmke hatte das Gefühl, auf dem Schlauch zu stehen. Hatte ihre Tochter ihr davon bereits erzählt?

Die Sorge um Ernies Schwächeanfall und die Gedanken an die Auktion hatten alles andere ein wenig zur Seite gedrängt.

Konstanze setzte sich aufrecht hin und spuckte brav den nächsten Kern in die hohle Hand. »Ach, das weißt du noch gar nicht! Es gibt eine Ausgrabung im Moor, gar nicht weit von hier. Da wurden Werkzeuge aus der Bronzezeit gefunden.«

»Da, wo man auch diese Moorleiche entdeckt hat?« Helmke erschauerte.

Konstanze strich sich die Haare aus der Stirn. Das tat sie immer, wenn sie in der Stimmung war, ein wenig zu dozieren. »Du meinst den Mann von Bernuthsfeld. Der wurde ein wenig weiter südlich geborgen, aber ganz so weit ist es nicht.«

»Du kennst dich ja mal wieder super aus.« Helmke quoll der Stolz auf ihre Tochter aus allen Poren.

Konstanze erklärte noch ausgiebig die Besonderheiten von Funden im Hochmoor und warum diese so gut erhalten waren. Dann führte sie Beispiele wie irgendeinen Bohlenweg an, der sich einst durch Aurich gezogen hatte.

»So so, ein Knüppeldamm«, murmelte Helmke, konnte aber längst nicht mehr folgen. Es war unglaublich, wie viel ihre Tochter jetzt schon darüber wusste. War sie nicht erst zwölf?

Nebenbei schielte Helmke auf den Laptop. So langsam müsste der Zuschlag erteilt werden. Ob ihre Verbindung so schlecht war?

Sie aktualisierte. Tatsächlich verschwand das Bild und baute sich nur extrem langsam wieder auf.

Sie blickte hoch. »Sag mal, bist du im WLAN?«

Konstanze nickte freimütig. »Ich lade gerade was runter.«

Helmke verdrehte die Augen.

»Für die Schule«, fügte ihre Tochter hinzu und wurde rot.

»Ist schon gut! Ich bin nur wegen der Qualität der Verbindung genervt.« Das fehlte noch, dass sich ihre Tochter rechtfertigen musste, weil Großtante Ernie keine Glasfaser hatte. »Solange es nicht illegal ist, kannst du laden, was du willst.«

»Gut.« Konstanze wirkte erleichtert. »Es ist nämlich die wissenschaftliche Arbeit des Professors, der diese Ausgrabung leitet.«

»Und das ist so groß?« Sie musste sich wirklich um eine bessere Verbindung kümmern. Immerhin waren hier mindestens zwei Mitbewohnerinnen auf das Internet angewiesen.

Zerknirscht kaute Konnie auf ihrer Unterlippe herum. »Da sind einige Videos dabei.«

Helmke legte ihr die Hand auf den Unterarm. »Ich bin froh, dass du an solchen Dingen Interesse hast.« Insgeheim fragte sie sich allerdings, ob ihr Interesse auch dadurch begünstigt wurde, dass ihr eine männliche Bezugsperson fehlte.

Starke weibliche Vorbilder waren natürlich wichtig, doch mit einer Vaterfigur konnte Helmke nicht dienen. Immer, wenn sie mal einen Mann kennenlernte, hielt sie ihn solange geheim, bis sich die Beziehung von allein wieder erledigt hatte. Und dann war sie froh, dass sie ihrer Tochter diese Bekanntschaft nicht zugemutet hatte. Konstanze hatte schon genug damit zu kämpfen, dass ihr eigener Vater nicht für sie da sein konnte.

Vielleicht steuerte Helmke aber auch immer so schnell auf das Ende einer Beziehung hin, eben weil sie nicht bereit war, die jeweiligen Männer in ihr Leben zu lassen. Was, wenn sie nicht gut genug waren? Dann war das ein Teufelskreis, den sie nicht durchbrechen konnte.

Konstanze recherchierte längst mit ihrem Mobiltelefon weiter in Sachen Moor, Archäologie, oder was auch immer Mädchen in ihrem Alter so interessierte – wobei sie sich da vermutlich von anderen Mädchen ihres Alters massiv unterschied. Irgendetwas jedenfalls, mit dem sie das WLAN-Signal weiter beanspruchte.

Endlich baute sich die Auktion wieder auf.

»Herzlichen Glückwunsch«, las Helmke laut vor und sprang auf. »Wir haben den Zuschlag!«

Das war ein wirklich guter Preis für den Schreibtisch, gerade eben so hoch, dass niemand sie überboten hatte.

Konstanze sprang auf und trat neben sie. »Zeig mal!«

Helmke rief die Artikelbeschreibung auf und klickte auf die Bilder.

Ihre Tochter nickte. »Total schön!«

Sie klatschten die Handflächen ihrer rechten Hände zusammen und strahlten einander an.

»Ich erzähle es schnell Ernie.«

Helmke stand auf und wollte gerade den Raum verlassen, als Konstanze einen überraschten Laut von sich gab. »Ach, schau an!«

»Was denn?« Sofort stoppte Helmke in der Bewegung und wandte sich um.

Konstanze hielt die Zeitung hoch, die vergessen auf dem Tisch lag. »Du wusstest ja doch von der Ausgrabung. Oder hast du das etwa überlesen?«

Helmke trat näher. Ein langer Artikel füllte die gesamte Seite. Es waren Fotos vom Moor zu sehen, besonders von der Stelle, an der die Ausgrabung stattfand. Ein niedriger, knorriger Baum erhob sich im Hintergrund.

»Nein, ich ...« Erst jetzt wurde ihr schlagartig klar, was sie vergessen hatte. Sie wollte nachgesehen haben, was ihre Großtante so aufgewühlt haben könnte. »Ernie hat die Zeitung gelesen.«

Schnell überflog sie den Artikel, bemerkte jedoch nichts, was ihrer Großtante so hatte zusetzen können. Ob sie eine der beteiligten Personen kannte?

Sie legte ihrer Tochter die Hand auf den Rücken. »Vielleicht ist es besser, wenn du diese Ausgrabung vor deiner Urgroßtante nicht erwähnst, in Ordnung?«

Konstanze nickte. »Du meinst, deswegen geht es ihr so schlecht, dass sie sich hinlegen musste?«

Helmke zuckte mit den Schultern. »Ich weiß es nicht. Aber möglich wäre es.« Schnell schlug sie die Zeitung zu und griff stattdessen nach der Schüssel mit den Zwetschgen. Vielleicht konnte sie Ernie damit eine kleine Freude machen.

Leise näherte sie sich der Schlafzimmertür ihrer Großtante und klopfte behutsam an. Für den Fall, dass sie eingeschlafen war, wollte Helmke sie nicht wecken.

Doch sofort erklang ihre Stimme. »Herein.«

Mit Erleichterung registrierte Helmke, dass Ernie schon wieder viel kräftiger klang. Sie drückte die Klinke herunter und steckte den Kopf durch den entstandenen Spalt.

»Ich wollte dir nur schnell sagen, dass wir den Schreibtisch bekommen haben. Ich sage heute noch in der Werkstatt Bescheid, dass sie sich Gedanken zur Aufbereitung machen sollen.«

Ernie saß aufrecht im Bett – mit Kissen in ihrem Rücken, nicht mithilfe des Motors.

Jetzt atmete Helmke endgültig auf. Das war sicher ein gutes Zeichen.

Ihre Großtante lächelte. »Das freut mich. Damit haben wir ein gutes Schnäppchen gemacht. Emil hat dieses Gespür für das richtige Produkt, den richtigen Betrag und den richtigen Zeitpunkt nicht.«

»Emil?« Zwar hatte sie ihn nie kennengelernt, doch natürlich wusste Helmke, dass damit ihr Opa, Ernies Bruder, gemeint war. Bisher hatte sie ihn so gut wie nie erwähnt. Was hatte sie ausgerechnet heute dazu gebracht, sich an ihn zu erinnern?

Und vor allem, warum sprach sie von ihm so, als lebte er noch?

Ernestine winkte ab. »Ach, schon gut. Was hast du denn da?« Sie reckte den Hals, um einen Blick in die Schüssel zu erhaschen.

Helmke hielt sie so, dass Ernie den Inhalt sehen konnte. »Zwetschgen. Konnie hat sie draußen gepflückt, als sie im Moor unterwegs war.«

»Zwetschgen!« Die Augen der alten Dame leuchteten auf. »Ich liebe Zwetschgen!«

Helmke trat ans Bett, und Ernestine griff zu.

Vorsichtig teilte sie eine der Früchte mit den Zähnen, öffnete sie und sah sich das Innere an. »Keine Spur von Würmern und richtig schön saftig!« Die Hälfte, in der nicht der Stein stecken geblieben war, wanderte zwischen ihre Lippen. »Sehr schmackhaft!«

»Finde ich auch. Vielleicht ziehen Konnie und ich später los und pflücken noch mehr davon.«

Ernie nickte. »Eine gute Idee! Adelheid kann uns einen schönen Kuchen daraus backen! Zwetschgenkuchen ist ihre Spezialität.«

»Adelheid?« Helmke überlegte, ob sie diesen Namen bereits gehört hatte, doch es fiel ihr nicht ein. »Ist das eine Bekannte von dir hier aus Aurich?«

Ernestine runzelte die Stirn. Ein wenig verwirrt sah sie Helmke an. »Nein, nein ... Adelheid ist ... war ...« Sie brach ab und kniff die Lippen zusammen.

Vielleicht hatte sie es vergessen oder etwas verwechselt? Besser, wenn Helmke sie nicht darauf festnagelte. Das wäre ihr sicher unangenehm, und so wichtig war es vermutlich nicht.

Sie stellte die Zwetschgen auf den Nachttisch. »Ich werde dann noch ein wenig arbeiten, Tante. Und du ruhst dich ein wenig aus, in Ordnung?«

Ernie nickte und schielte schon wieder nach den Früchten.

Das wertete sie als gutes Zeichen. Mit einem Lächeln auf den Lippen verließ Helmke das Zimmer.

Kapitel neun

September 1961

Adelheid hatte ein leises Lächeln auf den Lippen, während sie Ernestine den Löffel hinhielt. »Ist es so richtig gewürzt?«

Ernie öffnete den Mund, schloss die Augen und genoss die Geschmacksexplosion, die Adelheids Komposition in ihrem Mund hervorrief.

Ein leiser Seufzer entfuhr ihr. »Das ist perfekt, Adelheid! Genau die richtige Menge an Estragon und Nelken.« Sie stellte sich auf Zehenspitzen, um einen Blick in den Topf zu werfen. »Und die Farbe ist genau richtig.«

Adelheid rührte weiter in der kräftig grünen Masse. »Ich dachte schon, ich hätte zu viel Petersilie erwischt.«

Sie schüttelte sich, und es wurde mehr als deutlich, dass der Grüne Knurrhahn nicht so ganz ihrem eigenen Geschmack entsprach.

Umso erstaunlicher fand Ernie es, dass sie das Gericht dennoch so zubereiten konnte. Sogar Mutter würde begeistert sein. Sie hatte sich bisher ohnehin erfreulich selten negativ über Adelheid geäußert, obwohl sie eigentlich bei jedem ihrer Angestellten irgendwo ein Haar in der Suppe fand. Sogar bei denen, die gar nichts mit der Suppe zu tun hatten.

Natürlich hatte das alte Familienkochbuch einen gewissen Einfluss, das auf dem Buchständer neben dem Herd thronte. Es würde in der nächsten Zeit wieder enorm verführerisch duften.

Ernie tätschelte den Kopf der kleinen Hedwig, die mit einem eingespeichelten Brotkanten in der Hand zu ihren Füßen hockte. Genau genommen saß sie *auf* Ernies Füßen, und das war ein ganz wunderbares Gefühl. Wieder durchfuhr sie ein Stich von Neid auf die junge Köchin.

Sofort mischte sich Scham unter den Neid. Was sagte das über sie aus, dass sie auf das tragische Schicksal einer jungen Frau neidisch war? Adelheid hatte viel zu früh ihren Mann verloren. Inzwischen hatte sie Ernie erzählt, dass sie für ihn ihre Heimat Mechernich verlassen hatte und als Küchenhilfe im gleichen Haushalt wie er selbst angestellt worden war.

Dass sie schnell zur Hilfsköchin aufgestiegen war, hatte sie ganz sicher ihrem Talent zu verdanken. Eigentlich hätte sie glücklich sein können. Doch dann hatte das Schicksal zugeschlagen: An dem Tag, an dem sie erfuhr, dass sie schwanger war, fiel ihr Mann bei Baumpflegearbeiten von einem hohen Ast und brach sich einen Halswirbel. Er starb zwei Tage später, ohne noch einmal zu Bewusstsein zu kommen.

Der bedauernswerte Mann hatte nie erfahren, dass er der Welt einen Nachkommen hinterlassen hatte. Die arme Adelheid musste kurz vor der Geburt ihre Stelle aufgeben, und, als sie wieder in der Lage war zu arbeiten, hatte die Familie natürlich längst eine neue Köchin eingestellt.

Immerhin hatte die Hauswirtschafterin ein Herz bewiesen, sich umgehört und sie dann in das Haus der Familie Tegeler geschickt.

Ernie hat nie an Vorbestimmung geglaubt, doch wenn ihr der Duft von Adelheids grünem Knurrhahneintopf in die Nase stieg, fühlte es sich beinahe so an, als hätte eine gute Fee die Köchin zu ihr geschickt.

Was auch immer in der Zukunft geschah, sie würde alles in ihrer Macht Stehende tun, um Adelheid bei sich zu behalten. Das lag nicht nur an ihrer Kochkunst, sondern auch an der Tatsache, dass sie sich in den vergangenen Wochen zu einer Vertrauten entwickelt hatte.

Hedwig sah Ernie aus ihren blauen Kulleraugen an und strahlte. Dann lutschte sie ein wenig an ihrem Brot, das sie genauso anstrahlte. Es war wohl nicht allzu schwer, ihr Wohlwollen zu erlangen.

Gedankenverloren spielte Ernestine mit dem weichen Kleinkindhaar. Kochen, essen, eine Familie versorgen, ein eigenes Kind ... das war stets ihr Wunsch gewesen.

Dieses Ziel rückte in immer weitere Ferne.

»Du siehst bedrückt aus«, sagte Adelheid plötzlich. »Ist etwas geschehen?«

Ernestine senkte den Kopf. »Ach, es ist das übliche.«

»Emil?«

Ernie nickte. »Er hat auf der letzten Auktion viel zu viel für ein beinahe wertloses Stück geboten. Bei einem weiteren Gemälde wurde er im letzten Moment überboten, sonst hätten wir Schulden gemacht.«

»Weiß dein Vater es?«

Schnell schüttelte Ernie den Kopf. »Nein, er weiß es nicht. Vielleicht ahnt er es. Doch ich konnte es einigermaßen vertuschen und habe so getan, als sei das ausgegebene Geld für zwei Käufe aufgewendet worden.«

»Das war aber wirklich sehr nett von dir.« Adelheid streute eine Prise Salz in den Eintopf und rührte. »Sicher ging es ihm nicht allzu gut, als er in Hamburg war.«

Liebevoll sah Ernie die Köchin an. Adelheid kümmerte sich rührend um Emils Husten, bereitete ihm Umschläge und Kräutertees und kochte extra so, dass die Lebensmittel möglichst wenig Schleim bildeten.

Emil passte es zwar nicht, dass er auf sein geliebtes Käsebrot verzichten sollte, doch er spürte wohl selbst, dass es ihm ein wenig half.

Natürlich konnte Adelheid keine Wunder vollbringen, aber sie linderte in jedem Fall seine Beschwerden. Vielleicht war das der Grund, dass die ganze Familie, sogar Mutter, ihr so zugetan war. Sogar Emils Frau Merle, die eigentlich immer mit sich selbst beschäftigt war, schien sie zu mögen. Das mochte auch daran liegen, dass sie beide ein Kleinkind zu versorgen hatten.

»Ich weiß allerdings nicht, wie lange ich seine Fehleinschätzungen noch ausbügeln kann. Irgendwann wird es sich in den Büchern niederschlagen.« Ernie erschauerte. »Es wäre am besten, wenn ich ihn auf seinen Geschäftsreisen begleiten würde.«

Adelheids Augen weiteten sich, und sie schien sogar das Rühren zu vergessen. »Und das würdest du wollen?«

»Auf keinen Fall!« Ernie bemerkte selbst, wie entsetzt sie klang, doch das konnte sie nicht verhindern. »Ich möchte am liebsten überhaupt nichts mit dem Geschäft zu tun haben müssen.« Wieder sah sie sehnsuchtsvoll auf die kleine Hedwig, die mit ihren pummeligen Händchen nach Ernies Rocksaum griff und ihn ansah, als sei er das größte Wunder dieser Welt.

Draußen im Gang erklangen Schritte, und die Tür zum Esszimmer wurde geöffnet.

Adelheid wurde hektisch. »Ich denke, du solltest dich zur Familie gesellen. Ich muss die Speisen noch anrichten.«

Für Ernie sah alles bereits jetzt schon hervorragend aus, besser als sie es jemals hinbekommen würde. Dennoch nickte sie.

Bevor sie die Küche verließ, hob sie noch die große Terrine vom obersten Regalbrett. »Benutz am besten diese hier. Mutter liebt sie.«

Sobald die Luft im Gang frei war, schlich sie sich aus der Küche und näherte sich der Tür auf der gegenüberliegenden Seite.

Mutter und Vater saßen bereits am Tisch.

»Guten Abend, liebe Eltern«, begrüßte Ernestine sie und setzte sich auf ihren Platz.

Ein Blick auf die goldene Tischuhr, die auf dem Sideboard stand, verriet ihr, dass sie spät dran war. Dennoch fehlten noch ihr Bruder und seine kleine Familie.

Als sich deren Stimmen auf dem Gang vor dem Esszimmer näherten, horchte Ernie auf. Auch ihr Vater bewegte sich plötzlich unruhig hin und her. Sie irrte sich wohl nicht. Merle schien sich ganz entgegen ihrer normalen Fassung mit Emil zu streiten.

Kurz vor der Tür verstummten sie. Es dauerte ein paar Sekunden, bis ein leises Klopfen erklang, und sich die Tür erneut öffnete.

Obwohl sich beide sichtlich Mühe gaben, sich zusammenzureißen, sah man ihnen den Streit an. Merles Mund war verkniffener als sonst, und Emils Wangen, sonst von seiner Krankheit stets blass und ausgezerrt, erschienen ihr gerötet.

Nur der kleine Konrad, den Emil auf dem Arm trug, strahlte gewohnt gelassen in die Runde. Er trug ein grünes Leibchen, was darauf schließen ließ, dass Merle bereits oben gerochen hatte, was für ein Gericht es heute geben würde. Etwaige Flecken des Grünen Knurrhahns würden sich darauf nicht allzu sehr abzeichnen.

Mutter räusperte sich. Ernie sah ihr an, wie sehr ihr die Situation missfiel. Streit war bestenfalls so auszutragen, dass niemand anderes ihn mitbekam, oder, was noch besser war, überhaupt nicht. Sollten doch alle Menschen ihren Ärger herunterschlucken und säuerlich lächeln so wie sie.

Zum Glück kam Adelheid herein und trug den Eintopf auf, sodass keine spitze Bemerkung fiel. Ernie zwinkerte ihrer Freundin zu, als sie mit der großen silbernen Kelle ihren Teller füllte. Nicht nur, dass sie genau im richtigen Moment aufgetaucht war, sie strahlte eine solche Ruhe aus, dass sogar Mutter sich zu entspannen schien.

Vielleicht lag das auch an dem verführerischen Duft, der von dem Essen ausging.

Ernie atmete diesen tief ein, und sofort lief ihr das Wasser im Mund zusammen. Sie konnte es kaum erwarten, dass Vater endlich den Löffel nahm und damit allen das Zeichen gab, dass die Mahlzeit eröffnet sei.

Schon bewegte sich seine Hand in Richtung Besteck. Er mochte dieses Gericht genauso gern wie Ernie und sah hungrig aus. Doch kaum hatte Adelheid das Speisezimmer verlassen, straffte sich Emil. Es ging ein spürbarer Ruck durch seinen Körper.

Beinahe erwartete Ernie, dass er nun aufstand und mit dem Löffel an sein Glas schlug. Er machte den Eindruck, etwas sagen zu wollen.

Vater hielt inne und sah ihn an. Alle hielten inne, wie Ernestine mit einem schnellen Blick in die Runde feststellte. Nur Konrad patschte mit seinen Händchen auf die Tischdecke und versuchte offensichtlich, den Teller seiner Mutter zu erreichen, die diesen ganz automatisch aus seiner Reichweite schob.

»Vater«, begann Emil und zögerte. Seine Gesichtsfarbe wechselte von blass zu fleckig rot. »Wie du weißt, findet in München nächsten Monat die alljährliche Möbelmesse mit Antikmarkt statt. Ich habe beschlossen, dass ich sie dieses Jahr besuchen will, um nach interessanten Einzelstücken Ausschau zu halten.«

Vater erstarrte. Seine Brauen zogen sich zusammen. »Emil, das ist viel zu weit. Wir haben nie daran teilgenommen, das weißt du doch.« Zwischen den Zeilen schwangen die Worte »zu groß für unser kleines Geschäft« mit.

»Dann wird es vielleicht Zeit. Ich will einen frischen Wind hereinbringen, neue Kontakte knüpfen.«

Sofort verhärtete sich Vaters Miene. »Lass uns das Geschäft so weiterführen wie bisher. So, wie es funktioniert.«

Vater war nie ein Freund von Veränderungen gewesen, was sicher auch an der Entstehung ihrer finanziellen Probleme mitgewirkt hat. Vielleicht verstand er diesen Vorschlag sogar als Kritik an seiner Art, das Geschäft zu führen.

Mutter sagte nichts, wirkte jedoch wenig begeistert. Alles andere wäre allerdings tatsächlich überraschend gewesen. Auch Merle kniff die Lippen zusammen und starrte auf ihre Hände, die sie auf dem Tisch gefaltet hatte.

»Aber es funktioniert doch nicht. Du kennst die Bücher. Wir können nicht mehr mithalten, die Konkurrenz kann in Nachlassauktionen mehr bieten und nach der Restauration weniger verlangen. Wenn wir nicht umdenken, größer denken, einen neuen Weg gehen, können wir bald die Tore schließen.« Er warf einen schnellen Blick zu Ernestine.

Unruhig rutschte sie hin und her. Ob er sie dadurch um Unterstützung anflehte? Oder wollte er damit ausdrücken, dass es keine Zukunft hatte, das Geschäft von einer Frau führen zu lassen?

Plötzlich wallte heißer Zorn in ihr hoch. Sie hatte niemals um eine Beteiligung gebeten! Was konnte sie dafür, wenn seine Gesundheit so angeschlagen war, dass er Hilfe brauchen würde?

»Das stimmt nicht«, sagte sie. »Unsere Gewinne sind in den letzten drei Monaten gestiegen, vor allem bei den Produkten, die uns von Vertretern angeboten wurden. Nur bei den Auktionen hatten wir weniger Erfolg.«

Mit den Vertretern hatten sie und Vater verhandelt, wenn es Emil nicht gut genug ging. Diesen kleinen Seitenhieb hatte sie sich nicht verkneifen können. Als sie seinen traurigen Blick bemerkte, tat es ihr sofort leid. »Doch das wird sich sicher auch wieder wandeln. Es ist nur eine Phase. Sobald es dir wieder besser geht, und du mit vollem Einsatz ...«

»Es wird ihm aber nicht besser gehen«, presste Merle zwischen den Zähnen hervor. »Das wisst ihr alle genau. Und deswegen kann er nicht allein nach München reisen!«

Aus ihrer Stimme klangen Verzweiflung und Sorge um Emil heraus. Auch ihr Blick fiel hilfesuchend auf Ernie, die am liebsten unter dem Tisch verschwunden wäre. Sie wollte doch nur dieses sicher schmackhafte Mahl genießen und nicht andauernd über Antiquitäten und die Geschäftsbücher nachdenken!

Nicht zum ersten Mal hatte sie das Gefühl, in die falsche Familie geboren worden zu sein.

Emils Kiefermuskeln arbeiteten nun. »Ich kann immer noch selbst entscheiden, ob es mir gut genug geht.«

»Aber dir geht es doch nicht gut!« In Merles Augen sammelten sich Tränen.

»Der Doktor sagt, du brauchst Ruhe.« Endlich mischte sich Mutter ins Gespräch ein. Erstaunlich, dass sie etwas sagte, das Ernie genauso unterschreiben würde.

»Bei der letzten Auktion musstest du abbrechen. Das hat uns einige schöne Stücke gekostet, für die ich teilweise bereits Interessenten im Kopf hatte«, sagte Vater schonungslos.

Ernie schluckte. Sie glaubte selbst nicht, was sie gerade im Begriff war zu sagen. »Ich könnte Emil nach

München begleiten. Darauf achten, dass er sich nicht übernimmt, und ihn im Notfall unterstützen.«

»Auf keinen Fall!« Dieses Mal waren sich Mutter und Emil einig. Sie hatten beinahe im Chor geantwortet.

Emil schob seinen Stuhl zurück und stand auf, ohne auch nur einen Löffel gegessen zu haben. »Ich fahre nach München. Damit ist das Thema beendet.«

Betretene Stille breitete sich im Raum aus, sobald er draußen war. Niemand schien mehr Appetit zu verspüren. Es war schade um Adelheids Kochkünste.

Während sich Emil im Flur entfernte, drang ein leises, unterdrücktes Husten ins Esszimmer.

Wie sehr Ernie dieses Geräusch inzwischen hasste.

Kapitel zehn

Gegenwart

Helmke fuhr im Bett auf. Irgendein Geräusch hatte sie geweckt, ein leises Poltern.

Sofort saß sie aufrecht im Bett. Ihr erster Gedanke galt ihrer Tochter. War etwas mit ihr?

Sie sprang auf und öffnete die Schlafzimmertür. Der Gang lag still und dunkel vor ihr, Konstanzes Tür war geschlossen. Dennoch kribbelte es in Helmkes Eingeweiden. Wenn sie jetzt das Zimmer stürmte und ihre Tochter weckte, ohne dass eine Notwendigkeit dafür bestand, würde sie sich das ewig anhören können.

Das Geräusch hatte sie sich nicht eingebildet, da war sie sich sicher. Atemlos lauschte sie in die Dunkelheit und ignorierte das unangenehme Kribbeln in ihrem Nacken. Ihre Ohren schienen zu zucken, als erinnerte sich irgendein rudimentärer Bestandteil ihrer DNS an längst verlorene Fähigkeiten.

»Du bist doch kein Hase, Helmke«, murmelte sie vor sich hin. Das Kribbeln nahm dennoch zu – oder deswegen? Ihre Stimme klang sogar für sie unheimlich.

Ansonsten war es still. Dummerweise musste sie trotzdem einen kurzen Blick in Konstanzes Zimmer werfen, nur um sicher zu gehen. Sie wusste genau, dass sie ansonsten nicht wieder einschlafen könnte oder sich in seltsamen Träumen winden würde, in denen ein riesiger Hase ihre Kleine in einen Kaninchenbau im Moor zu zerren versuchte – was natürlich Quatsch war.

Mit einem Seufzen auf den Lippen machte sie sich auf den Weg über den Flur. Sie sollte darauf bestehen und ihr Schlafzimmer im Nebenraum einrichten, zu dem es eine direkte Verbindung gab. Konstanze könnte ihren Schreibtisch genauso gut woanders ...

Die Hand schon auf der Klinke fuhr sie zusammen. Es rumpelte laut, als würde jemand gegen einen Stuhl stoßen, und das Geräusch kam nicht aus Konstanzes Schlafzimmer.

Es kam von unten.

Ein Einbrecher? Unten, wo Tante Ernie schlief?

Die alte Frau nahm jeden Abend eine halbe Schlaftablette, und Helmke hatte noch nie mitbekommen, dass sie nachts aufstand. Im Gegenteil, Ernie rühmte sich mit ihrem gesegneten Schlaf.

Helmke presste das Ohr gegen die Tür ihrer Tochter, doch dahinter war alles still. Vermutlich war Konstanze wieder mit Kopfhörern im Ohr eingeschlafen. Umso besser. Wenn sie hier oben blieb, war sie wenigstens sicher.

Es rumpelte wieder und das Geräusch jagte ihren Puls in die Höhe. Auf keinen Fall irrte sie sich, da unten war jemand, der sich offenbar nicht allzu gut auskannte. Sie würde nicht umhinkommen, sich der Sache zu stellen.

Erst auf halber Strecke die Treppe hinab wurde ihr bewusst, dass ihr Mobiltelefon oben neben ihrem Bett lag. Ihre Beine zitterten. Sollte sie umkehren, oder konnte sie es bis zum Telefon im Arbeitszimmer schaffen? Das Mobilteil des Festnetzanschlusses hatte manchmal Aussetzer, besonders wenn man sich zu weit von der Basis entfernte. Warum hatte sie nicht längst diesen verdammten Akku ausgewechselt, wie sie es vorgehabt hatte?

Sie fluchte leise und biss sich dann auf die Lippe. Vielleicht konnte sie wenigstens einen kurzen Blick auf den Eindringling erhaschen. Nicht, dass sie die Polizei wegen eines Waschbären informierte, der sich irgendwie Zugang zu ihrer Vorratskammer verschafft hatte. War das überhaupt möglich? Hatte sie vielleicht das Fenster nicht richtig geschlossen? Die Mülltonnen standen darunter, und sie hatte keine Ahnung, wie gut Waschbären klettern konnten.

Ein Wimmern drang an ihr Ohr, und es kam eindeutig aus der Bibliothek. Einen Waschbären würde es dort wohl nicht hinziehen.

Allerdings kam ihr diese Stimme äußerst bekannt vor. Alarmiert spurtete sie die restlichen Stufen nach unten und riss die Tür zur Bibliothek auf, die nur angelehnt war.

Eine massige Gestalt in einem weißen Nachthemd stand vor dem Bücherregal mit den Kochbüchern und schwankte leicht hin und her, als wiegte sie sich im Wind. Sie wurde vom fahlen Mondlicht angestrahlt, das durch die Fenster fiel.

Erleichterung durchströmte Helmke, die jedoch sofort von Sorge verdrängt wurde. »Was ist denn los, Tante Ernie?«, fragte sie leise.

Ernie drehte sich ächzend um. »Ach, du bist es, Adel...« Sie stutzte. »Ich meine, Helmke. Ich hatte einen Traum. Tut mir leid, dass ich dich geweckt hab.«

Helmke presste die Kiefer zusammen. Schon wieder dieser Name. »Das macht doch gar nichts, Tante. Was hast du denn geträumt?«

Ernestines Miene hellte sich auf. »Es war ein schöner Traum von früher, weißt du? Ich war eine junge Frau, noch jünger, als du es bist. Und sobald ich erwachte, musste ich einfach nachsehen, ob mein Buch ...« Ihr Blick schweifte davon, und Helmke konnte geradezu sehen, wie Ernies Gedanken es ihm nachtaten. Ihre Augen glänzten im Mondschein.

So unheimlich sich die Situation auch gestaltete, insgeheim war Helmke erleichtert. Ein Traum, damit konnte sie umgehen. »Komm, ich bringe dich wieder ins Bett. Es ist spät, und wir wollen doch Konstanze nicht wecken.« Hoffentlich käme sie jetzt einfach mit! Helmke würde es nicht ertragen, sie hier stehen zu lassen.

»Natürlich, Liebes.« Ernie tapste unbeholfen auf Helmke zu und stieß dabei gegen einen der Stühle, die um den Konferenztisch herumstanden – nicht zum ersten Mal, wie es aussah. Einer lag sogar auf dem Boden.

Das musste das Poltern gewesen sein, das Helmke geweckt hatte.

»Seit wann stehen diese Möbel nur hier mitten im Weg?«, murmelte die alte Frau.

Helmke musterte sie. Der Tisch hatte schon hier gestanden, als sie vor Jahren zum ersten Mal zu Besuch gewesen war.

Zum Glück ließ sich ihre Großtante ohne weitere Probleme wieder ins Bett verfrachten. Aufatmend blieb Helmke vor ihrer Schlafzimmertür stehen. Ein Gähnen stieg in ihr auf. Sie war erleichtert, dass die Polizei nicht nötig gewesen war, doch ein unangenehmes Gefühl blieb in ihr zurück.

Es ging ihrer Großtante schlechter, als sie vermutet hatte.

Helmke wandte ihren Blick vom Bücherregal ab und zwang sich, wieder auf den Bildschirm zu sehen. Immer, wenn sie an diesem Arbeitstag in Gedanken versank, starrte sie auf diese freie Stelle zwischen den Kochbüchern. Gehörte dort das Buch hin, das Ernie in der vergangenen Nacht gesucht hatte?

Die ganze Bibliothek war wohl geordnet und auf gemütliche Weise ordentlich. Die Buchrücken fügten sich, was Farbe und Größe anging, in ein harmonisches Bild, das nicht gewollt wirkte, aber zu wenig chaotisch war, als dass keine Absicht dahinterstecken konnte.

Was also sollte diese eine Lücke? Diese eine Stelle, an der deutlich erkennbar ein bestimmtes Buch fehlte, und das womöglich bereits seit geraumer Zeit.

Ihre Großtante hustete, und das Geräusch riss Helmke aus ihren Gedanken. Schnell erhob sie sich und klappte den Laptop zu.

Mit wenigen Schritten war sie bei der Schlafzimmertür. Behutsam schlug sie den Fingerknöchel dagegen. »Tante Ernie?«

»Komm ruhig herein«, erklang die schwache Stimme. Helmke öffnete die Tür.

Ihre Großtante lag im Bett und war immer noch ein wenig blass um die Nase. Seit sie am Vortag den kleinen Schwächeanfall gehabt hatte, hatte sie sich noch nicht wieder richtig erholt. Kein Wunder, nach dieser Nacht. Doch sie erwähnte ihren kleinen Ausflug mit keinem Wort.

Ob sie sich gar nicht daran erinnerte?

»Kann ich dir etwas bringen? Ein Glas Wasser?«

Das Glas, das Helmke ihr vorhin hingestellt hatte, stand unangetastet noch genauso auf der Tageszeitung, wie sie es dort deponiert hatte. Immerhin hatte sie heute die Zeitung zuerst durchforstet und die Seite aus dem Lokalteil entfernt, auf der es um die Ausgrabung im Moor ging.

»Nein, ich habe keinen Durst«, antwortete Ernie mit einem Lächeln auf den Lippen.

»Vielleicht geht es dir besser, wenn du einen Schluck trinkst.« Sie sollte unbedingt die Pflegekraft fragen, ob sie das Glas am Morgen leer vorgefunden hatte. Wie hieß die Frau noch gleich? Mareike? Jedenfalls schien sie sich sehr zu engagieren, und das gefiel Helmke.

Mareike hatte sich allerdings keine großen Sorgen gemacht, als sie ihr von Ernies geistigem Aussetzer berichtet hatte. Ihrer Erfahrung nach war das in diesem Alter nicht unnormal, und solange sie ausreichend aß und trank, bestand ihrer Ansicht nach kein Grund zur Sorge.

Apropos essen. »Oder hast du Hunger?«

Wenn sie ihr eine Suppe unterjubeln konnte, bekam ihre Großtante die Flüssigkeit gleich frei Haus dazu.

Tatsächlich hellte sich Ernies Miene auf. »O ja! Bitte sag Adelheid, sie soll den Grünen Knurrhahn aufwärmen. Den mag ich doch so gern.«

»Den ... was?« Schon wieder dieser Name. Um wen handelte es sich nur bei dieser Adelheid?

»Den Eintopf!« Ernie strahlte richtig, als sie daran dachte. »Mein Lieblingsessen, besonders, wenn Adelheid ihn kocht. Deswegen darf sie sich doch immer das alte Familienkochbuch ausleihen. Das würde ich nicht jedem ...« Plötzlich zog sie die Brauen zusammen. Eine andere Erinnerung, eine weniger angenehme als die an diesen Eintopf, schien ihre Stimmung zu trüben. »Ich meine, sie durfte es sich immer ausleihen. Früher.«

»Das alte Familienkochbuch?« Helmke durchforstete ihre Erinnerungen. Es war möglich, dass ihr Vater Konrad es einmal erwähnt hatte, und wenn, dann nur in einem Nebensatz. Er hatte ja mit der Familie Tegeler nicht allzu viel zu tun gehabt.

Die alte Dame hatte sich schnell wieder gefasst. »Ich weiß, es war zu schade, um es in der Küche aufzubewahren. Deswegen hatte es ja auch seinen Platz in der Bibliothek, egal wie sehr es Mutter gestunken hat.« Ernie nickte lächelnd. »Und sie hatte ja nicht ganz Unrecht! Es roch halt nach Essen! Doch ich finde das ganz wunderbar. Jedes Kochbuch sollte nach dem besten Gericht duften, dessen Rezept es enthält.«

»Das ist ein wunderbarer Gedanke.« Helmke nickte. Das war es wirklich, auch wenn dieses Gespräch sie insgesamt ein wenig verstörte. »Und nur durch regelmäßigen Gebrauch wird dieser Duft immer wieder aufgefrischt.«

»Genau. Und die liebe Adelheid konnte mich so gut leiden, dass sie den Eintopf oft kochte.«

Ernestine klang wie ein junges Mädchen und für einen Augenblick sah Helmke sie beinahe vor sich, als sie in ihrem Alter war – oder vielleicht auch noch ein wenig jünger.

»Ist ... Adelheid eine Freundin von dir?«, fragte sie vorsichtig. Hoffentlich verwirrte sie ihre Großtante durch diese Frage nicht noch mehr.

Ernestines Stirn legte sich in Falten. »Sie ist doch die Köchin. Du kennst sie doch, Merl... ach, ich meine, Helmke.« Die Falten vertieften sich, und die alte Dame schüttelte den Kopf. »Unfug, was rede ich denn da?« In ihrer Miene breitete sich Verzweiflung aus.

Sie wirkte auf einmal so zerbrechlich und alt, dass Helmke von einer Woge des Mitgefühls beinahe davongeschwemmt worden wäre.

Es musste sich schrecklich anfühlen, wenn man so alt wurde und in einem schwachen Moment die Gegenwart mit Erinnerungen verwässerte.

Andererseits konnte es auch ganz schön sein, der Gegenwart auf diese Weise zu entfliehen.

Mit schnellen Schritten war sie bei Ernestine und legte ihr die Hand auf den Unterarm. »Schon in Ordnung, Tante.«

Die Haut fühlte sich kühl und spröde an unter ihren Fingern. Trotz ihrer fülligen Figur strahlte Ernestine eine nie dagewesene Zerbrechlichkeit aus.

Ernestine schloss die Augen. »Ich glaube, ich bin ohnehin zu müde, um zu essen.«

Helmke musste schlucken. »Dann lasse ich dich mal in Ruhe.«

Auf dem Weg zurück in die Bibliothek überlegte sie, ob sie nicht dennoch einfach eine Suppe zubereiten sollte. Oder sie bestellte etwas in dem Fischrestaurant in Aurich, es war ohnehin beinahe Zeit für das Abendessen. Vielleicht hatte das *Fischerhus* ja sogar Knurrhahn auf der Karte.

Sie überlegte. Handelte es sich dabei überhaupt um einen Fisch?

»Du bist ja völlig weggetreten«, erklang eine Stimme hinter ihr.

Sie fuhr herum. Konstanze stand in der Haustür und streifte sich gerade die schlammverschmierten Schuhe ab. »Hast du nicht gehört, dass ich Hallo gesagt habe?«

»Entschuldige, Maus.« Sie drückte ihre Tochter an sich und atmete ihren Duft nach Kirschshampoo und frischer Erde ein. »Ich war wirklich ein wenig weggetreten, aber ich mache mir einfach ein paar Sorgen um deine Urgroßtante.«

Sofort drückte Konstanze sie von sich und verzog die Lippen zu einer traurigen Grimasse. »Geht's ihr immer noch nicht besser?«

»Ich weiß nicht.« Ein Seufzer entfuhr Helmke. »Sie wirkt verwirrt, erwähnt dauernd ein altes Familienkochbuch, das ich nicht finden kann, und eine Adelheid. Weißt du vielleicht, wen sie damit meinen könnte?«

Konstanze grinste. »Woher soll ich das wissen? Ich kenne doch überhaupt niemanden.«

Helmke rieb ihr noch einmal über den Arm, bevor sie sich abwandte und die Bibliothek ansteuerte. »Aber du treibst dich die ganze Zeit hier in der Gegend herum. Ich dachte, du hast vielleicht etwas aufgeschnappt.«

Ihre Tochter folgte ihr, blieb aber in der Tür stehen. »Ich treibe mich vor allem im Moor und in der Schule herum. Da gibt's keine Adelheid.«

»Auch nicht bei der Ausgrabung?« Die Idee war ihr gerade spontan in den Kopf geschossen. Das würde einen Zusammenhang zwischen Ernestines Schwächeanfall und dem plötzlichen Auftauchen dieser Adelheid in ihren Gedanken herstellen.

Ihr erster Griff ging zum Laptop. Sie tippte das Wort »Knurrhahn« in die Leiste der Suchmaschine ein.

Bilder eines lachsfarbenen Fisches mit großen Augen erschienen auf dem Bildschirm, dazu ein Artikel mit der Überschrift »Warum der Knurrhahn manchmal knurrt«.

»Also wirklich ein Fisch«, murmelte sie.

»Diese Adelheid ist ein Fisch?« Konstanze lehnte sich gegen den Rahmen. »Dann soll ich wohl nicht weiter nach ihr Ausschau halten?«

Helmke warf ihrer Tochter einen schnellen Blick zu. »Nein, der Knurrhahn ist ein Fisch«, sagte sie und musste selbst grinsen. »Adelheid suchen wir immer noch!«

»Auf Fisch hätte ich mal wieder Lust!« Konstanze rieb sich den Magen. »Hörst du, wie mein Knurrhahn knurrt?«

Am liebsten hätte Helmke irgendetwas nach ihrer Tochter geworfen – natürlich etwas ganz Leichtes. »Dann freust du dich sicher, dass wir heute im Fischrestaurant bestellen. Such dir doch schon mal etwas aus, Süße.«

»Super!« Schon war Konstanze neben Helmke am PC und sah ihr über die Schulter. »Öffne mal die Website vom Restaurant.«

Helmke tippte den Namen des Ladens in die Suchleiste. Ihr eigener Knurrhahn gab auch schon ein leises Grummeln von sich.

Zum Glück lud die Seite schnell, und sie konnte die Speisekarte aufrufen. Sofort klickte sie auf die Kategorie »Fisch« und überflog die Gerichte.

Enttäuschung machte sich in ihr breit. »Kein Knurrhahn.«

»Also, ich nehme die Scholle mit Kartoffelsalat!« Konstanze klang so begeistert, dass Helmke beinahe damit rechnete, ihre Tochter würde ihr gleich in die Schulter beißen vor lauter Vorfreude.

Helmke notierte die Nummer der Scholle und suchte sich selbst einen Salat aus. Für Tante Ernie verzeichnete sie den einzigen Eintopf, den das Restaurant anbot. Er war zwar mit Hering und nicht mit Knurrhahn, und ihrer bescheidenen Expertise nach war keine der Zutaten sonderlich grün, doch vielleicht tat es der alten Dame dennoch gut. Notfalls würde sie ihr den Salat zum Tausch anbieten.

Sobald alles notiert war, wählte sie die Nummer des Restaurants. Ein Mann meldete sich.

»*Fischerhus*, guten Abend. Was kann ich für Sie tun?«

Sie gab die Bestellung durch und ließ sich die Abholzeit geben, dann verabschiedete sie sich wieder.

Konstanze sah sie fragend an.

»Ich kann es in einer Dreiviertelstunde abholen«, sagte Helmke. »Schaffst du es bis dahin, deinen Knurrhahn in Schach zu halten?

»Super!« Konstanze sprang auf. »Dann ist die Mareike hier und kümmert sich um Tante Ernie. Ich komme mit. Und solange kümmere ich mich um meine Hausaufgaben.«

»Du solltest es auch einplanen, dir etwas Sauberes anzuziehen, Maus.« Helmke deutete auf die verdreckte Hose ihrer Tochter. »Ist das etwa ein Loch an deinem Knie?«

Konstanze nickte. »Ich bin wo hängengeblieben. Aber ich find's cool, Mama. Das kann man so tragen.«

»Das können Rockstars so tragen, die wollen, dass man ihnen ihren Reichtum nicht ansieht. Hier bei uns bevorzugen wir heile Kleidung.« Sie stupste ihre Tochter in die Seite.

»Du bist so spießig!« Konstanze kicherte.

Ohne eine Antwort abzuwarten, sprang sie aus dem Zimmer. Ihre schnellen Schritte verklangen auf der Treppe, dann fiel ihre Zimmertür ins Schloss.

Helmke musste lächeln. Ganz unrecht hatte sie nicht, sie war wirklich spießig geworden. Aber so war das nun mal, wenn man früh Verantwortung übernehmen musste. Nicht zu ändern.

Wie sie ihre Tochter kannte, beschäftigte sich diese eher damit, ihr Zimmer weiter einzurichten oder nach den ihrer Meinung nach zahlreichen Geheimnissen eines alten Hauses zu forschen als mit Umziehen, Algebra oder Englisch.

Und was tat sie solange, um sich von ihrem aufkeimenden Hunger abzulenken?

Kurz entschlossen griff sie nach ihrem Telefon. Sie öffnete das Telefonbuch und scrollte durch die Liste an Namen. Bei ihrem Vater stoppte sie kurz. Irgendwie hatte sie momentan wenig Lust, mit ihm zu telefonieren.

Sie scrollte ein paar Namen weiter runter. Oma Merle, das war eine gute Idee.

Sie wählte und ließ den Apparat klingeln, doch niemand ging ran. Vielleicht war ihre Oma beim Qi Gong oder wie das hieß.

Unschlüssig starrte sie noch ein paar Sekunden auf das Display, dann legte sie ihr Telefon beiseite. Sicher würde Oma Merle zurückrufen, wenn sie sah, dass Helmke versucht hatte, sie zu erreichen. Solange würde sie es mit ihrer Neugierde wegen dieser Adelheid nun aushalten müssen.

Kapitel elf

November 1961

»Ich halte diesen ständigen Streit nicht aus«, murmelte Ernie und biss in das Stück Zwetschgenkuchen, den Adelheid erst vor wenigen Minuten aus dem Ofenrohr genommen hatte.

»Warte! Ist er nicht noch zu heiß?« Die junge Köchin streckte die Hand aus, ließ sie jedoch sofort wieder sinken, als sie bemerkte, dass Ernie es offenbar gut vertrug.

»Herrlich ist der«, sagte diese und seufzte wohlig. »Dein Kuchen macht mir das Leben ein wenig süßer.«

Adelheid lachte leise. »Dann werde ich dir gern immer wieder etwas backen.«

»Moment!« Ernestine hob die Hand. »Nicht nur backen. Deine herzhaften Gerichte verleihen meinem Leben ein wenig Würze. Das ist ebenso gut.«

Sie kicherte und Adelheid fiel mit ein.

Eine zuknallende Tür unterbrach die beiden. Sie fuhren zusammen und sahen einander mit aufgerissenen Augen an.

Laute Schritte entfernten sich, und ein unterdrücktes Husten verriet, wer da gerade die Flucht ergriff.

»Emil«, flüsterte Adelheid und wurde rot, wie immer, wenn sie jemanden aus der Familie beim Vornamen nannte.

Ernestine nickte. »Er war mit Vater in der Bibliothek. Ich habe sie durch die Tür streiten hören, als ich vorbeiging.« Sofort schielte sie instinktiv nach dem Blech mit Kuchen. Sie musste aufhören, ihre Sorgen in Butterstreuseln und fetten Saucen zu ersticken, das konnte nicht gut sein.

Adelheid legte ihr die Hand auf den Rücken und strich sanft darüber. Sofort nahm ihr Bedürfnis nach der Wärme des Kuchens ein wenig ab, und sie genoss stattdessen die Wärme der Berührung. In ihrer Familie war so etwas nicht üblich. Ob sie ein anderer Mensch wäre, wenn ihre Eltern ein wenig mehr Zuneigung gezeigt hätten?

Dann hätte sie vielleicht die Kraft, das Geschäft zu übernehmen. Oder sie wäre so schlank und hübsch, dass sie längst einen Verehrer gefunden hätte, der sich darum kümmerte. Das wäre einfach perfekt!

»Ich glaube, deine Mutter ist ebenfalls in der Bibliothek«, sagte Adelheid leise. »Sicher hat der arme Emil es nicht leicht gehabt gegen diese Überzahl.«

»Ich hätte ihm beistehen sollen«, murmelte Ernie.

»Weißt du, um was es ging?« Adelheid räusperte sich. »Ich meine, es geht mich natürlich nichts an, ich bin ja nur die Köchin. Aber ich sorge mich um deine Familie, muss ich zugeben.« Ein kurzes Zögern, dann fügte sie hinzu: »Weil ich mich hier wohlfühle.«

»Ich weiß, dass Emil irgendeinen neuen Plan für das Geschäft hat.« Ernie runzelte die Stirn. Dafür, dass sie zur Fortführung der Geschäfte auserkoren worden war, ließ man sie viel zu sehr im Dunkeln. Sie fühlte sich wie eine Marionette, die man nur hervorholte, wenn man sie gerade brauchte, und deren Fäden ihr

Vater in der Hand hielt. Oder schlimmer noch, ihre Mutter.

»Willst du es genauer wissen?« Adelheid zwinkerte ihr zu.

Ernie fuhr zusammen. »Willst du etwa an der Tür lauschen?«

Wenn sie sich vorstellte, dabei erwischt zu werden … ein Graus.

»Aber nein. Ich kenne einen besseren Platz.« Die Köchin warf ein Tuch über den Kuchen und ergriff Ernies Hand. Dann zog sie die Freundin zur Tür ins Esszimmer.

Sie betraten den Raum und umrundeten schnell den Tisch. Vor der Vitrine mit den Gläsern blieben sie stehen. Die Stimmen ihrer Eltern waren als undeutliches Murmeln jenseits der Wand zu hören, doch Ernie verstand kein Wort.

Adelheid zwinkerte. »Du musst mir bitte glauben, dass ich das durch Zufall entdeckt habe. Ich habe nicht danach gesucht und wollte niemandem hinterherspionieren.«

»Ich glaube dir.« Das war relativ leicht gesagt, solange Ernie nicht wusste, worum es überhaupt ging.

Adelheid öffnete die Vitrinentür und nahm die große Kristallvase in die Hand. Behutsam stellte sie diese hinter sich auf den Esstisch. Dann griff sie nach der unscheinbaren schmalen Glaskaraffe, die dahinter stand, falls mal jemand langstielige Blumen mitbrachte.

Mit einem verschwörerischen Ausdruck im Gesicht hielt die Köchin die Vase mit der Unterseite ans Ohr und drückte die Öffnung gegen die Rückwand der Vitrine. Sofort nickte sie. »Es funktioniert noch.«

Sie reichte die Vase an Ernestine weiter.

Mit zusammengezogenen Brauen betrachtete diese das unscheinbare Glasteil in ihren Händen. »Ich soll damit an der Wand lauschen?« Das konnte doch nicht funktionieren.

»Nur, wenn du hören willst, worüber deine Eltern sprechen.« Ihrem Gesichtsausdruck nach passte das Wort »streiten« deutlich besser, aber Adelheid sagte es nicht.

Irgendwie war Ernie froh darüber.

Immer noch zweifelnd drückte sie die Öffnung der Vase gegen die Stelle, die auch die Köchin genommen hatte. Dann presste sie ihr Ohr an den Boden. Die Wände in ihrem Haus waren dick, und zudem gab es noch die Vitrine dazwischen, wie sollte sie da überhaupt etwas hören?

Im nächsten Moment fuhr sie zurück und hätte die Karaffe beinahe fallen gelassen. Die Stimme ihrer Mutter war so deutlich zu vernehmen gewesen, als stünde sie direkt neben ihr.

Rasch sah sie sich um, außer Adelheid war niemand im Zimmer.

»Ganz schön irre, nicht wahr?« Die Köchin strahlte.

»Und das hast du durch Zufall herausgefunden?« Ernie kniff die Augen zusammen.

»Ich war gerade dabei, die Gläser zu polieren und wollte Hedwig zum Lachen bringen.« Adelheid wirkte verzweifelt. »Sie zahnt doch, und ich konnte sie einfach nicht allein in meinem Zimmer lassen. Also musste ich sie mitnehmen. Und ich wollte nicht, dass dein Vater sich in der Bibliothek gestört fühlt. Er war gerade am Telefon, weißt du?«

Ernie stemmte die Hände in die Hüften. »Und Grimmassen schneiden hat nicht funktioniert?« Eigentlich klappte das bei der Kleinen sonst immer.

»Wirklich nicht!«

Jetzt musste Ernie grinsen. Ihre Freundin tat ihr schon leid, so zerknirscht, wie sie war.

Dann fiel ihr ein, weswegen sie hier waren, und sie drückte schnell ihr Ohr wieder gegen die Vase.

»… das aussieht, Walter! Wir können die Geschäfte doch nicht einem wildfremden Mann überlassen. Der gehört doch nicht zur Familie!« Das war die Stimme ihrer Mutter.

»Ich weiß«, antwortete ihr Vater. Sie hörte seine Schritte, wie er im Raum auf und abging. »Es ist eine Schande. Allerdings könnten wir durchaus Hilfe gebrauchen, und wenn die Beziehungen dieses jungen Mannes so gut sind, wie Emil sagt …«

»Emil besitzt nicht genug gesunden Menschenverstand, um so etwas überhaupt beurteilen zu können!« Mutter klang aufgebracht. Kein Wunder, dass Emil geflohen war.

»Aber er soll ja keine echte Verantwortung übernehmen. Der Name unserer Familie bleibt auf dem Briefkopf. Emil hat recht, wenn er sagt, dass er Unterstützung braucht.«

Ein heißer Stich fuhr durch Ernestines ganzen Körper. War sie etwa keine Unterstützung? Sie beherrschte die Buchführung inzwischen so sorgfältig, dass Vater ihr die Bücher allein überließ, und auch im Verkauf kam sie gut zurecht. Die Menschen schienen sie doch zu mögen!

Wenn man sie nur ließe, würde sie sicher auch auf einer Auktion erfolgreich sein, aber ihre Eltern trauten ihr das nun mal nicht zu. Was konnte sie dafür?

Du willst das doch gar nicht! Was ärgerst du dich jetzt darüber?

Sie schüttelte sich und konzentrierte sich weiter auf die Worte. Von was für einem Mann sprachen ihre Eltern da bloß? Seit Emil aus Bayern zurückgekommen war, hatten sie keine Gelegenheit gefunden, sich auszutauschen. Noch etwas, das ihr fehlte. Mit ihrem Bruder hatte sie sich immer gut verstanden.

Deswegen konnte sie auch nachempfinden, unter was für einem Druck er stand. Er wollte den Antiquitätenhandel so gern übernehmen, doch seine Gesundheit machte ihm regelmäßig einen Strich durch die Rechnung. Vermutlich wollte er sich wirklich nur Unterstützung holen, damit er den hohen Anforderungen gerecht werden konnte, die jeder an ihn stellte.

»Natürlich werde ich mich umhören, Gertrud. Wenn dieser Mann sich etwas zu Schulden hat kommen lassen, werde ich es erfahren. Noch habe ich gute Kontakte in der Branche.«

Ernie verdrehte die Augen. Vater hatte beinahe nur Kontakte, die genauso alt waren wie er selbst und ihm vermutlich überhaupt nichts sagen konnten. Emil tat schon recht daran, eigene Beziehungen aufzubauen.

Am liebsten würde sie Vater daran erinnern, dass auch er am Anfang Risiken eingehen musste, und dass er sich vor ein paar Monaten noch über Emils Zögerlichkeit beschwert hatte. Aber das ging natürlich nicht. Er wusste ja nicht, dass sie ihn belauschte.

»Kuno Müller«, sagte Mutter spitz. »Ein Allerweltsname. Wer nennt seinen Sohn bitte Kuno?«

»Er kommt doch aus Bayern, soweit ich weiß.« Vater klang längst besänftigt. Er hatte seinen Plan offenbar gefasst und war bereit, die Angelegenheit so lange ruhen zu lassen, bis er Antwort bekam.

»Kümmere dich bitte gleich darum, Walter!« Mutter hingegen würde keine Ruhe geben, bis sie nicht alles über diesen Kuno wusste, was es zu wissen gab. Das war Vater sicher ebenso bewusst wie Ernie.

Sie konnte seinen Seufzer geradezu hören, obwohl sie keinen Ton davon vernahm. So gut war die Akustik nun auch wieder nicht.

Als sich die Tür der Bibliothek mit einem leisen Klacken schloss, zuckte Ernie zurück. Schnell stellte sie die Vase hin. Ein wenig zu schnell. Sie geriet ins Kippeln und drohte, gegen die Kristallvase daneben zu fallen.

Ernie sah den gesamten Inhalt der Vitrine schon wie in einem Dominospiel ineinander stürzen. Es war Adelheids beherztem Eingreifen zu verdanken, dass das nicht geschah. Die Köchin stand mit den beiden Vasen in den Händen da, als die Tür zum Gang geöffnet wurde.

Mutter stand im Rahmen und sah ihnen beiden stirnrunzelnd zu. »Und was geht hier bitte vor sich?«

»Und das ist die Vase für die langen Schnittblumen«, erklärte Ernie geistesgegenwärtig und zeigte auf die hohe Karaffe, auf deren Unterseite sich wohl noch ein Abdruck ihres Ohres befinden mochte. »Die ist nicht so wertvoll wie dieses Stück aus dem Jahre 1857, das mein

Urururgroßvater seiner damaligen Verlobten aus Meißen mitgebracht hat. An der Unterseite siehst du die Gravur.«

Mutter kniff die Augen zusammen.

Adelheid nickte. »Ach, das ist ja schön! Jetzt weiß ich über den Tischschmuck Bescheid.«

Dann sahen beide zur Tür hinüber.

»Mutter. Ich habe dich überhaupt nicht kommen hören. Kann ich etwas tun?« Ernie schluckte das in ihrer Kehle aufsteigende Kichern herunter. Es steckte aber nicht tief und könnte jederzeit hervorkommen.

»Der Zwetschgenkuchen ist fertig, Frau Tegeler. Er kühlt bereits ab und müsste sogleich genießbar sein. Darf ich Ihnen ein Stück servieren?« An dem unterdrückten Beben in Adelheids Körper merkte Ernie, dass es ihrer Freundin ähnlich ging.

Mutter nickte nur langsam, warf ihnen noch einen Blick zu und verließ den Raum, ohne die Frage zu beantworten.

Ernie und Adelheid pressten sich die Hände vor die Münder, um nicht laut herauszulachen.

Kapitel zwölf

Helmke presste die Hand vor den Mund, um ein Gähnen zu unterdrücken. Eigentlich war sie viel zu müde, um noch etwas zu essen, doch ihre Familienmitglieder konnten ja nichts für ihre Schlaflosigkeit.

Nun ja, Tante Ernie schon ein bisschen, aber sie hatte sie nicht wecken wollen.

Konstanze saß neben ihr auf dem Beifahrersitz. »Wenn du zu müde bist, kann ich auch gern fahren, Mama.«

Einen kurzen Augenblick lang kam ihr dieses Angebot durchaus verlockend vor. »So weit kommt es noch, Maus. Du machst erst schön deinen Führerschein, bevor ich dich hinter das Steuer lasse. Und zwar in frühestens sechs Jahren.«

Natürlich kam da Protest, das hatte sie nicht anders erwartet. »Man kann aber schon mit siebzehn den Führerschein machen.«

»Man ja. Du nicht.« Wenn sie Glück hatte, gab es bis dahin ohnehin selbstfahrende Autos, und ihre Tochter musste sich nicht selbst dem Schrecken des Straßenverkehrs aussetzen. Schlimm genug, dass sie in Aurich mit dem Fahrrad fuhr ... oder übertrieb sie ihre Sorge ein wenig?

Konstanze verschränkte die Arme. »Wenn ich einen Vater hätte, würden wir dich überstimmen.«

Sofort verkrampfte sich Helmkes Kiefer und die Müdigkeit war vergessen. »Tja, du hast aber keinen.«

»Jedes Kind hat einen.«

»Aber nicht alle sind es wert, dass sie Teil des Lebens dieser Kinder sind.« Diese Worte kamen etwas schroffer heraus, als sie es geplant hatte, doch Konstanze wusste, dass das ein schwieriges Thema für sie war.

»Sorry, Mama«, kam es auch sofort etwas kleinlaut zurück. »Ich weiß, du willst nicht an ihn erinnert werden, weil er ein Mistkerl war.«

»Richtig.« Und Mistkerl war nur die kindgerechte Version, die sie ihrer Tochter erzählt hatte.

»Aber es soll Männer geben, die keine Mistkerle sind.« Konstanze rutschte auf ihrem Sitz hin und her. »Nikes Vater zum Beispiel. Der kann sogar kochen und kümmert sich um die Wäsche. Und sie hat gesagt, dass ihre Eltern dauernd Sex haben, wenn sie denken, dass sie schon schlä...«

»Zu viele Informationen, Maus!« Helmke schwankte zwischen lachen und weinen. Weinen, weil sie sich schon gar nicht mehr daran erinnerte, wann sie das letzte Mal Sex gehabt hat. Und weil Männer in ihrer Vorstellung nach der Arbeit nach Hause kamen und die Füße hochlegten, so wie ihr Vater.

Der wusste nicht einmal, wie die Waschmaschine anging, und half allerhöchstens mit, wenn man ihm genau sagte, was er zu tun hatte. Und auch das nur mit Augenrollen und einem genervten Murren. So richtig deutlich sah sie den Vorteil nicht, den eine Beziehung mit sich brachte.

Lachen musste sie, weil sie das Bild von Nikes kleinem, leicht untersetztem Vater noch in guter Erinnerung hatte. Er war ihr auf dem letzten Elternabend sehr nett vorgekommen und hatte für alle Anwesenden selbstgebackene Kekse mitgebracht. Als Sexgott wollte sie ihn sich allerdings nicht vorstellen.

»Ich sag's ja nur«, murrte Konstanze, war aber jetzt still.

Das mochte daran liegen, dass Helmke den Wagen auf den Parkplatz des Restaurants lenkte. Sie mussten sich beeilen, damit Großtante Ernie nicht allzu lange allein sein musste. Die Pflegekraft war gerade eingetroffen, als sie losfuhren, doch lange brauchte die Frau nicht, Ernestine zu helfen, sich bettfein zu machen.

Obwohl es der alten Dame bereits besser ging, machte Helmke sich Sorgen. Sie wirkte immer noch sehr verwirrt, wenn nicht sogar jedes Mal verwirrter, wenn sie miteinander sprachen. Immer wieder schien sie in die Vergangenheit abzudriften.

»Warum fehlt da eigentlich ein A?«, fragte Konstanze, während sie sich abschnallte. Dabei hielt sie den Blick offenbar auf das Eingangsschild gerichtet.

»Im Wort *Fischerhus*? Das ist sicher friesisch, Maus.«

»Klingt aber wie Mus. Meinst du, die haben auch Fischmus?« Konstanze kicherte albern.

Helmke musterte ihre Tochter von der Seite. »Du gehst mal sofort nach dem Essen ins Bett, würde ich sagen. Du scheinst mir ein bisschen übermüdet zu sein.« Das war ja auch kein Wunder, wenn Konstanze immer schon vor der Schule durch das Moor streifte.

Auf das nächste Zeugnis war Helmke mal gespannt. Oder wenigstens auf den nächsten Elternabend, auch wenn sie es hasste, eine der wenigen zu sein, die allein kamen.

Ihre kleine Familie bestand nun mal nicht aus den üblichen Mitgliedern.

Sie stiegen aus, wobei Konstanze eine Schnute zog. »Ich bin ein wenig verstimmt«, gab sie altklug von sich, »aber ich bin trotzdem bereit, dir beim Tragen zu helfen. Damit du meinen Fisch nicht versehentlich fallen lässt.« Jetzt kicherte sie schon wieder.

»Na, du bist ja gnädig!« Helmke ging vor und drückte die schwere, dunkle Holztür auf.

Warme Luft empfing sie, und ein deutlicher Essensgeruch drang in ihre Nase. Ein leises Stimmengewirr klang aus dem Nebenraum. Vor ihr saß ein Mann in Gummistiefeln und einem dicken Pulli an der Theke und trank ein Bier. Eine knotige Wollmütze lag neben dem Krug auf dem Tresen.

Dahinter hob ein weiterer Mann den Kopf. Er war groß, schlank und hatte wettergegerbte Haut. Auch wenn er einige Jahre älter zu sein schien als Helmke, fand sie ihn recht gutaussehend. Er hatte etwas von einem jüngeren Sean Connery mit einem ordentlichen Vollbart.

Sofort schüttelte sie sich. Konstanzes Idee, dass sie unbedingt einen Mann brauchte, machte sie noch ganz irre.

Rasch hob sie die Hand zum Gruß. »Hallo, ich hatte etwas bestellt. Auf den Namen Tegeler.«

Konstanze kicherte.

Ein Grinsen schlich sich in die Züge des Mannes und ließ ihn gleich jünger aussehen. »Dann haben Sie mit mir telefoniert. Sie müssen neu sein in Aurich.«

»Muss ich?« Helmke musste sich ein Grinsen verkneifen. Seins wirkte irgendwie ansteckend.

»Jo. Sonst wäre ich darauf vorbereitet gewesen, dass so eine schöne Frau mich heute noch beehrt. Ich bin Klaas, mir gehört das *Fischerhus*, und ich kenne alle hier.«

Dass er alle schönen Frauen der Gegend kannte, glaubte Helmke ihm sofort. Der Fischer an der Theke drehte allerdings nicht einmal den Kopf, als Klaas so charmant von ihr sprach. Das ließ weit blicken. Sicher geschah das öfter, und er war nicht sicher, ob sich die Mühe, sich zu bewegen, auch lohnte.

»Das ist Helmke«, kam es plötzlich von Konstanze. Helmke hätte ihr beinahe auf den Fuß getreten. »Sie ist meine Mama, aber einen Papa habe ich ni...«

Helmkes Ellenbogen stoppte den Redefluss ihrer Tochter. Hoffentlich war das nicht zu fest gewesen. Sofort hatte sie das Bedürfnis, sie zu umarmen.

Klaas' Grinsen wurde breiter. »Soso.« Er zwinkerte Helmke zu.

Helmkes Gesicht wurde schlagartig heiß. Na super. Als wäre es das erste Mal, dass ihr ein Mann zuzwinkerte.

»Und sie braucht auch keinen«, entfuhr es ihr. Am liebsten wäre sie im Erdboden versunken. Wieso sagte sie denn jetzt so etwas? Zu einem völlig fremden Mann? »Was sie braucht, ist etwas zu Essen, bevor sie ihren bis zum Jahresende andauernden Stubenarrest antritt.«

Konstanze zog die Brauen zusammen, als überlegte sie angestrengt, dann zuckte sie mit den Schultern. Sie schien zu dem Schluss gekommen zu sein, dass das

Ende des Jahres nicht mehr so lange hin war und sich dieser Einsatz durchaus gelohnt haben könnte.

In Klaas' Augen blitzte es. »Mit dem Essen kann ich auf jeden Fall weiterhelfen.« Der Satz klang, als fehlte noch ein Teil. Vielleicht zog er es in Erwägung, auch in der anderen Sache seine Hilfe anbieten zu wollen.

»Super.« Helmke zog das Portemonnaie aus der Tasche und händigte ihm ihre Kreditkarte aus.

»Tut mir leid.« Er deutete auf ein Schild mit der Aufschrift »Nur Barzahlung«.

»Oh.« Schon wieder wurde ihr ganz heiß und sie kramte im Scheinfach. »Wie viel ...?«

Außer einem Fünfziger war dort nichts zu finden, und in Oldenburg kam man damit bei einem Essen aus dem Restaurant für drei Personen nicht allzu weit. Hoffentlich war der nächste Geldautomat nicht am anderen Ende des Ortes. Alles in ihr sträubte sich dagegen, Klaas etwas schuldig zu sein.

Doch warum? Er ist doch so nett ...

»Zweiundvierzig achtzig«, kam die prompte Antwort vom Gastwirt. Aus seiner Stimme klang ein Schmunzeln heraus.

Erleichterung durchströmte Helmke. Seltsamerweise verursachte dieses Gefühl eine ähnliche Schwäche in den Beinen wie der Schrecken zuvor. Sie kam sich richtig wackelig vor.

»Stimmt so«, sagte sie und überreichte den Schein.

Klaas runzelte die Stirn. »Dat is aber man ein büschen viel.« Die Überraschung hatte ihn wohl in seinen Dialekt fallen lassen.

»Nein, nein, das passt schon. Wir werden sicher öfters bei Ihnen bestellen.«

Das Lächeln des Wirts war endgültig erloschen. Er nickte nur kurz und packte den Schein in eine Geldkassette, dann wandte er sich ab. »Dann hole ich mal Ihre Bestellung.«

Helmke seufzte vor Erleichterung, als er in der Küche verschwand.

»Mensch, Mama!« Konstanze stupste sie in die Seite. »Männer mögen es nicht, wenn die Frau mehr verdient als sie selbst!« Sie räusperte sich. »Oder wenn sie klüger ist. Oder einen Hosenanzug trägt.«

Helmkes Blick schnellte an sich hinunter auf ihren Blazer mit dazu passender Hose und traf dann ihre Tochter. »Woher hast du denn diese Weisheit, Maus?« Dieser Anzug, den sie heute trug, war doch richtig lässig, mit weiten Bügelfaltenhosen, wie Marlene Dietrich sie früher getragen hatte.

Na gut, die war vielleicht auch ein wenig einschüchternd gewesen, das musste sie zugeben.

»Das stand in der letzten *Cosmopolitan*.«

»So etwas liest du?« Musste sie sich Sorgen machen? Bisher hatte sich ihre Kleine mehr für das Leben untergegangener Kulturen interessiert als für die Problemchen der heutigen Damenwelt.

»Nein. Aber eine aus meiner Klasse hat so einen Artikel laut vorgelesen und dann entschieden, dass es sich für sie mehr lohnt, sich um ihre Augenbrauen zu kümmern als um ihre Mathehausaufgaben.«

»Dieser Entscheidung hast du dich hoffentlich nicht angeschlossen!« Das wäre ja noch schöner! Wenn ein Mann ein Problem damit hatte, eine starke Frau an seiner Seite zu haben, die nicht auf ihn angewiesen war, dann war es genau das: sein Problem!

»Ich liebe doch Mathe«, kam es voller Entrüstung zurück. »Aber ich will ja auch keinen Mann finden.«

»Dann sind wir ja schon zu zweit. Und schon gar nicht diesen Typen mit seinem Hipster-Bärtchen.«

Der alte Fischer gab ein leises Schnauben von sich, das den letzten Rest Schaum in seinem Bierglas zur Auflösung verurteilte.

Helmke zuckte zusammen und ihre Wangen wurden schon wieder warm. Den hatte sie irgendwie völlig vergessen.

Zum Glück kam schon Klaas zurück, eine Papiertragetasche in der Hand. Er reichte sie über die Theke. »Guten Hunger.«

»Super, danke«, sagte Helmke und wollte sich schon abwenden. Alles in ihr riet zur Flucht, sie fühlte sich einfach extrem unwohl.

»Eine Frage noch«, sagte Konstanze.

Helmke stöhnte innerlich auf. Wenn ihre Kleine jetzt ein Date für sie vereinbarte, würde sie die Drohung mit dem Hausarrest auf jeden Fall wahr machen und bis an ihr Lebensende ausweiten. Schon allein, damit so etwas nicht noch einmal vorkam. Das war reiner Selbstschutz.

»Ja?«, fragte Klaas erheblich freundlicher, als er zu Helmke gewesen war.

Mit ernster Miene fuhr Konstanze fort. »Kennen Sie eine Adelheid?«

Sofort verwarf Helmke alle Drohungen des Freiheitsentzuges wieder. Ihre Tochter war genial. Wie hatte sie das nur vergessen können?

»Eine Adelheid?« Der Wirt legte seine Hand ans Kinn. Die Fingernägel verursachten ein angenehm kratzendes Geräusch auf seinen Bartstoppeln. »Da fällt mir jetzt keine ein. Warum?«

»Ach, uns ist eine abhandengekommen, vor langer Zeit, und jetzt versuchen wir, sie zu finden.«

»Das tut mir leid. Ich werde mich gern für dich umhören, junge Dame.«

Jetzt war es an Konstanze, rot anzulaufen.

Helmke legte den Arm um sie. Dieses unangenehme körperliche Feature hatte sie eindeutig von ihr geerbt.

Kapitel dreizehn

November 1961

»Zum Glück haben wir diesen ewigen Missmut nicht geerbt« Emil saß Ernestine gegenüber in einem der Cocktailsessel, die in der Bibliothek standen und viel zu ungemütlich waren, um darin entspannt ein Buch zu lesen.

Sie saß in dem anderen und rutschte unruhig hin und her. Wenn es nach ihr ginge, gäbe es hier ein urgemütliches Sofa, auf dem man ganz undamenhaft die Füße hochlegen konnte.

Doch kam ihre Unruhe wirklich durch den Sessel?

»Hör mal, Emil.«

»Ja?« Ihr Bruder lächelte sie an. Er wirkte heute beinahe so, als wäre er gar nicht krank. Seit sie hier zusammen saßen, hatte er nicht einmal gehustet.

»Du weißt, dass ich dir im Geschäft immer zur Seite stehe, oder? Ich meine, Vater plant es ohnehin so, dass du nicht alles allein machen musst.«

Emil lächelte sie freundlich an. Es wirkte ehrlich und ernst gemeint. »Ich weiß vor allem, dass du in Wahrheit nie eine Geschäftsfrau werden wolltest. Du wolltest immer eine eigene Familie, Ernie. Bitte unterstütz mich jetzt hierbei, und dann kann dieser Traum für dich wahr werden. Kuno wird dir gefallen, da bin ich mir sicher.«

Ernestines Wangen wurden heiß. Was meinte ihr Bruder denn damit? Intuitiv legte sie die Hand auf den Bauch und hatte sofort das Gefühl, dass er seit gestern noch ein wenig dicker geworden war.

Sie schüttelte sich. Vermutlich meinte er überhaupt nichts, er sprach sicher nur von Kunos Qualitäten als Teilhaber im Geschäft.

Emil knibbelte an der Nagelhaut seines Daumens herum. Das war ein sicheres Zeichen dafür, dass auch an ihm die Situation nicht spurlos vorbeiging. Bestimmt hatte er das Gefühl, dass dies hier die einzige Möglichkeit für ihn war, sich vor den Eltern zu behaupten.

Wenn sie in sich hineinhorchte, dann hatte sie das gleiche Gefühl. Ihr lief ein Schauer über den Rücken, wenn sie daran dachte, dass Emil vielleicht nicht ihr Leben lang für sie da sein konnte. Was sollte sie ohne ihn nur tun? Dann stand sie ganz allein gegen ihre Mutter.

Im Nebenzimmer klirrte leise das Geschirr. Emil erhob sich und ging zum Bücherregal. Es war der Abschnitt, der der Vitrine im Esszimmer genau gegenüber stehen musste.

Vorsichtig näherte er sein Ohr dem Regal.

Ernies Herzschlag beschleunigte sich. »Was tust du denn da?« Sie hatte eine gewisse Ahnung, wie seine Antwort ausfallen mochte.

»Ich will nur hören, ob Mutter das gute Geschirr decken lässt.«

»Man versteht doch hier gar nicht, was dort gesprochen wird.«

Emil drehte sich zu ihr und zwinkerte verschmitzt. Für einen kurzen Augenblick war er wieder der schelmische Junge, der sie früher bei der Hand genommen und ihr Frösche und Eidechsen im Garten gezeigt hatte, wenn sie traurig war. Traurig, weil die anderen Kinder sie hänselten. Weil sie dicker war als die anderen, damals schon.

Diese Erinnerung rief gemischte Gefühle in ihr hervor. Eine wohlige Wärme, weil ihr großer Bruder zu ihr hielt, und ein allgemeines Unwohlsein, weil sie sich von den anderen abgelehnt fühlte.

»Richtig, du bist ja zu jung, um das zu wissen. Sicher erinnerst du dich nicht. Aber früher war hier doch das Wohnzimmer, bevor es auf die andere Seite des Flurs gezogen ist.«

»Ach, wirklich? Das wusste ich gar nicht. Warum das denn?«

»Weil die Bibliothek immer weiter anwuchs und der alte Raum nicht mehr genügend Platz bot. Deswegen hat Vater entschieden, die Räume zu tauschen. Das muss gewesen sein, als wir noch ganz klein waren.«

Ernie schüttelte den Kopf. Was wusste sie wohl noch alles nicht über dieses Haus? »Na schön, aber was hat das damit zu tun, dass du lauschen willst?« Sie hatte sich ohnehin schon gefragt, warum man durch die Vitrine so gut hören konnte.

»Na, hier war früher ein Wanddurchbruch vom Esszimmer ins Wohnzimmer. Doch ein Durchbruch vom Esszimmer in die Bibliothek ergibt ja überhaupt keinen Sinn, und ich nehme auch an, dass man die Wandfläche für Bücher brauchte.«

»Also hat man den Durchbruch zugemauert.«

»Eben nicht!« Emil sprach leise, was keine schlechte Idee war. Immerhin wusste Ernestine aus eigener Erfahrung, wie gut das mit dem Lauschen funktionierte. »Man hat nur den Rahmen entfernt und dann einfach Möbel davor gestellt, die groß genug waren, um das Loch in der Wand zu verdecken.«

Jetzt kramte er hinter einer Bücherreihe und förderte einen langen schmalen Gegenstand zutage, der ein wenig an eine kleine Trompete erinnerte. Er hielt sich das schmale Ende ans Ohr und presste das weiter geformte Ende gegen die Holzrückwand des Regals.

Ein Hörrohr. Ernie erinnerte sich daran, dass so ein Stück einmal aus dem Ladenbestand verschwunden war. Da der Preis sehr gering gewesen war, hatte Vater keinen Wert darauf gelegt, dem Verbleib des Gegenstandes nachzuforschen.

Nun konnte sogar Ernestine von ihrem Platz aus die Stimme der Mutter ausmachen. Sie schien Anweisungen zu geben.

Langsam schüttelte Emil den Kopf. »Sie lässt Adelheid das alte Geschirr auflegen. Das mit den scheußlichen Blumen.«

»Oje. Das von Onkel Willie, das niemand sonst aus der Familie wollte, als er starb?«

»Genau das.«

Sie konnte sehen, wie unangenehm es Emil war. Sein Geschäftspartner würde sicher bemerken, dass er nicht erwünscht war, oder schlimmer, er hielt die Familie für geschmacklos und zog sich zurück.

Eine ungeahnte Kraft durchfuhr Ernestine. Sie drückte sich aus dem Sessel hoch und strich ihren grauen Wollrock glatt. »Ich kümmere mich darum.«

Jetzt konnte sie Emil beweisen, dass sie auf seiner Seite war – immer. Er war doch ihr großer Bruder.

Emils Kopf schnellte zu ihr herum, aber bevor er reagieren konnte, hatte sie die Bibliothek bereits verlassen.

Sie betrat mit Schwung das Speisezimmer.

Mutter beobachtete eine sichtlich nervöse Adelheid dabei, wie diese eine silberne Gabel polierte, doch sobald Ernie hereinkam, blickte sie zu ihr auf.

»Oh!«, rief Ernie mit gespielter Freude. »Wie ich dieses Geschirr liebe! Eine schöne Wahl, Mutter!«

Sie nahm einen der großen Teller in die Hand und ließ den Blick schnell über den Tisch schweifen. Sechs Gedecke lagen dort, für Vater, Mutter, Emil, Merle, diesen Kuno und sie selbst. Genau aus sechs Gedecken bestand diese in Steingut gebrachte Scheußlichkeit.

Noch.

Ungeschickt ließ sie den Teller fallen. Scheppernd knallte er auf den Tisch, dummerweise direkt auf einen weiteren Teller.

Beide zerbrachen in zwei große und mehrere kleine Teile.

Ernie schlug die Hand vor den Mund. »O nein! Ich hatte mich so darauf gefreut, dieses Gedeck eines Tages mein Eigen nennen zu dürfen.« Schnell versteckte sie das Gesicht in den Händen, damit ihre Mutter nicht sah, wie sich ihre Mundwinkel nach oben bogen.

»Ernestine!« Mutter klang hingegen nicht, als würde sie gleich lachen.

Ernie schielte durch ihre Finger und sah gerade noch, wie Adelheid durch die Küchentür verschwand. Jenseits der Vitrine glaubte sie, ein leises Kichern wahrzunehmen, doch da konnte sie sich auch täuschen.

Schnell wandte sie sich dem klobigen Möbelstück zu. »Keine Sorge, Mutter. Ich kümmere mich darum. Ich werde schnell das gute Geschirr eindecken. Sollte ich wieder so ungeschickt sein, haben wir davon wenigstens noch genügend Ersatz.«

Mutter presste die Lippen aufeinander. Ernie sah es aus dem Augenwinkel heraus und biss sich auf die Unterlippe.

»Tu das. Ich werde mich frisch machen. Unser Gast wird sicher bald hier sein.« Sie betonte das Wort »Gast« in einer Art und Weise, die andere Menschen für das Wort »Ungeziefer« verwendeten.

Kaum war sie hinaus, steckte Adelheid den Kopf durch die Tür. »Ich helfe dir schnell. Der Eintopf ist ohnehin so gut wie fertig. Zum Glück habe ich auf dem Fischmarkt ausreichend Knurrhahn für sechs Personen bekommen.«

Zu zweit zauberten sie im Handumdrehen die Teller auf den Tisch.

»Sag mal ...« Adelheid hielt eine Scherbe in die Höhe. »Das war aber doch kein Versehen, oder?«

Ernies Mundwinkel zuckten. »Du weißt doch inzwischen, dass ich furchtbar ungeschickt bin.«

»Sicherlich.« Die Köchin lächelte schief. »Vor allem mit Geschirr, das du total gern magst.«

Sie lachten, aber Ernie wurde schnell wieder ernst. »Das konnte ich nicht zulassen. Was auch immer das für ein Mensch ist, den Emil da kennengelernt hat, ihm ist es wichtig, dass dieses Abendessen gut verläuft. Das sind wir ihm schuldig, er gibt sich so viel Mühe.« Den letzten Satz flüsterte sie bloß.

Adelheid warf einen schnellen Blick zur Vitrine und nickte. »Aber warum hast du dann zwei Teller zerdeppert? Einer hätte doch ausgereicht.«

Ernie legte den Kopf schräg. »Ich wollte nur auf Nummer sicher gehen.« Sie hob die letzte Scherbe vom Boden auf und betrachtete sie. Eine blassgelbe Blume war genau in der Mitte durchgebrochen. »Außerdem hat diese Scheußlichkeit es nicht anders verdient.«

Adelheid lachte erneut auf und nahm ihr die Scherbe ab. »Den Rest schaffe ich schon. Geh ruhig und mach dich ebenfalls fürs Abendessen frisch.«

Ernestine blickte an sich hinab. Sie trug den Rock, den sie schon am Vortag getragen hatte. Er war bequem, weil er einen Gummizug am Bauch hatte, also genau richtig für ein Abendessen mit ihrem Lieblingseintopf. Einen Flecken konnte sie auch nicht entdecken. »Nicht nötig.«

»Du könntest dieses blaue Seidenkleid anziehen. Das steht dir so hervorragend.« Adelheid verdrehte verzückt die Augen. Neid schien nicht in ihr verankert zu sein.

»Es ist doch nur ein normales Abendessen. An einem Mittwoch.« Sie hatte unter der Woche noch niemals Seide getragen. Irgendwie kam ihr das dekadent vor.

»Es ist ein Essen mit einem Herrn, der vielleicht wichtig für die Familie werden könnte.« Ein wenig klangen Adelheids Worte nach einem Orakel auf dem Rummel, das einem die Zukunft vorhersagte.

»Genau. Wichtig für die Familie, besonders die Geschäfte. Nicht wichtig für mich persönlich. Es besteht also überhaupt kein Grund für so einen Aufwand.« Sie sah aus wie eine respektable Geschäftsfrau, das sollte ausreichen.

Schon läutete die Türglocke.

Sofort erklangen schnelle Schritte, die aus der Bibliothek kamen. Das musste Emil sein.

Auch Adelheid setzte sich in Bewegung, allerdings in Richtung Küche. Als sie die Tür öffnete, drang ein verführerischer Duft hindurch. Ernestines Magen knurrte deutlich vernehmbar.

Bevor sie sich dafür schämen konnte, hörte sie Stimmen, die sich näherten. Eine gehörte Emil, ihrem Bruder, die andere war ihr unbekannt. Wie war noch mal der Ablauf des Abends geplant? Gingen die Männer erst auf einen Aperitif in den Salon?

Offensichtlich hatte Emil beschlossen, den Drink gleich im Esszimmer anzubieten. Tatsächlich hatte jemand den Getränkewagen hier hereingerollt. Kein Wunder, das Esszimmer war neben der Bibliothek der schönste Raum des Hauses. Besonders am Abend fiel das Licht besonders anheimelnd durch das Fenster.

So wie jetzt. Schon senkte sich die Türklinke. Ernestine straffte ihre Haltung.

»Bitte sehr, nach dir, mein Lieber«, sagte Emil in vertraulichem Tonfall. Sehr vertraulich für jemanden, den er erst seit wenigen Wochen persönlich kannte.

»Vielen Dank.« Der junge Mann, der jetzt den Raum betrat, war in einen eleganten grauen Anzug gekleidet.

Seine dunklen Haare trug er mit Pomade zur Seite gekämmt, und seine blauen Augen strahlten im Licht der gerade hereinfallenden Abendsonne.

Sein Blick traf Ernie, und in seinen Augen blitzte es auf. Mit einem strahlenden Lächeln trat er auf sie zu. »Sie müssen Ernestine sein, die Geschäftsführerin. Ich habe schon so viel von Ihnen gehört.«

Er nahm ihre Hand, die sie ihm völlig perplex hinhielt, und deutete einen schnellen Handkuss an. Dabei zwinkerte er ihr verschmitzt zu, als wollte er sie auffordern, nicht alles zu ernst zu nehmen.

Er wirkte jedenfalls wie jemand, der das Leben leicht nahm. Eine Eigenschaft, die Ernie zutiefst neidete.

In ihr wallten unterschiedlichste Empfindungen auf. Sie wünschte sich, doch auf Adelheid gehört und sich umgezogen zu haben. Ihr wurde warm unter seinem Blick, und seine Worte ließen sie vor Stolz einige Zentimeter wachsen.

Geschäftsführerin! Noch nie hatte dieser Titel so verführerisch geklungen wie aus seinem Mund.

Schon betrat Mutter den Raum und brachte dieses Bauwerk aus Gefühlen zum Einsturz, wie so oft in ihrem Leben.

»Sie müssen Herr Müller sein«, sagte sie mit schneidender Kälte in der Stimme.

»Zu Ihren Diensten.« Kuno deutete eine kleine Verbeugung an. Ernestine fiel auf, dass nicht eine Spur eines bayrischen Dialekts zu hören war. »Frau Tegeler, ich danke Ihnen von ganzem Herzen, dass Sie mich in Ihrem wunderschönen und stilvollen Heim begrüßen. Es ist mir eine Ehre, heute bei Ihnen und Ihrer Familie sein zu dürfen. Emil hat mir ja schon viel erzählt, doch die Realität übertrifft meine Fantasie bei Weitem.« Er deutete eine umfassende Armbewegung an. »Sie haben wirklich einen exzellenten Geschmack, Frau Tegeler. Von der Einrichtung über die dekorativen Elemente bis zur Auswahl des Geschirrs.«

Emil entfuhr ein leises Grunzen. Ernie stieß ihn mit dem Ellbogen an und biss sich auf die Unterlippe.

Mutter schien davon nichts zu bemerken. »Ähm, ja. Vielen Dank, sehr freundlich.« Ihre Miene war ein wenig weicher geworden.

Zum Glück kam Vater dazu, und die Männer verloren sich schnell in einem Gespräch darüber, wie sich das Geschäft in den vergangenen Jahren verändert hat.

Ernie mixte sich einen schwachen Cocktail und bot auch ihrer Mutter einen an. Etwas Alkohol würde sie vielleicht milder stimmen. Doch wenn sie es genau betrachtete, schien sie ohnehin schon besänftigt zu sein.

Was ein wenig Charme ausmachen konnte.

Emil reichte irgendetwas mit viel Gin herum. »Und deswegen glaube ich, wir müssen expandieren. Uns vielleicht mit anderen kleinen Antiquitätengeschäften zusammenschließen, eine eigene Kette bilden.«

»Du willst Teil einer Kette sein?« Vater zog die Brauen zusammen. In seinem Kopf sah er vermutlich diese Kette schon beim schwächsten Glied auseinanderreißen, und es war nicht unwahrscheinlich, dass sein Lebenswerk in den Händen eines kranken und nicht belastbaren Sohnes, seiner Tochter und eines Fremden eben dieses schwache Glied bilden würde.

Ernestine atmete tief durch und stellte sich zwischen ihren Vater und ihren Bruder, obwohl dort viel zu wenig Platz für sie war. Wieder einmal ein Augenblick, in dem sie sich wünschte, etwas weniger füllig zu sein.

Und dieser Wunsch wird nicht durch die Anwesenheit eines charmanten Antiquitätenhändlers namens Kuno ausgelöst?

Diesen lästigen Gedanken schüttelte sie schnell ab. »Ich sehe das anders als du.« Ihre Stimme kippte beim letzten Wort, und sie hatte das starke Bedürfnis, sich zu räuspern.

Alle Blicke ruhten auf ihr.

»Ach, Kind, vielleicht holst du uns ...«, begann ihr Vater, doch sie unterbrach ihn.

»Meiner Meinung nach liegt unsere Stärke gerade im Image eines Familienbetriebes. Dieses Image sollten wir aufrechterhalten. Wenn wir uns Unterstützung von außen holen, dann darf das für die Kundschaft nicht ersichtlich sein.« Hatte sie das wirklich ohne Zittern in der Stimme hervorgebracht? Ihre Hände zitterten dafür umso mehr.

Sicher würde Vater nun mit den Augen rollen und ganz deutlich sagen, was er gerade schon versucht hatte, subtil anzudeuten: Dass sie zwar geeignet war für Botengänge und die Buchhaltung, um ihren Bruder ein wenig zu entlasten, doch dass sie das Kerngeschäft bitte den Männern überlassen sollte.

Genau das, was sie eigentlich, insgeheim, auch so sah.

Zu ihrer großen Überraschung nickte Kuno sofort. »Da muss ich Ihnen zustimmen, liebe Ernestine. Man muss da an die Kundschaft denken. Das sind hauptsächlich Besserverdienende mit einem traditionellen

Familienverständnis, aber aufgeschlossen für Entwicklung. Außerdem treffen in erster Linie die Ehefrauen die Entscheidungen über die Einrichtung. Deswegen ist es umso wichtiger, die weibliche Seite auch im Geschäft zu repräsentieren.«

»Aber das tun wir ja«, warf Vater ein. »Ernie ... Ernestine empfängt die Kunden und darf sogar bei Verkaufsgesprächen dabei sein.«

Kuno hob die Hand. »Eine Frau sollte nicht nur dabei sein. Sie sollte sie führen. Für das Ansehen Ihres Geschäfts empfehle ich eine klare familiäre Positionierung. Die Tochter des Hauses ist immer gut, noch besser wäre ein Ehepaar an der Spitze des Unternehmens. Seien es Emil und seine Frau ...« Er blickte sich suchend um, doch Merle war noch nicht heruntergekommen. Sicher hatte sie mit dem kleinen Konrad zu tun. »Oder eben die Tochter des Hauses mit einem passenden Ehemann.«

Bei diesen Worten warf er Ernestine einen Blick zu, der ihr abwechselnd heiße und kalte Schauer über den Rücken jagte.

Ihre Mutter schnaubte irgendwo hinter ihr, aber sie nahm es kaum wahr. Ihre Aufmerksamkeit war gefesselt von Kunos Präsenz. Ihr Mund wurde trocken, doch sie wollte keinen Schluck aus ihrem Glas nehmen, um diese Verbindung nicht zu zerstören.

Auf diese Weise hatte sie sich noch niemals von einem Mann wahrgenommen gefühlt, und sie hatte es nicht für möglich gehalten, dass es je geschehen würde.

Zum ersten Mal in ihrem Leben hatte sie eine gewisse Vorstellung davon, wie es sein musste, wenn ein Mann sie begehrte.

»Ich verstehe, was Sie meinen.« Selbst Vater klang versöhnlich und auch ein wenig nachdenklich. Er schien Kuno nicht mehr so ablehnend gegenüberzustehen.

»Wo ist meine Frau überhaupt?« Emil blickte sich um. »Wir wollen essen, es riecht so, als sei die Köchin so weit.«

»Es duftet ganz und gar verführerisch«, schwärmte Kuno sofort.

Wie gerufen gesellte sich auch Merle zu ihnen und durfte sich ein Kompliment zu ihrer Frisur anhören. Das versetzte Ernie einen leichten Stich, den sie so noch niemals gefühlt hatte. Sie nahm sich vor, gleich morgen einen Damensalon aufzusuchen. Immerhin sollte sie demnächst das Geschäft repräsentieren, da durfte sie ruhig ein wenig auf ihr Aussehen achten.

Als Kuno Adelheid zu ihrem köstlichen Essen gratulierte, blieb der Stich aus. Er hatte ja recht, es war köstlich. Warum nur konnte sie selbst viel weniger zu sich nehmen als sonst?

Kapitel vierzehn

»Du hast ja kaum etwas zu dir genommen, Tante Ernie. Schmeckt es dir nicht?«

Helmke saß noch am Bett ihrer Großtante, obwohl sie ihren Salat längst aufgegessen hatte. Allerdings musste sie zugeben, dass sie in den vergangenen fünfzehn Minuten überwiegend am Laptop gearbeitet hatte, anstatt auf die alte Dame zu achten.

Jetzt sah sie, dass diese wohl seit längerem nur in ihre Suppe starrte, anstatt zu löffeln. Der Inhalt der Schale, in die Helmke sie umgefüllt hatte, war nicht bedeutend weniger geworden.

»Es ist kein Grüner Knurrhahn«, sagte Ernie und presste die Lippen aufeinander.

»Nein, den hatten sie leider nicht. Es gab überhaupt keinen Knurrhahn auf der Karte, Tante.«

»Karte? Ich will ohnehin den von Adelheid!« Ernie stellte den Teller mit so viel Schwung auf den Nachttisch, dass die Flüssigkeit beinahe überschwappte.

Helmke musterte sie besorgt. »Ich kenne leider keine Adelheid. Hast du ihre Nummer? Dann rufe ich sie für dich an.« Vielleicht hatte diese Adelheid ja das Rezept für Knurrhahn in irgendwelchen Farben und würde es an Helmke übergeben. Dann kochte sie ihrer Tante diesen Wundereintopf einfach selbst, wann immer sie es wollte.

»Adelheid hat natürlich kein eigenes Telefon. Sie wohnt doch hier bei uns!«, sagte Ernie voller Überzeugung.

Ihre Worte jagten einen unheimlichen Schauer über Helmkes Körper. Passenderweise setzte ein Klopfen ein, das irgendwo aus den Tiefen des alten Hauses klang.

Vergiss nicht, dass hier noch jemand wohnt. Es wird Konnie sein, deine Tochter. Das ist viel wahrscheinlicher als ein Geist.

»Adelheid wohnt hier?«, fragte sie ganz vorsichtig.

Ernie sah sie stirnrunzelnd an, dann schüttelte sie den Kopf. »Ach, nein, das war ja einmal. Jetzt natürlich nicht mehr.« Traurig senkte sie den Blick.

In Helmkes Brust breitete sich ein dicker, schwerer Ballon aus. »Und sie hat dir früher diesen Knurrhahn gekocht? Den blauen?« Sie zwinkerte verschwörerisch.

Prompt entlockte sie ihrer Großtante ein Lächeln. »Grünen. Der Eintopf war grün. Das kam von der Petersilie, glaube ich. Aber was weiß ich schon? Ich kann ja überhaupt nicht selbst kochen.«

»Weißt du denn, woher sie das Rezept hatte? Aus irgendeiner Zeitschrift?« Ohne zu ahnen, ob es das zu der Zeit, von der Ernie da sprach, schon gab, machte sich in ihr die Hoffnung breit, dass sie dann vielleicht in der Redaktion anrufen könnte. Irgendjemand musste doch wissen, wie das Gericht zubereitet werden musste.

»Ach wo! Das Rezept steht nur in unserem alten Familienkochbuch! Das große handgeschriebene, in dem die

Frauen der Tegelers Generation für Generation ihre Lieblingsrezepte eingetragen hatte. Ein echtes Unikat!«

Helmke runzelte die Stirn. »Und wo ist dieses Kochbuch?«

Ernie wurde still. Nicht nur, dass sie nichts sagte, auch ihre Bewegungen, ihr ganzes Verhalten wurde still. »Es ist da, wo es hingehört. Ich bin jetzt müde, Liebes. Ich muss mich ein wenig ausruhen.«

Sie drehte sich zur Wand und legte den Kopf auf dem Arm ab.

Helmke erhob sich zögernd. Konnte sie ihre Großtante jetzt wirklich allein lassen? Irgendwie hatte sie ein schlechtes Gefühl dabei, andererseits machte Ernie deutlich, dass sie gern ungestört wäre.

Und ein wenig Verwirrung war in ihrem Alter doch nun wirklich kein Grund zur Sorge. Sie war noch lange nicht dement, das hatte sie in den vergangenen Jahren zur Genüge bewiesen, erst beim Kauf dieses Schreibtisches wieder.

Sie war nur durch irgendetwas aus der Bahn gebracht worden, was mit der Ausgrabung im Moor zu tun hatte.

Kurz durchzuckte Helmke die Angst, dass dort die Leiche dieser Adelheid gefunden wurde, die von Ernie für alle Zeiten versenkt werden sollte. Vielleicht hatte sie die Schnauze voll gehabt, Grünen Knurrhahn zu kochen, und ihre Großtante hatte das nicht so einfach hingenommen.

Sie musste grinsen bei diesem absurden Gedanken und verdrängte ihn sofort wieder. Niemals hatte ihre Großtante einen Menschen auf dem Gewissen. Es musste etwas anderes dahinter stecken, da war sie sicher.

Sie ging mit dem Geschirr in die Küche. Hier standen nur ein Weight-Watchers-Buch aus den Achtzigern und ein paar wertlose gedruckte Kochbücher herum. Nichts davon wirkte wie ein handgeschriebenes Unikat. Sicherheitshalber blätterte sie sich durch die Fischgerichte, bevor sie die Suppe in einen Frischhaltebehälter füllte und das Geschirr in die Spülmaschine räumte. Kein Knurrhahn war zu finden, weder als Eintopf, noch gedünstet, gebraten, gegrillt. War wohl nicht der beliebteste Speisefisch.

Zu dumm, dass sie ausgerechnet dazu ein Rezept suchte. Vielleicht gab es das tatsächlich nur einmal, nur in ihrer Familie, und es war zusammen mit dem Kochbuch für immer verschollen. Wie verrückt wäre das denn?

Helmke presste sich die Hände gegen die Stirn. Aus Konstanzes Zimmer erklangen mittlerweile Geräusche, als wollte sie den Fußboden herausreißen. Hoffentlich irrte sie sich in dieser Einschätzung.

Als ihr Mobiltelefon klingelte, zuckte Helmke zusammen. Das Bild ihrer Oma Merle lächelte sie vom Display an.

Schnell drückte sie den grünen Hörer. »Oma! Danke, dass du mich zurückrufst. Wie geht es dir?«

»Mir geht es sehr gut, Liebes! Ich komme gerade aus dem Reisebüro und habe eine Kreuzfahrt nach Griechenland gebucht. Auf einem Segelschiff!«

»Ach was? Wie kommt das denn?« Helmke biss sich auf die Lippe. So gern sie ihre Oma direkt nach dieser Adelheid gefragt hätte, war sie es ihr schuldig, sich zuerst ihre Neuigkeiten anzuhören.

»... Freundin Helen macht doch intuitives Bogenschie-
ßen, und auf Kreta gibt's eine ...«

Helmke streute einige Ohs und Ahs an den passenden
Stellen ein und war insgeheim richtig stolz auf ihre
Großmutter. Sie war immerhin auch schon weit über
achtzig. Hoffentlich vererbte sich diese Rüstigkeit.

Wie es klang, hatte wenigstens Konstanze einiges dieser Durchhaltekraft erwischt. Sie machte immer noch
ordentlich Lärm, wenn er auch etwas dumpfer klang.
Vermutlich war sie auf der Suche nach einem archäologischen Schatz unter den Bodendielen.

Das war wohl die Rache für den angedrohten Hausarrest.

»Aber was wolltest du denn, Kind? Ist bei euch alles in
Ordnung?« Jetzt klang Oma ein wenig besorgt.

»Ich wollte mir dein Geheimrezept für Dynamik im
Alter notieren, Oma.« Helmke musste grinsen und bewegte sich langsam von der Küche ins Arbeitszimmer.

»Ach du!« Oma Merle lachte auf. »Das ist ganz einfach.
Man muss nur genügend Interessen haben und nie die
Neugierde verlieren.«

Das war ein gutes Stichwort. »Apropos Neugierde.
Weißt du irgendetwas von einer Adelheid, die mal mit
der Familie zu tun hatte?«

»Adelheid?« Oma Merle klang nachdenklich. »Ja,
warte mal, Kind. Adelheid, der Name sagt mir was. Ein
Zimmermädchen, glaub ich, hieß mal so.«

»Ein Zimmermädchen?«

»Genau. Damals, im alten Haus der Tegelers in der Jakobistraße in Bremen.«

»Eine Köchin könnte es nicht gewesen sein?« Diese
Suggestivfrage bereute Helmke sofort. Wenn ihre Oma

jetzt zustimmte, konnte es einfach daran liegen, dass sie ihre Vermutung aufgedrängt hatte.

»Das weiß ich wirklich nicht. Ich war zu der Zeit so furchtbar beschäftig mit deinem Vater. Er war ein schrecklich schwieriges Kind. Mit den Hausangestellten hatte ich wenig Kontakt.«

Helmke wusste natürlich, dass ihre Oma aus einfachen Verhältnissen stammte und es ihr immer unangenehm gewesen war, so reich geheiratet zu haben.

»Ach so, trotzdem vielen Dank. Wann ungefähr das war, weißt du wohl nicht so genau, oder?« Sie nahm einen Stift vom Tisch und kaute an dessen Ende herum. Ihr Blick fiel wieder auf diese Lücke bei den Kochbüchern.

»Doch, das müsste kurz nach Konrads Geburt gewesen sein. 1961 oder 1962 vielleicht.«

Helmke ließ den Stift wieder sinken. »Damit hast du mir schon sehr geholfen, Oma. Vielen Dank!« Hoffentlich hörte Oma Merle ihre Enttäuschung nicht raus.

»An eine Sache erinnere ich mich aber. Ich glaube, diese Adelheid war irgendwann nicht mehr da. Keine Ahnung, ob sie gefeuert wurde, oder was genau da geschehen war. Dein Großvater hielt sich mir gegenüber immer sehr bedeckt, und Ernestine und ich waren auch niemals echte Freundinnen.« Das klang ein wenig, als bedauerte sie diesen Umstand. »Sie hätte vielleicht eine gebraucht.«

Helmke stand auf und trat an das Regal mit den Kochbüchern. Das war genau der Ort, an dem ihre Großtante ein wertvolles handgeschriebenes Werk voller geheimer Familienrezepte aufbewahren würde. »Wie kommst du darauf, Oma?«

»Ach, ich glaube, mit ihrer Mutter hatte sie es nicht leicht. Die alte Schreckschraube hat sie kontrolliert, wo es ihr möglich war. Sogar die Post lief zuerst durch ihre Hände.« Oma Merle schnaubte unwillig. »Mit einer Verbündeten wäre es sicher leichter gewesen.«

»Das klingt ja scheußlich!« Die arme Ernie. Ein Wunder, dass sie so ein wunderbarer Mensch geworden ist.

Helmke ließ den Blick über die Buchrücken schweifen. Mal genauer hinzusehen, konnte nicht schaden. Vielleicht hatte die Lücke ja doch nichts zu bedeuten. »Weißt du zufällig noch etwas über ein wertvolles Familienkochbuch?«

Merle lachte auf. »Jetzt veralberst du mich aber, Kind! Du weißt doch genau, dass ich nicht kochen kann!«

Das wäre auch zu schön gewesen, wenn sich der Verbleib dieses vermaledeiten Rezepts endlich geklärt hätte.

Sie verabschiedeten sich, nachdem Helmke ihrer Großmutter das Versprechen abgerungen hatte, mindestens eine Postkarte aus Griechenland zu erhalten.

Mit einem tiefen Atemzug blickte sie auf diese Lücke im Regal. Der perfekte Platz, nur das Buch war futsch.

Plötzlich fiel ihr die Stille auf, und sie zuckte zusammen. Konstanze hatte aufgehört zu lärmen.

Sofort schrillten stattdessen ihre Mutterinstinkte los. Was, wenn sie sich verletzt hatte bei was auch immer sie da tat? Sie vertraute ihrer Tochter, keinen allzu großen Mist anzurichten, aber Unfälle geschahen schnell.

Bevor sie sich versah, sprintete sie schon die Treppe empor. Im nächsten Moment stand sie in Konstanzes Zimmertür. »Konnie, ist alles in Ordnung?« Die Panik in ihrer Stimme konnte sie nicht unterdrücken.

Konstanze saß in der Ecke hinter dem Bett und beugte sich über etwas. In Helmkes Fantasie war es ein offener Bruch am Unterarm, doch dann drehte sich ihre Tochter zu ihr um und strahlte.

»Du kommst genau richtig, Mama. Du ahnst niemals, was ich gerade unter den Bodendielen gefunden habe!«

Kapitel fünfzehn

November 1961

Ernie hätte niemals geahnt, dass sie solche Gefühle tief in ihrem Inneren auffinden würde. Sobald sie nur an diesen Mann dachte, hüpfte ihr Herz. So etwas hatte sie bisher noch nie erlebt.

»Ich weiß nicht, aber irgendetwas stimmt nicht mit ihm«, murrte Adelheid und warf ihr einen schnellen Blick zu. »Fandest du ihn etwa nett?«

Ernie blickte auf. »Wen? Herrn Müller?« Schon den Namen auszusprechen, jagte ihren Puls in die Höhe. »Er war sehr nett.«

Und er hatte ihr zum Abschied die Hand geküsst. Nicht nur angedeutet, richtig geküsst. Er hatte sich viel mehr Zeit für sie genommen als für ihre Mutter oder gar Merle.

Ob Adelheid enttäuscht war, weil er sich von ihr nicht verabschiedet hatte?

»Aber diese Freundlichkeit wirkt so aufgesetzt. Meinst du nicht?« Adelheid warf sich mit vollem Körpergewicht auf den Brotteig und knetete ihn ordentlich durch. Kein Wunder, dass sie so kräftige Unterarme hatte.

In Ernestine wallte leichter Ärger auf. »Ich weiß nicht. Wie kommst du darauf?«

»Ach, ich weiß auch nicht recht. Es ist nur so ein Gefühl. Er erinnert mich wohl an jemanden, der so war.«

»Der wie war?«

Adelheid knetete noch kräftiger. »Schlecht.« Sie presste die Kiefer aufeinander.

Ernie wagte es nicht, weiter in sie zu dringen. Es war ja auch egal. Kuno war vorerst wieder abgereist. Er hatte mit Emil vereinbart, dass er sich um besondere Stücke bemühen wolle und sich dann wieder meldete. Und wenn der Antiquitätenhandel Tegeler zufrieden war, würden sie über die weitere Zusammenarbeit verhandeln.

Es war also durchaus denkbar, dass sie den Mann nie wiedersah. Dieser Gedanke jagte ihr einen Stich in den Magen, als hätte sie richtig schlimmen Hunger. »Hast du vielleicht noch ein Stück von dem Mohnkuchen übrig behalten, Adelheid?«

Sofort umspielte ein Lächeln Adelheids Mund. »Ganz hinten in der Vorratskammer. Warte, ich hole es dir.« Sie zog die Arme aus dem Brotteig und klopfte das Mehl ab.

»Ach was, ich hole es mir schnell selbst.« Wenn durch den Kuchen dieses Gefühl verschwand, war es auch gut. Und wenigstens würde sie sich dann nicht mit Adelheid in die Haare bekommen, weil sie den Mann nicht mochte, den Ernestine längst insgeheim verehrte. Sie hatte sogar bereits versucht, eine Skizze von seinem Gesicht anzufertigen, doch ihre Kunst konnte dem Original nicht gerecht werden. Besonders das Strahlen in seinen blauen Augen bekam sie nicht auf Papier gebannt.

Sie quetschte sich durch die schmale Tür der Kammer. Sofort kroch ein fetter Kloß in ihren Hals. Als ob ein Mann wie Kuno sich ernsthaft für sie interessieren würde. Er könnte sicher eine schönere, schlankere Frau bekommen als sie. Und vielleicht war er ja auch bereits verheiratet, das wusste sie doch überhaupt nicht.

Allerdings konnte sie diesen einen Gedanken nicht aus ihrem Kopf verdrängen, so schmerzhaft er auch war: Eine andere Frau war nicht Mitglied der Familie Tegeler. Eine andere Frau hatte keinen Antiquitätenhandel, den sie einst übernehmen sollte.

Reglos starrte sie das Stück Mohnkuchen an, das Adelheid mit einem dünnen Tuch abgedeckt hatte.

Eine Verbindung mit Kuno könnte mit einem Schlag alles lösen, worum sie sich sorgte. Sie wäre eine Ehefrau, vielleicht sogar eine Mutter. Gemeinsam könnten sie das Geschäft führen, auch ohne Emil, wenn seine Gesundheit es nicht zuließe. Vielleicht hätte sie sogar genügend Zeit, um selbst den Haushalt zu führen.

Ein Kribbeln erfasste sie, als sie sich vorstellte, wie sie nachmittags das Geschäft verließ und in die Küche ging, um ihrem Mann Kuno Grünen Knurrhahn zu kochen. Wie er sie dann ansehen würde, wenn es ihm schmeckte.

Sie könnte alles haben – wenn sie nur Kuno haben könnte.

»Ist alles in Ordnung?«, kam es von Adelheid. »Hast du den Kuchen gefunden?«

Ertappt fuhr Ernestine zusammen. Schnell griff sie nach dem Teller. »Ja, ich habe ihn.«

Sicher dachte ihre Freundin, sie würde ihn direkt in der Kammer in sich hineinstopfen wie eine Mastgans.

Sie setzte sich mit ihrer Beute an den kleinen, blank gescheuerten Küchentisch und betrachtete den Zuckerguss. Plötzlich war ihr der Appetit vergangen.

»Sag mal, Adelheid.« Sie schluckte.

»Ja, was denn?« Die Köchin klang ein wenig außer Atem, der Teig schien allerdings ausreichend geknetet zu sein. Sie war bereits damit beschäftigt, ihn in fünf gleichgroße Laibe zu zerteilen.

»Deine Heirat, das war doch aus Liebe, richtig?«

»Na, des Geldes wegen jedenfalls nicht!« Adelheid lachte auf, wurde aber sofort wieder ernst. »Warum fragst du?«

»Ich frage mich, wie es sich anfühlt, wenn man verliebt ist.«

Adelheid hielt inne. »Oh, das ist das schönste Gefühl der Welt. Kennst du diese große Schaukel, die es manchmal auf dem Rummel gibt? Die mit den ganz langen Seilen?«

Ernie nickte. »Natürlich. Aber ich war noch nie drauf.« Sie hatte immer Angst gehabt, der Betreiber würde sie von oben bis unten mustern und dann ganz laut vor allen Leuten verkünden, dass sie zu dick sei, um zu schaukeln. Dass die Seile reißen würden unter so viel Last.

»Wenn man ganz hoch schaukelt, dann kribbelt es so schön im ganzen Körper, und wenn es wieder abwärts geht, ist das, als könne man fliegen.« Adelheid geriet ins Schwärmen. »So fühlt sich verliebt sein an.«

»Als würde man fliegen?« Ernie horchte in sich hinein. Es kribbelte ganz schön, wenn sie an Kuno dachte, und ihr wurde auch ein wenig übel.

Sie war sich sicher, dass ihr auch beim Fliegen übel werden würde, also könnte das schon sein.

»Und dein Mann, der war auch in dich verliebt, oder?« Adelheid kicherte. »Das will ich meinen!«

»Woher wusstest du, dass er in dich verliebt ist?«

»Na, er hat es mir gesagt.« Jetzt drehte sich Adelheid zu ihr. »Aber du hast recht, ich wusste es zu diesem Zeitpunkt längst. Es war die Art, wie er mich ansah, als gäbe es nur mich auf der Welt, und keine andere Frau könnte es mit mir aufnehmen.« Ein Seufzen entfuhr Adelheid. »So muss das sein, Ernestine. So und nicht anders.«

»Das klingt wunderschön.« Ernies Gedanken schweiften zu Kunos Abschied am Abend zuvor. Wenn sie an seinen Blick dachte, den er ihr über ihre Hand hinweg zugeworfen hatte, bekam sie tatsächlich das Gefühl zu schweben. Er hatte sie so angesehen, als sei sie schön und begehrenswert und klug.

Auch während des Essens hatte er ihr immer wieder zugestimmt und ihr kurze, doch schickliche Blicke geschenkt. Da hatte ja auch die gesamte Familie zugesehen.

Konnte es wirklich sein, dass er sie interessant fand? Dass er sich in sie verliebte?

Frag dich lieber, was geschieht, wenn er dich nicht liebt, dir aber dennoch den Hof macht. Würdest du das ertragen?

Sie hätte diesen Gedanken am liebsten verdrängt, ihr Unterbewusstsein ließ es jedoch nicht zu.

»Könntest du mit einem Mann verheiratet sein, der dich nicht liebt, sondern aus anderen Gründen mit dir zusammen sein will?« Sie konnte nicht verhindern, dass ihre Stimme zitterte.

Adelheid runzelte die Stirn. »Was für Gründe sollten das bitte sein?«

Ernie sah die Köchin an. Sie stand dort in ihrem einfachen Hauskleid, die Haare zurückgebunden, und tat das, was sie liebte und am besten beherrschte. Wie konnte sie ihr verdeutlichen, dass sie Angst hatte, ein Mann könnte sie nur wollen, weil sie aus einer guten Familie stammte?

Adelheid hielt inne und wandte sich wieder Ernie zu. »Ist mit dir alles in Ordnung?« Sie hatte die Brauen zusammengezogen, als sorgte sie sich wirklich.

Schnell nickte Ernie. »In bester Ordnung. Ich habe nur gerade ein Buch gelesen, in dem es um Liebe ging, und in dem Bereich habe ich ja keinerlei Erfahrungen.«

»Welches denn?« Die Köchin wirkte interessiert. Vielleicht hatte sie auch das Bedürfnis, endlich einmal wieder Gefühle zu erleben, und sei es aus zweiter Hand.

Panik erfasste Ernestine, und sie überlegte hektisch. »Eins auf Englisch«, sagte sie, weil sie wusste, dass Adelheid diese Sprache nicht beherrschte. »Von Jane Austen.«

Sofort schien Adelheids Interesse abzuflauen. »Ach so.« Sie wandte sich wieder dem Teig zu. »Jetzt muss ich mich aber sputen, sonst werden die Brote fürs Abendessen nicht rechtzeitig fertig, Ernestine.« Ihr entfuhr ein Kichern. »Da wäre deine Mutter sehr böse auf mich!«

Kapitel sechzehn

»Bist du böse auf mich, Mama?« Konstanze hockte vor einer staubigen flachen Kiste, die sie offensichtlich gerade aus einem Loch im Boden befreit hatte. »Hier hat es hohl geklungen, als ich zufällig geklopft habe, und da musste ich doch mal nachsehen. Ich glaube nicht, dass ich allzu viel kaputt gemacht habe.«

Mit der rechten Hand schob sie ein gesplittertes Stück Bodendiele unter ihr Bein, obwohl dieser Körperteil viel zu dünn war, um das Malheur zu verdecken. Dieses Kind verbrannte Energie einfach im Nu.

Helmke tat so, als bemerkte sie es nicht. »Ach, Maus! Natürlich nicht!« Als würde sie ihre Tochter jemals dafür bestrafen, dass sie neugierig war.

Einen Fußboden konnte man reparieren, oder man legte einfach einen Teppich auf die Stelle und platzierte einen Blumenkübel darüber. Doch langweilige, uninspirierte Menschen, die alles hinnahmen, wie es ihnen präsentiert wurde, ohne jemals auch nur darüber nachzudenken, einen Blick hinter den Vorhang zu werfen, gab es wirklich genug.

Nur nach Zufall hatte sich die Aktivität ihrer Tochter nicht angehört.

»Allerdings frage ich mich, wie du denn darauf gekommen bist, danach zu suchen.«

Ihr gar nicht mehr so kleines Mädchen sah sie an, als hätte sie im Leben etwas nicht ganz mitbekommen. »Ach, Mama, das weiß doch jeder! In alten Häusern mit knarrenden Treppen ist immer etwas unter den Bodendielen versteckt! Oder es gibt eine Geheimtür, aber danach suche ich dann nächstes Mal.«

»Untersteh dich!« Vor ihrem inneren Auge sah Helmke schon Löcher in tragenden Wänden und abbröckelnden Putz. So rabiat, wie ihre Kleine bei dieser Suche vorgegangen war, war das nicht unwahrscheinlich.

Sie schüttelte sich. »Also, Konnie, was hast du denn da gefunden?«

Konstanze sprang auf und trug ihren Schatz zum Bett, nicht ohne vorher der gebrochenen Diele einen kleinen Tritt zu geben, der sie in Richtung Vorhang beförderte. Sie stellte das Kistchen auf die Tagesdecke und kniete sich auf den Flokati, der ihr als Bettvorleger diente. »Lass uns mal schauen.«

Helmke kniete sich neben sie. Ihr linkes Knie knackte leise. Na toll, noch nicht einmal dreißig und schon ein bisschen morsch.

Konstanze grinste sie an, sagte aber nichts dazu. »Schau mal, hier steht Tante Ernies Name.« Sie deutete auf eine verblasste Schrift, die unter dem Staub kaum zu sehen war.

Jetzt erkannte Helmke auch, dass es sich bei der Box um eine alte Zigarrenkiste handelte.

»Dann sollten wir es vielleicht ihr bringen, oder nicht? Das hier war mal ihr Zimmer, und wenn sie es unter den Dielen versteckt hat, wird es wohl etwas ganz Persönliches sein, das nicht jeder sehen sollte.« Das wäre vernünftig und anständig, das war Helmke klar. In ihrem Inneren vibrierte es. Zu gern würde sie in dem kleinen Schatzkästchen stöbern.

»Aber, Mama!« Konstanze klang ein wenig maulig. »Bestimmt hat sie es längst vergessen. Und es kann doch sein, dass der Inhalt sie zu sehr aufwühlen würde, und sie noch mehr vergisst. Kann das nicht sein?« Sie sah Helmke erwartungsvoll an.

»Aufwühlen, hm?« Ihre Tochter hatte absolut recht, trotzdem sollte sie es ihr nicht zu leicht machen. »Das heißt ja noch lange nicht, dass wir ein Recht haben, es zu öffnen und im Alleingang in ihren Erinnerungen zu wühlen.«

»Und wenn wir dadurch herausfinden, wer diese Adelheid ist? Oder noch besser, wenn wir das geheime Knurrfisch-Rezept finden?« Endlich sprach Konnie aus, was sich Helmke selbst schon gedacht hatte.

»Knurrhahn, Maus. Das wäre natürlich ein guter Grund.«

»Aber es ist doch ein Fisch und kein Vogel.« Offensichtlich wusste Konstanze längst, dass sie ihre Mutter bereits so weit hatte. Sie kicherte.

Natürlich, sie hatte die Neugierde und Abenteuerlust ja von ihr geerbt. Nur dass Helmke diese Eigenschaften irgendwo auf dem Weg in die Verantwortung, die sie zu tragen hatte, verloren gegangen waren.

Möglicherweise fand sie sie wieder, wenn sie sich nur darauf einließe.

»Also gut. Wir gucken die Sachen nur schnell einmal durch, ob dieses Rezept dabei ist. Aber Tante Ernie hat gesagt, es sei in einem Buch verzeichnet.«

Wenn sie ein Lieblingsrezept hätte, von dem nur eine Abschrift bestünde, würde sie es sich allerdings wohl auch kopieren und irgendwo sicher verwahren.

»Mama, du kannst schon nicht ruhig schlafen, wenn du die Fotos aus dem letzten Urlaub nicht mindestens an zwei Orten gespeichert hast, bevor du sie zusätzlich noch in die Cloud hochlädst.«

Helmke pikste Konstanze in die Seite. Ihre Tochter wurde wirklich immer frecher ... und zielsicherer. »Ich hab doch schon Ja gesagt! Jetzt mach auf, bevor ich es mir anders überlege und die Kiste im Garten vergrabe.«

Als würde dieser neugierige Fratz sie dort nicht finden, und wenn sie das gesamte Grundstück umgrub.

Darauf schien Konstanze allerdings keine Lust zu haben. Sofort schob sie ihre kurzen Fingernägel in den Spalt unter dem Deckel und hebelte ihn auf. Es ging wohl nicht so leicht, vermutlich hatte sich das Material der Zigarrenkiste über die Zeit verzogen.

Dann gelang es ihr, und bevor Helmke sie davon abhalten konnte, kippte ihre Tochter den gesamten Inhalt auf die Decke.

Zwischen braunen Bröseln und Staubflusen landeten verschiedene Gegenstände auf der Decke. Ein verschnürter Stapel alter Schwarz-Weiß-Bilder mit unregelmäßigem weißem Rand, eine Haarsträhne, die mit rotem Seidenband zusammengebunden war, ein goldener Ring mit einem hellroten Stein, den Helmke sofort als wertvoll einstufte, und einige ausgeschnittene Zeitungsartikel. Auf dem Seidenband stand ein Name, doch er war zu sehr verblasst, als dass sie ihn lesen konnte. Sie erkannte nur, dass er sehr kurz gewesen sein musste, vielleicht vier oder fünf Buchstaben.

Sie nahm einen der Artikel und las die Überschrift. »Antiquitätenhandel Tegeler hat Diebstahl zu beklagen.«

»Was? Dein Laden? Was wurde denn gestohlen?« Konnie legte den Kopf auf dem Bett ab und gähnte herzhaft.

»Nicht mein Laden. Tante Ernies Laden. Der Artikel ist von ...« Sie suchte nach einem Datum. Leider war die Oberseite abgeschnitten, sodass sie nicht erkennen konnte, aus welchem Jahr der Artikel stammte. »Na ja, er ist jedenfalls alt. Von vor meiner Geburt.« Das schätzte sie grob anhand des Schreibstils und der Schrifttype.

Ein weiterer, sehr kurzer Artikel wies darauf hin, dass die Polizei die Ermittlungen eingestellt hatte. Hier stand nun doch ein Datum. »Dezember 1962«, sagte sie.

»Wow, das ist ja vor Urzeiten gewesen!«

Helmke warf ihrer Tochter einen schiefen Blick zu. »Für eine angehende Archäologin schätzt du aber Zeiträume ziemlich locker ein. Ich weiß nicht, ob ein Paläontologe das genauso ausdrücken würde wie du.«

»Für den war das natürlich gerade eben erst. Ich bin jetzt von mir ausgegangen, weißt du? Klar, dass du das anders siehst.«

Erneut pikste Helmke ihre Tochter. »Hey! So alt bin ich auch wieder nicht!«

Dann nahm sie sich wieder den ersten Artikel. »Gestohlen wurden wohl diverse Kunstgegenstände und ein paar kleinere Objekte.« Sie stutzte und musste schlucken. Diebstahl im Laden, das war eine Horrorvorstellung.

»Jetzt mach es doch nicht so spannend!« Konstanze entriss ihr den Artikel und überflog ihn. »Die Sachen waren größtenteils versichert«, fasste sie rasch zusammen. »Und der Geschäftspartner, der die Sachen besorgt hatte, war leider nicht auffindbar, um ihn zu befragen.«

»Nicht auffindbar ...«, murmelte Helmke. Der Hauch eines Geheimnisses streifte sie und verursachte ihr eine Gänsehaut.

Aufgeregt begann Konstanze zu zappeln. »Meinst du, das heißt, er war der Dieb?«

Helmke überlegte kurz. Sie hatte keine Ahnung, was sich abgespielt hatte, und wollte nichts einfach so ausschließen. Allerdings widerstrebte es ihr, Menschen vorzuverurteilen, ohne zu wissen, was sich überhaupt passiert war. Die Presse schrieb ja alles Mögliche, das wird damals nicht anders gewesen sein. »Möglich wäre es. Aber warum sollte er die Sachen erst beschaffen und sie dann wieder stehlen?«

»Um sie nochmal woanders zu verkaufen, natürlich! Und das Kochbuch, von dem du mir erzählt hast, hat er dann auch gleich geklaut!« Ihre Kleine strahlte, als wäre das die Erklärung für alles.

»Du glaubst, er hat Tante Ernies Kochbuch auch mitgehen lassen?« Helmke lachte auf. »Ich bin mir nicht sicher, ob das Ding nicht eher einen ideellen Wert besitzt, Maus.«

Das kleine Näschen ihrer Tochter kräuselte sich. »Was ist das? Ideell?«

»Das sagt man, wenn etwas nur für einen bestimmten Menschen wichtig ist, vielleicht, weil Erinnerungen damit verknüpft sind.«

»So wie mein Kuschelkissen für mich?«

»Genau. Da musst du auch nicht fürchten, dass es dir jemand stiehlt.« Helmke zwinkerte ihr zu.

Einen Augenblick lang sah Konstanze sie enttäuscht an. Dann klatschte sie in die Hände, und Helmke ahnte, dass jetzt etwas richtig Absurdes kommen würde. »Ich weiß! Er hat die Sachen versehentlich kaputt gemacht, und sie haben sie im Moor versenkt, um die Versicherung zu betucken! Weil sonst das Geschäft pleite gegangen wäre! Und das war ihm alles so peinlich, dass er abgehauen ist.«

Ein Grinsen stahl sich auf Helmkes Gesicht und bog ihre Mundwinkel nach oben. »Ja, so wird gewesen sein, Maus.«

Immerhin erklärte das, warum die Ausgrabung im Moor ihre Tante so sehr beunruhigte. Was auch immer sich abgespielt hatte, zumindest die Sache mit der Versicherung mochte stimmen. Es war durchaus denkbar, dass die Familie ein wenig geflunkert hatte, um wenigstens etwas Geld aus dem Verlust herauszuholen.

Sie nahm den Packen mit den Fotos. Es widerstrebte ihr, die Schleife zu lösen, die diese Aufnahmen sicherlich seit Jahrzehnten zusammenhielt, und so konnte sie nur das oberste Bild sehen. Es zeigte eine sehr viel jüngere Ernestine Arm in Arm mit einem mager und kränklich wirkenden Mann, den Helmke als ihren Opa Emil identifizierte. An ihrer Seite stand ein weiterer junger Mann, den sie nicht kannte. Er berührte Ernie nicht, und doch wirkte es, als seien sie miteinander sehr vertraut. Die Art, wie nah er bei ihr stand, und wie er seinen Körper ihr zuwandte, sprach Bände.

An Emils anderer Seite stand eindeutig Oma Merle. Sie hatte Augenringe und hielt ein mürrisch aussehendes Kleinkind an der Hand.

»Guck mal, das ist mein Vater!« Sie zeigte ihrer Tochter das Bild und wies auf das Kind. Den schlecht gelaunten Ausdruck besaß er immer noch. Dann benannte sie die übrigen Personen, soweit sie die Namen kannte. »Dein Uropa Emil, Ernie, deine Uroma Merle, und die beiden dahinter müssen Ernies und Emils Eltern sein.«

Ein älteres Paar hielt sich dezent im Hintergrund, als hätte es sich bewusst zurückgezogen, um den jungen Leuten das Feld zu überlassen. Noch weiter hinten im Bild und kaum zu erkennen reihten sich, der Kleidung nach zu urteilen, die Hausangestellten auf.

Die Herren trugen leichte Anzüge, die Damen kurzärmelige Kleider und Strohhüte. Es musste warm gewesen sein an diesem Tag. Auf dem Bild war ihre Großtante sicher noch einige Jahre jünger als sie jetzt. Sie bog es vorsichtig hoch und schielte auf die Rückseite. Eine 62 war zu erkennen.

Im Sommer 1962, da war Ernie 22 gewesen.

Helmke kniff die Augen zusammen und betrachtete nacheinander jede der Personen im Hintergrund genau. Ob eine von ihnen diese Adelheid war? Es waren drei Frauen darunter, eine davon in der Kluft eines Dienstmädchens. Die ältere Dame im eleganten Kleid könnte die Hauswirtschafterin sein. Blieb noch eine junge Frau in einem schlichten Kleid und einer feinen Schürze. Sie trug ihre langen Zöpfe um den Kopf geschlungen.

»Das Hausmädchen oder die da, eine davon ist Adelheid, wetten?« Konstanze sah sie aus blitzenden Augen an. Dann kniff sie die Lider leicht zusammen und verzog das Gesicht zu einer lustigen Grimasse.

Helmke lächelte schief. »Na, willst du nicht mal langsam ins Bett? Du kannst doch gar nicht mehr gerade gucken vor Müdigkeit.« Sie kannte den Ausdruck ihrer Tochter genau, wenn diese krampfhaft ein Gähnen unterdrückte.

»Erst sehen wir uns die Fotos an. Vielleicht steht auf der Rückseite, wer da zu sehen ist!«

»Na, auf diesem hier steht es jedenfalls nicht.« Helmke legte den Packen wieder in die Kiste und räumte die übrigen Sachen ein. »Zieh dich schon mal um. Die Bilder laufen dir nicht weg.«

Konstanze zog eine enttäuschte Schnute. »Aber du guckst nicht ohne mich weiter!«

Wenn sie so leicht nachgab, musste sie wirklich müde sein.

»Ich verspreche es dir. Wir stöbern morgen zusammen, obwohl ich immer noch nicht sicher bin, wie ich es finde, dass wir in Tante Ernies Sachen wühlen. Dass das Rezept nicht hier ist, wissen wir doch jetzt.«

Ihre Tochter, die bereits auf dem Weg ins Bad war, drehte kurzerhand noch einmal um. »Es könnte auf der Rückseite eines der Bilder stehen«, sagte sie. »Oh, ich weiß! Auf der Rückseite eines Fotos von einem Teller Knurrfisch!«

Helmke lachte auf und griff nach Konstanzes Kuschelkissen. Dann deutete sie einen Wurf an. »Mach, dass du dir die Zähne putzt, du Küken!«

Wenige Minuten später lag Konstanze mit frisch geputzten Zähnen, einem beinahe ordentlich gewaschenen Gesicht und in ihrem neuen Schlafanzug unter der Decke.

Helmke hatte alles wieder eingeräumt, nur den Ring hatte sie in Konstanzes Schmuckkästchen gelegt. Dort war er vorerst besser aufgehoben als in einer alten Zigarrenkiste. Daraufhin hatte sie die Box oben ins Bücherregal gestellt, wo ihre Tochter auch mit einem Stuhl noch nicht herankam. Ein Hoch auf hohe Decken und passende Einbauregale.

So konnte Konstanze sicher sein, dass Helmke nicht ohne sie weiterschnüffelte, und Helmke war sicher, dass ihre Kleine nicht einfach wieder aufstand und eigene Nachforschungen betrieb.

Nur noch einige braune Zigarrenkrümel auf der Decke erinnerten an ihren Fund. Helmke strich sie zur Seite, bevor sie sich über ihre Tochter beugte und ihr einen Gute-Nacht-Kuss gab.

Konstanze kuschelte sich in ihr türkisfarbenes Lieblingskissen.

Ihr fielen die Augen zu, bevor Helmke auch nur daran denken konnte, das Licht zu löschen und den Raum zu verlassen.

Kapitel siebzehn

Ernie stand auf und schaltete das Licht ein. Die trübe Wintersonne schaffte es nicht, den Raum zu erhellen. Ihre Handflächen waren feucht, und sie hatte schon wieder das Gefühl, die Toilette aufsuchen zu müssen.

Wann käme Kuno endlich? Er hätte schon vor einer halben Stunde hier sein sollen. Emil hatte versprochen, dass er sie dazu holen wollte, nachdem sie einige Formalitäten besprochen hatten. Sie sollte mit ihm gemeinsam die Stücke begutachten, die Kuno ergattern konnte.

Dieser hatte von einer schnell durchgeführten Zwangsversteigerung in der Eifel Wind bekommen und war einer von ganz wenigen Experten bei der Auktion gewesen. In seinem Brief war von unglaublich wertvollen Einzelstücken die Rede gewesen, die er zum Schnäppchenpreis ersteigern konnte.

Sein Automobil war noch nicht zu entdecken, also huschte Ernestine noch einmal schnell ins Bad.

Natürlich klingelte es an der Tür, sobald sie sich niedergelassen hatte. Sie stöhnte auf. Hätte sie am Fenster gewartet, wäre er jetzt sicher noch nicht da.

So schnell wie möglich verrichtete sie, weswegen sie dort war, und zog die Spülung. Wasser rauschte durch die Schüssel und spritzte auf ihr hellblaues Seidenkleid. Es hinterließ hässliche dunkle Sprenkel, die langsam größer wurden.

»So ein Ärger!« Hektisch strich sie über den Stoff. Das Kleid war ein Fehler gewesen, das hatte sie gleich gewusst. Seide an einem Wochentag! Und das nur, weil sie gut aussehen wollte, wenn sie Kuno wieder begegnete!

Vor dem Spiegel begutachtete sie den Schaden. Vielleicht, wenn sie den Stoff am Bauch so drapierte, dass er Falten warf? Das würde auch ihr kleines Bäuchlein kaschieren.

Zwar hatte sie sich redlich bemüht, etwas weniger zu essen, und mit Adelheids Hilfe auch deutlich weniger Fett und Zucker zu sich genommen, doch der große Erfolg war ausgeblieben. Da konnte ihre Freundin ihr noch so oft beteuern, dass ihre Taille schmaler geworden war, sie selbst sah im Spiegel kaum einen Unterschied.

Auch aus ihrer Familie hatte niemand etwas gesagt, sie hatte aber auch nicht das Gefühl, dass ihre Eltern ihrem Aussehen allzu viel Aufmerksamkeit zukommen ließen.

Und Emil hatte andere Probleme. Über den Winter war sein Husten wieder schlimmer geworden. So schlimm, dass sie jetzt wirklich auf Kunos Mithilfe angewiesen waren.

Das war keine besonders gute Verhandlungsposition.

Schritte erklangen im Flur, und in einiger Entfernung klopfte es an eine Tür. An ihre, wenn sie sich nicht irrte.

Rasch wusch sie sich die Hände und achtete penibel darauf, dass sie nicht noch mehr Wasser auf ihrer Kleidung verteilte, dann eilte sie zur Tür.

Bevor sie auf den Flur trat, atmete sie einmal tief ein und straffte die Schultern. Dann öffnete sie.

Das Zimmermädchen stand ratlos davor.

»Marisol, was gibt es denn?« Sie ahnte es natürlich, und ihr Herz schlug schnell bei dem Gedanken. Sie fühlte es unangenehm im Hals, sodass sie kaum ein Wort herausbrachte.

»Die Herren warten in der Bibliothek auf Sie, Fräulein Ernestine.« Marisol machte einen kleinen Knicks und kam dann in ihre Richtung. »Wenn Sie mir folgen wollen.«

Als würde sie in ihrem eigenen Zuhause die Bibliothek nicht finden, stelzte Ernie auf ihren neuen Schuhen hinter dem Mädchen her. So aufgeregt, wie sie war, wäre sie vermutlich wirklich ganz woanders hingelaufen.

Marisol klopfte und öffnete dann die Tür für sie, als Emil »Herein« sagte. Sie ließ Ernie eintreten und zog die Tür hinter ihr ins Schloss.

Schon war Ernestine allein mit ihrem Bruder und mit ihm.

Kuno.

Er war in einen eleganten Reiseanzug aus brauner Wolle gekleidet. Die Farbe passte hervorragend zu seinen Haaren, die er nun etwas kürzer trug als bei ihrem ersten Aufeinandertreffen.

Ernie suchte in seinem Blick nach irgendeinem Zeichen, wie sie es in all den Liebesromanen gelesen hatte, die sie über den Winter in ihr Schlafzimmer entführt hatte.

Er trat auf sie zu und deutete eine leichte Verbeugung an, während er nach ihrer Hand griff. Dieses Mal sah er ihr nur ganz kurz in die Augen, doch dieser Blick reichte aus, um ihre Knie weich werden zu lassen.

»Es ist mir ein Vergnügen, Sie wiedersehen zu dürfen, Fräulein Tegeler«, sagte er leise.

Sie räusperte sich. »Ganz meinerseits.«

Emil hustete, und der Moment war vorbei. Ganz kurz hatte Ernestine dennoch das Gefühl gehabt, ein Flackern in Kunos Augen wahrzunehmen.

»Sieh dir mal dieses geschnitzte Kästchen an, Ernie. Es ist aus den Niederlanden, würde ich meinen, siebzehntes Jahrhundert.« Erneut konnte er ein Husten nicht unterdrücken. »Was meinst du?«, presste er hervor und drückte ihr die Schatulle in die Hände, um sich selbst ein Taschentuch gegen die Lippen zu drücken.

»Es ist wunderschön«, murmelte Ernie. »Hier an der Ecke ist es ein wenig gesprungen, und hinten ist die Lasur verblasst. Aber das wird sich hervorragend aufarbeiten lassen.«

Im Augenwinkel sah sie, wie ihr Bruder einen Blick auf sein weißes Taschentuch warf und es sich dann wieder in die Hosentasche steckte. Für einen kurzen Moment meinte sie, hellrote Flecken darin zu erspähen.

Sie erschauerte und hätte beinahe das Kästchen fallen gelassen.

Kuno war sofort an ihrer Seite und griff zu. Seine Finger berührten die ihren, und es durchzuckte sie wie ein Blitz.

»Kommen Sie, setzen Sie sich, Ernestine«, sagte er leise und viel zu vertraulich. Er nahm ihren Arm und geleitete sie zu einem der Cocktailsessel, dabei war es doch Emil, dem es nicht gutging.

Sorge um ihren Bruder ließ ihre Brust eng werden.

Andererseits wollte sie sich über diese Zuwendung auch nicht beschweren. Emil hatte sich ohnehin schon wieder unter Kontrolle, und das Taschentuch hatte sie eigentlich gar nicht gut genug sehen können. Vielleicht waren es nur Schatten gewesen, verursacht vom Faltenwurf.

Kuno rollte einen Cocktailwagen heran. »Wie finden Sie dieses Stück, Ernestine? Ich würde gern Ihre Meinung dazu hören.«

In ihrem Kopf rauschte es, und sie konnte sich kaum auf die Begutachtung konzentrieren. Dennoch ließ sie ihre Finger über das dunkle Holz gleiten. »Er ist in hervorragendem Zustand. Der könnte direkt in den Laden.« Sie wusste sogar schon zwei Stammkundinnen, die erst kürzlich in Begleitung ihrer Ehemänner bei ihr waren und nach etwas Ähnlichem gesucht hatten. Sie würde die beiden gleich morgen anrufen. Wenn sie Glück hatten, würde sich daraus ein kleiner Bieterkrieg entwickeln, der den Preis in die Höhe trieb.

Kuno lächelte freudig. Die Haut um seine Augen kräuselte sich. »Da bin ich aber froh! Hier war ich mir nämlich wirklich nicht sicher über den Wert.«

»Der Wagen mag vielleicht keinen historischen Wert besitzen, nicht alt sein, doch er besitzt eine besondere Qualität und wird unser Sortiment sicher bereichern.« Ihr Blick huschte zu ihrem Bruder, der blass und ein wenig schwach in seinem Sessel hing. »Würde«, berichtigte sie sich.

Emil nickte. »Das sehe ich auch so«, sagte er leise und schien froh zu sein, dass Ernestine bei diesem Gespräch anwesend war.

Die restlichen Stücke, die zum Teil draußen auf der Ladefläche eines Lastkraftwagens warteten, begutachtete Ernestine mit Kuno weitestgehend allein. Emil schwankte nur hinter ihnen her und hustete immer wieder. Einmal musste Ernie ihn sogar unauffällig stützen und tat dann so, als sei sie selbst gestolpert, und ihr Bruder hätte sie aufgefangen.

Das wäre niemals geschehen, denn die meiste Zeit fühlte sie sich, als schwebte sie auf Wolken. Sie könnte nicht einmal stürzen, wenn sie es gewollt hätte.

Besonders, als Kuno ihr zuraunte, wie gut ihr dieses Kleid stünde, und wie sehr es ihre Augenfarbe betonte, hoben sich ihre Füße einige Zentimeter vom Boden, da war sie sich sicher.

Sie kam nicht umhin, ihn für die Auswahl der Stücke zu loben, selbst wenn sie ihn nicht so bewundern würde. Er hatte ein gutes Auge für Qualität und Wertigkeit.

Sie plauderten über verschiedene Epochen, und wie es gewesen wäre, in dieser oder jener Zeit gelebt zu haben. So verging die Zeit wie im Fluge.

Als sie wieder ins Haus zurückkehrten, hatte sich E-mil einigermaßen gefangen. Er hatte jedenfalls die Kraft, Kuno die Hand zu schütteln und ihn für den nächsten Tag zu ihnen einzuladen, um das Geschäftliche zu besprechen. Die Rahmenbedingungen für ihre langfristige Zusammenarbeit, wie er es nannte.

Nicht nur Kuno strahlte in diesem Moment von einem Ohr zum anderen. Ernie musste sich auf die Zunge beißen, um nicht wie ein kleines Schulmädchen zu kichern.

Sie hatte das Gefühl, dass der Rest ihres Lebens nun beginnen würde, und dass sich einfach alles fügte, wie es sein sollte.

Könnte sie wirklich alles haben? Einen tollen Mann, eine eigene Familie, einen erfolgreichen und angesehenen Beruf und die Möglichkeit, einen eigenen Haushalt zu führen?

Würde sie das überhaupt schaffen?

Nun, sie würde es lernen, wie sie bisher alles gelernt hatte, was nötig war. Und solange Adelheid bei ihr bliebe und hin und wieder den Grünen-Knurrhahn-Eintopf kochte, wäre alles in bester Ordnung.

Kapitel achtzehn

Gegenwart

Wenn Helmke doch nur irgendeine Adelheid kennen würde, die diesen Grünen-Knurrhahn-Eintopf kochen könnte ...

Sie stand grübelnd mit ihrer Kaffeetasse vor dem Regal mit den Kochbüchern. Diese Lücke machte sie beinahe wahnsinnig. Die Vermutung ihrer Tochter geisterte durch ihren Kopf. Saß irgendwo ein gewisser ehemaliger Geschäftsfreund der Familie in seinem Anwesen voller geklauter Antiquitäten und blätterte in ihrem alten Familienkochbuch?

Ach was, sicher war das Buch einfach irgendwo anders hingekommen. Es klang nicht so, als wäre es wirklich weg. Tante Ernie glaubte jedenfalls, genau zu wissen, wo es sich befand, nämlich dort, wo es hingehörte.

Wenn sie nur sagen könnte, wo genau das war.

Diese Gedanken hatten ihr in der vergangenen Nacht den Schlaf geraubt, und deswegen stand sie nun hier, völlig übernächtigt nach nunmehr zwei schlaflosen Nächten, und starrte ein paar Buchrücken an.

Mit Schwung führte sie ihre Tasse zum Mund. Die heiße Flüssigkeit schwappte gegen ihre Lippen und verbrannte ihr die Zunge.

»Autsch!« Missmutig ging Helmke zu dem Tisch, auf dem sie ihren Laptop abgestellt hatte. Ohne viel Hoffnung gab sie erneut das Wort Knurrhahn in die Suchleiste ein. Dann fügte sie den Namen Adelheid hinzu.

Kaum ein Treffer zeigte einen Beitrag, in dem beide Wörter vorkamen, und als sie einen der wenigen anklickte, wurde ihr ein Kinderbuch vorgestellt, in dem eine Nebenfigur von dem Knurrhahn namens Adelheid besetzt wurde.

Leider half ihr das nicht weiter, doch immerhin wuchsen irgendwo ein paar Kinder auf, die einen Knurrhahn nicht mit einem Vogel verwechseln würden, wenn sich ihnen diese Frage einst stellen sollte.

Ohne viel Hoffnung gab sie den Begriff »Grüner Knurrhahn« ein. Hatte sie nicht schon einmal erfolglos danach gesucht?

Es ploppten einige Ergebnisse auf. Tatsächlich gab es wohl einige Exemplare dieses Fisches, die statt rosa eine leicht grünliche Färbung aufwiesen.

Helmke gähnte. Das war nun wirklich nicht, wonach sie gesucht hatte. Im Halbschlaf scrollte sie sich durch die Liste.

»Was machst du, Mama? Du bist doch sonst nicht um diese Uhrzeit schon wach.«

Helmke schreckte hoch und sah ihre Tochter in Gummistiefeln und Regenjacke in der Tür stehen, bereit für ihren allmorgendlichen Ausflug ins Moor.

Immerhin schien sie keinen Gedanken an die Zigarrenkiste mit den Fotos mehr zu verschwenden.

»Ich konnte nicht so gut schlafen.« Wie aufs Stichwort kroch ein weiteres Gähnen in Helmkes Kehle empor. Nur mit Mühe konnte sie es zurückdrängen. Sie schob den Laptop weg und nahm einen großen Schluck aus ihrer Tasse.

Ihre Tochter trat hinter sie. »Und da recherchierst du direkt, wo du den Grünen Knurrfisch bekommst, oder was?«

Helmke nickte. »Nur leider gibt's den nirgends. Nur in einem Kinderbuch, und da geht's nicht um ein Rezept.«

»Doch, klar.« Konstanze griff an ihr vorbei und navigierte geschickt mit dem Finger auf dem Touchpad ein wenig nach unten in der Ergebnisliste. »Hier, im *Eifelblick*! Da steht es auf der Karte.«

Die Tasse landete hart auf dem Tisch, zum Glück war sie bereits so leer, dass nichts daneben ging. »Was? Grüner Knurrhahn?« Offenbar war ihre Tochter um diese Zeit weit aufnahmebereiter als sie.

Konstanze klickte den Link an und eine Speisekarte öffnete sich. »One Pot von Knurrhahn und grünem Gemüse«, las sie vor. »Altes Familiengericht, Grüner Knurrhahn genannt.« Sie sah ihre Mutter an. »One Pot ist doch Eintopf, oder nicht?«

»Klar, das klingt nur schöner!« Helmke schlang ihrer Kleinen den Arm um die Taille und drückte sie an sich. Was hatte sie nur für ein tolles Kind!

Konstanze quietschte. »Ey!«

»Du bist die Wucht, Maus! Ohne dich hätte ich den Laptop jetzt zugeklappt und mich an die Arbeit gemacht.«

»Du arbeitest doch mit dem Ding.« Konstanze entwand sich ihrem Griff, drückte ihr aber noch einen schnellen Kuss auf den Kopf.

»Ach, du weißt genau, wie ich das meine.« Rasch überflog Helmke die Speisekarte, ohne irgendwelche weiteren Schlüsse darüber ziehen zu können, ob es sich um genau das Gericht handelte, nach dem es ihrer Tante so gelüstete. »Ich glaube, ich schreibe denen mal eine Mail und frage nach dem Rezept.«

»Mach das. Ich geh noch ein bisschen raus, bis ich zur Schule muss.«

»Komm nicht zu spät zurück, Konnie.« Hin und wieder hatte Helmke das Gefühl, ihrer Pflicht als Erziehungsberechtigte nachkommen und etwas Mahnendes sagen zu müssen.

»Du weißt doch, dass die erste Stunde heute ausfällt. Lehrendenkonferenz«, sagte Konstanze, war aber schon auf dem Weg nach draußen.

»Klar weiß ich das!« Das war glatt gelogen, und sie wussten es beide.

Sobald ihre Tochter unterwegs war, suchte Helmke den Kontakt vom *Eifelblick*. In ihrer Vorstellung las eine ältere Dame mit einer geblümten Schürze an einem in die Jahre gekommenen Desktop-PC mit Röhrenbildschirm ihre Nachricht, bevor sie in die Schankstube ging, die komplett mit Holz vertäfelt war. Auf den altmodischen beige-marmorierten Fliesen lag eine Katze vor den Panoramafenstern, aus denen man einen atemberaubenden Blick auf bewaldete Hügel und vielleicht einen mit Wasser gefüllten Vulkankrater hatte.

Sie würde der Gruppe Biker in schwarzer Kluft ihr Radler servieren, bevor sie ihren Mann, der in der Küche werkelte, fragte, ob er sein geheimes Knurrhahn-Rezept herausgeben möchte.

Mit auf der Nasenspitze abgelegtem Zeigefinger hielt sie inne. Vielleicht sollte sie ein wenig Geld für die Umstände anbieten. Ob es einen Unterschied machte, wenn sie die Geschichte ihrer Großtante schilderte?

Aber wie sähe die aus?

Schnell tippte sie:

Meine Großtante Ernestine besitzt ein altes Familienkochbuch, in dem es ein Rezept für Grünen Knurrhahn gibt. Sie ließ es sich immer von ihrer Köchin Adelheid zubereiten, doch als diese verschwand, war es mit dieser Leckerei zu Ende. Und das Kochbuch kann ich nicht finden.

Als sie den Text noch einmal las, stellten sich ihr die Nackenhaare auf. Eigene Köchin und wertvolles Kochbuch, das klang ja wirklich unsympathisch und könnte ein nettes, bodenständiges Gastwirtpärchen wohl dazu bewegen, diese Anfrage als abgehoben in den virtuellen Papierkorb zu verschieben. Wenigstens hieß die Inhaberin nicht Adelheid, sondern war ein Mann namens Leopold Schneider. Sonst könnte man da sogar noch einen kleinen Vorwurf heraushören.

»Adelheid?«, erklang es prompt aus Großtante Ernestines Schlafzimmer.

In Helmke stieg ein Seufzer auf. Ohne weiter darüber nachzudenken, löschte sie die Passage und beließ es bei der Bitte um das Rezept. Sollte dieser Leopold doch gern nachfragen, wenn es ihn interessierte, dann konnte sie sich immer noch Gedanken machen, was sie ihm erzählte.

Sie schickte die Mail ab und lief dann schleunigst zu Ernestines Schlafzimmer.

Nach einem kurzen Klopfen steckte sie ihren Kopf durch den Türspalt. »Tante Ernie, du bist ja schon wach! Wie geht es dir heute?«

Ernie lächelte sie an. »Ach, Adel...« Sie unterbrach sich. »Helmke, meinte ich natürlich. Mir geht es ganz wunderbar. Nur ein wenig schwach fühle ich mich.«

Adelheid. Helmke zuckte zusammen, als ihre Großtante sie auf diese Weise ansprach. So schlimm war es bisher noch nie gewesen. Was war nur aus der resoluten, konzentrierten und mitten im Geschäftsleben stehenden Frau geworden?

Hoffentlich handelte es sich nur um eine vorübergehende Verwirrung.

»Hast du denn schon etwas gegessen?« Natürlich wusste Helmke ganz genau, dass dem nicht so war.

»Nein. Aber du hast recht, Kind. Ich glaube, eine kleine Stärkung würde mir helfen. Ich habe Hunger.«

Das war ja nun kein Wunder, da sie am Vortag höchstens einige Löffel Fischsuppe und ein bisschen Brot gegessen hatte. Zum Glück war sie kein zierliches Persönchen wie so viele ältere Frauen. Dann konnte sich so etwas schnell verheerend auswirken.

»Ich mache dir rasch ein belegtes Brötchen und eine Tasse Tee, Tante Ernie.«

Sie wollte sich gerade so schnell zurückziehen, dass es nicht nach Flucht aussah, als ihre Großtante sie zurückhielt. »Noch lieber hätte ich eine Portion von dem Knurrhahn! Du hast doch sicher etwas für mich aufbewahrt, habe ich nicht recht?« Ernestine zwinkerte verschwörerisch.

»Leider nicht. Aber Fischsuppe ist noch da.«

Wenn die Pflegekraft gleich käme, würde sie unbedingt noch einmal nachfragen, was diese zu dem Zustand ihrer Großtante sagte. Immerhin war es nun so weit, dass sie nicht genug zu sich nahm. Vor allem ihr Flüssigkeitshaushalt machte Helmke Sorgen. Dieses Problem ließ sich nicht einfach mit dem Altersargument vom Tisch wischen.

Ob sie stattdessen lieber den Hausarzt anrief?

Wenigstens hatte Ernestine das Wasserglas auf ihrem Nachttisch geleert und offensichtlich aus der Karaffe wieder aufgefüllt, denn auch aus diesem Gefäß fehlte Flüssigkeit.

Das war schon einmal viel wert.

»Ach, nein, ich hätte zu gern Grünen Knurrhahn.« Mit einem bockigen Gesichtsausdruck verschränkte Ernie die Arme vor der Brust.

Verzweiflung stieg in Helmke auf. »Na ja, den gibt's aber nun mal nicht.« Jedenfalls nicht hier. Wenn sie in der Eifel leben würden, dann wäre das etwas anderes.

»Dann esse ich gar nichts.«

Helmke zog die Brauen zusammen. Das war doch alles nicht wahr. »Tante Ernie, du musst etwas zu dir nehmen.«

Die Haustür fiel ins Schloss, und kurz darauf erschien die resolute Altenpflegerin Mareike neben Helmke.

Die junge Frau mit den kräftigen Oberarmen steckte die Hände in die Taschen ihres Kittels. »Na, haben wir heute keinen Appetit?«

»Appetit schon, aber nicht auf etwas, was wir hier haben«, brummelte Helmke.

Die Pflegerin winkte ab. »Das ist doch gar nicht tragisch, wenn sie mal ein, zwei Tage etwas weniger zu sich nimmt. Wir behalten das im Blick. Meistens ist der Spuk dann wieder vorbei, wenn der Hunger groß genug wird«, raunte sie ihr zu.

Aus Erzählungen ihrer Freundin Pia über die Erlebnisse mit ihrer Oma wusste Helmke zwar, dass das hin und wieder eben nicht wieder vorbeiging und in einer Magensonde enden konnte, doch so weit war Ernie tatsächlich noch nicht.

»Na, ich hoffe, Sie behalten recht.« Sie warf der Pflegekraft ein Lächeln zu, füllte das Glas erneut mit dem Rest aus der Karaffe und ging dann in die Küche, um diese wieder aufzufüllen.

Aus Ernestines Schlafzimmer drang beruhigendes Geplauder, das sich eigentlich so anhörte wie immer. Mareike sprach hin und wieder ein wenig mit der alten Dame, als sei sie zurückgeblieben, was zumindest bisher immer völlig unzutreffend gewesen war. Aber sie war freundlich, und Helmke hatte das Gefühl, Ernestine mochte sie.

Zumindest erzählte sie ihr jetzt von ihrem Hunger auf Grünen Knurrhahn und dem alten Familienrezeptbuch.

Als die beiden im Bad verschwunden waren, lieferte Helmke schnell die gefüllte Karaffe ab und suchte dann die Bibliothek auf.

Sie sollte vielleicht vorsichtshalber alle Auswärtstermine für heute absagen und besser auch für morgen. Es widerstrebte ihr, Ernestine momentan zu lange allein zu lassen. Zum Glück musste sie nicht allzu viel verschieben, die meiste Arbeit konnte sie von hier aus erledigen.

Sie öffnete ihr Mailprogramm und schrieb einige Geschäftsmails, Anfragen und Angebote.

Plötzlich klopfte es an den Türrahmen.

Helmke fuhr herum. In der Tür stand Mareike und strich sich die kurzen Haare aus der Stirn. »Hören Sie, es geht mich ja nichts an ...«

In Helmkes Welt begann auf diese Art und Weise selten ein gutes Gespräch. »Bitte, sagen Sie ruhig, was Sie denken.«

»Also, Ihre Großtante war ja immer geistig total fit. Jetzt scheint sie irgendwie auf diesem Gericht hängengeblieben zu sein. Im Kopf, meine ich.«

Aus ihrem Mund klang es, als wäre Grüner Knurrhahn eine neue Designerdroge, und Helmke musste sich ein Grinsen verkneifen. Die Situation war ja alles andere als lustig. »Das scheint mir auch so.«

»Also, ich kenne einen Fall, da war das auch so. Da hatte die Person etwas mit jemandem zu klären und hat immer verlangt, dass derjenige zu Besuch kommt.«

Helmke horchte auf. Das klang doch wie bei Ernie, wenn sie da an diese Adelheid dachte. »Und was ist dann passiert?«

»Dann haben die Angehörigen diese Person ausfindig gemacht, und der Betroffene hat sich für irgendetwas entschuldigt. Und von da an war wieder alles wie zuvor.« Die Pflegekraft wiegte den Kopf. »Es kann also funktionieren.«

»Sie meinen, wenn ich ihr den Knurrhahn serviere, löst das diese Spirale in ihrem Kopf?«

»Vielleicht.« Die Frau lächelte und wollte sich schon abwenden.

»Das Problem ist, dass ich das Rezept eben nicht ...« Helmke zögerte.

Die Pflegekraft tat es ihr nach und drehte sich wieder zu ihr. »Gibt's das nicht im Internet?«

Helmkes Finger flogen bereits über die Tasten. »Nein, aber in der Eifel.«

Sie checkte schnell ihren Posteingang. Keine Antwort von dem Restaurant, doch es war auch noch sehr früh. Sicher war da überhaupt niemand um diese Zeit.

Dann rief sie die Homepage vom *Eifelblick* noch einmal auf und klickte auf »Bestellung und Lieferung«.

Das sind ungefähr vierhundert Kilometer, die werden wohl nicht liefern, Helmke!

Gern bereiten wir Ihre Bestellung zur Selbstabholung vor. Bestellungen bitte unter der Nummer ...

»In der Eifel?« Die Frau blickte skeptisch drein.

»Da gibt's ein Restaurant mit Knurrhahneintopf auf der Karte.«

»Aber das ist doch ein Fischgericht! Aus Seefisch!«

»Was weiß ich, vielleicht bereiten die es aus Tiefkühlfisch zu.« Helmke war schon dabei, eine Routenplanung erstellen zu lassen.

»Tiefkühlfisch!« Als echtes Nordlicht packte Mareike eine ordentliche Portion Abscheu in das Wort.

»Drei Stunden und siebenundzwanzig Minuten über die A31«, murmelte Helmke. »Puh, das ist weit.«

Immerhin waren es nur knapp 350 Kilometer. Das Restaurant *Eifelblick* befand sich kurz vor der Ortschaft Mechernich, etwas außerhalb. Die Fotos, die die Suchmaschine ungefragt anzeigte, zeigten eine grüne Idylle.

»Eine Strecke?«

Helmke nickte. »Eine Strecke.« Dann verwandelte sich ihr Nicken in ein Kopfschütteln. »Aber das geht nicht. So lange kann ich Tante Ernie nicht allein lassen.« Ganz zu schweigen von Konstanze. Sie mochte die vernünftigste Zwölfjährige der Welt sein, doch sie war nun mal zwölf.

»Hm.« Die Frau legte die Hand an das Kinn. Sie sah aus, als entwickelte sich in ihrem Kopf gerade eine Idee.

»Ja?« In Helmke keimte Hoffnung auf.

Gab es etwa einen Essenslieferdienst, der solche Strecken auf sich nahm? Konnte sie jemanden dafür bezahlen, ihr diese Fahrt abzunehmen?

»Wie sind denn die Öffnungszeiten dieses ominösen Fischrestaurants?«

»Das ist kein ...« Ach, das war jetzt auch egal. Sie suchte nach der gefragten Information. »Mittagstisch von halb zwölf bis zwei. Abendtisch von halb fünf bis halb zehn.«

»Also, wenn Sie dahinfahren wollen, ich hätte heute ab mittags frei bis Montag.«

»Das sind vier Tage. Haben Sie es gut!« Worauf wollte die Frau hinaus?

»Ich könnte heute Mittag wieder herkommen und bei Ihrer Großtante bleiben, bis Sie wieder zurück sind.«

Helmke ging ein Licht auf. Sie wälzte die Idee in ihrem Kopf hin und her. »Das würden Sie tun?«

»Nun ja ...« Die Pflegerin trat von einem Fuß auf den anderen. »Ich habe eine teure Autoreparatur zu bezahlen und könnte ...« Sie zögerte. Offensichtlich war es ihr unangenehm, es auszusprechen.

»Natürlich würde ich Sie bezahlen!« Helmke überschlug die Zeit im Kopf. »Wenn ich mittags losfahre und um halb fünf gleich da bin und meine Bestellung aufgebe, kann ich mich sicher schon um fünf auf den Heimweg machen.« Früher, wenn dieser Eintopf schon vorbereitet wurde. »Dann wäre ich um halb neun ungefähr wieder hier.«

Das war eine lange Zeit für Tante Ernie, ohne etwas zu essen, doch früher würde sie es ja auf keinen Fall schaffen.

»Von mir aus könnten Sie auch über Nacht wegbleiben.« In den Augen der Pflegerin tanzten die Eurozeichen. »Ich mag Ihre Großtante und Ihre Tochter sehr gern.«

»Ich versuche, heute Abend wieder hier zu sein. Wären Sie einverstanden mit ...« Sie überlegte. Was wäre angemessen für etwa neun Stunden hochqualifizierter Betreuungsarbeit? »Zweihundert Euro?«, schoss sie einfach heraus.

Das erschien ihr recht lohnend für diesen am Finanzamt vorbeiorganisierten Freundschaftsdienst. Die Arme verdiente in ihrer Anstellung sicher deutlich weniger.

Sofort nickte die Frau. »Super. Ich komme dann nach meiner Schicht zurück. Und für den Notfall bringe ich mir einfach Schlafsachen mit.« Sie schien diesen Notfall herbeizusehnen.

»Perfekt!« Helmkes Herz schlug schnell. »Sie sind die Beste.«

Kaum war die Frau weg, kroch ein wenig Furcht zwischen ihre Euphorie. Das war schon ein bisschen verrückt. Normalerweise war sie immer sehr vernünftig und wenig impulsiv. Und es blieb auch die Frage, was Konstanze dazu sagen würde.

Wenigstens konnte sie sich in einer Sache auf ihre Tochter absolut verlassen: Sie war immer die Vernünftigste im Raum und würde keinen Unsinn anstellen.

Kapitel neunzehn

»Und stell keinen Unsinn an, Kind.«

Mit diesen Worten zupfte Mutter Ernies Kragen zurecht. Am liebsten hätte diese ihre Hand weggeschlagen.

Wie sie dieses alberne Reisekleid mit dem angenähten weißen Spitzenkragen hasste.

»Wir sind ja nur eine Nacht unterwegs. Und Emil wird sicher auf mich achten und mir alles zeigen.« Große Aufregung erfasste Ernestine, als sie daran dachte, dass sie tatsächlich endlich auf ihre erste Auktion gehen würde. Es kribbelte im ganzen Körper.

Ob dieser Umstand ein wenig dadurch begünstigt wurde, dass Kuno auch dort sein würde?

Bei dem Gedanken hüpfte ihr Herz jedenfalls noch ein wenig mehr.

»Denk daran, eine Dame hält sich vornehm im Hintergrund.«

»Natürlich, Mutter.« Ernie riss sich behutsam los. Viel behutsamer, als sie es gern täte. »Ich muss jetzt wirklich gehen, Mutter. Emil wartet schon unten auf mich.«

Sie nahm den kleinen Koffer, in dem sich ein weiteres Kleid befand, und verließ ihr Zimmer, bevor ihre Mutter sie noch weiter belehren konnte. Erst auf dem Flur durchfuhr sie ein Schrecken.

Sie hatte ihre Mutter einfach stehengelassen. Das hatte sie noch niemals getan. Einerseits fühlte es sich gut an, andererseits auch beängstigend.

Schnell ging sie zurück. »Vielen Dank für deine Ratschläge.«

Ihre Mutter öffnete den Mund, doch bevor sie antworten konnte, war Ernie schon auf dem Weg nach unten.

Ihre Schritte fühlten sich beflügelt an. Zwei Tage und eine Nacht würde sie mit ihrem Bruder in Hamburg verbringen. Sie würden in einem echten Hotel übernachten und nicht in einem Ferienhaus oder in ihrem Sommerhaus wie sonst immer, wenn sie einmal auswärts schlief.

Mit diesen Gedanken verließ sie das Haus in der Jakobistraße durch die Geschäftsräume des Antiquitätenhandels.

Vater blickte nur kurz auf und hob die Hand. »Viel Erfolg, Kind!«

Ihr wurde es ganz warm. So wünschte sie es sich.

»Da bist du ja.« Emil nahm ihr den Koffer ab und hievte ihn in den Kofferraum. »Setz dich rein, dann können wir losfahren.«

Ernie umrundete das Auto, das ganz nah an der Hausecke geparkt war, um den Verkehr in der Jakobistraße nicht zu stören. Plötzlich stürmte jemand durch den kleinen Kücheneingang an der Hausseite.

Es war Adelheid. Schnell lief sie zu Ernie und schwenkte einen dunklen Gegenstand. Ihre Absätze klackerten auf dem Kopfsteinpflaster.

Erst, als sie beinahe herangekommen war, erkannte Ernie, um was es sich dabei handelte. Es war eine

Schere, eine große aus Metall, mit der man Stoff schneiden konnte.

»Soll ich dich davon befreien?«, fragte die Köchin und deutete lächelnd auf den Kragen.

Ernie sah sich hektisch um, ob sie ihre Mutter irgendwo entdeckte, doch hinter keinem der Fenster des Geschäftshauses rührte sich etwas. Auch sonst nahm niemand auf der Straße von ihr Notiz.

»Bitte tu das!«, entfuhr es ihr inbrünstig.

Lachend schnitt Adelheid dicht am Kragen entlang, bis sie das weiße Stoffteil in den Händen hielt. Schnell ließ sie es in ihrer Schürzentasche verschwinden. »Das muss ich gleich entsorgen, sonst wirft deine Mutter mich hochkant heraus, weil sie denkt, ich hätte dich bestohlen!«

»Das wagt sie nicht!« Ernie wusste es besser. Genau das würde ihre Mutter sehr wohl tun.

»Ernie ...« Adelheid schluckte.

»Ja?« Ihr graute vor dem, was jetzt kommen mochte.

»Ich bin unheimlich stolz auf dich, weißt du das?«

Tränen der Rührung stiegen in Ernestine auf. So etwas hatte noch nie jemand zu ihr gesagt. Vermutlich hatte sie deswegen nicht damit gerechnet, dass ihre Freundin etwas Nettes sagen würde. Immer rechnete sie nur mit dem Schlimmsten.

»Kommst du?«, rief Emil und klang ungeduldig.

Sie umarmte ihre Freundin schnell noch einmal und stieg dann auf den Beifahrersitz.

Emil hatte bereits den Motor gestartet und reihte sich in den Verkehr ein, sobald sie die Wagentür geschlossen hatte.

Sofort erfasste sie ein beinahe unheimlicher Frieden. Alles fühlte sich plötzlich so normal an.

Als wäre es das, wie ihr Leben zu sein hatte. Familie und Beruf gingen Hand in Hand.

Auf der Fahrt sprachen sie wenig. Emil war blasser als in den vergangenen Tagen und hustete viel.

So hatte Ernestine genügend Zeit, durch den Auktionskatalog mit den vielen Farbaufnahmen zu blättern und sich vorzustellen, welche Stücke sie mit nach Hause nehmen würden. Ihr ganzer Körper kribbelte noch immer, und das lag nicht an der Vibration des Fahrzeugs.

Als sie nach Hamburg einfuhren, kannte sie das Datenblatt eines jeden Stückes beinahe auswendig. Mit einem langgezogenen Seufzer, der in einem ungesunden Rasseln endete, lenkte Emil das Fahrzeug auf den Parkplatz des Hotels.

Schlagartig wurde Ernies Aufregung in ungeahnte Höhen katapultiert. Sie kam sich ein wenig wie ein kleines Kind vor, als sie hinter ihrem Bruder, der beide Koffer trug, durch die große Drehtür in die Lobby trat.

Dem Mitarbeiter hinter dem Empfangstresen nickte sie nur freundlich zu und ließ Emil alles regeln. Er hatte ohnehin ihren Ausweis eingesteckt.

Schon nach kurzer Zeit hielt er zwei Schlüssel mit großen, metallenen Anhängern in der Hand. »Ich schlage vor, wir machen uns nun erst einmal frisch.«

Er wirkte wirklich ein wenig mitgenommen. Ernestine hingegen fühlte sich noch genauso frisch wie zu dem Zeitpunkt, an dem sie ihr Zuhause verlassen hatte. So lange war das nun auch noch nicht her.

»Ich würde mir zu gern das Hotel ansehen«, sagte sie.

Emils Mundwinkel deuteten herab. Ach was, sein ganzes Gesicht deutete herab. »Aber das geht nicht. Ich kann dich hier nicht allein herumlaufen lassen.«

Enttäuschung machte sich in Ernie breit, doch sie nickte ergeben. Vielleicht gäbe es auf dem Zimmer ja einiges zu entdecken.

»Ich könnte deine Schwester begleiten, lieber Freund«, erklang eine sanfte Stimme neben ihnen. Hinter einer Säule kam Kuno zum Vorschein. Augenscheinlich hatte er dort in einem Sessel gesessen und den Hansekurier gelesen, den er immer noch in den Händen hielt.

Schnell ließ er die Zeitung auf den Sessel fallen und gab Emil die Hand.

Ihr Bruder schüttelte sie mit sichtlicher Erleichterung. »Gut, dass du da bist, mein Bester. Mir geht es gar nicht gut. Ich denke, ich muss mich bis zur Auktion noch ein wenig hinlegen.«

Kuno musterte ihn mit besorgt zusammengezogenen Brauen, bevor er sich an Ernestine wandte. Wie selbstverständlich, als wären sie alte Freunde, die sich seit der Kindheit kannten, gab er ihr einen flüchtigen Kuss auf die Wange. »Es freut mich sehr, Sie zu sehen, Ernestine.«

Ernestines Gesicht wurde heiß. Zum Glück hatte sich Kuno bereits abgewandt und beschäftigte sich mit seiner Zeitung, die er in die Ursprungsform zurückzubringen versuchte. Auch ihr Bruder schien den Kuss nicht bemerkt zu haben.

Überhaupt schien niemand um sie herum überhaupt zu ahnen, was ihr gerade widerfahren war. Sie war geküsst worden! Zwar nur auf die Wange, aber von einem

Mann, den sie wirklich sehr mochte. Und sie hatte nicht damit gerechnet, dass ihr das jemals geschehen würde.

Die Stelle würde sie sicher ihr Leben lang spüren und niemals vergessen, wie sich Kunos Lippen darauf gedrückt hatten.

Gemeinsam schlenderten sie zum Aufzug und fuhren in den dritten Stock, in dem sich ihre Zimmer befanden. Der Zufall hatte es so eingerichtet, dass Kunos Zimmer ebenfalls auf dieser Etage lag. Seine Tür war schräg gegenüber von Ernies, Emils befand sich drei Türen weiter den Gang hinunter.

Emil wirkte so, als würde er seinen Schlüssel am liebsten direkt mit Ernie tauschen. »Du bleibst hier, bis ich dich für die Auktion abhole, einverstanden?« Wie es sich für einen großen Bruder gehörte, wartete er, bis Ernie ihre Zimmertür fest hinter sich geschlossen hatte. Damit war das Thema der Hotelbesichtigung an Kunos Seite wohl zu den Akten gelegt worden.

Ernie deponierte ihren Koffer auf dem Gestell, das extra dafür neben dem Frisiertisch stand, und warf sich auf das Bett.

Ein bisschen enttäuscht war sie schon, dass sie hier festsaß. Trotzdem fühlte sie sich so leicht und frei wie noch nie zuvor. Sie hatte nicht einmal Hunger auf die Zuckerplätzchen, die Adelheid ihr in einer kleinen Dose mitgegeben hatte.

Nach wenigen Minuten begann sie, ihren Koffer auszupacken. Sie hängte das elegante Abendkleid aus dunkelblauer Seide über einen der gepolsterten Bügel. Heimlich hatte sie mit Adelheids Hilfe den Ausschnitt ein wenig weiter genäht, nachdem Mutter das Kleid für die Auktion und das nachfolgende Dinner genehmigt hatte. Jetzt betonte es Ernies Brüste ein wenig mehr, aber immer noch so, dass es schicklich war. Adelheid war skeptisch gewesen, ob es sich um eine gute Idee handelte, doch sie wollte offensichtlich, dass Ernie sich wohlfühlte.

Ob sie überhaupt ahnte, warum es ihrer Freundin so wichtig war?

Ernies Herzschlag pochte in ihrem Kopf, als sie daran dachte, wie sie es später tragen würde – wie Kuno sie ansehen würde. Würde es ihm gefallen?

Schnell packte sie ihr Toilettentäschchen in das kleine Badezimmer. Ein Badezimmer für sich allein hatte sie auch noch niemals gehabt.

Sie ließ ihre Finger über die flauschigen weißen Handtücher streichen und schnupperte an dem kleinen rosafarbenen Seifenstück, das in dünnes Seidenpapier gewickelt neben dem Waschbecken auf seinen Einsatz wartete.

Kaum hatte sie auch ihre restlichen Sachen ausgepackt und verstaut, näherten sich Schritte. Am Husten erkannte sie, wer sich dort auf dem Gang bewegte. Kurz darauf klopfte es an ihrer Tür.

Nur damit sie sich nicht den Vorwurf gefallen lassen musste, unvorsichtig zu sein, legte sie die Kette vor, bevor sie die Tür öffnete.

Emil stand vor ihr. Er sah elend aus, noch blasser als zuvor, und presste sich ein Taschentuch vor die Lippen.

»Oh, du bist es!« Sie schloss die Tür wieder und entfernte die Kette, dann ließ sie ihren Bruder eintreten.

»Ernie, mir geht es nicht gut. Ich bin so müde, dass ich sofort im Stehen einschlafen könnte.«

Sie warf einen Blick auf die Uhr. »Wir haben noch zwei Stunden. Vielleicht schläfst du einfach wirklich bis dahin, und ich wecke dich dann.«

Er schüttelte den Kopf. »Das wird mir nicht reichen. Ich bekomme kaum Luft, das macht mich immer lähmend müde.«

Ratlos blickte sie ihren großen Bruder an. Er sah wirklich nicht gut aus. »Dann gehen wir nicht auf die Auktion?«

Schon bei diesen Worten breitete sich Kälte in ihr aus. Sie hatte sich so sehr darauf gefreut. Es war unvorstellbar, dieses Kleid einfach wieder einzupacken und unverrichteter Dinge morgen abzufahren. »Was wird Vater sagen? Er zählt auf uns, darauf, dass wir einige schöne Stücke ergattern können.«

»Ich werde Kuno bitten, allein zu gehen.« Mit gesenktem Kopf schlurfte Emil zurück zur Tür und hinaus auf den Gang.

Ernestine folgte ihm in einigem Abstand. Ihr Innerstes fühlte sich taub an, wie erstarrt. Durch einen Schleier beobachtete sie, wie ihr Bruder an Kunos Tür klopfte.

Die Tür öffnete sich, doch von ihrer Position aus konnte sie den Geschäftspartner ihres Bruders nicht erkennen. Sie hörte nur die Worte, undeutlich, weil es in ihren Ohren sauste.

»... nicht zur Auktion. Würdest du ...?« Husten.

»... natürlich alles in deinem Sinne ...«

»... dankbar ...«

»... Ernestine begleiten?«

Sie horchte auf, ihr Kopf ruckte hoch. Plötzlich waren ihre Sinne geschärft, und sie verstand jedes Wort.

Ihr Bruder nahm eine abwehrende Haltung ein. Er hob die Hände. »Ich weiß nicht recht. Vielleicht wäre es besser, wenn sie ...«

»Sie besitzt ein gutes Auge und kennt die Ausrichtung eures Unternehmens noch besser als ich. Ich würde mich sicherer fühlen, wenn sie an meiner Seite wäre.«

Ohne nachzudenken, machte Ernestine einen Schritt nach vorn. »Das täte ich gern!« Schlagartig hatte sich das Gefühl verflüchtigt, in Watte gepackt zu sein.

Kunos Kopf erschien im Türrahmen. Er lächelte ihr zu und zwinkerte einmal kurz.

Emil schien nicht überzeugt. »Ich habe Mutter versprechen müssen, dass ich auf Ernie aufpasse.«

»Und das werde ich auch tun. Ich werde auf sie achten, als wäre ich ihr Bruder.«

Ein winziger Stich durchfuhr Ernie bei den Worten, dennoch nickte sie. »Da kann mir doch überhaupt nichts geschehen, Emil.«

Emil schüttelte den Kopf, und Ernies Hoffnung sank. Dann schüttelte ihn ein heftiger Husten. Ihm knickten die Knie weg.

Sofort war Kuno an seiner Seite, um ihn zu stützen, und auch Ernie lief zu ihm und schob ihren Körper unter seine Schulter.

Gemeinsam geleiteten sie ihn zu seinem Zimmer. Aus seiner Hosentasche fischte Ernestine den Schlüssel hervor und öffnete mit einer Hand geschickt die Tür.

Als sie ihn auf das Bett sinken lassen konnten, atmete sie tief ein. Ihr Bruder war schwach und schien von seiner Umgebung kaum etwas mitzubekommen. Rasch öffnete sie seine Schnürsenkel und zog ihm die Schuhe aus.

Kuno deckte ihn halb zu. »Meinst du, wir können ihn allein lassen?«

Ernestine hob die Schultern. »Ich weiß es nicht. Vielleicht bleibe ich besser bei ihm.« Sie lief ins Bad, füllte den Zahnputzbecher mit Leitungswasser und stellte ihn auf den Nachttisch in Emils Reichweite.

»Na gut. Ich war soeben damit beschäftigt, den Auktionskatalog noch einmal durchzugehen. Vielleicht magst du später dazu kommen und dir meine Auswahl ansehen, für die ich bieten würde?« Er fixierte sie mit seinem Blick, und ihr wurde es schlagartig ganz warm.

Schneller, als sie überhaupt darüber nachdenken konnte, nickte sie. »Selbstverständlich!«

Fühlte sie sich nun so glücklich, weil er sie als die Geschäftsfrau ernstnahm, die sie niemals sein wollte, oder weil sie sich einbildete, dass in seinem Blick noch ein wenig mehr lag als das?

»Kann ich momentan noch etwas für ihn tun?« Kuno deutete auf Emil und bedachte ihn mit einem mitfühlenden Blick.

»Ich denke nicht. Er benötigt einfach Ruhe, wie er vorhin schon gesagt hat.«

Kuno nickte ihr zu. »Dann ziehe ich mich wieder zurück. Wenn du meine Hilfe brauchst, scheue dich nicht, jederzeit bei mir zu klopfen. Du musst das nicht allein durchstehen.«

Die Wärme in ihrem Inneren geriet zu einem Kribbeln. »Vielen Dank! Würdest du bitte meine Zimmertür schließen?«

»Selbstverständlich.« Er machte eine kleine Verbeugung. Sie begleitete ihn zur Tür und legte die Kette von innen vor. Zum Glück hatte sie ihren Schlüssel in die

Tasche ihres praktischen Reisekleides gesteckt, bevor sie ihr Zimmer verlassen hatte.

Sobald sie mit ihrem Bruder allein war, verließ sie das schöne Gefühl, das sie in Kunos Gegenwart überfallen hatte. Sie setzte sich auf den Stuhl, der in einer Zimmerecke stand, und betrachtete Emil.

Das Röcheln, das aus seiner Kehle drang, hatte nachgelassen. Er schien nun beinahe friedlich zu schlafen, und sogar seine Wangen hatten wieder etwas Farbe gewonnen. Oder bildete sie sich das nur ein, weil sie es sich wünschte?

Sie schluckte. Emil so zu sehen, verursachte ihr körperliche Schmerzen. Zu wissen, wie sehr er darunter litt, die Anforderungen seiner Familie nicht zu erfüllen, machte auch sie betroffen. Sie hatte immer zu ihm aufsehen können, doch das ging momentan nicht.

Hoffentlich würde sich sein Zustand bessern. Sie wusste nicht, wie sie ohne ihn ihr Leben bestreiten sollte.

Höchstens an der Seite eines starken, liebenden Mannes, der sie respektierte.

Ihr Mund war so trocken, dass sie einen Schluck aus dem Becher ihres Bruders nehmen musste. Schnell füllte sie ihn wieder auf. In ihrem Kopf formte sich ein Plan.

»Emil«, sagte sie und hockte sich auf die Kante seines Bettes. Viel Platz hatte sie hier nicht, sie drohte hinunterzurutschen. »Du weißt, dass du mir vertrauen kannst. Und du vertraust Kuno, nicht wahr?«

Ein leises Schnaufen war die Antwort. Emils Augenlider flackerten, doch sie blieben geschlossen.

Dennoch war sie mehr als bereit, diese Reaktion als Zustimmung zu werten.

»Es wäre gut für mich, wenn ich ihn begleite. Ich muss lernen, wie es auf einer Auktion abläuft, und ich will es lieber jetzt lernen als irgendwann, wenn ich keine Wahl mehr habe und vielleicht ganz allein bin.«

Das war ein bisschen gemein ihrem Bruder gegenüber. Sie warf ihm quasi vor, zu krank zu sein, um es ihr zeigen zu können. Er verstand momentan vermutlich gar nichts von dem, was sie ihm sagte. Sie tat das ohnehin nur für sich.

»Das siehst du doch auch so, nicht wahr?« Sie zog seine Decke ein wenig höher.

Er drehte sich auf die Seite, was seine Atmung deutlich leichter werden ließ, das hörte sie genau. Das Röcheln hatte beinahe vollständig nachgelassen.

Ihr Entschluss festigte sich. »Also gut, dann sehe ich noch einmal nach dir, bevor wir aufbrechen.«

Sie verließ sein Zimmer und schloss es von außen ab. Den Schlüssel befestigte sie an ihrem eigenen. Dann schritt sie langsam zu Kunos Tür.

In Gedanken ging sie immer wieder durch, was sie ihm sagen wollte, doch als er vor ihr stand, war davon nichts mehr übrig. Ihr Kopf war wie leergefegt.

»Emil hält es jetzt auch für besser, wenn ich dich begleite«, presste sie hervor. In diesem Moment fühlte sie sich selbst so schwach, als würde sie gleich in eine Ohnmacht sinken.

Kapitel zwanzig

Gegenwart

Helmke fühlte sich so müde, dass sie fürchtete, sie würde gleich einschlafen. Ein Rastplatz nach dem anderen zog an ihrem Auto vorbei. Sie alle verschwammen zu einem, so erschöpft war sie. Die zu kurze Nacht steckte ihr tief in den Knochen.

Sie warf einen Blick auf die Uhr. Jetzt musste Konstanze aus der Schule zurückkehren. Wie erwartet hatte ihre Tochter fantastisch reagiert, als sie ihr eröffnet hatte, dass sie mal eben in die Eifel fahren und Grünen Knurrhahn kaufen wollte.

»Bring mir etwas mit! Nein, warte, ich komme mit dir!« Schon im nächsten Moment hatte sie mit besorgter Miene angeboten, auf Tante Ernie aufzupassen, während Helmke unterwegs wäre.

Die Erleichterung, als sie hörte, dass sie nicht allein die Verantwortung zu tragen hatte, war beinahe greifbar gewesen. Zum Glück mochte sie Mareike und hatte sich erst neulich ausgiebig mit ihr über irgendeine Band unterhalten. Die drei würden es also gut ein paar Stunden miteinander aushalten.

Nun war Helmke also allein unterwegs auf der A31 und zählte die Ausfahrten auf ihrem Weg. Kurz vor Düsseldorf hielt sie es nicht mehr aus und musste einen

Toilettenstopp einlegen. Mit einem überteuerten Kaffee von der Raststätte ging es dann weiter.

Ihr Mobiltelefon klingelte. Konstanzes Bild erschien auf dem Display ihres Bordcomputers, und Helmke drückte den grünen Hörer.

Die fröhliche Stimme ihrer Tochter erfüllte das Innere des Fahrzeugs. »Hey Mama! Wie weit bist du denn jetzt?«

»Ungefähr auf Höhe von Düsseldorf, Maus.«

Sie vernahm leises Tastengeklapper. »Ah ja, diese Strecke hast du also gewählt.«

Konstanze verfolgte immer genau, wo sie sich in Deutschland bewegten. Sie würde vermutlich irgendwann eine von ganz wenigen ihrer Generation sein, die noch ohne Navigationsgerät wussten, wo in Deutschland sie sich befanden.

»Wie ist die Lage bei euch?«

»Hervorragend! Wir haben Tante Ernie versprochen, dass sie heute Abend Grünen Knurrhahn bekommt, und sie so dazu bewegt, ein wenig Obst zu essen!« Man konnte Konstanze anhören, dass ihr die Wichtigkeit dessen durchaus bewusst war.

Na, hoffentlich klappte das jetzt auch, und es war wirklich das richtige Rezept. »Das ist richtig toll, Maus.«

»Und ich habe mir überlegt, dass ich es auch probieren will. Du bringst doch genug mit für uns alle?«

Ein warmes Gefühl breitete sich in Helmkes Brust aus. Ihre Tochter war einfach die Wucht! »Natürlich. Und auch genug, um noch ein paar Portionen einzufrieren. Ich kann ja nicht jedes Mal in die Eifel fahren, um etwas davon zu besorgen.« Es sei denn, der *Eifelblick* rückte das Rezept heraus, dann könnte sie lernen, es selbst zu kochen.

Als hätte Konstanze diese Gedanken gelesen, fügte sie hinzu: »Und ich habe mir gedacht, ich suche noch ein bisschen nach dem Verbleib des Kochbuches.«

Ihre Mutterinstinkte schlugen sofort Alarm. »Aber du passt auf, dass du dich nicht verletzt! Warte doch besser, bis ich wieder da bin!« Im Geiste sah sie ihre Kleine weitere Böden aufreißen oder in der Bibliothek die Regale verrücken. Darüber hatte sie nämlich selbst schon einmal nachgedacht und auf dem Holzboden nach Kratzspuren gesucht, jedoch nichts entdeckt, was darauf hindeutete, dass man dort irgendetwas verrücken konnte. Wenn eins der schweren Regale umkippte und auf ihre Tochter stürzte … nicht auszudenken!

»Hör doch erst mal, was ich mir überlegt habe!«

Das war keine schlechte Idee und ein Vorschlag, den sie Konstanze selbst schon des Öfteren unterbreitet hatte. »Spuck's aus.«

»Also, ich bitte Mareike, die Schachtel vom Regal zu holen. Damit ich mich nicht dabei verletze, wenn ich es allein versuche.« Sie schnaubte belustigt. »Ich meine, das wäre sonst annähernd so gefährlich wie Autofahren, richtig?«

»Sehr löblich.« Helmke ignorierte die Stichelei ihrer Tochter. Die Schachtel außerhalb von Konstanzes Reichweite hatte sie völlig vergessen. Doch natürlich war ihr bewusst, dass ihre Tochter nur so vernünftige Vorschläge unterbreitete, damit Helmke nicht ganz allgemein schon protestieren konnte.

»Und was hast du dann vor?«

»Dann nehme ich die Bilder und gehe damit zu Tante Ernie.«

Helmke stutzte. »Du willst sie ihr zeigen?«

»Klar. Du meintest doch, dass es dir nicht recht wäre, wenn wir einfach so darin herumstöbern, und das verstehe ich total. Aber vielleicht freut sie sich, wenn sie diese Aufnahmen wiedersieht. Und wer weiß, vielleicht ist ja etwas darauf zu sehen, was uns Aufschluss gibt, wo das Buch ist, oder sie erzählt es von sich aus.«

Das war keine schlechte Idee, das musste sie zugeben. Die Bilder könnten das Erinnerungsvermögen ihrer Tante wecken. Auf jeden Fall wäre es moralisch für sie in Ordnung, sich die Bilder mit ihr gemeinsam anzusehen. »Ja, tu das, Maus. Aber bitte nur, solange du das Gefühl hast, es geht Ernie gut damit.«

»Was denkst du denn von mir?« Konstanze klang angemessen entrüstet.

»Nur das Beste, Maus.« Helmke war ja selbst inzwischen begeistert von der Idee. »Vielleicht erkennt sie eine Adelheid. Und überhaupt, ein Foto vom Buch würde die Suche enorm erleichtern. Ich habe ja gar keine genaue Vorstellung, wie es aussieht, wie es gebunden ist, was für ein Format es hat.«

»Super! Dann mache ich das jetzt und lasse dich mal in Ruhe fahren. Schließlich sollst du dich ja auf den Verkehr konzentrieren und nicht auf mich.«

Beinahe hätte Helmke gelacht. Natürlich agierte Konstanze rein aus Interesse an ihrer Sicherheit und nicht, weil sie so enorm neugierig war. Wer's glaubte ...

»Halt mich bitte auf dem Laufenden, Konnie!« Viel mehr wurde sie nicht mehr los, bevor ihre Tochter sie wegdrückte.

Die nächsten Kilometer fuhr sie grinsend. Ein paar Mal versuchte sie, im *Eifelblick* anzurufen und ihr Gericht vorzubestellen, aber es nahm niemand ab. Sie war früh dran, vermutlich war noch niemand anwesend. Dummerweise hatte sie in der Mittagszeit in einem spontanen Meeting gesteckt und hatte es nicht geschafft, dort anzurufen. Doch dafür hatte sie wirklich den Rest des Tages frei und auch morgen. Wenn diese Sache ausgestanden war, würde sie sich richtig ausschlafen.

Sobald sie von der A1 die Ausfahrt Richtung Mechernich/Bad Münstereifel nahm, erhöhte sich ihr Puls schlagartig. Jetzt konnte es nicht mehr allzu weit sein.

Die Umgebung, durch die sie fuhr, unterschied sich so krass von ihrer Heimat, wie es nur möglich war. Sie schlängelte sich vorbei an bewaldeten Hügeln, alles war grün und in regelmäßigen Abständen ragten ein Turm oder gleich eine ganze Burganlage durch die Wipfel.

Ob all dieser Schönheit verpasste sie eine Abzweigung und landete direkt in Mechernich. Die Straßen waren eng und kopfsteingepflastert. An manchen Stellen schienen die Fachwerkhäuser am Straßenrand ihr Auto in die Mangel nehmen zu wollen.

»Bei nächster Gelegenheit bitte wenden«, verlangte ihr Navi, anstatt eine neue Route zu berechnen. Offenbar führten nicht alle Wege zum *Eifelblick*, sondern möglicherweise genau einer, und auf dem war sie nicht.

Wie es aussah, gab es einige Baustellen, die ein einfaches Durchkommen verhinderten.

Sie hielt bei der nächsten Möglichkeit an einem Supermarkt und holte sich etwas zu trinken und ein paar Schokoriegel, um ihre Nerven zu beruhigen. Dann nahm sie den Weg zurück, den sie gekommen war.

Dieses Mal entdeckte sie die Abzweigung und fuhr kurz darauf beim Restaurant vor.

Sie warf einen Blick auf die Uhr. Es war kurz nach vier. Zum Glück war sie richtig gut durchgekommen.

Im Inneren des rustikal aussehenden Gebäudes sah es noch ziemlich dunkel aus. Sie stieg aus und drückte einmal probeweise gegen die Tür, die mit dicken grünen Scheiben ausgestattet war. Sie war verschlossen, aber offiziell öffnete das Lokal ja auch erst um halb. Dennoch klopfte sie.

Niemand öffnete.

Als sich Helmke die Nase an einer der Scheiben plattdrückte, meinte sie, im Inneren eine Bewegung auszumachen. Vorsichtshalber trat sie einen Schritt zurück, doch niemand öffnete ihr.

Na gut, dann wartete sie eben. Auf diese zwanzig Minuten käme es nun auch nicht mehr an.

Zurück im Auto riss sie einen Schokoriegel auf und wählte erneut die Nummer, die auf der Homepage angegeben war. Dieses Mal ertönten nur zwei Freizeichen, danach ging das Geräusch in ein Besetztzeichen über.

Seltsam. Vielleicht hatten die Probleme mit der Telefonanlage.

Sie biss in den Riegel und kaute. In Gedanken versunken starrte sie nach draußen auf das Gebäude. Erst jetzt nahm sie es so richtig wahr. Es hatte sicher schon einige Jahre auf dem Buckel und sah von außen genauso aus, wie sie es sich vorgestellt hatte, ein wenig bieder nämlich.

Sogar von der Straße aus konnte sie schon abschätzen, dass man aus dem Inneren zur anderen Seite hin einen wunderschönen Ausblick auf den Nationalpark haben musste.

Plötzlich stutzte sie und lehnte sich auf dem Sitz nach vorn. Hatte sich nicht gerade ein Vorhang bewegt, als ob jemand dort durch den Spalt gesehen hätte? Aber im Weiteren blieb es still.

Wieder sah Helmke auf die Uhr. Noch zehn Minuten musste sie totschlagen, falls der *Eifelblick* pünktlich öffnete. Schon seltsam, dass niemand ans Telefon ging, wenn da offensichtlich schon jemand im Laden war. Eine möglichst frühe Vorbestellung oder eine Reservierung wären doch sicher auch für die Verantwortlichen von Vorteil.

Sie aß auch noch einen zweiten Riegel. Während sie fühlte, wie der Zucker von ihr Besitz ergriff und sie unruhig machte, behielt sie die Tür im Blick. Es wurde halb, nichts geschah. Auch andere Gäste tauchten nicht auf.

Um zwanzig vor fünf beschloss Helmke, mal zu testen, ob die Tür jetzt wenigstens nicht mehr verschlossen wäre. Nach dem möglicherweise abgelehnten Telefonanruf kam sie sich zwar aufdringlich vor, aber sie hatte nun wirklich lange genug gewartet.

Was sind denn das für Gedanken? Ein Restaurant lebte doch von Gästen! Und du bist im Begriff, die gesamten Knurrhahn-Vorräte abzunehmen, das ist alles andere als aufdringlich.

Mit klopfendem Herzen drückte sie gegen die Tür.

Noch immer war sie verschlossen, die darauf ge-
druckten Öffnungszeiten bestärkten sie jedoch darin,
erneut zu klopfen, und zwar ein wenig vehementer als
vorhin. Sie war zu weit gefahren, als dass sie hier vor
einer verschlossenen Tür enden konnte. Wenn sie diesem Leopold die Sachlage erklärte, würde der schon
verstehen, warum sie sich nicht einfach zur nächsten
Pommesbude aufmachte.

Wenn wenigstens endlich weitere Gäste hier auf-
tauchten. Na gut, es war Herbst und keine Hauptsaison,
doch sicherlich gab es auch in der Umgebung einige
Anwohner, die gern hierherkamen. Außerdem war sie
erst vorhin an einer großen Gruppe Wanderer vorbei-
gefahren, die so aussahen, als könnten sie eine große
Portion Döppekooche vertragen – um was auch immer
es sich bei diesem Gericht handelte, dessen Namen sie
auf der Karte entdeckt hatte.

Sie klopfte etwas lauter. Gerade als sie überlegte, es
noch einmal telefonisch zu versuchen, bewegte sich etwas hinter den grünen Scheiben. Schritte näherten
sich.

Endlich!

Der Schlüssel klickte im Schloss. Die Tür schwang
nach innen auf und gab den Blick auf den Innenraum
frei.

Was auch immer Helmke erwartet hatte, der Anblick,
der sich ihr jetzt bot, war es nicht. Die Wände waren
schwarz gestrichen, großformatige Schwarzweißbilder
in weißen Rahmen zierten die Wände. Durch die weißen Vorhänge und zahlreiche große Topfpflanzen

wirkte der Raum dennoch nicht düster, sondern einfach extrem stylisch, und Tischdecken und gepolsterte Stühle in Petrol und Lila verliehen ihm Gemütlichkeit.

Nicht einmal der Boden war beige gefliest, sondern mit einem eleganten Parkett belegt.

Sie war so überrascht, dass sie den Mann, der ihr aufgeschlossen hatte, erst auf den zweiten Blick richtig wahrnahm. Er war viel jünger als erwartet, groß und hatte strahlend blaue Augen. Unter dem schwarzen Kopftuch mit Totenkopfmuster lugten einige freche dunkle Haarsträhnen hervor, die darauf schließen ließen, dass der Besitzer seine Haare lang trug. Die Schürze deutete darauf hin, dass sie den Koch vor sich hatte. Sie verdeckte die zerrissenen Jeans nur unzureichend.

Ob es sich bei ihm um Leopold Schneider handelte?

Seine Stirn kräuselte sich und verlieh ihm gemeinsam mit den dunklen, zusammengezogenen Augenbrauen einen grimmigen Ausdruck.

»Ach, guten Tag! Vielen Dank, dass Sie mich schon reinlassen.« Helmke lächelte freundlich und strich sich ihre Hose glatt, die von der langen Fahrt Falten aufwarf. Zu spät wurde ihr bewusst, dass man ihre Worte auch als Sarkasmus auslegen konnte.

Der Mann verzog die Lippen zu einem eher hämischen Grinsen. »Na, Sie waren ja hartnäckig genug.«

Leichter Ärger zog in ihr auf. »Tut mir leid, aber öffnen Sie nicht eigentlich um halb fünf?«

Der Koch schnaubte. »Wer kommt denn so früh ins Restaurant? Da nehmen wir allerhöchstens Bestellungen auf.«

Helmke biss die Zähne aufeinander. »Na perfekt. Deswegen bin ich nämlich hier, Herr Schneider.« Der Name war ein Schuss ins Blaue, doch der Mann protestierte nicht. Immerhin wusste sie nun, wen sie vor sich hatte.

Er machte allerdings auch keine Anstalten, zurückzutreten und sie hineinzubitten. Sein Arm, der die Tür offenhielt, versperrte ihr den Weg. Die ausgeprägten Muskelstränge am Unterarm waren gespannt. »Wäre ein Anruf nicht einfacher gewesen?«

»Stellen Sie sich vor, das habe ich versucht.« Der Satz gelang ihr tatsächlich nicht vollständig ohne Sarkasmus.

»Nach halb fünf?«

Jetzt knirschte es zwischen ihren Backenzähnen. »Also gut, fangen wir doch einfach noch einmal an. Mein Name ist ...«

»Tegeler«, fiel er ihr überraschenderweise ins Wort. »Ich weiß, ich habe eben Ihre E-Mail gelesen. Leider kann ich Ihnen das Rezept nicht herausgeben, da es sich um ein altes Familienrezept handelt, das ich von meiner Oma bekommen habe.« Dabei wirkte er nicht so, als täte es ihm tatsächlich leid.

»Ach so.« Helmke konnte ihre Enttäuschung nicht verbergen.

»Vielleicht hätten Sie warten sollen, bevor Sie sich auf den weiten Weg von der Nordsee hierher machen. Ich hätte Ihnen schon noch geantwortet.«

»Ach ja? Und warum haben Sie das nicht?« Das konnte nun wirklich jeder behaupten.

»Na, weil ich gesehen habe, dass Sie bereits hier sind.« Er zeigte auf das Auto.

Natürlich, das Kennzeichen. Helmke vermied es, sich mit der Hand gegen die Stirn zu schlagen. »Ach, Sie haben niemals Gäste aus dem Hohen Norden hier?« Den Ausdruck »Am Arsch der Welt« ließ sie weg, doch sie war sicher, ihr Gegenüber würde es heraushören.

Immerhin war es ein sehr schöner Arsch, das musste sie zugeben.

»Ich wusste, dass Sie es sind, weil ich gesehen habe, wie Sie sich das Telefon ans Ohr gedrückt haben, während es hier wie wild geklingelt hat.« Leopold Schneider verdrehte die Augen.

»Und weil meine Nummer in meiner Signatur steht«, murmelte Helmke.

Na gut, dann fand dieser Typ ihr Verhalten eben aufdringlich, aber deswegen musste er sie ja nicht so behandeln. Immerhin hatte sie sich nicht in ihrer Einschätzung geirrt. »Vielleicht würden Sie Ihre Großmutter mal ganz lieb fragen, ob sie das Rezept nicht doch preisgeben würde? Ich würde auch unterschreiben, dass ich es niemandem weitergebe. Es würde mit mir zusammen ins Grab gehen.«

Genau genommen würde wohl bereits Tante Ernie das Rezept mit ins Grab nehmen, denn zu diesem Zeitpunkt hatte Helmke bereits so sehr die Schnauze von diesem Gericht voll, dass sie sich wohl nicht überwinden konnte, es jemals zu versuchen.

Dennoch bemühte sie sich um ein schelmisches Grinsen, das ihrem Gefühl nach ein wenig verrutschte.

»Stellen Sie sich vor, das habe ich. Sie hat sofort gesagt, ich solle Sie abwimmeln.«

»Aber da wussten Sie noch nicht, warum ich es unbedingt haben muss. Es geht nämlich darum, dass meine Großtante Ernestine früher als junge Frau immer ...«

»Der Grund ist ihr sicher egal, so vehement, wie sie abgelehnt hat.« Leopold Schneider verzog den Mund zu einem schmalen Strich. »Wenn ich also jetzt nichts mehr für Sie tun kann ...«

Schon machte er Anstalten, die Tür zu schließen.

»Moment!« Helmke war beinahe bereit, ihren Fuß in die Tür zu stellen, damit er sie nicht einfach vor ihrer Nase zuschlagen konnte. Bei ihren schmalen Pumps hätte das sicher schmerzhaft geendet.

Zum Glück war das nicht nötig. Der Koch zögerte. Als hätte er geahnt, was in ihr vorging, warf er einen Blick auf ihren Fuß und zog einen Mundwinkel nach oben.

»Dann möchte ich ein paar Portionen von dem Eintopf bestellen. Zum Mitnehmen.« Ihr Herz klopfte schnell.

Bitte lass die Fahrt nicht völlig umsonst gewesen sein!

»Was sind ›ein paar Portionen‹?«

»Wie viele können Sie denn zum Mitnehmen bereitstellen?«, fragte sie im Gegenzug.

Jetzt war es an ihm, die Kiefer aufeinanderzupressen. Helmke sah, wie die kräftigen Muskeln an seinen Schläfen arbeiteten. »Ich mach Ihnen den ganzen Kofferraum voll«, sagte er schließlich. »Aber ich habe nichts, um diese Mengen warmzuhalten.«

Offensichtlich kam nun doch sein Geschäftsinstinkt zum Vorschein und gewann die Oberhand über seinen völlig ungerechtfertigten Abscheu ihr gegenüber.

»Super. Ich habe eine Mikrowelle. Und ich nehme an, wenn ich die Reste heute Abend noch einfriere, dürfte das kein Problem darstellen?«

Jetzt fixierte er sie aus zusammengekniffenen Augen. »Natürlich nicht. Glauben Sie etwa, ich koche nicht frisch?«

»Ich glaube gar nichts, ich frage lieber.« Patzig sein konnte sie nämlich auch, wenn es sein musste. »Darf ich eventuell drinnen warten?«

Aber du kannst es nicht besonders gut, Helmke.

Endlich machte er ihr Platz, wenngleich noch ein wenig widerwillig. »Selbstverständlich. Sie haben die freie Platzwahl.« Als sie ihn passiert hatte, räusperte er sich. »Ich bin übrigens Leo. Schneider, aber das wissen Sie ja.«

»Helmke«, sagte sie und straffte ihre Haltung. »Tegeler, aber das wissen Sie ja.«

Sie suchte sich einen Platz in der Nähe des Panoramafensters. Damit hatte sie wenigstens recht behalten bei ihrer Fantasie vom *Eifelblick,* und der Ausblick war atemberaubend. »Wie viel Zeit muss ich ungefähr einplanen?« Sie drehte sich zu ihm um.

Leo war inzwischen hinter die Theke getreten und hantierte mit einigen Gläsern. »Eine Stunde wird es schon dauern. Meine Küchenhilfe ist krank, und normalerweise brauche ich auch noch niemanden um diese Zeit.« Er hob eine Karaffe, die offensichtlich Wein enthielt. »Wollen Sie inzwischen etwas trinken?«

Sie schob das goldene Besteck hin und her, das neben einem schwarzen Platzteller abgelegt war, und musste ein Gähnen unterdrücken. »Ein Wasser, bitte. Ich trinke nicht, wenn ich noch fahren muss.«

Im Kopf überschlug sie die Zeit. Bis sie das Essen hatte, war es sicher sechs Uhr. Selbst wenn sie richtig gut durchkäme und sich nicht wieder verfuhr, war es sicher halb zehn, bis sie zu Hause war. Das wäre ein sehr spätes Abendessen für ihre Großtante, für Konstanze und sie ebenfalls. Und all das, obwohl sie doch so furchtbar müde war.

Sie warf einen letzten Blick auf die Aussicht, die grünen Wälder, die ein ähnliches Gefühl von Weite und Freiheit in ihr hervorriefen wie ein Blick aufs Meer. Dann seufzte sie. »Würde es schneller gehen, wenn ich Ihnen helfe? Meine Großtante soll nicht so spät essen, und sie freut sich so sehr auf den Eintopf.«

»Sie wollen mir helfen?«

Sie fuhr herum und fing Leos Blick auf. Er musterte sie von oben bis unten und blieb wieder an den Schuhen hängen. Hätte sie bloß Sneakers angezogen! Nur weil die Hose so lang war, hatte sie zu den Schuhen mit genau dem richtigen Absatz gegriffen, und der war nun mal hoch.

»Ich bin ziemlich gut am Schneidebrett.«

Endlich hatte sie es geschafft, ihm ein Grinsen zu entlocken. »Na schön, dann kommen Sie mal mit in die Küche. Es gibt aber keinen Rabatt.«

»Habe ich auch nicht erwartet«, murrte sie. Hoffentlich hatte er wenigstens eine Schürze für sie.

Kapitel einundzwanzig

März 1962

Hoffentlich hatte Kuno überhaupt einen Blick für sie übrig.

Ernie betrachtete sich im Spiegel und drehte sich hin und her. Das Kleid brachte ihre Figur wirklich hervorragend zur Geltung, besser als jedes andere, das sie besaß.

Sie hatte richtig gelegen, was den Ausschnitt anging. Sogar Adelheid hatte gesagt, sie sollte es öfter einmal wagen, ihre Vorzüge zu betonen, anstatt sie immer nur unter allzu viel Stoff zu verstecken. Und dass, obwohl es der jungen Köchin eindeutig nicht passte, dass sie Kuno in Hamburg treffen würde.

Es klopfte, und Ernie fuhr zusammen. Sofort brach ihr der Schweiß aus. Würde man das sehen, gäbe es Schweißflecken unter den Achseln? Was für eine schreckliche Vorstellung!

Einen Augenblick lang hätte sie am liebsten nur die Nase durch den schmalen Spalt gesteckt, den die Türkette zuließ, und abgesagt. Einfach behauptet, es ginge ihr ebenfalls nicht gut, und Kuno sollte bitte allein gehen.

Dann riss sie sich zusammen.

»Einen Augenblick!«, rief sie und eilte noch einmal ins Bad. Unter ihren Achseln war alles trocken, und auch sonst sah sie genauso aus, wie sie es gedacht hatte. So gut, wie es ihr eben möglich war. Jede musste mit dem arbeiten, was sie zur Verfügung hatte, so war das nun mal.

Sie lächelte ihrem Spiegelbild zu, und es verzog gequält den Mund zu einer Grimasse, unter einem Wust von rotbraunen, aufgesteckten Haaren. Wenigstens bezüglich ihrer Frisur war sie sich sicher. Dann lief sie auf den hohen Absätzen zur Tür.

Kuno lächelte ihr strahlend entgegen und reichte ihr den Arm. »Darf ich bitten?«

Zögernd hakte sie sich bei ihm ein. Schickte sich das überhaupt? Würde er ihr auch so den Arm anbieten, wenn Emil dabei wäre?

Dennoch bedankte sie sich bei ihm und lächelte. Es fühlte sich viel weniger gequält an. Ihr war nur noch ein wenig schwindelig, doch das konnte vom Hunger kommen.

Aus Sorge, nicht in das Kleid zu passen, hatte sie den ganzen Tag noch nichts gegessen. Das bereute sie nun, als sie ein Magenknurren aufsteigen fühlte.

Schnell räusperte sie sich.

»Ich habe uns einen Wagen bestellt, der uns zum Auktionshaus bringt.« Kuno legte ihr die Hand auf den Arm, den sie bei ihm untergehakt hatte, und drückte ihn beruhigend. »Doch um ehrlich zu sein – ich war ein wenig nervös ob der Aussicht, den Abend mit Ihnen allein verbringen zu dürfen, und habe noch nichts gegessen.«

Sie sah ihn überrascht an, und er warf ihr ein schiefes Lächeln zu, das ihn sehr charmant aussehen ließ.

»Oh?« Mehr brachte sie nicht hervor. Er war nervös gewesen? Ihretwegen? Hegte er die Befürchtung, sie könnte ihn blamieren?

»Es ist noch früh. Vielleicht würden Sie mir die Ehre erweisen, eine Kleinigkeit mit mir zu essen? In der Hotelbar gibt es einige Gerichte auf der Karte, deren Zubereitung nicht allzu viel Zeit in Anspruch nehmen dürfte.« Er runzelte die Stirn. »Jedenfalls nehme ich es an. Ich habe leider überhaupt keine Erfahrung, was Kochen angeht.«

»Ich ebenfalls nicht!« Ernestine kicherte und hielt sich sofort die Hand vor die Lippen. Wie kokett sich das angehört hatte. »Sehr gern esse ich eine Kleinigkeit mit Ihnen, Kuno.«

Ihr Magen beruhigte sich bei der Aussicht auf Nahrung sofort und drohte nicht mehr mit unangenehmen Geräuschen.

Kurz darauf saßen sie einander bei Kanapees und Oliven gegenüber. Alles war sehr exotisch. Kuno hatte ihr ein Getränk in einem flachen, langstieligen Glas bestellt, das sie zierlich zwischen drei Fingern hielt und in dem ebenfalls Oliven schwammen. Es schmeckte scharf, doch sie trank es, ohne den Mund zu verziehen.

Sie plauderten noch ein wenig über die bevorstehende Auktion. Kuno warf ihr immer wieder schnelle Blicke zu, bei denen ihr ein heißer Stich durch den Unterleib fuhr. So etwas hatte sie noch nie zuvor gespürt, und es fühlte sich sehr angenehm an. Ein wenig verrucht vielleicht.

Ernestine musste Adelheid fragen, ob das ein Zeichen dafür sein mochte, dass sie verliebt war. Die Köchin würde es wissen. Wenn Ernestine auf ihr immer wilder klopfendes Herz hörte, dann musste es wohl so sein.

Immer wieder berührte Kuno wie beiläufig ihre Hand oder ihren Arm, und einmal stießen sogar ihre Knie unter dem Tisch aneinander.

Am Piano spielte ein älterer Herr *The Lady is a Tramp*. Mutter verbot sich solche Musik in ihrem Zuhause, doch Ernie beschloss, sich in Zukunft durchzusetzen. Sie war jetzt erwachsen, verflixt! In ihrem Kopf rauschte es, und ihr schwindelte ein wenig. Wenn das Mutter wüsste!

Sie brachen gerade noch rechtzeitig auf und standen deswegen auf der Versteigerung ganz hinten. Das hielt Ernie jedoch nicht davon ab, für die Gegenstände zu bieten, die sie sich ausgeguckt hatte. Da sie einige Male deutlich unter dem angedachten Preis blieb, ersteigerte sie sogar noch ein zusätzliches Objekt, eine wunderschöne Ausgabe von *Sturmhöhe*, die von der Autorin handsigniert worden war. Die Geschichte kannte sie noch nicht und sie freute sich darauf, es zuerst zu lesen, bevor es in den Laden wanderte.

»Ein dramatisches Werk«, flüsterte Kuno ihr zu und zwinkerte. »Eine gute Wahl. Dramatische Geschichten sind die besten.«

Ernies Gesicht wurde warm, und sie spürte, wie sich ihre Mundwinkel hoben. Ganz instinktiv wusste sie, dass ihr Gesicht nun keiner Grimasse ähnelte. Stattdessen fühlte sie sich, vielleicht zum ersten Mal in ihrem Leben, schön.

Die Auktion verging wie im Flug. Schon saß sie wieder neben Kuno auf der Rückbank einer Limousine, einen Stapel Quittungen in der Tasche und die Versicherung, dass die ersteigerten Gegenstände innerhalb der nächsten Woche kostenfrei angeliefert werden würden. Noch eine Sache, die Kuno mit seinem Charme geregelt hatte.

Sie hatte ihn nur mit offenem Mund anstarren können, genauso wie sie ihn jetzt immer wieder anstarrte.

Damit musste sie unbedingt aufhören. Das gehörte sich ganz und gar nicht!

Doch dann drückte Kuno seinen Oberschenkel gegen ihren, und es war deutlich, dass es sich dabei auf keinen Fall um ein Versehen handelte.

Er sah ihr tief in die Augen, und seine Lippen öffneten sich ganz leicht.

Sie hielt den Atem an. Ihr Herz verhinderte, dass sie etwas sagen, geschweige denn überhaupt denken konnte.

»Sie sind ein Naturtalent, liebe Ernestine.« Seine Stimme klang so sanft wie eine Liebkosung. »Ich möchte am liebsten nur noch mit Ihnen auf Versteigerungen gehen.« Er senkte die Augen, nur um sogleich einen noch viel tieferen Blick auf sie abzufeuern.

Sie schluckte. »Danke.« Mehr brachte sie nicht hervor.

Kuno fuhr sich hastig mit der Zunge über die Lippen. In seinen Augen flackerte es. »Würden Sie mir die Ehre erweisen, Sie zu einem Schlummertrunk in die Hotelbar einladen zu dürfen?«

Ernestine straffte ihre Haltung und nahm wie beiläufig wahr, dass sie nickte. Das alles fühlte sich an wie in einem wunderschönen Traum.

Im Hotel angekommen standen sie allerdings vor einer verschlossen Tür. Das Licht dahinter war bereits gelöscht, das Piano, an dem vorhin noch Lieder von Frank Sinatra gespielt worden waren, stand verwaist auf der kleinen Bühne.

»Die Bar hat schon geschlossen«, stellte sie unnötigerweise fest. Das Gefühl der Enttäuschung drohte, sie zu übermannen.

Im Auto war sie noch unsicher gewesen, doch insgeheim hatte sie sich sehr auf diesen Ausklang des Abends gefreut. Wann würde sich ihr erneut die Gelegenheit bieten, Zeit mit Kuno allein zu verbringen? Wenn sie Pech hatte, dann niemals.

Ihr Herz wurde schwer bei diesem Gedanken.

Kuno senkte den Kopf. Ungewohnt unsicher trat er von einem Fuß auf den anderen. »Wenn es nicht allzu vermessen wäre, würde ich ...« Er verstummte.

Sofort war ihre Aufmerksamkeit ganz bei ihm. »Würden Sie was? Sie können frei heraus zu mir sprechen, wir sind doch Freunde.« Ihr Herz überschlug sich beinahe bei diesen Worten. Was, wenn er das bestritt?

Aber das tat er nicht. »Ja, das sind wir.« Ein Lächeln huschte über sein Gesicht und machte Ernestines Knie weich. »Und als Freund frage ich Sie, ob Sie es wagen würden, einen Schlaftrunk auf meinem Zimmer zu nehmen. Ich habe eine Flasche Single Malt in der Minibar und finde, wir haben etwas zu feiern.«

In Ernies Ohren rauschte es so laut, dass sie ihn beinahe nicht verstand, doch ihr Herz zeigte ihr, was er ihr vorschlug. Sie schaffte es zu nicken. »Da stimme ich Ihnen zu.« Ihr Mund war so trocken, dass sie beinahe keinen Ton hervorgebracht hätte.

Seite an Seite schlenderten sie zu den Aufzügen. Der Portier war der einzige, der sich zu dieser Zeit noch in der Lobby aufhielt. Auf diesem Weg hätte sie sich zu gern wieder auf seinen Arm gestützt, wagte es aber nicht. Es sähe zu intim aus.

Irgendwie schaffte sie es auch so bis in sein Zimmer. Ihr eigener Schlüssel schien in ihrer kleinen Damenhandtasche zu vibrieren, als wollte er sie dazu bewegen, ihr eigenes Zimmer aufzusuchen.

Ihre Mutter musste das Ding über die Entfernung hinweg verhext haben. Ernestine legte die Tasche auf den Schreibtisch und setzte sich auf den Stuhl, der möglichst weit entfernt davon stand. Nur so spürte sie das Vibrieren nicht.

Kuno hatte bereits eingeschenkt. Mit beiden Gläsern in den Händen stand er vor ihr. Er reichte ihr eins und stieß mit seinem sanft dagegen.

Sie trank, und sofort explodierte torfige Hitze in ihrem Inneren. »Wir haben ein Sommerhaus in der Nähe eines Moores«, murmelte sie verlegen, weil ihr nichts Besseres einfiel.

Kuno nickte. »Ich weiß.« Immer noch stand er vor ihr, sodass sie zu ihm aufsehen musste. Sein Schritt befand sich genau auf Höhe ihres Gesichts.

Schon wieder wallte heißes Blut hinauf und brachte ihre Wangen zum Erröten.

Er nahm ihr das Glas ab. Dabei kam er ihr noch ein wenig näher. Dann ging er vor ihr auf die Knie und drückte ihre Beine auseinander.

Als er ihr den Rock hochschob, zitterte sie vor Anspannung. Er bewegte seinen Körper dazwischen, und einen Augenblick lang fürchtete sie, es würde nicht passen, weil sie zu dick war.

Kurzerhand packte er sie an den Hüften und zog sie an sich heran. Als seine Mitte ihre traf, entfuhr ihr ein Stöhnen, doch sie schämte sich nicht dafür.

Er lächelte und biss sich auf die Unterlippe, dann brachte er sein Gesicht näher zu ihrem. Seine Finger, die gerade noch so fest zugepackt hatten, strichen sanft über ihre Wange.

Ohne ihr Zutun öffneten sich ihre Lippen. Er lächelte und seine freie Hand tastete sich an der Innenseite ihrer Oberschenkel weiter empor.

Eine Sekunde später berührte seine Zunge die ihre, und noch eine Sekunde später vergaß sie alles um sich herum.

Kapitel zweiundzwanzig

Beim Schneiden der Frühlingszwiebeln vergaß Helmke beinahe alles um sie herum, so viel Mühe gab sie sich, die Ringe alle gleichgroß werden zu lassen.

Leo kam aus einer kleinen Kammer, die an die stylische Edelstahlküche grenzte, und warf ihr eine Schürze zu. »Nicht, dass du dir deine schicke Hose dreckig machst.« Er zwinkerte.

Mit dem Eintritt in die Privaträume des *Eifelblicks* waren sie auch automatisch zum Du übergegangen, was die Situation merklich entspannt hatte.

Sie legte das Messer zur Seite und band sich die Schürze um. »Du machst dir Sorgen um meine Hose?«

Entweder, er meinte das ironisch, oder er war nicht so durch und durch cool, wie sein Outfit und seine Aufmachung vermuten ließen. Sie könnte mit beidem leben. Humor und Freundlichkeit waren eine feine Sache, mit Coolness konnte sie dafür immer schon weniger gut umgehen. Allerdings hatte sie auf seinen Unterarmen mehrere Tattoos entdeckt, als er sich die Ärmel hochrollte. Sein cooles Image war ihm offenbar wichtig.

Konstanze würde ihr jetzt wohl sagen, dass sie keine Vorurteile haben sollte.

»Klar, die ist doch schön. Wie von Marlene Dietrich.« Mit einem Ruck zog er sich die Schüssel mit der Petersilie heran und platzierte einen der grünen Sträuße auf dem Schneidebrett.

Mit der Einschätzung hatte er einen Volltreffer gelandet. Es war beinahe schon unheimlich. Sobald sie sah, wie schnell er dem Kraut zu Leibe rückte, nahm Helmke ihre eigene Arbeit wieder auf. So geschickt wie er war sie allerdings lange nicht.

»Und du findest Marlene Dietrich nicht furchteinflößend? Ich habe da entsprechende Erfahrungen gemacht.« Das war vielleicht etwas zu viel gesagt, aber das konnte er ja nicht ahnen.

Leo griff bereits nach dem nächsten grünen Strauß. Er hackte wie ein Weltmeister. »Nein. Ich stehe auf starke Frauen. Habe ich zu Hause nie anders erlebt. Meine Oma hatte immer die Hosen an.«

Eine Weile hackten sie schweigend. Der Berg an Petersilie wuchs. Als Leopold noch einen Strauß auf das Brett legte, konnte Helmke sich nicht mehr zurückhalten. »Jedenfalls verstehe ich jetzt, was diesen Grünen Knurrhahn grün macht.«

Leos Mundwinkel zuckten. »Nicht nur das. Beinahe jede Zutat ist grün. Aber wenn du nicht bald mal fertig bist, muss ich dich feuern.«

»Hey!« Helmke musste sich ein Grinsen verkneifen. Er hatte ja recht, obwohl sie ihm endlich ihr Ergebnis präsentieren konnte.

Er nickte und zeigte auf einen Berg grüner Paprika. »In einen Zentimeter große Würfel, bitte.«

Seufzend griff sie nach der ersten. »Es klingt, als hättest du ein sehr gutes Verhältnis zu deiner Oma.«

»Habe ich auch. Sie hat mich großgezogen, nachdem meine Mutter gestorben war. Sie und Tante Ida.« Seine Augen wurden dunkel. »Und seitdem Ida auch tot ist, hat Oma nur noch mich.«

Seine familiäre Art mochte Helmke. »Es tut mir leid, dass du schon so viele Menschen verloren hast.«

Er nickte nur und sah sie an … einen Herzschlag zu lang. Das brachte ihr eigenes Herz ein wenig zum Klopfen. Ganz so furchtbar, wie sie erst dachte, schien er gar nicht zu sein.

»Meine Oma lebt zwar auch noch«, sagte sie, obwohl er nicht nachgefragt hatte. Die Stille musste sie einfach überbrücken, sie konnte nicht anders. »Ich wohne mit meiner Tochter aber bei meiner Großtante.«

»Die Tante mit dem Heißhunger auf Knurrhahneintopf.«

»Genau.« Sie gähnte und versuchte, es zu unterdrücken. Die Nacht steckte ihr zu sehr in den Knochen.

»Langweilt dich deine Arbeit?« Er schien es zu genießen, sie zu necken.

Helmke sah auf ihr Messer und bereute, in der Zirkus-AG in der Schule damals nicht als Messerwerferin aufgetreten zu sein. »Nein, es war nur eine lange Nacht.«

»Und deswegen schneidest du in Zeitlupe?«

»Verzeihung? Ich bin Antiquitätenhändlerin und keine Köchin!« Eine Mischung aus Empörung und Belustigung stieg in ihr auf. Woher sollte sie denn wissen, wie man so schnell schnippelte, ohne einen Teil seines Fingers einzubüßen?

Leopold verzog den Mund. Ob es ein schiefes Grinsen oder eine genervte Miene darstellte, konnte sie nicht so genau sagen. Er zögerte einen Moment, dann legte er sein Messer weg, wischte sich seine Hände an der Schürze ab und trat auf sie zu.

Helmke hielt im Schnippeln inne. Vorsichtig beobachtete sie, was er vorhatte.

Er trat so dicht hinter sie, wie er es schaffte, ohne sie zu berühren, und nahm ihr das Messer aus der Hand. »Darf ich?«

Sie nickte und wollte zur Seite gehen, doch er schüttelte den Kopf. Sein Bart kitzelte in ihrem Nacken.

»Moment.« Er legte ihr das Messer wieder in die Hand und schloss ihre Finger um den Griff. Dann legte er seine Hand darauf. So ähnlich machte er es auch mit der Paprika: erst ihre Finger, dann seine. Das führte dazu, dass er hinter ihr stand wie Patrick Swayze hinter Demi Moore in *Ghost – Nachricht von Sam*. Sein Bauch stieß an ihren Rücken und sie spannte unwillkürlich den Po an.

Ein dummer Fehler. Leo atmete hörbar ein und bewegte seinen Körper ein wenig von ihr weg.

»Sorry!« Sie ließ wieder locker.

»Kein Problem. Wenn du fertig bist mit deinen Übungen, können wir ja loslegen.«

Zum Glück konnte er nicht sehen, wie ihr Gesicht rot wurde. Sie zwar auch nicht, doch sie spürte es.

Jetzt reiß dich zusammen! Das ist ja peinlich!

»Kann losgehen.« Helmke hielt den Atem an. Hatte sie Angst um ihre Finger, oder war sie nur überrascht, wie sehr sie seine sanfte Berührung genoss? Seine Hände waren erstaunlich weich, warm und trocken.

»Jetzt versuch, die Paprika zu spüren. Du fühlst, wie viel du abschneiden möchtest, und lässt deine Fingerspitzen genau an die Stelle gleiten.«

Ihr lief ein Schauer über den Nacken, als sie seinen Atem fühlte. »Okay.« Sie änderte die Position ihrer Hand minimal. »So?«

»Stell die Fingerspitzen auf.« Er machte es vor. »Siehst du, so.«

Sie tat es ihm nach, und seine Hand zog sich zurück. »Und jetzt?«

»Jetzt lassen wir die Schneide einfach daran herabgleiten.« Er drückte die Hand mit dem Messer nach unten, und Helmke kniff die Augen zusammen. Sie sog scharf die Luft ein.

»Hast du Angst, ich würde dich verstümmeln?« Leo stellte sich auf die Zehenspitzen und schaute sie über ihre Schulter hinweg an.

Sie drehte ihm ihr Gesicht zu. Sein Mund war plötzlich verdammt nah an ihrem. Wie war das passiert?

Ihre Blicke trafen sich, und für eine Sekunde machte die Zeit den Anschein stillzustehen. Leo schien die Augen nicht abwenden zu können. Ihre Lippen näherten sich einander, und sie konnte sehen, wie sich sein Adamsapfel hob und senkte. Sein Atem strich über ihr Gesicht und duftete nach Kräutern.

All das nahm sie in einer unglaublichen Intensität wahr und wünschte sich in diesem Moment nichts weiter, als ihm noch ein wenig näher zu kommen. Das hatte sie so lange nicht mehr gemacht!

Gerade als sich ihre Lippen berührten, und ein kleiner Funke vom Mund ausgehend durch Helmkes Nervenbahnen in ihren Unterleib gefeuert wurde, hallte ein schrilles Piepen durch den Raum.

Leo fuhr zurück und trat einen Schritt nach hinten, als wollte er unbedingt so schnell wie möglich Abstand zwischen sie bringen. »Verflucht, die Eistruhe schließt manchmal nicht richtig.«

Schon war er bei dem Gerät, das an einer der Wände stand und aus dem er vorhin den Fisch entnommen hatte, und lehnte sich mit seinem ganzen Gewicht darauf. Das Piepen verstummte, doch der vollendete Moment war vorüber.

Helmke starrte auf die perfekt gleichmäßigen Paprikastreifen, die sie gemeinsam geschnitten hatten, und fühlte sich wie in einer kitschigen Liebeskomödie.

Was war denn da gerade geschehen? Oder besser, was wäre beinahe geschehen?

Ein Seufzer entfuhr ihr. Natürlich war der Alarm losgegangen. Wie oft küsste man auch plötzlich einen völlig Fremden, den man gerade erst getroffen hatte? Sie kannte diesen Mann doch überhaupt nicht, und vermutlich war das auch besser so. Besonders nett war er vorhin jedenfalls nicht gewesen.

Sie räusperte sich. »Das hat aber richtig gut geklappt. Das mache ich ab jetzt immer so, wenn ich mal koche.«

Leo sah von der Paprika zu seiner Petersilie und dann zur Kühltruhe. »Dein Mann kümmert sich wohl sonst bei euch ums Essen.« Seine Stimme klang rau.

»Ich habe keinen Mann.« Verdammt, das kam schnell aus ihr herausgeschossen. Es war ihrem Unterbewusstsein wohl extrem wichtig, ihrem Gegenüber diese Tatsache mitzuteilen.

Der Koch trat zurück an seinen eigenen Arbeitsplatz, als wäre nichts passiert. »Nur eine Tochter.«

»Genau.« Sie würde einen Teufel tun, jetzt noch irgendwelche Erklärungen hinterher zu feuern. Wenn er Interesse hatte, sollte er fragen, aber sie hatte auch keine Lust, bedürftig rüberzukommen.

»Und hat deine Tochter auch so einen komischen Namen, *Helmke*?« Er betonte ihren Namen besonders auffällig.

»Entschuldige mal bitte, *Leopold*!« Sie unterdrückte erneut den Drang, mit dem Messer nach ihm zu werfen. »Das ist ein altehrwürdiger friesischer Frauenname!«

Sie schnaufte und ärgerte sich sofort über sich selbst. Das hatte sie doch gar nicht nötig, sich vor einem Hipster zu erklären, der mit seinem Alter nicht klarkam.

Seine Mundwinkel zuckten. Anscheinend hatte er den Schrecken überwunden und genoss es wieder, sie zu reizen. »Also nein?«

Helme schnippelte mit Inbrunst. Dann merkte sie, dass sie sich selbst ein Grinsen verkneifen musste. Was hatte sie ihren Namen früher gehasst.

»Sie heißt Konstanze«, sagte sie schließlich einigermaßen versöhnlich.

»Den Namen mochte ich schon immer.«

»Ach, so einen altmodischen, stilvollen Namen?« Sie war überrascht. »Etwa als Kontrastprogramm? Hierzu?« Sie machte eine Bewegung in seine Richtung, die die Tattoos, die langen Haare und die hippen Jeans erfasste.

»Kann ja nicht jeder rumlaufen wie ein Filmstar aus den Dreißigern.«

»Nee, das kann echt nicht jeder!«

Sie sahen einander an, und grinsten beide. Dann widmete sich jeder wieder der eigenen Aufgabe. Aber ganz kurz hatte es sich richtig schön angefühlt.

In Windeseile hatten sie einen großen Berg Gemüse zerkleinert. Die Mikrowelle piepte, in die Leopold den Fisch zum Auftauen gestellt hatte.

Er schleppte einen riesigen Kochtopf an und stellte ihn auf den Herd. Lässig aus dem Handgelenk gab er Öl hinein, und kurz darauf folgten die Zwiebeln.

Der Duft, der sich schnell entwickelte, ließ Helmke ihre Entscheidung, den Eintopf aus Prinzip zu boykottieren, noch einmal überdenken.

Ihr Magen stimmte lautstark zu.

Leo warf ihr einen schiefen Blick zu. Auf dem Weg zur Mikrowelle, um den Fisch zu befreien, nahm er einen Behälter aus dem Kühlschrank. Fisch und Behälter tauschten die Plätze, und wieder surrte das Gerät los.

Leo ließ den aufgetauten Fisch in den Topf gleiten. »Ich habe ihn schon in Portionen eingefroren, damit es schneller geht.«

»Guter Trick.« Das sollte sie sich merken. Sie hatte es ja auch meistens eilig, weil sie so viel zu tun hatte.

»Bei so vielen Portionen, wie ich gerade zubereite, dauert es allerdings trotzdem. Es schadet nicht, dass der Eintopf noch durchziehen kann, während du fährst.«

»Dreieinhalb Stunden hat er dann noch Zeit.«

Leo hielt inne. »Du bist echt so weit gefahren und fährst heute noch zurück, nur für ein Fischgericht? Du kommst doch aus dem hohen Norden, habt ihr da nicht eure eigenen Rezepte?«

»Ja, aber es muss genau dieses Rezept sein. Jedenfalls hoffe ich das.«

»Warum?«

Die Mikrowelle piepte erneut, und Leo holte den Behälter heraus. Er stellte ihn vor Helmke auf der Arbeitsfläche ab und reichte ihr aus einer Schublade einen Löffel. »Hier, das ist von gestern übrig geblieben. Geht auf mich.«

Mit der Schüssel voller Paprika bewegte er sich zum Topf zurück.

Helmke schnupperte. Es roch verdammt gut, und sie tauchte den Löffel in die grüne Masse. »Ist das der Knurrhahn?«

»Der wird jeden Tag bestellt«, kam es als Antwort. »Ich koche immer einen großen Topf, sonst schmeckt das nicht.«

Sie probierte. Es schmeckte köstlich, und ein paar Löffel lang konnte sie nur kauen.

Dann endlich kam sie dazu, ihm zu antworten. »Meine Großtante kennt das Gericht aus ihrer Kindheit, oder jedenfalls einen Eintopf, der Grüner Knurrhahn heißt. Das Rezept stand wohl in einem alten Familienkochbuch, und das ist leider verschollen. Wer weiß, wo das ist. Sie ist nun ja schon alt und ein wenig verwirrt in letzter Zeit. Aus irgendeinem Grund fragt sie immer nach diesem Essen – und nach der Köchin von damals, die ebenfalls verschwunden ist.«

Er kniff die Augen zusammen bei ihren Worten. Irgendetwas schien ihn nachdenklich zu machen. »Na, deine Großtante ist sicher schon etwas älter. Die Köchin könnte inzwischen tot sein.«

»Klar, könnte sie. Aber dass sie damals verschwunden ist, weiß ich von meiner Oma. Die hat zu der Zeit im gleichen Haus gelebt wie Tante Ernie und kannte die Frau natürlich auch.«

»Hm. Seltsame Geschichte. Aber viele Menschen erinnern sich im Alter an ihre Kindheit und suchen nach einem Stück davon.« Es schien ihm plötzlich wichtig, die Sache schnell abzutun.

»Das stimmt.« Schweigend löffelte Helmke weiter.

Dieses Essen war wirklich verdammt lecker. So langsam verstand sie Ernies Heißhunger darauf. Sie hielt erst inne, als ihr Mobiltelefon piepte.

Schnell kramte sie es aus ihrer Tasche. Es waren einige Nachrichten von Konstanze eingegangen, und zwar verdammt viele – Tendenz steigend. Als sie eine davon anklickte, öffnete sich ein Foto. Ein Foto von einem Foto, um genau zu sein.

Es zeigte Tante Ernie mit ihren Eltern und ihrem Bruder. Sie standen in einem Raum voller Bücherregale. Hinter den Familienmitgliedern lag ein aufgeklapptes Buch auf einem Gestell. Es war groß, sicher größer als DIN-A4-Format. Der Einband wirkte dick, als wäre es in Leder gebunden.

Die Bildunterschrift lautete:

Laut Ernie ist das die engste Familie in der Bibliothek. Das da im Hintergrund, glaubst du, das könnte unser Kochbuch sein?

Sie wischte zu dem nächsten Bild, das einfach nur eine Vergrößerung des vorhergegangen darstellte.

Ich glaube, das ist es!!!!

Konstanze benutzte gern multiple Ausrufzeichen, wenn sie sehr aufgeregt war.

Als nächstes kam eine reine Textnachricht.

Tante Ernie sagt, das ist das Kochbuch. Sie sieht ganz traurig aus, sagt mir aber nicht, wo es sich befindet. Hoffentlich kommst du bald mit dieser Suppe.

Helmke musste lachen.

»Was ist?« Leo rührte, und die Zutaten auf der Arbeitsfläche waren beinahe vollständig im Topf verschwunden.

»Ach, meine Tochter schickt mir gerade Fotos, die sie in Tante Ernies altem Zimmer entdeckt hat. Jetzt geht sie die mit Ernie durch, und deshalb weiß ich endlich, wie dieses Kochbuch aussieht. Nur leider immer noch nicht, wo es sein könnte.«

»Aha. Toll.« Offenbar war er völlig in seine Arbeit vertieft. Besonders zu interessieren schien er sich nicht dafür. Seltsam, als Koch hätte er doch ein berechtigtes Interesse an einem alten Kochbuch voll seltener Rezepte.

Vielleicht stand er nicht so auf Fotos.

Prompt fiel ihr Blick auf einen Bilderrahmen, der über der Tür an der Wand hing. Den hatte sie vorhin schon bemerkt, aber da war sie zwischen Arbeitsplatte und Koch eingeklemmt gewesen. Es war jedenfalls in der Küche die einzige Fotografie.

Da sie das Bild von ihrem Platz aus nicht erkennen konnte, stand sie auf und trat näher.

Das Foto zeigte eindeutig den Koch dieses Restaurants, auch wenn er sein schulterlanges Haar dieses Mal nicht unter einem Kopftuch versteckte. Stattdessen hielt er es mit einem Haarband zurück. Auch seine Kleidung war ordentlicher, er trug ein weißes Hemd, dessen Ärmel die Tattoos verbargen, und eine schwarze Stoffhose.

Sein Arm lag um die Schulter einer sehr viel kleineren und zierlicheren Person. Es war eine alte Frau. Freundliche Runzeln zierten ihr Gesicht, und den langen grauen Zopf hatte sie um ihren Kopf geschlungen.

Sofort hatte Helmke das Gefühl, sie schon einmal gesehen zu haben. Nur wo?

»Ist das deine Oma?«, fragte sie und zeigte auf den Rahmen.

»Ich umarme selten irgendwelche anderen fremden Frauen.«

Das war ja beruhigend und machte sie zu etwas Besonderem. »Gibt's einen Grund, aus dem du mir diese Tatsache verrätst?« Es hatte witzig klingen sollen, doch Leo warf ihr einen finsteren Blick zu. Die Stimmung in der großen Küche war merklich abgekühlt.

Plötzlich durchzuckte Helmke ein Gedanke. »Deine Oma heißt nicht zufällig Adelheid, oder?«, fragte sie, ohne weiter darüber nachzudenken.

Abrupt, als hätte sie mit ihrer Frage einen Schalter umgelegt, hielt Leo inne. Er fuhr zu ihr herum. »Kannst du mir mal sagen, was genau du damit andeuten willst?«

Sie hob abwehrend die Hände. »Gar nichts.« Andererseits war das eine ziemlich extreme Reaktion.

»Ich habe mir das eben schon gedacht. Dass du meine Oma verdächtigst, deiner Familie ihr ach so tolles Rezept gestohlen zu haben. Aber lass dir eins sagen!« Er hob den Finger, sagte allerdings überhaupt nichts.

»Also, ich habe mir das eben überhaupt nicht gedacht!« Aus Tante Ernies Reaktion hatte sie nicht geschlossen, dass sie dieser Adelheid irgendetwas nachtrug. Allerdings hatte Helmke vielleicht die Verwirrung der alten Frau unterschätzt.

Warum reagierte Leo so heftig? Konnte es etwa sein, dass sie mit ihrem Nicht-Verdacht ins Schwarze getroffen hatte? Nach dem Motto: Von allen Restaurants in ganz Deutschland kam sie ausgerechnet in das der abtrünnigen Adelheid?

Wenn sie nur herausfinden konnte, ob Adelheid tatsächlich das Kochbuch geklaut hatte. Leo sah nicht so aus, als würde er ihr dabei helfen wollen.

Jetzt machte er auch noch den Herd aus. Mit dem erhobenen Kochlöffel in der Hand gestikulierte er in ihre Richtung. »Als ob du nicht genau deswegen hier bist. Aber ich lasse nicht zu, dass du meine Oma aufregst. Sie ist alt und hat das ganz sicher nicht verdient!« Es wirkte beinahe so, als drohte er ihr mit dem Löffel.

Intuitiv wich Helmke einen Schritt zurück und stieß dabei gegen die Arbeitsfläche. Ihr eigener Suppenlöffel rutschte aus dem Essen und klatschte auf die Fläche. Grüne Soße spritzte auf ihre Hose.

»Verdammt!« Sie versuchte, es mit dem Finger aufzunehmen, machte es dadurch allerdings nur noch schlimmer.

»Ich glaube, du gehst besser.« Leo presste die Lippen zusammen.

»Was? Und was ist mit meiner Bestellung?« Helmke blickte von dem großen Topf zu ihm und immer wieder auch zu dem Bild von Adelheid – wenn sie es denn war.

Natürlich ist sie es. Der Name, das Gericht, die Frisur ... Wie viele Hinweise brauchst du denn noch?

»Grüner Knurrhahn ist leider heute aus.« Er knallte den Deckel auf den Topf, spurtete fast zur Arbeitsfläche und schnappte sich die Reste von Helmkes Mahlzeit, als hätte er Angst, sie würde sie sich sonst unter den Nagel reißen.

»Aber du hast doch extra ..., und ich habe die Frühlingszwiebeln dafür ...« In Helmkes Hals stieg ein wütender Kloß auf, den sie nicht hinunterschlucken konnte. »Ich brauche dieses Essen!«

»Dann schlage ich vor, du kochst es dir selbst.«

Das klang beinahe, als würde er sagen, sie sollte es sich selbst machen. Helmke schwankte zwischen Empörung, Enttäuschung und Wut. Jetzt war sie so kurz vor dem Ziel, so kurz davor, ihrer Großtante helfen zu können, und dann so eine Reaktion. Sie hatte diesem Mann oder seiner Großmutter nicht einen einzigen Vorwurf gemacht!

Vor lauter Entsetzen bekam sie keinen Ton hervor.

Leo ging mit verschränkten Armen auf sie zu und drängte sie so zur Tür. Er wirkte mehr als nur abweisend. »Bitte verlass jetzt mein Lokal.«

Mühsam schluckte sie. »Ach, Leo, komm schon!« Allerdings konnte sie nicht anders, als zurückzuweichen. Schon war sie im Speisezimmer und an der Theke vorbei.

Er schüttelte nur den Kopf.

»Du benimmst dich ja gerade so, als hätte deine Großmutter wirklich das Buch geklaut!« Wenn er ohnehin
schon davon ausging, dass sie diesen Verdacht hegte,
konnte sie ihn auch ein bisschen provozieren. Es war
ein Griff nach dem Strohhalm, während sie rückwärts
taumelte.

Leider ging er überhaupt nicht darauf ein. »Wenn du
nicht verschwindest, rufe ich die Polizei und zeige dich
an wegen Hausfriedensbruch.«

»Also, bitte! Das hier ist ein Restaurant!«

»Es ist *mein* Restaurant.«

Sie funkelte ihn böse an. Jetzt reichte es ja wohl.
»Dann kann ich die Polizei ja gleich um Mithilfe bei
dem verschwundenen Buch bitten!«

Ihm entfuhr ein Schnauben. »Fühl dich frei, der Polizei all die Hirngespinste unterzujubeln, die dir so im
Kopf herumspuken.«

Schon war sie beim Eingang. Er drängte sie hinaus
und schlug ihr die Tür vor der Nase zu. Sie hörte noch,
wie sich der Schlüssel im Schloss drehte.

Fassungslos starrte sie auf das rustikale Holz.

Was war gerade geschehen? Was hatte sie falsch gemacht? Sie wollte doch nur etwas von diesem Eintopf!

Ein Blick auf die Uhr verriet ihr, dass sie Tante Ernie
heute vermutlich nicht mehr wach antreffen würde.
Auch für Konstanze wäre es längst Schlafenszeit, wenn
sie zu Hause ankäme.

Sie konnte unmöglich unverrichteter Dinge wieder
zurückfahren. Sie hatte kein Rezept, sie hatte keinen
Knurrhahn.

Außerdem: Was wäre, wenn diese Adelheid wirklich die Oma von Leo wäre? Wenn sie wirklich mit dem alten Familienrezeptbuch aus dem Haus geflohen war, warum auch immer.

Helmke biss die Zähne zusammen. Sie fasste einen Entschluss.

Nach einem tiefen Atemzug rief sie, so laut sie konnte, einige Worte. »Tut mir wirklich leid, dich belästigt zu haben. Ich habe gerade die Nachricht bekommen, dass das Buch wieder aufgetaucht ist. Also war das alles ein Missverständnis. Alles Gute für dein Restaurant!«

Weiter kam sie nicht, weil inzwischen zwei Fahrzeuge auf den Parkplatz fuhren. Einige Menschen stiegen aus und bewegten sich plaudernd und lachend auf die Tür zu.

Die ersten Gäste des *Eifelblicks* kamen.

Helmke nickte ihnen freundlich zu, als sie die kleine Gruppe passierte. »Ich empfehle Ihnen den Grünen Knurrhahn. Der ist wirklich lecker.«

Die Leute sahen einander verwirrt an, doch sie ging einfach weiter in Richtung Auto. Sie war zwar ziemlich sauer auf diesen Leo, aber dafür konnte der Eintopf ja nichts. Es wäre niemandem geholfen, wenn er verderben würde.

Außerdem hatte sie nicht gelogen: Der Eintopf, den sie probieren durfte, war wirklich lecker gewesen.

Kapitel dreiundzwanzig

»Dieser grüne Eintopf, den die Köchin neulich zubereitet hat, ist wirklich sehr schmackhaft.« Kuno sah Ernie liebevoll an und strich sich eine Strähne aus dem Gesicht.

Ernie hatte immer noch das Gefühl, sie würde fliegen. Seit sie mit Emil und Kuno in ihrem Elternhaus angekommen war, konnte sie nicht anders, als sich Kuno hier vorzustellen.

Sie sah sich mit ihm zusammen in der Bibliothek sitzen und lesen, sie sah sie beide zusammen im Laden stehen und neue Ware katalogisieren, und vor allem sah sie, wie sie gemeinsam im großen Schlafzimmer verschwanden, in dem ihre Großeltern einst geschlafen hatten, und das seitdem leer stand.

Bei der letzten Vorstellung spürte sie sofort wieder dieses heiße Kribbeln in ihrem Unterleib, das Kunos Berührungen ihr in der vergangenen Nacht entlockt hatten. So etwas hatte sie noch niemals zuvor empfunden.

So ein Glück, dass sich Emil zu schwach gefühlt hatte, um den ganzen Weg zurück zu fahren. Kuno hatte beim Frühstück im Hotel sofort angeboten, sie zu begleiten und von Bremen aus mit dem Zug weiterzureisen. Den Gedanken, dass er sogleich wieder abreisen könnte, schob Ernie jedoch noch weit von sich. Nicht nur deswegen plauderte sie mit ihm über ihr Lieblingsgericht. Hoffentlich käme Emil auf die Idee, ihn zum Abendessen einzuladen.

Emil saß ihnen mit gesenktem Kopf gegenüber. Er war tatsächlich immer noch gezeichnet von seinem Anfall am Vortag. Immerhin hatte er noch tief und fest geschlafen, als Ernestine in den frühen Morgenstunden aus Kunos Zimmer geschlichen, sich nur schnell frisch gemacht und dann Emils Zimmer aufgesucht hatte.

Seitdem fühlte sie sich hin und her geschleudert zwischen widersprüchlichen Gefühlen: Scham und Glückseligkeit.

Sie wusste, was geschehen war, hätte nicht geschehen dürfen. Es war etwas, das normalerweise zwischen Ehemann und Ehefrau stattfand, und das waren sie nicht. Noch nicht jedenfalls.

Leider dachte Emil wohl überhaupt nicht daran, Kuno einzuladen. Er war viel zu sehr mit seinen eigenen Problemen beschäftigt.

»Was werden wir ...« Sofort verstummte ihr Bruder und hustete leise. Er schüttelte den Kopf, als wäre es ihm in Wahrheit auch egal, was nun geschah.

Im nächsten Moment öffnete sich die Tür, und Vater kam herein. Mit strahlendem Gesicht sah er von einem zum anderen. »Und? Waren wir erfolgreich?«

Ein leicht vorwurfsvolles »Dieses Mal« schwang zwischen den Worten mit, obwohl er sich offensichtlich

Mühe gab, niemandem einen Vorwurf zu machen. Emils Ausfälle zerrten ganz deutlich an ihm - vor allem die finanziellen Nachteile, die seine Gesundheit für das einst so renommierte Geschäft mit sich brachte.

Emil sah ihn aus tiefliegenden Augen an. Er wollte gerade zu sprechen anheben, als Kuno ihm zuvorkam.

»Sie werden sehr zufrieden sein, was wir ergattert haben. Emil und Ernestine haben ein fantastisches Gespür für besonders interessante Stücke bewiesen«, schwärmte er.

Ernestine spürte, wie ihr Kopf ganz leicht wurde. Kuno hatte ihr mehrmals attestiert, dass sie ihre Arbeit gut gemacht hatte, doch niemals vor anderen Menschen. Und dann noch vor ihrem Vater!

Dass er Emil mit erwähnte, war mehr als anständig von ihm, und störte sie dabei überhaupt nicht. Mochte Vater doch denken, dass er ebenfalls erfolgreich mitgeboten hatte. Sie wusste es besser – mal abgesehen davon, dass es sie und ihr Geheimnis schützte, wenn er dieser falschen Annahme erlag.

»Das freut mich!« Vaters Blick huschte zwischen seinen beiden Kindern hin und her, wobei er eindeutig ein wenig länger auf Emil ruhte. »Dann bin ich sehr gespannt auf die Lieferung.«

Kuno hielt sich bescheiden im Hintergrund und senkte den Kopf. Ein leises Lächeln umspielte seine Lippen.

Ernie stellte sich vor, dass er ebenfalls so oft und gern an die vergangene Nacht dachte wie sie selbst. Es wäre schrecklich, wenn die Angelegenheit für ihn jetzt dadurch erledigt war, und er sie nie wieder beachtete.

Vater wollte schon den Raum verlassen, drehte sich jedoch noch einmal um. »Ach, Herr Müller, Sie bleiben doch noch ein Weilchen bei uns? Ich würde mich gern beim Abendessen in Ruhe mit Ihnen unterhalten. Ich lasse Ihnen das Gästezimmer herrichten. Fühlen Sie sich bitte ganz wie zu Hause!«

Mit diesen Worten ging er.

Kuno konnte kaum noch ein »Sehr gern, vielen Dank« hinterherrufen.

Ernestines Herz hüpfte auf. Kuno würde in ihrem Haus bleiben. Er würde hier wohnen, vermutlich in dem Gästezimmer, das sich direkt über ihrem Schlafzimmer befand.

Sie konnte sich schon genau vorstellen, wie es wäre, wenn er sie heiratete, und sie mit ihm zusammen das Geschäft führte. Wenn Emil gesundheitlich nicht mehr dazu in der Lage war, wäre es an ihnen beiden. Und sie würden es gut machen. Sie könnte ein Kind haben, und ihre beste Freundin Adelheid bliebe für immer bei ihnen. Sie könnten gemeinsam ihre Kinder großziehen.

Was für ein Leben würde sie führen! Besser, als sie es sich in ihrer Kindheit je ausgemalt hatte. Vielleicht nahm Kuno sogar ihren Namen an, immerhin stand der ja über der Tür des Antiquitätenhandels.

Doch was, wenn er dich gar nicht heiraten will? Es soll Männer geben, die sich nur mit einer Frau amüsieren wollen und sie dann fallen lassen.

Es war möglich, immerhin war sie seitdem noch nicht wieder mit ihm allein gewesen. Er behandelte sie mit ausgesuchter Höflichkeit, doch das hatte er zuvor auch getan.

Diesen Gedanken schob sie weit von sich. Darüber konnte sie jetzt nicht nachdenken.

Es klopfte, und Adelheid betrat den Raum. Sie schob einen Wagen mit Tee und ein wenig Gebäck herein.

Ernie zwinkerte ihr glücklich zu, und die Köchin zwinkerte zurück. Sie gab ihr ein Zeichen, gleich alles darüber erfahren zu wollen, wie es gelaufen war.

Dann fiel ihr Blick auf Kuno. Für einen Augenblick zogen sich ihre Brauen zusammen, nur ganz kurz. Es reichte, damit Ernie es bemerkte.

Irgendetwas missfiel ihrer Freundin an ihm, aber was? Er war doch immer höflich und respektvoll, zu jedem.

Ernie nahm sich vor, sie später darüber auszufragen. Nur noch den Tee einnehmen, dann würde sie sich mit der Entschuldigung zurückziehen, sich frisch machen zu müssen.

Emil machte ihr einen Strich durch die Rechnung. Er unterdrückte einen Hustenanfall, und sein Gesicht verfärbte sich rot. Dann drückte er sich mühsam aus dem Stuhl hoch. »Ich werde mal nach Merle und dem Kleinen sehen ... und mich ein wenig hinlegen.«

Auch Kuno erhob sich. »Selbstverständlich, mein Freund. Wir sehen uns beim Abendessen.«

Für einen Moment fürchtete Ernie, dass Kuno ihren Bruder begleiten würde, ihn zu seinem Zimmer bringen wollte. Vermutlich war dies der Grund, aus dem sie ebenfalls aufstand.

Doch das tat er nicht. An der Tür blieb er stehen und schloss sie behutsam hinter Emil.

Ihr Herz sprang ihr bis in den Hals. Sie waren allein, endlich wieder. Obwohl ihr letztes Zusammensein erst

wenige Stunden zurücklag, kam es ihr vor, als hungere
ihr ganzer Körper danach.

Gleichzeitig hatte sie furchtbare Angst. Jetzt würde es
sich zeigen, wie Kuno reagierte, was sie ihm bedeutete.

Er drehte sich zu ihr um und machte ein paar Schritte
auf sie zu. Langsam streckte er die Hand nach ihr aus,
zog sie jedoch wieder zurück, als sei er unsicher.

Den Blick zu Boden gerichtet lächelte er schief. »Liebe
Ernestine, ich weiß nicht recht, wie ich mich verhalten
soll, und was ich wagen darf.« Seine Stimme klang rau,
und er räusperte sich. »Was letzte Nacht geschehen ist,
hätte ich mir in meinen schönsten Träumen nicht aus-
zumalen gewagt. Ich weiß nicht, wie ich es riskieren
konnte, mich dir auf diese Weise zu nähern, aber ich
bereue es auch nicht.«

Sie konnte den Blick nicht von ihm abwenden. Ihr
Mund war furchtbar trocken, und sie sehnte sich nach
dem Tee, traute sich jedoch nicht, sich zu bewegen, um
den Moment nicht zu zerstören.

Jetzt sah er sie direkt an, und sein Blick ließ ihre Beine
zittern.

»Bitte sag mir, ob ich hoffen darf, Ernie«, sagte er leise.

Sie biss sich auf die Unterlippe. Konnte das alles wirklich geschehen? Hoffentlich erwachte sie nicht gleich
in ihrem Bett und bemerkte, dass sie sich Kuno nur er-
träumt hatte.

Es gelang ihr mit Mühe und Not zu nicken. Sie
schwankte.

Sofort war er an ihrer Seite. Ihren Arm unter seinen
geschoben geleitete er sie zu dem Sessel zurück. Sobald
sie saß, reichte er ihr eine Tasse Tee.

Erleichtert nahm sie einen Schluck. Schlagartig ging es ihr ein wenig besser. Genau genommen ging es ihr ohnehin hervorragend, ihr Körper war all diese verwirrenden Gefühle nur nicht gewöhnt.

Kuno kniete sich vor ihr nieder, und sofort überschlugen sich ihre Nerven erneut. Doch er nahm nur ihre Hand und hielt sie in seiner, während er ihr in die Augen sah. »Ich hoffe sehr, dass wir in den nächsten Tagen noch Gelegenheit haben, einander besser kennenzulernen. Und wenn wir beide sicher sind, dass es gut für uns wäre, würde ich gern deinen Bruder einweihen und mit ihm über uns sprechen. Bist du damit einverstanden?«

Wieder konnte sie nur nicken. Offenbar genügte es Kuno. Auf seinem Gesicht breitete sich ein strahlendes Lächeln aus, das ihn noch attraktiver machte.

»Dann bin ich vorerst der glücklichste Mann der Welt!«

»Ich bin ebenfalls sehr glücklich«, presste sie hervor und hoffte, nicht allzu dumm zu grinsen.

Wenn sie es tat, dann störte es ihn nicht.

»Darf ich dich nun zu deinem Zimmer geleiten? Du möchtest dich sicher frisch machen, und ich habe noch ein wenig geschäftliche Korrespondenz zu führen.«

»Ich zeige dir erst einmal, wo du schlafen wirst.«

Ohne seine Hand an ihrem Unterarm hätte sie es wohl nicht geschafft, auch nur einen Schritt durch das Haus zu tun, geschweige denn, die Treppen zu steigen. Sie führte ihn in den zweiten Stock, in dem sich auch die Dienstbotenzimmer befanden, bog mit ihm allerdings von der Treppe aus in die andere Richtung ab.

Hier waren die Gästezimmer und auch das alte Schlafzimmer ihrer Großeltern, das seit ihrem Tode leer stand.

Ihr wurde abwechselnd heiß und kalt, als sie sich erneut vorstellte, es gemeinsam mit Kuno zu bewohnen. Dieser Tag könnte früher kommen als gedacht.

Sie hatte die Stiegentür offengelassen. Das schickte sich ansonsten nicht – auch wenn sie erst kürzlich Dinge getan hatte, die sich noch weniger schickten. Die Tür zum vorderen Gästezimmer war nicht abgeschlossen. Es war der schönere, hellere Raum, auch wenn er ein wenig kleiner war.

»Dein Zimmer ist direkt unter meinem, richtig?«, raunte Kuno.

Wieder brach ihr der Schweiß aus. Sie musste gleich unbedingt ein Bad nehmen, auch wenn sie damit den Geruch abwaschen würde, den er an ihr hinterlassen hatte, und den sie so sehr genoss – wenngleich sie hoffte, dass kein anderer ihn wahrnehmen könnte.

Noch bevor Kuno den Flur verlassen und sein Zimmer betreten konnte, öffnete sich die Stiegentür zu den Dienstbotenzimmern. Adelheid und ihre kleine Tochter Hedwig traten heraus.

Hedwig plapperte irgendetwas und bemerkte sie nicht, aber Adelheids Blick bohrte sich direkt in Ernestines Herz.

Sie schien verärgert zu sein, doch Ernestine hatte keine Ahnung, worüber.

Kapitel vierundzwanzig

»Er schien verärgert zu sein, doch ich habe keine Ahnung, worüber.« Helmke seufzte.

Natürlich stimmte das nicht ganz, sie hatte sehr wohl eine Ahnung. Irgendwie widerstrebte es ihr, die Möglichkeit vor ihrer Tochter auszubreiten, dass seine Oma das Kochbuch ihrer Familie entwendet hatte.

War das denn möglich? Tante Ernie hatte gesagt, das Buch sei dort, wo es hingehörte. Das klang doch so, als hätte sie es an einem sicheren Ort verstaut. Eigentlich war Helmke schon beinahe davon ausgegangen, dass sie irgendwann im Keller einen versteckten Tresor für die wirklich wertvollen Dinge finden würde. Und da wäre es dann drin.

»Und du stehst jetzt wie ein Creep vor seinem Restaurant und telefonierst mit mir? Der holt noch die Bullen, Mama!«

»Die Polizei, Maus. Und, nein, ich bin natürlich weggefahren.« Sie spähte durch die Windschutzscheibe in grüne Baumwipfel, deren Blätter sich so langsam, aber sicher gelb zu färben begannen. »Ist übrigens ganz schön hier in der Eifel.«

Genau genommen stand sie nur zehn Minuten von dem Restaurant entfernt auf einem Wanderparkplatz. Sie studierte die Straßen und Wege auf ihrem Navi. Wenn sie sich nicht irrte, musste der verrückt gewordene Koch hier vorbeikommen, wenn er Feierabend machte.

Es lag kein Haus auf dem Weg bis hierher, und in die andere Richtung käme er nicht weit, dann begann eine Straßensperre. Auch das hatte sie unfreiwillig ausprobiert, als sie erst in die falsche Richtung gefahren war. Hoffentlich hatte Leo nicht mitbekommen, wie sie mit eingezogenem Auspuff erneut an seinem Restaurant vorbeigekrochen war.

»Was ist denn das für ein Typ?« Konstanze klang, als hätte sie es sich mit einer Tüte Chips auf ihrem Bett gemütlich gemacht. Na ja, wenn keine Erziehungsberechtigte da war, konnte so etwas schon mal passieren.

»Ein Idiot«, entfuhr es Helmke, dann atmete sie tief ein. »Er scheint so ein Hipstertyp zu sein. Zerrissene Jeans, lange Haare, Tätowierungen und ein Totenkopfkochtuch.« Es würde sie nicht wundern, wenn er sein Haar hin und wieder zu so einem unordentlichen Knoten hochband und eine Brille mit dunklem Rahmen trug.

»Du bist so spießig, Mama! Weißt du das eigentlich?«

Das könnte Leopold auch so gesehen haben. »Das ist Teil meines Jobs, das weißt du doch. Man nennt das Seriosität!«

»Ein bisschen lässiger geht seriös aber auch noch. Hast du eigentlich diese Absatzschuhe an, die so furchtbar altmodisch sind?«

»Maus!« Helmke wagte es gar nicht, an sich hinabzusehen.

»Hast du, oder? Mach mal ein Foto!« Es raschelte verdächtig im Hintergrund.

»Isst du gerade eigentlich Chips? Mach mal ein Foto.« Manchmal war Angriff die beste Verteidigung.

Es funktionierte, wenigstens zum Teil. »Es ist jedenfalls kein Wunder, dass der dich dann seltsam findet. Ihr matcht nämlich überhaupt nicht.«

»Matchen?« Wo hatte ihre Tochter nur solche Ausdrücke her?

»Was hast du denn jetzt vor? Kommst du ohne die Suppe wieder?«

Helmke seufzte. »Wie läuft es mit der Pflegerin, Maus? Versteht ihr euch?«

»Mareike ist super! Sie hat Nudeln gekocht, und wir haben eine Dokumentation über Musik gesehen. Über die Hamburger Schule, kennst du die?«

»Das klingt total spannend, Maus!« Bisher hatte ihre Tochter sich für deutsche Musik nicht besonders begeistert. Immerhin brachte ihr diese Mareike nicht irgendeine asiatische Boyband näher, zu deren Musik sie dann alle zusammen tanzten. »Also meinst du, du würdest es noch ein wenig länger mit ihr aushalten? Gesetzt den Fall, dass sie zustimmt?«

Irgendwie hatte Helmke das Gefühl, die Pflegerin würde zustimmen, sofern der Preis stimmte.

»Klar! Sie wollte mir ohnehin zeigen, wie der Plattenspieler funktioniert.« Konstanze zögerte. »Und was machst du? Gehst du in ein Hotel?«

So müde, wie Helmke war, wäre das keine schlechte Idee. Ein Auto fuhr an ihr vorbei in Richtung Eifelblick. Sicher saßen darin ein paar weitere Gäste.

»Ich habe hier noch eine Kleinigkeit zu erledigen.«

»Du machst doch keinen Mist, Mama? Ich meine, du willst nicht dort einbrechen und das Rezept klauen, oder?«

»Quatsch!« Sie stutzte. Eigentlich war das keine schlechte Idee, die nur einen Haken hatte. »Der kocht den Eintopf leider nicht nach einem Rezept ... Beziehungsweise muss er es wohl im Kopf haben.«

»Dann willst du die Reste des Eintopfes stehlen?« Konstanze war wohl sehr fixiert auf die Idee, ihre Mutter könnte etwas stehlen.

»Nein, Konnie, will ich nicht. Aber so langsam glaube ich, er könnte diese Adelheid kennen, und der Sache würde ich gern auf den Grund gehen.« Sie zögerte. »Aber nur, wenn es für dich okay ist. Ich weiß, du bist sehr erwachsen und selbstständig, aber du kannst es ruhig sagen, wenn es dir lieber wäre, dass ich zurückkomme.«

Sie war bereit, sofort die Heimatadresse im Navi anzuwählen, wenn ihre Tochter es sich wünschte.

»Ich wünsche mir nur, dass du heil wieder kommst und keinen Mist baust, Mama.« Das sagte sie vermutlich in weiser Voraussicht, damit sie dieses Vertrauen auch in einigen Jahren einfordern konnte.

»Das schaffe ich.« In Gedanken fügte sie ein vermutlich hinzu.

»Und dass wir Tante Ernie helfen können. Wie auch immer das möglich ist.«

Helmke schossen Tränen in die Augen. Ihre Tochter war schon ein ganz besonderes Kind. »Ich weiß, Maus. Das will ich doch auch.«

»Also, tu das, was dafür nötig ist, Mama.«

Schnell wischte Helmke sich die Augen. »Gib mir doch bitte mal Mareike, damit ich das mit ihr klären kann.«

Kapitel fünfundzwanzig

März 1962

»Bitte verbinden Sie mich mit dem Herrn Bertels, damit ich das mit ihm klären kann.« Kuno lächelte Ernie beruhigend zu und legte seine Hand auf die Sprechmuschel des Telefonhörers.

»Es dauert noch einen Augenblick, meine Liebe. Lass mich noch eben dieses Telefonat führen, dann können wir zu unserem Spaziergang aufbrechen.«

Ernie nickte. Sie würde ewig auf ihn warten oder sich auch einfach hier in der Bibliothek in einen der Sessel setzen und ihm beim Telefonieren zusehen.

Er sah sie jedoch an, ohne weiter zu telefonieren. Erwartete er, dass sie den Raum verließe?

Ein wenig unsicher erhob sie sich. »Ich sehe solange mal in der Küche nach dem Rechten.«

Natürlich hoffte sie auf eine Kleinigkeit zu Naschen von Adelheid. Das war sicher auch Kuno bewusst, doch er hatte ihr mehr als einmal in den vergangenen Tagen gezeigt, dass er jedes Kilogramm an ihrem Körper verehrte.

Seit dieser Nacht im Hotel fühlte sich Ernestine wie eine andere Frau. Vielleicht, weil sie das nun mal jetzt auch war: eine Frau. Sie war sich beinahe sicher, dass Kuno ihre Eltern in den nächsten Tagen um ihre Hand bitten würde. Bei Emil hatte er bereits vorgefühlt und wirkte seit dem Gespräch sehr ermutigt.

Sie ging auf den Flur hinaus und schloss die Tür hinter sich. Sofort erklang die Stimme ihres Geliebten in der Bibliothek. Sie verstand die Worte nicht, doch er klang ernst.

Auf keinen Fall wollte sie lauschen. Schnell lief sie zur Küchentür. Sie fühlte sich viel leichter als früher, sogar wenn sie einfach nur den Flur überquerte. Die Waage bestätigte dieses Gefühl zwar nicht, aber das kümmerte sie wenig.

Nach einem kurzen Klopfen trat sie ein.

Der Raum war leer, nur ein Kuchen stand auf der Arbeitsfläche, kühlte langsam aus und verbreitete einen verführerischen Schokoladenduft.

Ernestine näherte sich dem Gebäck. Sicher war es für morgen und würde noch mit einer Glasur überzogen werden. Dabei würde sie so gern ein Stückchen probieren. Ob es hinterher auffiele, wenn sie ein kleines Bröckchen am Rand …

»Bitte bring mich nicht in Erklärungsnot bei deiner Mutter«, erklang plötzlich Adelheids leise Stimme hinter ihr.

Ernie fuhr herum und lächelte prompt. Die Köchin stand in der offenen Tür und hielt eine Kuchenplatte in der Hand, die sie aus dem Speisezimmer geholt haben musste.

»Natürlich nicht! Was hältst du von mir?«

Adelheid konnte sie schon beinahe zu gut einschätzen. Im vergangenen Jahr hatten sie sich sehr eng angefreundet. Doch beim Anblick der Kuchenplatte durchfuhr Ernie ein seltsamer Stich. Was war das bloß?

Schnell schüttelte sie dieses seltsame Gefühl ab. »Ich möchte ohnehin gern ein wenig abnehmen. Vielleicht kannst du mir dabei helfen?«

Adelheid verzog das Gesicht. »Warum das denn? Du bist doch wunderschön!«

Ernie legte die Hand auf den Bauch. »Ich glaube, ich würde mich wohler fühlen, wenn ich hier nicht so viele Röllchen hätte.« Das Wort nackt ließ sie weg, obwohl es das sehr gut traf. Sie würde sich nackt wohler fühlen, wenn sie dort weniger Röllchen hätte.

»Hat er dir das eingeredet?« Adelheid guckte traurig. »Weil er insgeheim viel lieber eine dünne Frau hätte?« Sie legte ebenfalls eine Hand auf ihren flachen Bauch und bewegte sie ein wenig hin und her, als wollte sie sich selbst eine kleine Streicheleinheit verpassen.

So, wie sie von ihm, Kuno, sprach, hatte sich ihre Abneigung gegen ihn definitiv nicht in Luft aufgelöst.

»Er ist sehr lieb zu mir.« Ernie versuchte, all ihre Überzeugung in diese Worte zu legen, um damit vielleicht auch ihre Freundin von Kunos Redlichkeit zu überzeugen. Zu gern würde sie ihr berichten, was geschehen war, doch sie wagte es nicht. »Ich selbst möchte es. Für mich.«

Adelheid nickte langsam, in ihrem Gesicht arbeitete es. »Nun gut. Ich werde darauf achten, deine Portionen in Zukunft etwas kleiner zu gestalten und mehr Gemüse auf deinem Teller zu verteilen. Das gelingt mir sicherlich, ohne dass es jemandem auffällt.«

Ein Schauer überlief Ernie bei dem Gedanken. Kleinere Portionen und mehr Gemüse entsprach nicht gerade ihrem Traum von einem guten Essen, doch ohne Opfer würde es wohl nicht gelingen.

»Das wäre fantastisch!«, sagte sie deshalb.

»Und weniger Soße.« Adelheid kniff die Lippen zusammen, als wäre es eine persönliche Beleidigung, ihre Soßen zu verschmähen. »Wenn es dir wirklich ernst damit ist.«

»Ist es.«

Sie sah Adelheid eine Weile bei der Arbeit zu. Die Köchin spülte die Kuchenform und stellte sie in die Abstellkammer. Mit einem Stück dunkler Schokolade in der Hand kehrte sie zurück und nahm einen kleinen Kupfertopf von der Wand, den sie mit Wasser füllte.

»Ich schmelze die Schokolade in einem Wasserbad«, erklärte sie, wie sie es gewohnt war. Ernie hatte sie schließlich schon oft gefragt, was sie tat, und wie man dieses oder jenes zubereitete.

»Warum das?«, fragte diese nun halb aus echtem Interesse und halb aus dem Bedürfnis heraus, wieder eine Verbundenheit herzustellen, wie sie früher zwischen ihnen bestanden hatte.

»Damit die Schokolade nicht anbrennt.« Nachdem sie den Topf auf das Gas gestellt und die Flamme hochgedreht hatte, zerkleinerte sie die Schokolade in einer Schüssel und stellte diese in das sich langsam erhitzende Wasser.

Ernie trat neben sie und beobachtete, wie sie die zerlaufende Schokolade verrührte. Die dunkelbraune Masse duftete genauso verführerisch wie der Kuchen.

Ob sie vielleicht lieber erst am Tag nach dem Schokoladenkuchen damit begann abzunehmen?

Adelheid lächelte sie von der Seite an. »Sieht es nicht wunderbar aus, wie die Schokolade schmilzt?«

»Absolut herrlich!«

»Das Rezept für den Kuchen ist aus dem Kochbuch deiner Familie.« Die Köchin zeigte auf den großen, in Leder gebundenen Wälzer, der auf dem Kochbuchständer in der Ecke platziert war.

Sicher würden die Seiten auch den Duft dieser Leckerei in sich aufnehmen und ab jetzt noch besser riechen als ohnehin schon. Ernies Herz machte einen Sprung bei dem Gedanken, der sich so ähnlich anfühlte wie eine heimliche Berührung von Kuno.

Versonnen lächelnd starrte sie vor sich hin.

»Was denkst du gerade?« Adelheid nahm die Schokolade vom Herd und packte die Schüssel mit einer kleinen Zange. Wasser tropfte, als sie diese auf ein Tuch direkt neben den Kuchen stellte.

Mit einem kleinen Pinsel begann sie, die Masse auf dem Gebäck zu verstreichen.

»Ich dachte gerade daran, wie ich dieses Buch einst meinen Kindern vermachen werde«, sagte Ernie leise.

»Kinder?« Adelheid hielt mit ihrer Arbeit inne. »Sag mal, du denkst aber nicht an Kinder mit diesem Kerl, oder doch?«

Instinktiv zuckte Ernestine zusammen. »Warum magst du Kuno nicht?«

Diese Frage rutschte ihr einfach so heraus, das ließ sich überhaupt nicht verhindern. Es belastete sie so sehr, diese Feindseligkeit zu spüren.

Sofort beschlich sie die Furcht, dass diese Abneigung zwischen ihnen stehen würde, sobald Adelheid sie in Worte fasste.

»Ich glaube, er ist nicht gut für dich.«

Ernie entfuhr ein Schnauben. Auch das ließ sich nicht verhindern. »Welcher von den vielen Männern, die hier Schlange stehen, wäre denn besser für mich?«

»Ernestine ...« Adelheids Augen füllten sich mit Tränen. »Bitte glaub mir, es ist nicht gut, mit dem falschen Mann zusammen zu sein. Dann lieber mit gar keinem.«

»Woher willst du das wissen? Du bist ja geliebt worden.« Die Worte kamen härter heraus als beabsichtigt.

»Und ich wurde verlassen. Das war das schmerzhafteste Gefühl, das ich jemals empfunden habe. Und es tut immer noch jeden Tag weh!« Sie wischte sich eine Träne von der Wange. »Wenn ich gewusst hätte, dass mein Mann so früh sterben würde ... Wenn ich Hedwig nicht hätte, würde ich mir wünschen, ihm niemals begegnet zu sein.«

Adelheids Gesicht verkrampfte sich. »Das heißt, du gehst davon aus, dass Kuno mich ohnehin verlassen wird?« Auch in Ernie stiegen Tränen auf. Und auch ein wenig Furcht, dass ihre Freundin recht behalten könnte.

»Irgendetwas stimmt nicht mit ihm. Und ich will einfach nicht, dass du verletzt wirst.«

Das klang ehrlich. Dennoch war Ernie nicht versöhnt. »Wie kommst du nur darauf?«

Adelheid druckste ein wenig herum und widmete sich dann wieder dem Kuchen. »Ich habe eben so ein Gefühl.« Dabei drehte sie ihr den Rücken zu.

Jetzt stieg Wut in Ernie auf. Es brodelte richtig. »Dann möchte ich dich bitten, nicht einfach irgendeinem Gefühl zu vertrauen, Adelheid. Vertrau lieber auf mich und unterstütz mich! Ich mag ihn nämlich sehr und hätte gern, dass du ihn ebenfalls magst und bei uns bleibst, wenn wir heiraten!«

Ohne eine Reaktion abzuwarten, verließ sie erhobenen Hauptes die Küche. Draußen vor der Tür klopfte ihr Herz so sehr, dass sie es kaum aushielt.

Sie hatte viel zu viel preisgegeben, viel mehr, als sie wollte. Bisher wusste nur ihr Bruder von der Sache. Was, wenn Kuno nun doch nicht ernst machte? Was, wenn er einen Rückzieher machte?

Diese Schmach würde sie niemals ertragen können.

Kapitel sechsundzwanzig

Wenn dieser Leo sie hier lauern sah, sobald er endlich vorbeifuhr, würde Helmke diese Schmach niemals ertragen können.

Bei dem Gedanken bewegte sich sogleich der Grüne Knurrhahn wieder eine Etage nach oben. Das wäre nun wirklich eine Schande, wenn sie das Essen wieder loswurde. Bis jetzt sah es nämlich so aus, als wäre das vorerst ihre einzige Begegnung mit dieser überraschenden Delikatesse.

Sie warf einen schnellen Blick auf ihre Einkäufe und würgte. Einen Schokoriegel bekam sie jetzt wirklich nicht herunter, dafür war ihr zu übel vor Aufregung.

Stattdessen nahm sie einen Schluck Wasser.

Es gab nur eine Möglichkeit für sie, dieser Sache auf den Grund zu gehen, und das war, diese Großmutter zu finden.

Nicht zum ersten Mal nahm sie ihr Telefon zur Hand und versuchte, den Namen Adelheid Schneider zu recherchieren. Einerseits war das mobile Internet zumindest an ihrem momentanen Standort wirklich miserabel, andererseits ergab ihre Suche auch überhaupt keine Treffer, wenn sie einmal durchging.

Sie hatte Konstanze darum gebeten, den Namen ebenfalls durch eine Suchmaschine laufen zu lassen, doch die hatte sie mit den Worten auf morgen vertröstet, jetzt erst einmal einen lustigen Film mit Mareike zu gucken.

Immerhin hatte Tante Ernie wohl noch ein wenig Suppe gegessen und schlief inzwischen friedlich.

Ein Auto kam aus Richtung des Restaurants, und Helmke duckte sich hinter das Lenkrad.

Schnell warf sie einen Blick auf die Liste, die sie angelegt hatte, seit sie hier stand. Den grauen Kleinwagen konnte sie jetzt auch durchstreichen.

Somit musste außer dem Koch nur noch eine Gruppe von Gästen dort sein – solange keine Wanderer oder Radfahrer dort eingekehrt waren, die nicht an ihr vorbeigekommen waren. Laut Internet hatte der *Eifelblick* noch eine Stunde geöffnet.

Ihre Aufregung stieg. Ob es ihr gelang, Leo zu verfolgen? Würde sie mit ihrer Vermutung richtig liegen, dass er zu seiner Großmutter fuhr, um sich mit ihr zu beraten oder zumindest, um sie zu seinem Verdacht zu befragen?

Sie würde das wohl tun. Und wenn sie erst wusste, wo die alte Frau wohnte, dann täte sie das auch tatsächlich.

So langsam fragte sie sich, was genau damals geschehen war, dass diese Frau ihrer Großtante das Rezeptbuch geklaut haben könnte.

Ob sie über eine Zubereitungsmethode in Streit geraten waren? Tante Ernie war eine wahre Feinschmeckerin, wie man ihr Zeit ihres Lebens angesehen hatte.

Das war jedenfalls viel eher vorstellbar als ein Streit um einen Mann. Das hier war schließlich das wahre Leben und kein kitschiger Liebesroman. Da stritten sich zwei vernünftige Frauen nicht um einen Mann.

Unruhig rutschte sie auf dem Fahrersitz herum. So langsam musste sie mal, und die Beine würde sie sich auch gern vertreten.

Nach einem weiteren Blick die Straße entlang öffnete sie die Fahrertür und stieg aus. Alles um sie herum war inzwischen dunkel. Ein Käuzchen schrie, es hallte unheimlich und laut durch die Nacht.

Rasch umrundete sie das Auto und ging dahinter probeweise in die Hocke. Sie machte einige Kniebeugen und schlackerte mit Armen und Beinen, bevor sie entschied, dass dies hier ebenso ein guter Platz war für ihr anderes Bedürfnis.

Durch ihr Auto und die Büsche am Waldrand war sie von allen Seiten abgeschirmt. Sie öffnete ihre Hose und ließ sie zu den Knöcheln gleiten. Dann ging sie in die Hocke. Wann hatte sie das letzte Mal draußen, außerhalb einer Toilette, gepinkelt? Sie konnte sich nicht erinnern, es mochte in ihrer Kindheit gewesen sein.

Ihr Leben war wirklich viel zu kontrolliert. Sie hatte beinahe schon Spaß daran, aus ihrer Routine auszubrechen.

Zu spät wurde ihr bewusst, dass sie nicht daran gedacht hatte, ein Papiertaschentuch aus ihrer Handtasche zu nehmen. Umständlich kramte sie in ihrer Ho-

sentasche, die sich irgendwo an ihren Fußknöcheln unter ganz viel Stoff versteckte. Zum Glück hatte sie noch
ein benutztes Taschentuch bei sich.

Danach faltete sie es ordentlich zusammen und
suchte nach einem Mülleimer. Auf keinen Fall würde
sie es einfach in die Natur schmeißen. Das verrottete
längst nicht so leicht, wie manche Menschen dachten,
und hatte dort nichts zu suchen.

Bei einem Rastplatz für müde Wanderer mit zwei
Bänken und einem Tisch entdeckte sie einen. Schnell
spurtete sie los.

Schon im Augenwinkel sah sie, wie es um sie herum
heller wurde. Ein Auto näherte sich aus der Richtung,
in der das Restaurant lag. Das musste die letzte Gruppe
Gäste sein. Bestimmt war ihr Grüner Knurrhahn jetzt
alle.

Kurz stellte sie sich vor, wie sie doch im *Eifelblick* einstieg und im Kühlschrank nach den Resten suchte.
Wenn sie nur die Hälfte von der Menge mit nach Hause
brachte, die Leo mit ihrer Hilfe vorhin gekocht hatte,
wäre Tante Ernie sicher vorerst sehr glücklich.

Doch einerseits wollte sie nicht, dass ihre Tochter sie
für eine Diebin hielt – auch wenn sie quasi an der Zubereitung beteiligt gewesen war –, und außerdem
würde das ja nicht langfristig ihr Problem lösen.

Jetzt wollte sie das Rezept, am besten gleich das ganze
Rezeptbuch. Und sie wollte wissen, was hier überhaupt
los war.

Hätte sie wenigstens ein wenig besser bei der Zubereitung aufgepasst, könnte sie sich das Rezept vielleicht sogar selbst zusammenreimen. Außer Petersilie, grüner Paprika, Frühlingszwiebeln und natürlich dem Knurrhahn wusste sie jedoch nichts.

Das Fahrzeug fuhr vorbei, als sie gerade das Taschentuch entsorgte. Sie sah ihm nach.

Stutzte.

»Verdammt!« Im nächsten Moment rannte sie zu ihrem Auto zurück. Hinter ihr näherte sich ein weiteres Paar Scheinwerfer, vermutlich wirklich das, welches zu den letzten verbliebenen Gästen gehörte.

Denn das Fahrzeug, das gerade bereits in die Dunkelheit entschwand, war nicht das letzte von ihrer Liste gewesen. Folglich gab es nur eine Person, die hinter dem Steuer sitzen konnte.

Leopold Schneider.

»Das war doch klar, dass der genau dann vorbeifährt, wenn ich gerade nicht bereit bin«, schimpfte sie leise, während sie hektisch den Motor startete. »Der hat noch geöffnet! Das kann der doch nicht machen!«

Der hätte auch vorbeifahren können, als du gerade keine Hose anhattest, also sei gefälligst froh!

Sie lenkte ihren Wagen vom Parkplatz auf die Straße. Kies spritzte auf, als sie viel zu viel Gas gab, aber sie konnte es nicht riskieren, den Kerl aus den Augen zu verlieren.

Den Blick hielt sie immer fest auf die Rückleuchten gerichtet. Ab und zu verschwanden sie hinter einer Baumgruppe oder einer Straßenbiegung, doch sie war sich recht sicher, dass sie ihn immer wieder fand und nicht plötzlich einem ganz anderen Auto hinterherfuhr.

Der andere Wagen, der eine Weile zwischen ihnen fuhr, bog Richtung Bad Münstereifel ab, und plötzlich schien es nur noch sie zwei auf der Welt zu geben.

Oder wenigstens im Großraum Mechernich.

Sie hielt so viel Abstand, wie sie es gerade noch wagte. Bemerken durfte er sie auch nicht, sonst würde er niemals dorthin fahren, wo sie ihn haben wollte.

Wie furchtbar es wäre, wenn er plötzlich anhielt, sich ihr in den Weg und sie danach zur Rede stellte. Womöglich rief er tatsächlich noch die Polizei.

Einen schwachen Moment lang klang es beinahe verführerisch, einfach umzukehren und in den *Eifelblick* einzubrechen, um mit einer Tüte voller Eintopf zu fliehen. Doch irgendwie konnte sie sich gut vorstellen, dass dieser Kerl aus reiner Bosheit alle Reste mitgenommen hatte. Oder versalzen ... das war ebenfalls denkbar.

Er bog noch einmal ab, und die Lichter der letzten Ortschaft verblassten langsam hinter ihnen. Um sie herum war nur noch Natur. Die Straße wurde immer unwegsamer.

Auch Leo verlangsamte sein Tempo. Er fuhr im Gegensatz zu ihr einen kleinen Jeep, der sicherlich weniger Schwierigkeiten mit einer schlechten Fahrbahn hatte.

Ob er sie bemerkt hatte?

Ihr Herz sprang ihr mit jedem Schlagloch in den Hals hinauf. Sie hatte schon seit einiger Zeit kein Wohnhaus mehr bemerkt, allerhöchstens eine Scheune, in der ein Landwirt seinen Mähdrescher untergebracht hatte.

Leuchtende Augen starrten sie aus dem Wald heraus an, und ihr lief ein Schauer über den Rücken.

Sie schaltete das Navigationsgerät ihres Autos ein, doch der Bildschirm blieb dunkel. Im ersten Moment dachte sie noch, dass er defekt sei, aber dann wurde ihr bewusst, dass er sich einerseits im Nachtmodus befand und andererseits laut Navi auf keiner dort verzeichneten Straße. Auf dem Display wirkte es, als führe sie direkt durch den Nationalpark, und zwar offroad.

Sie schluckte trocken. Wie es aussah, war sie vollkommen von der Ortskenntnis dieses Leos abhängig. Das gefiel ihr überhaupt nicht. Sie war es gewohnt, notfalls auch allein Probleme zu lösen.

Leos Bremslichter flackerten auf und sie stoppte den Wagen. Der Koch hatte angehalten, aber weswegen? Es war weit und breit kein Haus zu sehen, genau genommen auch kein anderes Zeichen von Zivilisation.

Sie ließ das Fenster herunter und schaltete schnell ihr Licht aus. Dann lauschte sie. War da vorn irgendetwas, ein Hindernis vielleicht? Wenn Leo jetzt umdrehte, wäre sie geliefert.

Wieder schrie irgendein Tier im Unterholz, doch dieses Mal schien es größer zu sein als ein Nachtvogel.

Die ganze Situation gefiel ihr nicht. Wo zum Teufel war sie hier?

Endlich fuhr Leo weiter.

So langsam, dass sie ihn gerade eben nicht aus den Augen verlor, folgte sie ihm.

Als sie die Stelle erreichte, an der er zuvor gehalten hatte, erkannte sie das Problem. Sie stand vor einer riesigen Schlammpfütze, die die ganze Straße erfasste und weiter reichte als das Licht ihrer Scheinwerfer.

Ihr entfuhr ein Stöhnen. Vermutlich hatte Leo auf Allradantrieb oder Untersteuerung oder so umgestellt.

Und ebenso wahrscheinlich hatte er genau diesen Weg
gewählt, weil er sie bemerkt hatte und wusste, dass sie
ihm hier nicht würde folgen können.

Er hatte sie erfolgreich abgehängt. Und sie hatte nicht
die geringste Ahnung, wo genau sie sich befand.

Sie waren zahlreiche Male abgebogen, hatten Seiten-
wege genommen und unzählige Kreuzungen passiert.
Außerdem war der Weg kaum breit genug, um zu drehen. Sie würde rückwärts bis zu einer Stelle fahren
müssen, an der das gefahrlos möglich war.

Das war eine richtig dumme Situation, in die sie sich
da gebracht hatte.

Kapitel siebenundzwanzig

Das war eine richtig dumme Situation, in die Ernestine sich da gebracht hatte.

Sie starrte auf den großen Wandkalender mit den Blumenbildern, rechnete nach. Waren es jetzt tatsächlich sieben Wochen?

Normalerweise widmete sie ihrer Periode nicht allzu viel Aufmerksamkeit, aber in diesem Fall fiel ihr auf, dass etwas nicht stimmte, nicht so war wie sonst. Gegen Ende des Monats hätte sie ihre Monatsblutung bekommen müssen, doch sie hatte allenfalls einen leichten Ausfluss gehabt.

Sie ließ sich auf den mit Frottee bezogenen Klodeckel fallen und bettete den Kopf in den Händen. Warum wusste sie nur so wenig darüber? Und mit wem sollte sie darüber sprechen?

Mit ihrer Mutter auf keinen Fall! Die würde mehr als ungehalten reagieren, wenn sie es auch nur wagte, das Wort »Monatsblutung« in den Mund zu nehmen. Außerdem durfte sie niemals erfahren, was zwischen ihr und Kuno vorgefallen war.

Adelheid schied auch aus. Sie gab sich zwar Mühe, nett zu Kuno zu sein, doch so richtig geheuer war er ihr nicht, das wurde schon deutlich. Sie beobachtete ihn, wenn sie glaubte, Ernie bemerkte es nicht. Und neulich hatte sie das Gefühl gehabt, sie hätte ihn durch den Durchbruch zwischen Bibliothek und Esszimmer beim Telefonieren belauscht.

Merle vielleicht. Sie hatte bereits ihre Erfahrungen mit Frauensachen. Aber dann konnte sie auch gleich E-mil dazu bitten.

Ernie seufzte. So allein hatte sie sich noch nie in ihrem Leben gefühlt. Doch wenn sie mit ihrem Verdacht richtig lag, würde ohnehin bald jeder bemerken, was mit ihr los war. Und als Vater kamen nun mal nicht allzu viele Männer infrage.

Es klopfte an der Tür. Sie zuckte zusammen. Wie lange war sie schon hier drinnen?

»Ich bin sofort so weit, einen Augenblick.«

»Ich wollte nur hören, ob mit dir alles in Ordnung ist, mein Herz.« Kunos Stimme klang, als hielte er seinen Kopf ganz nah an die Tür.

Sie stellte sich vor, wie er die Stirn gegen das Holz lehnte, und dieser Gedanke ließ ihr Herz hüpfen.

»Ja, mit mir ist alles in Ordnung.« Sie biss sich auf die Unterlippe. Wenn sie sich selbst von draußen hören würde, würde sie sich nicht glauben.

»Ernestine, du weißt, dass du mir alles anvertrauen kannst, nicht wahr?«

Ohne weiter darüber nachzudenken, stand sie auf und öffnete ihm die Tür. Er sah sie einen Augenblick aus weit aufgerissenen Augen an, dann schob er sich durch den Spalt und verschloss die Tür hinter sich.

»Wenn deine Mutter uns gemeinsam hier erwischt ...«, begann er, brach jedoch sofort ab. »Was ist los, mein Herz? Du hast doch Sorgen, dass sehe ich!«

Sie lehnte sich gegen das Waschbecken. In ihrer Kehle stiegen die Tränen auf.

Er ergriff ihre Hand. »Bist du krank? Hast du Schmerzen? Geht es dir nicht ...?«

»Ich glaube, ich erwarte ein Kind«, platzte es aus ihr heraus.

Sofort begannen Kunos Augen zu leuchten. »Ein Kind? Wie wunderbar!« Er zog sie in seine Arme.

Jetzt konnte sie es nicht mehr verhindern. Sie brach in Tränen aus. »Aber ... Ich bin unverheiratet. Unverheiratet schwanger!«

Er wiegte sie ein wenig. »Dann sollten wir das schleunigst ändern.« Mit diesen Worten ging er vor ihr auf ein Knie nieder. Mit einer Hand suchte er etwas in seiner Jackentasche.

»Was ...?« Ihr Herz schlug so sehr, dass sie es kaum aushielt. Was geschah hier bloß?

»Ich hatte es natürlich eigentlich anders geplant, meine Liebe. Ich wollte es ganz romantisch machen, bei einem schönen Essen und mit Rosen und Wein. Und natürlich wollte ich zuerst bei deinem Vater um dich anhalten, bevor ich mich dir offenbare. Doch den hier habe ich immerhin schon seit Wochen andauernd bei mir.«

Endlich beförderte er ein kleines Kästchen heraus. Auf dem Deckel war eine goldene Rose eingeprägt. Er klappte es auf und offenbarte einen schmalen goldenen Ring, der sich an der Oberseite in zwei Stränge teilte und einen dunkelroten Stein einfasste.

»Ich hoffe, er gefällt dir, mein Herz. Es ist der Verlobungsring meiner Großmutter. Sie hatte genauso rotes Haar wie du.« Seine Worte wurden leiser. »Beinahe so rot wie der Stein.«

Ernies Kehle war wie zugeschnürt. Mühsam presste sie ein »Ja« hervor.

»Ja, er gefällt dir?« Kuno lächelte sie warm an. »Oder, ja, du willst meine Frau werden?«

»Beides!« Tränen liefen über ihre Wangen.

Er hielt ihr die Hand entgegen. Sie legte ihre darauf, und er schob ihr den Ring auf den Ringfinger.

Er passte perfekt. Sie hob die Hand, und das Licht, das durch das Fenster fiel, fing sich im Stein und ließ ihn aufblitzen.

Kuno erhob sich. Sie fing seinen liebevollen Blick auf und glaubte, ihr Herz würde bersten vor Glück. Womit hatte sie, ausgerechnet sie, das alles nur verdient?

»Dennoch muss ich erst mit deinen Eltern sprechen. Sie können uns immer noch ihren Segen verweigern. Ich will nicht, dass sie denken, ich würde dich nur heiraten, weil du ein Kind von mir erwartest, denn so ist es nicht. Ich plane den Antrag schon lange und war bisher nur zu feige.« Betreten blickte er zu Boden.

»Wir dürfen ihnen nicht sagen, dass ich schwanger bin!« Ernie wurde sofort ganz übel bei dem Gedanken. »Nein, wir sollten darauf drängen, möglichst bald zu heiraten, und dann wird unser Kind eben eins dieser berühmten Frühchen.«

Er legte ihr die Hand auf den Unterleib. »Ein sehr gut entwickeltes Frühchen wird er.«

»Du glaubst, wir bekommen einen Sohn?« Ernie war überrascht. Automatisch hatte sie angenommen, dass

Männer dafür überhaupt kein Gespür besaßen. Sie selbst ging allerdings ebenfalls von einem Jungen aus. Es fühlte sich einfach so an.

»Ich habe da so ein Gefühl. In meiner Familie gibt es viele Jungs.« Sein Lächeln wirkte glücklich, als sei es ihm völlig gleich, welches Geschlecht sein Kind haben würde. »Wenn es doch ein Mädchen wird, dann wird es sicher so schön wie seine Mutter.«

Zärtlich strich er ihr eine Strähne aus dem Gesicht und trocknete ihre Tränen mit seinem Ärmel. »Nun komm, mach dich ein wenig frisch. Ich will mit deinem Vater sprechen, bevor mich der Mut verlässt.«

Er hatte recht. Sie nickte und kühlte sich rasch mit einem feuchten Tuch die Lider. Dann war sie bereit – jedenfalls so bereit, wie es ihr möglich war.

Hand in Hand gingen sie die Treppe hinab ins Erdgeschoss. Es war gerade Teezeit, und ihre Eltern saßen am Esstisch in der Bibliothek.

Vater hatte sich hinter der Zeitung vergraben, von der er sich immer den Kulturteil für den Nachmittag übrig ließ, und Mutter knabberte hohlwangig und missmutig an einem Zuckerplätzchen.

Beide sahen auf, als sie die Tür nach kurzem Klopfen öffneten. Kuno ließ Ernie den Vortritt.

Hoffentlich lag das nicht an seiner Furcht. Nicht, dass er doch noch einen Rückzieher machte, weil ihn der Mut verließ.

Aber er trat mit geradem Rücken neben sie und räusperte sich. »Sehr geehrter Herr Tegeler, werte Frau Tegeler, ich komme heute mit einer großen Bitte zu Ihnen.«

Er war blass, und Ernestine drückte kurz seine Hand. Dabei spürte sie den neuen Ring an ihrem Finger, und sie hatte das Gefühl, von innen heraus zu strahlen.

»Was können wir für Sie tun, mein Junge?«, fragte Vater ein wenig jovial. »Sie haben Emil dabei unterstützt, unser Geschäft vor dem Abgrund zu retten, da kann ich Ihnen eine kleine Bitte ja kaum ausschlagen.«

»Er hat Emil nicht …«, begann Ernie, doch ein Händedruck von Kuno ließ sie verstummen.

»Schon gut«, raunte er ihr zu.

In ihr brodelte es. Kuno hatte das Geschäft quasi im Alleingang gerettet, allerhöchstens unterstützt von ihr. Doch da Emil nichts dafür konnte, dass er zu krank war, um ein Antiquitätengeschäft zu führen, wäre es unfair, darauf herumzureiten.

Kuno räusperte sich. »Ich möchte Sie bitten, mir das Wertvollste anzuvertrauen, das sie besitzen. Und ich werde versprechen, es immer gut zu behandeln, es glücklich zu machen und mein eigenes Leben für seine Unversehrtheit zu geben.«

Mutter ließ das Plätzchen fallen und starrte Ernie an. Vater runzelte die Stirn.

»Das Wertvollste«, murmelte er und schien zu überlegen, was Kuno damit meinen konnte.

Mutter versetzte ihm einen Stoß und deutete zu ihnen.

»Was hast du, Gertrud?«, grummelte Vater.

»Er meint deine Tochter!«, zischte sie ihm zu.

Endlich ging Vater ein Licht auf. »Ernie!« Ein Strahlen breitete sich auf seinem Gesicht aus.

Sie presste die Lippen zusammen. Es war ein wenig schmerzhaft, dass er so wenig damit gerechnet zu haben schien, jemand könne sich für seine Tochter interessieren. Er machte recht deutlich, dass er sie wohl bereits als alte Jungfer abgeschrieben hatte.

Dennoch nickte sie tapfer und lächelte. Sie durfte nicht vergessen, dass sie glücklich darüber war, Kuno bald ihren Mann nennen zu dürfen. Da war es doch egal, wie überrascht andere waren.

»Lieber Herr Tegeler«, sagte Kuno in feierlichem Tonfall, »hiermit möchte ich ganz offiziell um die Hand Ihrer Tochter bitten.«

Mutter entfuhr ein leises Quietschen. Sie stand für ihre Verhältnisse rasch von ihrem Stuhl auf und trat zu Ernie.

Diese wusste gar nicht, wie ihr geschah, als ihre Mutter steif den Arm um sie legte und sie an sich presste.

Sie drückte sich kurz an sie. Solche Liebesbekundungen war sie von ihrer Mutter nicht gewohnt.

»Aber natürlich dürfen Sie meine Tochter heiraten, lieber Kuno«, sagte Vater ein wenig zu schnell und zu freimütig. Eigentlich hätte er ihren Zukünftigen ruhig in die Mangel nehmen dürfen, um zu zeigen, dass er sie nicht billig hergab.

»Am besten, so schnell wie möglich!«, hieb Mutter in dieselbe Kerbe.

Ernie biss die Zähne zusammen. Wenn ihr und Kuno das nicht so sehr in die Karten spielen würde, wäre sie jetzt enttäuscht. »Ja, das möchten wir auch! So schnell es geht.«

»Ich rufe gleich morgen in der Kirche an!«, rief Mutter und lief aus dem Speisezimmer.

Vater klopfte Kuno auf die Schultern. »Mein Junge, dann wird es Zeit, dass wir ein wenig vertraulicher miteinander umgehen. Ich bin Walter.«

Kuno schüttelte Vaters Hand und sah einfach nur glücklich aus. Das versöhnte auch Ernies Herz sofort.

Es war schon erstaunlich. So schnell war aus dem schrecklichsten Tag der schönste Tag ihres Lebens geworden.

Kapitel achtundzwanzig

So schnell war aus einem schönen Tag mit einem Beinahe-Kuss ein richtig schrecklicher geworden.

Helmke stöhnte und rieb sich den Nacken. Sie fuhr im Schritttempo rückwärts, wobei sie nach hinten kaum etwas erkennen konnte. Ohne die Rückfahrkamera wäre sie aufgeschmissen. Es kam und kam einfach keine Stelle, an der sie problemlos wenden konnte.

So eine vermaledeite Situation!

Dieser Leo war so verrückt, so verantwortungslos, sie absichtlich in Gefahr zu bringen. Hoffte er etwa, sie auf diese Weise loszuwerden? Dann hatte er sich aber geschnitten.

Dem würde sie es zeigen! Sie würde seine Großmutter aufspüren, sie würde herausfinden, ob sie die gesuchte Adelheid war, und dann würde sie das Kochbuch, dessen Verlust ihrer Großtante so zusetzte, wieder dahin bringen, wo es hingehörte: an den freien Platz im Kochbuchregal ihrer Bibliothek.

Und ab dann gäbe es Knurrhahneintopf, so oft Ernie ihn wollte! Hauptsache, es ginge ihr dadurch besser.

Endlich erreichte sie eine Einbuchtung. Sie lenkte das Heck ihres Autos hinein, bis Äste auf ihrem Lack quietschten, dann kurbelte sie den Lenker. Das wäre doch gelacht, wenn sie sich so einfach abhängen ließe.

Sie fuhr jetzt zurück zum Restaurant, oder besser noch, in den Ort. In Mechernich würde doch irgendjemand diesen Leopold und seine Familie kennen und ihr sagen können, wo sie wohnten! Spätestens morgen Früh stünde sie bei denen auf der Matte.

Sie drückte das Gaspedal so sehr durch, wie sie es bei diesen Licht- und Straßenverhältnissen wagte.

Erst, nachdem sie eine viel zu weite Strecke gefahren war, fiel ihr auf, dass es immer noch stockdunkel um sie herum war. Sie hätte längst eine der kleinen Ortschaften erreichen müssen, durch die Leo sie geführt hatte.

Bei nächster Gelegenheit fuhr sie an den Straßenrand und widmete sich der Karte ihres Navigationsgerätes. Wie schon zuvor war sie laut diesem Gerät offroad unterwegs. Hier schien es offiziell keine Straßen zu geben, auch wenn sie sich durchaus sicher war, sich auf einer zu befinden.

Testweise öffnete sie die Fahrertür und warf einen Blick auf den Bodenbelag. Das war eindeutig Teer, aber natürlich half ihr diese Erkenntnis jetzt auch nicht weiter.

Sie nahm ihr Mobiltelefon zur Hilfe und startete dort das Kartenprogramm. Immerhin funktionierte die Standortermittlung, doch um ihren Standort auf einer Karte zu sehen, brauchte sie ein besseres mobiles Internet.

Sie schickte ihren Standort an Konstanze, nur zur Sicherheit. Ein wenig beunruhigend fand sie ihre Situation ja schon.

Kurz darauf klingelte ihr Telefon. Wenigstens eine Sache, die funktionierte. »Was zum Kuckuck machst du mitten in der Walachei?«

»Maus, kannst du mir bitte zeigen, in welcher Richtung ich wieder nach Mechernich komme? Oder in die nächstgelegene größere Ortschaft?«

»Ich würde sagen, genau auf dem Weg, auf dem du da hingekommen bist.«

Ihre Tochter war ja heute unheimlich hilfreich. »Wenn ich den noch wüsste, würde ich es tun. Sag mir nur, ob ich mich von Mechernich entferne, wenn ich in diese Richtung weiterfahre, oder ob ich mich nähere.«

»Es sieht so aus, als w...t du m...en im Nation...ark«, kam die abgehackt klingende Antwort.

Schnell warf Helmke einen Blick auf ihr Display. Nur ein Balken beim normalen Telefonempfang, das wurde ja immer besser.

»Ich verstehe dich ganz schlecht, Maus. Aber ich werde mal versuchen zu drehen. Vielleicht kommt mir irgendetwas bekannt vor.«

»Sch...ck mir dann no...al deinen Stand...«, hörte sie noch, bevor die Verbindung abbrach.

So ein Mist.

Hier war die Straße ein wenig breiter, also wagte sie es, an Ort und Stelle zu drehen. Sie kurbelte erneut mühsam auf der Stelle. Es dauerte ewig, und sie schrammte mehr als einmal hart über Stein, doch irgendwann zeigten ihre Scheinwerfer in die Richtung, aus der sie gekommen war.

Vielleicht fuhr sie jetzt einfach bis zu der Schlammstelle zurück und versuchte erneut, den Weg zu finden, den Leo sie hier in die Irre geführt hatte.

Nach einer viel zu langen Strecke wurde ihr bewusst, dass sie auch diesen Weg nicht mehr finden würde. Immerhin konnte sie in weiter Ferne einen Lichtschein ausmachen. Er war so schwach, dass sie ihn nur wahrnahm, wenn sie nicht direkt hinsah, sondern ein bisschen daran vorbei, aber so hatte einen Anhaltspunkt. Eine Hoffnung.

In dem Moment gab ihr Auto ein Bimmeln von sich, und die Tankanzeige leuchtete auf.

Ein unangenehmes Kribbeln stieg in ihrem Rücken auf und zog sich ihre Wirbelsäule entlang. Das fehlte jetzt gerade noch.

Gute fünf Kilometer weiter war der Lichtschein nicht mehr sichtbar, egal wie sehr sie nicht hinsah. Ihr Gesicht schmerzte, weil sie die Zähne so fest aufeinanderpresste, dass sie sicher Muskelkater bekommen würde.

Immer wieder starrte sie ihre Tankanzeige an. Wie weit würde sie damit noch kommen? Irgendwie konnte man sich das doch von den Bordinstrumenten anzeigen lassen.

Sie klickte sich durch das Menü, bis sie endlich den richtigen Unterpunkt gefunden hatte. Vierzig Kilometer sollte sie mit ihrer Tankfüllung noch schaffen, sagte der Computer.

Im nächsten Moment sprang die Anzeige auf fünfunddreißig, dann auf dreißig.

Sie kniff die Augen zusammen. Das konnte doch nicht wahr sein.

Innerhalb von Minuten zeigte die Anzeige nur noch fünf Kilometer an, jedoch ohne, dass sie auch nur ansatzweise vorangekommen war.

Sie stoppte in einer kleinen Ausbuchtung, in der man wohl warten konnte, falls Gegenverkehr kam, und kletterte aus dem Wagen.

Sofort stieg ihr ein penetranter Benzingestank in die Nase. Mit ihrer Handytaschenlampe leuchtete sie den Weg entlang in die Richtung, aus der sie gekommen war. In unregelmäßigen Abständen fand sie dunkle Flecken auf dem ausgeblichenen Asphalt.

Seufzend ging sie in die Hocke und leuchtete unter das Auto. Auf Höhe des Motors – jedenfalls ihrer Einschätzung nach – tropfte es langsam, aber stetig.

Hatte sie sich etwa den Tank aufgerissen? Oder irgendeine Stelle am Motor, wo das Benzin eingeleitet wurde? Vom Geräusch her war alles in Ordnung gewesen!

»So eine blöde Kackscheiße!« Das war mit Abstand der schlimmste Fluch ihres Repertoires, eine Tatsache, über die sich ihre zwölfjährige Tochter regelmäßig lustig machte.

Was sollte sie nun tun? Hier warten, bis irgendjemand sie fand? Zu Fuß weitergehen, mit einem Kanister in der Hand, und dabei *I'm walking* singen wie in dieser Fernsehwerbung von früher?

Warum erinnerte sie sich in so einem Augenblick ausgerechnet daran? War sie nicht noch viel zu klein gewesen, um sich überhaupt daran zu erinnern?

Sie begann zu summen und brach sofort wieder ab. Es klang viel zu unheimlich in der Dunkelheit.

Erneut blickte sie auf ihr Telefon. Es zeigte einen Balken. Schnell erinnerte sie sich an das Versprechen und schickte Konstanze ihren Standort, dann schrieb sie:

Falls du noch wach bist, ich stehe hier ohne Benzin. Irgendetwas ist kaputt, ich brauche einen Abschleppdienst.

Mutete sie ihrer Kleinen damit ein wenig zu viel zu? Schnell setzte sie hinzu:

Mach dir aber keine Sorgen, mir geht's gut!

Natürlich bin ich noch wach, Mama! Ich rufe den Pannendienst an und schicke dir Hilfe!

Konstanze schrieb nur eine Sekunde später.

Erleichterung durchströmte Helmke. Ihr Empfang hätte wohl nicht einmal ausgereicht, um sich selbst einen Pannendienst zu rufen. Im nächsten Moment wurde diese Erleichterung abgelöst durch Ernüchterung.

Es war halb elf, sie stand irgendwo im Nirgendwo mitten in der Eifel in undurchdringlicher Dunkelheit. Der Pannendienst brauchte schon Stunden, um jemanden auf einer vielbefahrenen Autobahn zu erreichen.

Wie lange würde sie hier wohl ausharren müssen?

Rasch machte sie eine Bestandsaufnahme ihrer Vorräte. Nüsse, eine Flasche Wasser, eine Flasche Saft, Schokolade und eine Packung Kaugummis. Es hätte sie schlimmer treffen können.

Helmke schrieb Konstanze schnell eine Antwort, die nach einem großen Dankeschön auch die Anweisung enthielt, jetzt aber sofort schlafen zu gehen.

Dann holte sie sich die karierte Decke aus dem Kofferraum, kletterte auf die Motorhaube und zog ihre

Schuhe aus. Der Motor knackte leise unter ihr und wärmte ihr den Po.

Mit dem Rücken an die Windschutzscheibe gelehnt knusperte sie ein paar Nüsse und starrte in den Himmel.

Immerhin, einen Vorteil hatte diese Dunkelheit: So viele Sterne auf einmal hatte sie noch niemals gesehen.

Kapitel neunundzwanzig

Juni 1962

Wenn sie diese Sterne zum nächsten Mal sah, war sie bereits eine verheiratete Frau!

Dieser Gedanke überwältigte Ernestine beinahe, während sie gemeinsam mit Adelheid auf dem kleinen Balkon ihres Zimmers saß und in die Nacht blickte.

Unter ihnen fuhren Autos vorbei. Das Leben in Bremen ging seinen gewohnten Gang, nur ihr Leben hatte eine neue Richtung eingeschlagen.

»Komm, ich flechte dir die Haare, dann sind sie morgen schön wellig«, schlug Adelheid leise vor und lächelte, doch ihre Augen blieben stumpf. Vielleicht war sie müde, es war immerhin schon spät. Sie hatte den ganzen Tag fahrig gewirkt und war immer wieder zur Haustür gelaufen, als überlegte sie, das Haus zu verlassen.

Was für eine schreckliche Vorstellung. Hoffentlich kündigte sie nicht nach der Hochzeit, das würde Ernie nicht verwinden können.

Sie war glücklich genug, um die Uhrzeit zu ignorieren. Seit ihrem Gespräch hatte die Köchin nichts Negatives mehr über Kuno verlauten lassen. Zwar beäugte sie ihn noch oftmals viel länger als angemessen, behandelte ihn aber mit ausgesuchter Freundlichkeit.

Vielleicht sogar zu freundlich. Irgendwie fürchtete Ernie, es könnte sich um die berühmte Ruhe vor dem Sturm handeln.

Sie betrachtete die Köchin und nickte langsam. »Gern.« Doch bevor sie sich umdrehte, fiel ihr ein Stück Papier auf, das aus Adelheids Schürzentasche lugte. »Was ist das?«

Adelheid zuckte zusammen. Schnell schob sie das Papier weiter in ihre Tasche, doch Ernie hatte längst erkannt, dass es ein Briefumschlag war. Ein rotes Symbol prangte darauf, eine stilisierte Lilie. »Hast du Post bekommen? Was für ein schönes Briefpapier!«

Das erklärte auch, warum sie so nervös an der Tür herumgelungert hatte.

Adelheid schüttelte rasch den Kopf. »Nein, ich habe ...« Sie schien nach Worten zu suchen. »Ich habe den Brief geschrieben und bin nicht mehr dazu gekommen, ihn abzuschicken. Heute war einfach zu viel zu tun gewesen.«

»Oh. An wen hast du denn geschrieben?« Das Verhalten ihrer Freundin machte sie misstrauisch. Es klang so, als müsste sie sich erst ausdenken, was sie Ernie sagen sollte.

»Meiner Mutter«, kam es jetzt schneller. »Sie beschwert sich, dass ich zu selten zu Besuch komme.«

»Ach so.« Das wiederum klang realistisch. Adelheid hatte schon öfter darüber geklagt, dass ihre Mutter ihr zusetzte.

»Es ist nicht so wichtig. Sie kann den Brief auch später ...« Die Köchin brach ab und schüttelte sich. »Dreh dich doch um, damit ich an deine Haare komme, einverstanden?«

Ernie nickte und wandte ihr den Rücken zu. Irrte sie sich, oder hatte Adelheid eigentlich etwas anderes sagen wollen, sich aber nicht getraut? Ach was, vermutlich war sie nur wegen der Hochzeit nervös. Sicher hatte es überhaupt nichts zu bedeuten.

Sie sollte dringend versuchen, sich zu entspannen, also atmete sie tief die warme Abendluft ein und genoss die Hände ihrer Freundin in ihren Haaren. Was Kuno wohl jetzt gerade tat? Er hatte sich mit Emil zum Abendessen in einem eleganten Restaurant verabredet, doch die beiden waren schon vor einigen Stunden heimgekommen und hatten sich irgendwohin zurückgezogen. Vielleicht tranken sie noch etwas in der Bibliothek.

Ernestine hatte sich bei ihrer Rückkehr hinter dem Geländer verborgen und durch die Gitterstäbe gesehen. Kuno durfte sie am Abend vor der Hochzeit ja nicht zu Gesicht bekommen, doch es sprach nichts dagegen, wenn sie einen Blick auf ihn erhaschte.

Sie war ein wenig enttäuscht gewesen, dass er nicht einmal zu ihr hochsah. Vermutlich war er einfach nur in das Gespräch mit ihrem Bruder vertieft gewesen, doch ein wenig hatte sie schon gehofft, dass auch er an nichts anderes denken konnte als an sie – so wie sie an ihn.

Auch in dieser Situation hatte Adelheid nichts gesagt, nur die Augenbraue gehoben.

Jetzt schlang sie den langen Zopf um Ernies Kopf. »So, ich stecke ihn noch eben fest.«

»Vielen Dank!« Ernestine legte ihre Hand auf die der Köchin und drückte sie. »Ich weiß nicht, was ich ohne dich tun würde.« Das war die Wahrheit.

Adelheid schluckte deutlich vernehmbar und atmete tief ein, als würde sie Luft holen, um ein Lied anzustimmen – oder um etwas Wichtiges zu verkünden.

Doch sie blieb still.

»Willst du mir etwas sagen?«, fragte Ernie leise.

»Sind wir Freundinnen?« Die Worte kamen schnell heraus, als hätte Adelheid Angst, dass sie sonst der Mut verließ.

Was für eine seltsame Frage. »Aber natürlich, das weißt du doch!« Zumindest sollte sie es wissen. »Wir sind die besten Freundinnen. Du kannst mir alles sagen, was dich bedrückt!«

»Also gut. Ich trage seit einiger Zeit etwas mit mir herum und weiß nicht, wie ich es dir sagen soll.« Wieder schluckte Adelheid schwer und räusperte sich dann.

»Du kannst mir alles sagen!«, wiederholte Ernestine mit Nachdruck.

»Also gut. Vor einiger Zeit ist mir bewusst geworden ...«

Irgendwo im Haus knallte eine Tür, und Adelheid unterbrach sich. Schnelle Schritte erklangen.

Ernie sah ihre Freundin mit weit geöffneten Augen an. »Wer poltert denn da so herum?«, fragte sie.

Adelheid war blass geworden. Sie hob die Schultern und schlich ins Schlafzimmer.

Ernie folgte ihr.

Die Köchin stand an der Tür und lauschte nach draußen. »Jemand spricht unten. Er scheint aufgebracht zu sein.«

»Er?« Ernie schlang sich ein Schultertuch um den Körper. »Wer könnte das sein?«

Hoffentlich gab es nicht plötzlich Streit zwischen Kuno und Emil. Nicht ausgerechnet heute, am Vorabend ihrer Hochzeit.

Adelheid fuhr herum. »Jetzt kommt jemand schnell die Treppe hinauf!«

Schon einen Moment später donnerte es gegen die Tür.

»Ernie, komm schnell!« Das war Kunos Stimme.

»Das geht nicht! Du darfst mich doch nicht sehen!« Ihre Stimme zitterte.

»Es ist wichtig! Bitte öffne die Tür und komm mit mir!«

Sofort breitete sich Eiseskälte in Ernestine aus. Es klang, als ginge es um das sprichwörtliche Leben oder den Tod. Hatte Emil einen seiner Anfälle erlitten, einen schlimmeren als sonst?

Sie gab Adelheid ein Zeichen, und diese öffnete die Tür.

Kuno stürmte herein und schloss Ernie sofort in seine Arme. »Du musst jetzt ganz stark sein, mein Herz. Es geht um deine Mutter.«

Den Rest der Nacht verbrachte Ernie in einem Strudel der Gefühle. Sie beobachtete, wie ein Krankenwagen ihre Mutter abtransportierte, und wie Vater wie ein Häuflein Elend mit ihr in den Wagen stieg. Mutter hatte das Gesicht zu einer grotesken Grimasse verzogen. Das Wort Schlaganfall geisterte durch die Räume des Hauses, ohne dass es für sie eine greifbare Bedeutung hatte.

Sie zeigte Adelheid, welches Nachthemd und welche Zahnbürste sie einpacken sollte, und legte den Arm um Emil, der so erbärmlich hustete wie nie zuvor.

Merle hielt den weinenden Konrad in den Armen und versuchte, das Kind zu beruhigen. Hedwig, Adelheids Tochter, hockte daneben und beobachtete alles sehr interessiert.

All das nahm Ernie wahr, als wäre sie überhaupt nicht in ihrem eigenen Körper. Es kam ihr vor, als betrachtete sie ein Gemälde, das plötzlich zum Leben erwacht war. Alles wirkte so unwirklich, so künstlich.

Nicht einmal der Gedanke, dass ihr eigenes Kind ebenfalls bald bei Konrad und Hedwig dort hocken würde, fühlte sich an wie ihr eigener.

Als Adelheid alles gepackt hatte, was Mutter im Krankenhaus benötigen würde, fühlte Emil sich stark genug, sie zu fahren. Kuno geleitete Ernie zum Wagen. Nur Merle und Adelheid blieben mit den Kindern zurück und sahen ihnen nach.

Täuschte sie sich, oder entdeckte sie eine Spur der Erleichterung in Adelheids Zügen? Der Ausdruck der Besorgnis war jedenfalls verschwunden.

Ernie winkte ihnen durch die Heckschiebe zu, wie sie es sich für den morgigen Tag vorgestellt hatte, wenn sie und Kuno verheiratet waren und unter dem Geklapper von hinter dem Auto angebundenen Konservendosen vor der Kirche losfuhren – nur dass es jetzt ein ganz anderer Anlass war.

Sie legte ihre Hand in die von Kuno, und der drückte fest zu. Das beruhigte sie ein wenig.

In der Klinik landeten sie auf unbequemen Stühlen in einem weiß gestrichenen Gang mit hellgrauem Linoleum. Es quietschte, wenn eine der Krankenschwestern oder einer der Ärzte vorbeigingen, doch niemand beachtete sie.

Irgendwann kam Vater zu ihnen. Schweigend setzte er sich neben sie. Ernie hätte ihn beinahe nicht erkannt, er war um Jahre gealtert.

Kuno brachte Snacks und einen schwachen Kaffee aus der Cafeteria. Sobald draußen das erste graue Licht den Tag ankündigte, erhob er sich erneut.

»Ich werde in der Kirche anrufen.« Die Worte hallten in Ernies Kopf nach, während er davonquietschte. Erst, als er bereits wieder da war, begriff sie, dass er das getan hatte, um die Hochzeit abzusagen.

Endlich blieb einer der Ärzte vor ihnen stehen. Er nahm einen Zug von seiner Zigarette und pustete den Rauch rücksichtsvoll zur Seite. Dann räusperte er sich und hob zu einer endlos langen Erklärung an, die Ernie nicht verstand. Nur die Worte »die Operation gut überstanden« drangen in ihr Gehirn.

Das war doch positiv! Aber warum freute sich niemand hier?

»Und die Lähmung wird bleiben?«, fragte Vater.

Ernie horchte auf, versuchte, sich zu konzentrieren.

»Das können wir nicht mit Bestimmtheit sagen. Auf jeden Fall muss ihre Frau in den nächsten Monaten betreut werden. Sie wird viele Übungen machen müssen, und es wird für die ganze Familie anstrengend werden, da will ich Ihnen nichts vormachen.« Der Arzt lächelte schwach. Auch er wirkte müde. »Doch mit genügend

Fleiß und Ausdauer kann sie wieder ein gutes Stück Lebensqualität zurückgewinnen, das kann ich Ihnen versprechen.«

»Und wie lange wird das dauern?« Vater wirkte völlig neben sich. Er sah aus, als würde er jeden Moment in sich zusammensinken.

Der Doktor stieß eine Rauchschwade aus. »Es ist natürlich von den individuellen Umständen abhängig, aber gehen Sie mal von sechs Monaten aus.«

Er ging davon und drückte seine Zigarette in einem der Standaschenbecher im Gang aus. Noch im Gehen öffnete er seinen Kittel und streifte ihn von den Schultern. Der Mann hatte es gut. Er ging jetzt vermutlich einfach nach Hause und ließ den Schrecken seiner Arbeit hinter sich.

Ernie starrte auf den Ring an ihrem Finger. Der rote Stein blitzte auf. Sie würde den Schrecken mit nach Hause nehmen.

Natürlich war sie froh, dass ihre Mutter diesen seltsamen Anfall überstehen würde. Doch sie würde unausstehlich sein. Das war sie schon bei einem Schnupfen. Sie würde jammern und ihnen allen das Leben zur Hölle machen, so gut es ihr Zustand zuließe.

Vor allem jedoch würde sie darauf bestehen, dass die Hochzeit erst stattfand, wenn es ihr wieder besser ginge. Was würden sonst die Bekannten sagen?.

Ernie legte ihre Hand auf den Unterleib, der sich für sie deutlich spürbar ein wenig mehr hervorwölbte als früher.

Sechs Monate, hatte der Arzt gesagt.

Das würde für sie viel zu spät sein.

Kapitel dreißig

Natürlich kam der Pannendienst viel zu spät, um sich noch irgendwo eine Unterkunft für die Nacht zu suchen.

Helmke hatte sich irgendwann auf die Rückbank zurückgezogen, sich, so gut es möglich war, mit der Decke zugedeckt und versucht, ein bisschen Schlaf zu bekommen. Leider hatte sie allenfalls gedöst. Obwohl sie sich sicher war, völlig allein auf dieser Straße zu sein, hatte sie das Gefühl, aus hunderten Augen beobachtet zu werden, sobald sie die Lider schloss.

Sie musste allerdings doch länger geschlafen haben, als sie gedacht hatte, denn als der gelbe Abschleppwagen an ihr vorbeifuhr, graute bereits der Morgen, und die Umgebung schälte sich langsam aus der Dunkelheit. Abgeerntete Felder umrahmten den Weg, an dem sie stehengeblieben war.

Natürlich fuhr der Fahrer erst einmal vorbei. Er gab ihr ein Zeichen, dass er sie durchaus wahrgenommen hatte und erst einmal eine Stelle zum Drehen suchen würde.

Müde strich sich Helmke die Haare zurück. Wenn sie sich recht erinnerte, lag die nächste dafür geeignete Stelle in weiter Ferne. Das würde ihr genügend Zeit geben, sich ein wenig zurechtzumachen, ein Kaugummi

in den Mund zu stecken und die Decke ordentlich weg-
zupacken.

Genau genommen würde es ihr vermutlich genug
Zeit geben, der Decke eine Gefährtin zu stricken, wenn
sie nur Wolle und Nadeln dabei gehabt hätte.

Sich frischzumachen, gestaltete sich ein wenig
schwierig, wenn man lediglich das zur Verfügung
hatte, was sich in einer üblichen Damenhandtasche befand. Sie entwirrte sich mit der winzigen Klappbürste
das Haar und entfernte mit dem Finger die Spuren, die
Wimperntusche und Kajal unter ihren Augen hinterlassen hatten. Mit ihrem Lippenpflegestift pflegte sie
gleich noch die trockene Stelle am Kinn mit, die prompt
glänzte.

Na ja, der Abschleppwagenfahrer erwartete sicher
kein Supermodel. Wobei, in seinen kühnsten Träumen
mochte er sich etwas in der Art durchaus ausmalen,
aber heute hätte er eben Pech.

Endlich kam der Abschlepper, gedreht und gewendet,
zurück und hielt neben ihrem Wagen. Der Fahrer
sprang aus dem Führerhaus auf die Straße und umrundete sein Fahrzeug. Er war ungefähr Mitte fünfzig, und
die orangefarbene Warnjacke spannte ein wenig in der
Bauchregion.

Helmke lächelte ihn an, obwohl ihr überhaupt nicht
nach lächeln zumute war, doch das war ja nun mal
nicht seine Schuld.

»Da haben Sie sich aber eine schöne Stelle ausge-
sucht, um die Nacht hier zu verbringen«, sagte der
Mann und nahm seine Kappe ab, um sich über die hohe
Stirn zu streichen. Er schmunzelte, als überlegte er

schon, was er seinen Kumpels am Stammtisch aus dieser Begegnung wohl für eine Geschichte stricken konnte.

»Ja, ich weiß nicht ... so viel Ruhe bin ich gar nicht gewohnt«, sagte sie und musste grinsen. Wenigstens schien der Typ nett zu sein.

»Ich hab schon gesehen, Sie sind nicht von hier.« Er machte eine kleine Bewegung in Richtung Kennzeichen. »Aus dem Norden, hm? Das hört man Ihnen auch ein bisschen an.«

Sie nickte nur. »Irgendwie hat sich der Tank plötzlich in Höchstgeschwindigkeit geleert. Ich glaube, ich habe die ganze Straße vollgetropft.« Ein erschreckender Gedanke erschien in ihrem Kopf, bei dem sie dankbar war, dass sie ihn nicht in der Nacht schon gedacht hatte. »Ist das gefährlich? Kann jetzt hier alles in Flammen aufgehen?«

»Ist ein Benziner, oder?«

Wieder nickte sie.

»Das verfliegt schnell. Ich gucke gleich mal, ob ich da Bindemittel draufstreuen muss.«

Sein Blick wanderte die Straße entlang. »Auf dem Asphalt wohl nicht, aber unter ihrem Auto vielleicht. Wie voll war der Tank denn noch, als sie sich hier hingestellt haben?«

Ein Schrecken durchfuhr sie. Daran hatte sie überhaupt nicht gedacht. Hatte sie jetzt auch noch die Natur verpestet, noch mehr als überhaupt schon, wenn man Auto fuhr? »Der Bordcomputer hat noch fünf Kilometer angezeigt. Da bin ich schnell stehen geblieben.«

»Dann dürfte das nicht allzu viel gewesen sein. Ich gucke gleich, machen Sie sich keine Sorgen.«

Seine Art beruhigte sie tatsächlich. Sie beobachtete, wie er die Motorhaube öffnete und seinen Kopf darunter steckte.

»Und, können Sie etwas erkennen? Habe ich mir irgendwas kaputt gerissen, als ich an der Straße gedreht habe?«

»So was kann schon passiert sein. Hier liegen ja auch mal große Steine herum. Aber es sieht nicht so aus, als sei am Motor etwas ... Ach!« Sein Kopf erschien hinter der Haube. Ein fröhliches Grinsen zeigte sich auf seinem Gesicht. »Ich hab den Schuft. Ihr Benzinschlauch hat ein Loch. Da hängen sogar noch Tropfen dran.«

Erleichterung durchströmte sie. »Können Sie das reparieren?«

Der Mann schloss die Haube und wischte sich die Hände an der Hose ab. »Leider ist das Loch ziemlich mittig, also kann ich ihn nicht einfach abschneiden und neu befestigen. Deshalb schleppe ich sie jetzt erst mal nach Mechernich zum Heini. Der hat bestimmt alles da und wechselt Ihnen schnell den Schlauch. Seine Werkstatt gehört zu einer Tankstelle, da bekommen Sie auch einen schönen Kaffee.« Er musterte sie verschmitzt. »Nicht falsch verstehen, aber Sie sehen aus, als könnten Sie den brauchen.«

»So gut also?« Helmke lachte auf. »Ein Kaffee wäre jetzt meine Rettung.« Und ein Waschraum, eine Packung Kekse, oder, was sie nicht zu träumen wagte, ein belegtes Brötchen.

Ihr Magen knurrte bei diesem Gedanken eine freundliche Zustimmung in den frühen Morgen.

Der Fahrer biss sich deutlich sichtbar auf die Zunge und stieg dann wieder in seinen Abschlepper, um ihn ein Stück vor sie zu fahren.

Helmke sah zu, wie er geschickt den Haken der Winde an ihrem Auto festmachte und das Teil mit einer Fernbedienung anschmiss. Es ruckte einmal kurz, und schon setzte sich Helmkes Wagen in Bewegung.

Innerhalb weniger Minuten war er auf der Ladefläche des Abschleppwagens gesichert. Der Fahrer machte Helmke die Beifahrertür auf und kletterte dann auf der anderen Seite ins Fahrerhäuschen.

»In so einem Gefährt saß ich noch nie«, sagte Helmke, um das Eis zu brechen.

»Genießen Sie es! Wenn Sie Glück haben, bleibt es Ihnen ja wieder längere Zeit erspart.« Er wirkte nicht so, als würde es ihn persönlich stören, hier seinen Arbeitsplatz zu haben.

Vielleicht machte es ihm einfach Spaß, den ganzen Tag durch die Gegend zu fahren und Menschen zu helfen. So gesehen klang das auch nach einem wirklich tollen Job.

Der Motor startete und brachte alles zum Vibrieren. Dann setzten sie sich in Bewegung. Geschickt steuerte der Mann das große Gefährt über den schmalen Feldweg.

Ihr fiel auf, dass er nicht das Navi programmierte, um zu der versprochenen Tankstelle zu kommen. So, wie er von dem Besitzer gesprochen hatte, war dieser ihm persönlich bekannt.

»Es ist für Ihren Job bestimmt hilfreich, sich hier gut auszukennen. Kommen Sie aus dieser Gegend?«, fragte sie, weil ihr die Stille unangenehm war.

»In Mechernich geboren und aufgewachsen. Will hier auch nicht weg, das kann ich Ihnen sagen. Immerhin lebe ich da, wo andere Urlaub machen!«

Helmke lächelte. »Ja, das ist ein schönes Gefühl. Vor allem, wenn man sich das immer wieder verdeutlicht.« Ihr kam ein Gedanke. Vielleicht konnte sie diese Situation noch zu ihrem Vorteil nutzen. »Dann kennen Sie doch bestimmt den *Eifelblick*, oder? Das Restaurant?«

Er schnaubte. »Den Schickimicki-Schuppen etwas außerhalb? Nee, das ist nicht meine Preisklasse.«

Sie schluckte. Auf keinen Fall wollte sie ihn vor den Kopf stoßen oder als die unsympathische reiche Tussi rüberkommen. Vermutlich war es allerdings genau das, was der Mann seinen Freunden später berichten würde.

Nicht zum ersten Mal wünschte sie sich, in Jeans und Pulli losgefahren zu sein anstatt in ihrer normalen Arbeitskleidung.

»Ach, ist das ein teures Restaurant? Es wurde mir von Freunden empfohlen, deswegen frage ich«, sagte sie schnell. »Der Koch soll so ein bisschen flippig sein, habe ich gehört.« Sie biss sich beinahe auf die Zunge bei dem Wort flippig. So etwas sagte sie doch sonst auch nicht!

»Ich hab den nur einmal gesehen. Kam mir eigentlich recht normal vor.« Der Fahrer bog auf eine etwas größere Straße ab.

Jetzt, bei Tageslicht, sah es nicht mehr so aus, als wäre es leicht, sich hier zu verirren. So weit war sie von der richtigen Abzweigung gar nicht entfernt gewesen.

»Ach, früher war ich da wohl schon das eine oder andere Mal«, sagte der Mann plötzlich von sich aus. »Früher war das ein ganz normales Lokal mit gutbürgerlicher Küche.«

Ihr Herzschlag beschleunigte sich. »War das unter einem anderen Inhaber?«

»Einer Inhaberin, soweit ich weiß. Sie hat das Restaurant vor ein paar Jahren an ihren Enkel übergeben, und der musste natürlich gleich alles anders machen.«

»Das ist ja eine spannende Familiengeschichte«, sagte Helmke, um ihn am Reden zu halten. »Kennen Sie die Frau? Wohnt sie noch hier in der Gegend?«

»Ich glaub, sie hat ein Haus irgendwo in der Nähe von Bad Münstereifel.«

Helmke machte sich im Kopf dazu eine Notiz. »Also auch eine echte Eifelerin?«

»Nee, eine Zugezogene, glaub ich. Aber viel mehr weiß ich auch nicht darüber.«

Sie kurvten noch eine ganze Weile durch die Gegend, bis sie endlich nach Mechernich hineinfuhren. Ab hier kannte Helmke sich auch wieder aus. Dieser Leo hatte sie wirklich ganz schon weit aus der Zivilisation heraus gelockt.

Endlich erreichten sie die Tankstelle. Der Fahrer klärte alles Nötige mit dem Besitzer Heini – Heinrich Ebers laut Namensschild und der Inschrift an der Tankstellentür.

Helmke ließ sich in der Zwischenzeit von der Kassiererin mit dem Kaffeeautomaten helfen und suchte sich ein herzhaftes Teilchen aus der gut mit Convenient-Produkten bestückten Backtheke aus, die in jeder

Tankstelle und jedem Supermarkt irgendwie gleich aussah.

Während der Kaffee durchlief, verdrückte sie sich in den Waschraum, der zwar heruntergekommen, aber wenigstens sauber war. Endlich konnte sie sich ein bisschen waschen und wirklich frisch machen.

Sie betrachtete die zerknitterten Klamotten, denen man es ansah, dass sie darin die Nacht verbracht hatte. Wenn sie sich die Jacke überwarf, müsste es mit der Bluse eigentlich gehen, doch die Hose hatte mehr als nur die üblichen und durchaus vertretbaren Sitzfalten.

Kurz überlegte sie, sich etwas Neues zu besorgen. Wer wusste schon, wie lange sie hier in der Gegend ausharren musste, bis sie hatte, was sie wollte. Gab es in der Nähe nicht dieses Outlet-Center?

Doch genau genommen hatte sie keine Lust auf Shopping.

Sie warf einen Blick auf die Uhr. Es war spät genug, Konstanze anzurufen, bevor sie in die Schule musste. Ihre Nachricht, die sie geschrieben hatte, sobald sie im Fahrerhäuschen des Abschleppers saß, hatte ihre Tochter inzwischen gelesen und im Gegenzug noch einen Schwung Fotos geschickt.

Mit dem Telefon am Ohr verließ sie den Waschraum und winkte ihrem Retter noch einmal zu, der gerade dabei war, das Tankstellengelände zu verlassen, um dem nächsten in Not geratenen Menschen zu helfen.

»Mama! Schön, dass du dich auch mal meldest. Daran werde ich dich erinnern, wenn ich für deinen Geschmack mal zu spät von einer Party zurückkomme.«

Na, das würden sie dann sehen, wenn es so weit war. »Geht es dir gut, Maus? Ich hoffe, du hast besser geschlafen als ich.« Helmke reckte sich und kehrte zu dem Stehtisch zurück, auf dem bereits ihre Tasse und ihr Tomatenstrudel auf sie warteten.

Die Kassiererin zwinkerte ihr freundlich zu. Sie sah genau wie der Typ Frau aus, die ihre Liebsten ebenfalls Maus nennen würde. Vielleicht auch Hase.

Helmke zwinkerte zurück und machte eine Geste der Dankbarkeit, nachdem sie auf den gedeckten Tisch gezeigt hatte.

Kauend hörte sie sich an, was Konstanze über die vergangene Nacht zu berichten hatte. Erwartungsgemäß hatte sie zu viele Chips gegessen und zu lange ferngesehen, weshalb sie heute vor der Schule ausnahmsweise nicht ins Moor gehen würde. Tante Ernie hatte wieder das Frühstück verweigert. Konstanze hatte sich zu ihr gesetzt und einfach ein bisschen aus ihrem Leben erzählt, und sie hatte sich sehr aufgeregt, als die Sprache auf das Moor kam.

»Irgendetwas hat sie dort erlebt, da bin ich mir sicher. Ob sie sich dort vielleicht mal verlaufen hat? Ob sie eingesunken ist und ohne Hilfe nicht mehr herauskam? Das Moor kann gefährlich sein, auch wenn man vielleicht nicht einfach auf nimmer Wiedersehen bei lebendigem Leib versinken kann.«

»Meinst du?« Möglich war das schon, immerhin lebte Ernestine seit Ewigkeiten in der Gegend und war schon als junge Frau immer in den Ferien dort gewesen. Doch wenn sie schlechte Erfahrungen im Moor gemacht hatte, warum hatte sie dann ihren Firmensitz in die Nähe gelegt?

»Vielleicht. Und gerettet wurde sie bestimmt von einem Kuno!« Konstanze klang, als hätte sie Herzchen in den Augen wie der Smiley, den sie so gern mitschickte, wenn sie eine Nachricht schrieb.

»Wie kommst du darauf?«

»Weil sie von dem gesprochen hat, und ihre Stimme wurde dabei ganz weich. Sie sagte, sie vermisst ihn. Mama, ich glaube, sie mochte diesen Kuno.«

Weich? Seit wann konnte ihre Tochter eine weiche Stimme identifizieren?

Die Haarlocke fiel ihr ein. Da hatte doch ein verblasster Name auf dem Band gestanden, nur vier oder fünf Buchstaben. Das konnte Kuno geheißen haben. In welcher Beziehung sie wohl zu ihm gestanden hatte? »Bestimmt gelingt es dir, das herauszufinden, Maus.«

»Aber ich muss gleich zur Schule. Vielleicht versuche ich es danach noch mal. Was machst du denn jetzt überhaupt? Stellst du diesen Kerl noch mal ordentlich zur Rede?«

Es hörte sich an, als hüpfte ihre Tochter bei diesen Worten wie eine Preisboxerin auf dem Bett herum und übte ihre Schläge.

Helmkes Mundwinkel hoben sich. »Ich denke, ich werde versuchen, seine Oma endlich aufzuspüren«, sagte sie. »Ich weiß nur noch nicht, wie ich das anstellen soll.«

»Vielleicht ist er mittags noch nicht im Restaurant, und jemand von seinen Mitarbeitenden kann dir da weiterhelfen.«

»Das ist eine super Idee, Maus!« Einen Versuch war es wert. Er hatte ja nur gesagt, dass seine Küchenhilfe am Abend nicht gekommen war, das hieß nicht, dass sonst niemand dort arbeitete. Eine Mittagskarte erforderte sicher nicht immer die Anwesenheit des Chefkochs.

Sobald ihr Fahrzeug abfahrbereit wäre, würde sie sich auf den Weg zurück zum Restaurant machen. Sie würde dort warten, bis irgendjemand auftauchte, den sie fragen konnte.

Bestell einfach die Reste des Eintopfes und mach, dass du zurück nach Hause kommst, wo du hingehörst! Du bist doch keine Privatdetektivin!

Schnell fertigte sie ihr Unterbewusstsein mit einem entschiedenen Vielleicht ab. Sie würde sehen, was sich anbot, wenn sie dort ankam. Doch womöglich war sie inzwischen an einem Punkt, an dem ein bisschen Grüner Knurrhahn nicht mehr ausreichte, um die Angelegenheit aus der Welt zu schaffen.

Kapitel einunddreißig

Juli 1962

An diesem Punkt in ihrem Leben konnte nicht einmal mehr Grüner Knurrhahn helfen. Es lief einfach alles schief.

Ernestine drückte die Hand gegen ihren Unterleib. Bis jetzt sah es so aus, als hätte sie nur ein wenig zugenommen, aber wie lange noch?

Sie konnte nur froh sein, dass Mutter noch in ihrer Kur weilte. Andererseits war genau das der Grund für ihre Misere.

Sie würde wieder ganz gesund werden und alles allein – ohne eine Pflegekraft - erledigen können, das war die gute Nachricht. Doch dass die Hochzeit nicht stattfinden konnte, war die Kehrseite. Nicht, bevor Mutter nicht hinter ihr und Kuno angemessen würdevoll durch den Mittelgang der Kirche schreiten konnte, wie sie es bei Emil und Merle getan hatte.

Ernie hatte Kuno halb im Scherz gefragt, ob sie nun durchbrennen mussten, doch er hatte vehement abgelehnt und gesagt, dass er nicht ohne ihre Mutter heiraten würde. Dann hatte er ihr eröffnet, dass er die nächsten Wochen ohnehin geschäftlich verreisen musste.

Und zwar heute.

Besonders schwer schien es ihm nicht zu fallen. Er wirkte nicht so bedrückt, wie sie sich fühlte.

Schon hörte sie seine Stimme unten in der Diele. Rief er nach ihr, war der Wagen etwa schon angekommen, der ihn zum Bahnhof bringen sollte? Sie hatte nichts gehört, doch sie wollte kein Risiko eingehen.

Schnell huschte sie, so leichtfüßig es ging, die Treppe hinab. Doch hier vor der Nebentür, die auf die Straße führte, war niemand. Ob Kuno das Haus durch das Geschäft verließ?

Vielleicht verabschiedete er sich noch von Emil in der Bibliothek oder ließ sich einen kleinen Imbiss einpacken.

Sie bog um die Ecke in den Flur, von dem die Wohnräume abgingen, und erstarrte.

Vor der Küchentür stand tatsächlich Kuno, ihr Verlobter. Doch er war nicht allein. Adelheid war bei ihm. Sie standen dicht beieinander, und wie es aussah, hielt er ihre Hand.

Kälte breitete sich in Ernestine aus. Ein schreckliches Gefühl. Sie trat fester auf und räusperte sich, während sie die Übelkeit hinunterwürgen musste, die sie in letzter Zeit immer wieder mal überfiel.

Sofort traten die beiden voneinander weg, und Kuno ließ Adelheids Hand los. Die Köchin senkte den Kopf und verschwand in ihrem Reich. War sie rot geworden, oder bildete Ernie sich das ein?

Kuno drehte sich nur langsam zu ihr um und lächelte freundlich wie immer. Sie bemühte sich, zurückzulächeln.

Was all das nur zu bedeuten hatte? Nichts Gutes, wie es ihr schien.

»Der Fahrer ist angekommen!«, erklang Emils Stimme aus dem Laden. »Kommst du, Kuno? Die Geschäfte warten!«

»Ich komme.« Im Vorbeigehen drückte er Ernie die Hand und hauchte ihr einen Kuss auf die Wange. »Und dir werde ich jede Woche schreiben, meine Liebste.«

Mit diesen Worten verschwand er.

Ernie öffnete ihre Hand und betrachtete den Gegenstand, den Kuno ihr soeben hineingelegt hatte. Es war eine seiner Haarsträhnen, mit einem Band umwickelt.

Nachdenklich ging sie zurück in ihr Zimmer und öffnete ihr Schmuckkästchen. Bevor sie die Strähne hineinlegte, roch sie daran, nahm jedoch nichts wahr außer einem Hauch ihres eigenen Parfums, das sie vorhin aufgelegt hatte.

Plötzlich fühlte sie sich so elend wie schon lange nicht mehr. Sie war unverheiratet schwanger, ihr Verlobter ging für unbestimmte Zeit auf Geschäftsreise, und zudem war er viel zu vertraulich gewesen mit einer anderen Frau. Zu allem Überfluss war diese Frau ihre beste Freundin, von der sie gedacht hatte, dass sie ihn nicht leiden mochte.

Konnte ihr Leben noch schlimmer werden?

Es klopfte an ihrer Tür, und sie verstaute rasch ihr Kleinod. »Herein.« Hoffentlich bekam sie jetzt nicht die Antwort auf ihre Frage.

Emil trat ein. Er war blass wie immer. Vielleicht noch ein wenig blasser, seit Mutter krank war. »Gute Nachrichten, Ernie. Mutter kommt heim!«

Ernies Herz machte einen Sprung. »Sie ist wieder genesen? So schnell?« Dann konnten sie ja vielleicht doch noch rechtzeitig heiraten. Sie musste nur Kuno dazu bewegen zurückzukommen!

»Das nicht. Doch wir haben eine Pflegerin gefunden, die sie hier zu Hause versorgen wird.«

Sofort erschrak Ernie. Das war ja eine Katastrophe! Sollte sie etwa unter den wachsamen Augen ihrer Mutter Woche für Woche, Monat für Monat immer dicker werden?

Mühsam zwang sie sich zu einem Lächeln. »Das sind tolle Neuigkeiten.«

Emil nickte und zog sich zurück.

Er hinterließ eine völlig aufgelöste Ernestine. Ihr Herz schmerzte richtig vor Sorge, und das Kind in ihrem Leib drückte so gegen ihren Magen, dass ihr Brustkorb brannte.

Es nützte alles nichts, sie musste sich jemandem anvertrauen.

Ohne weiter darüber nachzudenken, sprang sie auf und lief aus dem Zimmer. Sie rannte die Stiege hinauf und betrat den Dienstbotentrakt. Vor Adelheids Zimmer blieb sie stehen. Egal, was vorhin geschehen war, sie war immer noch ihre beste Freundin. Und vielleicht hatte sie die Situation ja auch völlig missgedeutet. Wenn sie so darüber nachdachte, hatte sie doch überhaupt nichts Verdächtiges gesehen.

Hinter der Tür hörte sie Hedwig leise brabbeln. Offenbar spielten die beiden, sahen sich vielleicht gemeinsam ein Bilderbuch an oder etwas in der Art.

Ernie klopfte leise. »Adelheid? Ich bin es. Darf ich eintreten?«

Schon ein paar Sekunden später öffnete sich die Tür. Etwas verstrubbelt und erhitzt stand die Köchin vor ihr. »Entschuldige, wir haben gerade eine Höhle erforscht.« Sie zeigte hinter sich auf eine Landschaft aus ihrem kleinen Tisch, zwei Stühlen und der großen Bettdecke.

Hedwig hockte darunter und wirkte wie eine glückliche Höhlenforscherin. Nur ihre Äuglein waren ganz klein.

»Ich bitte um Erlaubnis, die Höhle zu betreten«, sagte Ernie in ihre Richtung, und die Kleine strahlte.

Das verstand Ernie als Erlaubnis einzutreten.

»Was gibt es denn? Ist etwas nicht in Ordnung?«, fragte Adelheid. »Hast du Hunger, kann ich dir etwas zu Essen machen?«

Ernie schüttelte den Kopf. Wie konnte sie ihrer Freundin nur in Gegenwart der Kleinen mitteilen, was ihr auf dem Herzen lag?

Sie legte die Hand auf ihren Bauch. »Nein, weißt du … ich habe keinen Hunger.«

Adelheid betrachtete die Geste und runzelte die Stirn. »Du findest wieder, dass du zu dick geworden bist? Lass dir nicht einreden, dass du dich ändern musst! Du bist wunderschön, wie du bist.«

Es war deutlich, wen sie in Verdacht hatte, dass er Ernestine etwas einredete.

»Ich werde wohl dicker, Adelheid«, sagte Ernie und lächelte traurig. »Aber an deinem Essen liegt das nicht.«

»Woran denn dann?« Ihre Freundin schien nicht zu verstehen, was sie meinte.

Ernie warf einen deutlichen Blick zu Hedwig hinüber, die dabei war, einen Zipfel der Decke einzuspeicheln.

»An Hedwig?« Adelheid starrte sie nur an.

»Nicht an *deinem* Kind.«

Jetzt schien es Adelheid zu dämmern. »Du meinst, du bist ... in anderen Umständen?«

Wie sehr Ernie diesen Begriff verabscheute. Als wäre eine Schwangerschaft nur ein Umstand. Dennoch nickte sie schnell.

Adelheid presste die Hand vor den Mund. »Hat er dich etwa ...«

»Hat er mich was?«, fragte Ernie erstaunt.

»Hat er dich gezwungen, um dich dazu zu bringen, ihn zu heiraten?«

Wut stieg in Ernie auf. Ganz offensichtlich hatte Adelheid immer noch Vorbehalte gegenüber Kuno. Und sie hatte gedacht, dass sie die beiden miteinander ertappt hatte!

»Er musste mich nicht zwingen! Ich liebe ihn! Warum denkst du nur so schlecht von ihm?« Hatten sie diese Sache nicht ein für alle Mal geklärt?

Adelheid biss die Zähne zusammen. »Tut mir leid«, presste sie dazwischen hervor. »Ich dachte, durch die Krankheit deiner Mutter bliebe noch etwas Zeit, bis ihr ...« Sie verstummte.

»Zeit? Zeit wofür?« Was ging nur in Adelheid vor sich, wenn Kuno ins Spiel kam? Sie wirkte wie zerrissen zwischen widerstreitenden Gefühlen.

Ihre Freundin schüttelte sich und sah ernst aus. Ernst und traurig. »Das ist jetzt auch egal. Wenn du ein Kind erwartest, ändert das alles.« Sie straffte sich und wirkte, als sei sie bereit, Ernestine zu helfen.

»Hast du eine Idee, was ich tun kann?« Ernie fasste Adelheids Hände und drückte sie.

»Es unehelich zu bekommen und als dein Kind aufzuziehen, kommt nicht infrage, nehme ich an? Oder ohne deine Mutter zu heiraten?«

»Mutter würde gleich wieder der Schlag treffen!« Das rutschte ihr einfach so heraus. Sofort schlug Ernie die Hand vor den Mund. Das war wirklich zu makaber. »Außerdem muss Kuno schon bald geschäftlich auf Reisen gehen.«

Adelheid sah sie traurig an. »Eigentlich fällt mir da nur ein, dass du selbst bis zur Geburt wegfährst. Irgendwohin, wo dich niemand sieht und niemand kennt. Und wenn du das Kind bekommen hast, finden wir ein schönes Zuhause.«

Ernestine stiegen die Tränen in die Augen. »Ich soll es weggeben?«

Adelheid zuckte traurig mit den Schultern. »Ach, ich weiß, wie traurig das klingt. Vielleicht finden wir eine Familie, in der du es aufwachsen sehen kannst.«

»Und es gibt keine Möglichkeit, wie ich es selbst aufziehen kann?«

Sie überlegten eine Weile, dann hatte Adelheid die Idee. »Wenn wir ein paar Monate warten, bis es ein wenig älter ist, könnte Kuno es offiziell als Kind aus einer früheren Ehe zu euch holen. Ihr behauptet einfach, es sei im Waisenhaus gelandet und sei dort nicht ausreichend versorgt worden, deswegen wäre es so klein für sein Alter.«

»Das wird uns doch niemand glauben«, stöhnte Ernie, obwohl ihr die Idee gefiel.

»Wir haben ja noch ein bisschen Zeit, uns etwas zu überlegen. Doch eine Sache ist unausweichlich: Du musst einige Monate woanders leben.«

»Bis zur Entbindung.« Ihr lief es eiskalt über den Rücken bei dem Gedanken daran. Bisher hatte sie diesen Aspekt immer verdrängt.

»Bis zur Entbindung.« Adelheid dachte nach. »Hast du nicht eine entfernte Tante, die du besuchen könntest, und der du genug vertraust, dass sie es niemandem verrät?

Ernie schüttelte den Kopf. »Nein, niemanden.« Schon gar niemanden, dem sie so sehr vertraute. Adelheid und Kuno waren die einzigen, die ihr Vertrauen besaßen, vielleicht noch Emil.

»Wir müssen einfach einen Ort finden, an dem du dich wohlfühlst und eine Weile bleiben kannst. Du täuschst ein Unwohlsein vor, vielleicht durch den Stress der letzten Zeit.«

»Wo ich mich wohlfühle ...« Sofort tauchte das Bild eines Hauses in Ernies Hinterkopf auf. Ein Haus, in dem sie immer glücklich war. »Vielleicht wüsste ich da doch etwas.«

»Und was?«

»Das alte Sommerhaus meiner Familie. Es liegt im Moor in der Nähe von Aurich. Dort habe ich bis vor ein paar Jahren jeden Sommer verbracht.«

Glückliche Erinnerungen ploppten vor ihrem inneren Auge auf. Sie sah wieder vor sich, wie sie braun gebrannt und voller Mückenstiche zusammen mit Emil abends völlig verdreckt aus dem Moor oder vom Strand zurückkam. Die alte Leda hatte Grünen Knurrhahn gekocht, und sie hatten sich darüber hergemacht, sobald die Sauberkeit ihrer Hände den Anforderungen der alten Haushälterin einigermaßen genügte. Zum Glück waren diese nicht allzu hoch.

Dort hatte sie auch das alte Kochbuch entdeckt und mit nach Hause in die Stadtvilla in Bremen genommen. Seitdem begleitete es sie in ihrem Leben – nicht, dass sie schon sonderlich weit gekommen war.

»Und wie können wir es einrichten, dass wir gemeinsam einige Monate dort verbringen?«

Ernie sah ihre Freundin an. »Du würdest mitkommen?« Tränen sammelten sich in ihren Augen.

»Natürlich.« Adelheid ergriff ihre Hände. »Ich lasse dich nicht allein.«

Ein leises Husten schallte durch das Treppenhaus. Emil war mal wieder aus dem ehelichen Schlafzimmer geflohen, das er mit Merle und dem kleinen Konrad teilte, um die beiden nicht allzu sehr zu stören. Es war gerade die Zeit, in der die beiden ihren Nachmittagsschlaf hielten.

Die Freundinnen blickten einander an. Sie hatten offenbar den gleichen Gedanken.

»Ist das Klima in Aurich nicht besonders heilsam für Lungenleiden?«

»Das kann ich mir gut vorstellen.« Ernie verzog leidend das Gesicht. »Doch dann müssen wir Emil ...« Sie brachte es nicht über sich, es zu sagen.

Adelheid nickte. »Wir müssen ihn einweihen. Er kann dafür sorgen, dass wir dort unterkommen.

Ein schwerer Seufzer entfuhr Ernie. »Dafür müsste er zugeben, dass er Erholung braucht. Das fällt ihm doch so schwer.«

»Wenn er erfährt, worum es sich handelt, wird er es tun. Er hat Kuno in dieses Haus gebracht, er schätzt ihn sehr. Und einen Skandal will er garantiert nicht.« Adelheids Kiefermuskeln arbeiteten bei diesen Worten, als müsste sie sich sehr zusammenreißen, über Kuno zu sprechen.

»Du hast recht.« Ernie straffte sich. »Am besten, wir weihen ihn gleich ein, bevor mich der Mut verlässt.« Sie sah ihrer Freundin entgegen. »Stehst du mir dabei zur Seite?«

»Selbstverständlich!« Adelheid zog Ernie in eine schnelle Umarmung. Ihre Wangen glühten ein wenig. »Ehrlich gesagt freue ich mich schon auf diese Zeit mit euch in dem Haus. Das gibt uns noch ein wenig Zeit gemeinsam, bevor du eine verheiratete Frau ...« Ihre Stimme brach.

Vielleicht fürchtete sie, Ernie würde ihre Worte als ungehörig empfinden.

»Darauf freue ich mich auch!« Sie schluckte, bevor sie die nächsten Worte sagte. »Bestimmt wird Kuno auch zu uns stoßen, sobald er seine Geschäfte abgeschlossen hat. Dann könnt ihr euch in einem etwas weniger strengen Umfeld besser kennenlernen. Ich werde ihm schreiben, sobald wir mit Emil gesprochen haben.« Dabei beobachtete sie Adelheids Gesicht genau.

In ihrer Miene bekämpften sich erneut die Gefühle. Sie wurde abwechselnd rot und blass. »Natürlich«, presste sie hervor. »Das wird sicher eine wunderbare Zeit. Doch nun lass uns erst einmal deinen Bruder einweihen. Vielleicht hat er ja noch eine Idee, wie wir die Angelegenheit lösen können.«

Kapitel zweiunddreißig

Gegenwart

Vor dem Restaurant hatte Helmke immer noch keine Idee, wie sie die Angelegenheit zufriedenstellend lösen konnte.

Also wartete sie, bis endlich jemand auftauchte, und betete, dass es nicht Leo sein möge. Dabei zog sie an dem T-Shirt herum, das sie in der Tankstelle erstanden hatte, und das farblich gar nicht schlecht zu ihrer Hose passte. Es war eng geschnitten und hatte die Worte »Queen of the road« aufgedruckt. Darunter war der Kühlergrill eines Oldtimers zu sehen.

Überhaupt nicht ihr Stil, aber aus irgendeinem Grund gefiel es ihr. Vielleicht, weil es so gut zu ihrer Situation passte. Nach einer Nacht auf der Straße war sie beinahe bereit, diese als ihr Königreich anzusehen.

Sie hatte Glück. Es war nicht Leo, der als erstes am Restaurant auftauchte. Eine junge Frau schloss kurz vor Mittag auf und winkte Helmke sogleich freundlich zu. So einen Empfang hatte sie überhaupt nicht erwartet.

Schnell stieg sie aus und folgte der Frau ins Innere. Sofort zog der Ausblick sie erneut in den Bann.

»Hallo, vielen Dank, dass Sie mich schon mit reinnehmen. Sie haben wirklich einen tollen Arbeitsplatz!«

Die Frau nickte und lächelte, während sie sich eine Schürze umband. »Ja, finde ich auch. Nur ein bisschen einsam zu Beginn meiner Schicht, deswegen müsste ich mich bei Ihnen bedanken.«

Ihr Verhalten war sehr herzlich, Helmke fühlte sich sofort wohl in ihrer Gegenwart. »Sie sind allein hier?« Ihr Herz wummerte. Nicht, dass Leopold doch im nächsten Augenblick auftauchte und den Kochlöffel schwang – in ihre Richtung.

»Die ersten zwei Stunden meistens schon. Ich bereite immer alles vor, hüte das Telefon und nehme schon mal die ersten Bestellungen an, bevor der Chef kommt. Es ist ja Nebensaison, da ist es manchmal echt langweilig!«

»Ach, kochen tun Sie nicht selbst?« Intuitiv hielt Helmke den Atem an.

»Na ja, ich bin ganz ehrlich: Viele Gerichte der Mittagskarte hat der Chef schon so weit vorbereitet, dass ich sie nur schnell aufzuwärmen brauche. Zu unseren Spezialitäten gehören einige Eintöpfe und Suppen, und die schmecken ja bekanntlich ...«

»... am nächsten Tag ohnehin immer besser!«, vervollständigte Helmke ihren Satz.

Die Kellnerin strahlte jetzt richtig. »Genau! Mein Name ist übrigens Louisa. Und ich kann dir das Eifelgulasch wärmstens ans Herz legen.«

»Ich bin Helmke.« Freundlich nickten sie einander zu. Mist, warum konnte Louisa ihr nicht etwas anderes empfehlen? Wenn sie jetzt nach dem Knurrhahn fragte, würde sich das schon sehr unnatürlich anfühlen.

Helmke räusperte sich. »Einen Zitronensprudel würde ich wohl nehmen. Das Gulasch ist aber vermutlich mit Fleisch?«

»Oh, bist du Vegetarierin? Da haben wir auch einiges auf der Karte«, antwortete Louisa eifrig und griff sofort nach einem hohen Glas. Sie hatte wohl Lust auf ein Gespräch.

»Nicht so richtig. Ich mag nur kein Fleisch, aber Fisch esse ich zum Beispiel gern.«

»Dann musst du unbedingt unseren One Pot mit Knurrhahn probieren! Das ist ein altes Familienrezept vom …«

»Den nehme ich gern!«, sagte Helmke schnell. Wenn sie noch einmal den Begriff Familienrezept im Zusammenhang mit diesem Leopold hörte, käme ihr nachträglich noch der Eintopf vom Vortag hoch.

Wie es klang, war der große Topf von gestern nicht leer geworden. Sobald sie ein wenig davon probiert hatte, konnte sie ja weitere Portionen zum Mitnehmen bestellen, dann würde sich Louisa sicher nicht allzu sehr wundern.

Helmke bekam ihr Getränk, und Louisa verschwand in der Küche. Sie schlenderte zum Panoramafenster und genoss den Ausblick auf den Wald, der bei diesen Lichtverhältnissen ganz anders wirkte als am Tag zuvor. Es war spannend, wie viel der Stand der Sonne ausmachen konnte.

Schon nach ein paar Minuten kam Louisa mit dem Essen. »Du kannst dich hinsetzen, wo du willst. Heute Mittag wird bestimmt nicht viel los sein.«

Helmke suchte sich einen der besten Plätze mit Aussicht aus und lächelte, als sie den Teller vor sich abgestellt bekam. »Vielen Dank!«

Ihr fiel dummerweise nicht ein, wie sie die junge Frau nach der Adresse der ehemaligen Chefin fragen konnte. In so etwas war sie richtig schlecht. Vielleicht entdeckte sie einen Aufhänger, ein Foto oder etwas in der Art.

»Gern. Ich bin jetzt erst mal in der Küche beschäftigt, falls du mich brauchst. Mittags ist immer erst einmal Putz- und Aufräumzeit. Gestern Abend muss es der Chef enorm eilig gehabt haben, hier weg zu kommen.« Louisa verzog den Mund zu einer genervten Grimasse.

Schnell nahm Helmke einen Schluck von ihrer Limo. Prompt verschluckte sie sich und hustete. Sie hatte so eine Ahnung, was Leo aus der Küche getrieben hatte.

Ob er seine Oma noch zur Rede gestellt hat, nachdem er seine Verfolgerin losgeworden war?

Im nächsten Moment war Helmke allein. Neugierig sah sie sich genauer um, während sie den Eintopf in sich hineinlöffelte. Vielleicht sollte sie nach dem Essen die Chance nutzen, den Gastraum einer kleinen Untersuchung zu unterziehen. Bisher war es ihr nicht möglich gewesen, weil sie nicht unbeobachtet war – und auch, weil die Aussicht und das stilvolle Ambiente sie ein wenig abgelenkt hatten.

Wenn sie es so betrachtete, war der *Eifelblick* tatsächlich ein Schickimicki-Schuppen, aber ein ziemlich cooler. Jedenfalls hat der Mensch, der alles eingerichtet und ausgewählt hat, einen guten Geschmack. Ganz objektiv gesehen.

Und sie war da wirklich objektiv, denn man konnte davon ausgehen, dass es sich bei diesem Menschen um Leo gehandelt hat, und für den hegte sie nun gerade keine positiven Gefühle.

Schnell war der Teller geleert. Mit dem Glas in der Hand schlenderte sie durch den großen Raum und betrachtete die Bilder an den Wänden. Hin und wieder wurden die abstrakten Kunstdrucke abgelöst von Schwarzweiß-Fotografien berühmter Persönlichkeiten, die hier einst zu Gast gewesen waren. Sie entdeckte einen ehemaligen Bundeskanzler, eine Schauspielerin und eine Politikerin aus irgendeinem skandinavischen Land, wenn sie sich richtig erinnerte.

Dann stand sie plötzlich vor einem Vorhang, der nicht richtig zugezogen war. Eine goldene Türklinke war zu sehen. Sie zog den Vorhang noch ein Stück zur Seite und ein Schild mit der Aufschrift »Privat« wurde sichtbar.

Ihr Herz klopfte wild. Rasch sah sie sich um, doch es war niemand in der Nähe. Aus der Küche erklangen das Scheppern von Geschirr und ein leises, fröhliches Summen.

Ob dahinter vielleicht das Büro war? Von der Küche aus hatte sie keine Tür gesehen, die dafür infrage kam, und im Gang, der zu den Toiletten führte, ebenfalls nicht.

Bestimmt war ohnehin abgeschlossen.

Ohne weiter darüber zu grübeln, drückte sie die Klinke. Die Tür sprang auf, und sie zuckte zurück.

Das war schon ein bisschen wie Einbruch, oder nicht? Andererseits, die Tür war ja schon offen, und das Schild war ganz schlecht zu sehen. Sie konnte wenigstens mal einen Blick hineinwerfen.

Falls allerdings ihr Kochbuch dort auf einem edlen Buchständer lag, die Seite mit dem berühmten Eintopfrezept ihrer Vorfahren aufgeschlagen, sah sie sich schon mit dem Ding unter dem Arm zu ihrem Auto rennen. Das wäre doch eine reine Wiederbeschaffungsmaßnahme!

Sie steckte den Kopf in den Raum und hielt den Atem an.

Das war völlig unnötig, wie sich zeigte. Die Tür führte in einen Vorraum, von dem zwei weitere Türen abgingen. Auf einer stand »Mitarbeiter«, vielleicht ein Aufenthaltsraum oder die Toiletten. Auf der anderen stand überhaupt nichts.

Jetzt war sie so weit gekommen, da konnte sie wenigstens mal nachsehen, was dahinter war. Irgendwie hatte sie mittlerweile richtig Lust, mit diesem Buch hier zu verschwinden! Nach der vergangenen Nacht wollte sie es Leo ein bisschen heimzahlen. Er hatte sie schließlich durchaus in Gefahr gebracht mit seinem Verhalten.

Gut, sie hatte ihn verfolgt, aber er hätte sie auch einfach ausbremsen und zur Rede stellen können!

Sie schlich zu der Tür ohne Aufschrift und klopfte so leise, dass Louisa sie in der Küche hoffentlich nicht hörte. Das gab ihr irgendwie das Gefühl, nicht einfach hier einzudringen. Als allerdings keine Antwort kam, drückte sie doch die Klinke.

Es war abgeschlossen. »Mist!«

Im nächsten Moment machte ihr Herz einen Satz.

Hinter ihr ertönte eine dunkle Stimme. Die Worte klangen beinahe emotionslos, jagten ihr jedoch eine ordentliche Ladung Adrenalin ins System.

»Darf ich mal erfahren, was du hier machst?«

Sie fuhr herum. In der ersten Tür, die in den Speiseraum führte, stand Leopold Schneider. Er hatte sein Haar zu einem Knoten am Hinterkopf zusammengebunden und trug eine Brille mit schwarzem Gestell auf der Nase. Und als wäre seine Hipster-Aufmachung nicht schon schlimm genug, versperrte er ihr auch noch den Fluchtweg.

Jetzt zu behaupten, dass sie sich auf der Suche nach den Waschräumen verlaufen hatte, war ihr auch zu blöd. Manchmal musste man eben angreifen, um sich zu verteidigen.

»Kannst du mir mal sagen, was dir eigentlich einfällt, mich in die Wildnis zu locken und dort einfach zurückzulassen? Ich hätte sterben können!« Das war vielleicht ein Hauch zu dramatisch, aber was sollte es. Vielleicht bekam er ja ein schlechtes Gewissen.

»Was? Ich habe nicht … Du hättest mir ja nicht folgen müssen!« Immerhin, ein bisschen hatte sie ihn aus dem Konzept gebracht.

Louisa tauchte hinter ihm auf. Mit großen Augen spähte sie ihm über die Schulter, wofür sie sich wohl auf die Zehenspitzen stellen musste. »Ist alles in Ordnung?«

»Gar nichts ist hier in Ordnung!« Helmke war plötzlich in der richtigen Stimmung, um Stunk zu machen. »Ihr Chef ist gemeingefährlich. Und dieses Rezept, der Grüne Knurrhahn …«

Im nächsten Moment war Leo neben ihr und sperrte
die Tür auf. Vor lauter Überraschung verstummte sie.

»Es ist alles in Ordnung, Lou. Bitte bereite schon mal
den Ofen vor. Ich komme gleich.«

Er schob Helmke so rasant ins Büro, dass ihr Sprudel
beinahe überschwappte. Ein Hauch seines Aftershaves
stieg herb in ihre Nase. Ein guter Duft.

Dann schloss er die Tür hinter ihnen.

Helmke konnte ihn vor Überraschung nur anstarren.
Was war denn nun geschehen?

»Hör mal«, begann er, sprach aber dann nicht weiter.

»Ich weiß wirklich nicht, was dein Verhalten soll!«
Jetzt war sie nicht mehr zu stoppen. »Ich wollte doch
nur etwas von dem Knurrhahn mitnehmen. Und dafür
bezahlen! Und du schmeißt mich hier raus, als hätte ich
versucht, dich zu bestehlen!«

Er blickte zerknirscht zu Boden. »Ich weiß. Das war ...
Ich habe vielleicht etwas übertrieben.«

»Etwas übertrieben? Vielleicht? Ich habe die Nacht
auf einem Feldweg verbracht und auf den Abschleppwagen gewartet!«

»Du hast was?« Jetzt stürzten seine dunklen Augenbrauen beinahe in die Mitte seines Gesichts, so erschrocken schien er zu sein.

Sie kramte ihr Telefon aus der Tasche und scrollte
durch die Bilder, die Konstanze ihr in der Zwischenzeit
geschickt hatte. Bei einem Bild von Ernestine und Adelheid stoppte sie, vergrößerte es und hielt Leo das Display entgegen. »Ist das jetzt deine Großmutter oder
nicht?«

Ein schneller Blick schien ihm zu genügen. »Ja«, sagte
er leise.

»Und du bist nicht neugierig, was sie mit meiner Großtante zu schaffen hatte?« Sie suchte weiter und stoppte bei dem Bild von dem Kochbuch. Bevor Leo auch nur antworten konnte, hielt sie ihm auch das entgegen. »Dieses Buch, hast du das schon einmal gesehen?«

Er blickte zu Boden, sagte aber nichts.

Keine Antwort war auch eine Antwort. »Also ja!« Helmke schnaubte. »Da hätte wohl eher ich einen Grund, dich im Moor auszusetzen, als anders herum!«

»Im Moor?« Irritiert blinzelte der Koch. »Warum im Moor?«

»Ach, vergiss es!« Jetzt, da Leo es nicht mehr leugnete, verrauchte Helmkes Wut im Nu. Verdammt, dabei hatte sie richtig Lust gehabt, ihn noch ein bisschen zu beschimpfen.

Mit einer schwachen Handbewegung deutete er auf einen Sessel in der Ecke. »Bitte setz dich. Dann klären wir die Sache, okay?«

Wortlos schob sie einen Stapel Papiere, ganz oben den Prospekt eines Fischgroßhandels, zur Seite und ließ sich in das weiche Polster sinken. Es erinnerte sie daran, was für eine unbequeme Nacht sie im Auto hinter sich gebracht hat.

Auf der ersten Seite des Prospekts erhaschte sie gerade noch einen Blick auf ein Angebot für Knurrhahn, bevor Leo nach dem Stapel griff und ihn auf den Schreibtisch warf.

»Das war wohl eine ziemlich beschissene Nacht, was?« Er sah sie mitleidig an, als traute er ihr nicht zu, ohne Komfort auszukommen.

Ein bisschen stolz bemerkte sie für sich, dass es so schlimm nun auch wieder nicht gewesen war. »Nach einer heißen Dusche geht's mir wieder hervorragend«, sagte sie großspurig. »Aber das tut hier wirklich nichts zur Sache.« Sie nahm einen großen Schluck Sprudel.

Zähneputzen wäre auch nicht verkehrt, aber das behielt sie lieber für sich.

Er verzog missmutig den Mund. »Na gut, dann sage ich dir, was ich weiß.« Er hockte sich auf den Boden und lehnte sich mit dem Rücken an den Schreibtisch. Dann begann er zu sprechen. »Meine Oma Adelheid ist Anfang 1963 hierhergezogen und hat kurz darauf das Restaurant eröffnet. Davor hatte sie als Köchin in verschiedenen Anstellungen gearbeitet und konnte sich das Startkapital zusammensparen.« Er biss die Zähne zusammen, bevor er fortfuhr. »Ich weiß nicht, warum sie dieses Rezept hat, aber sie ist keine Diebin!«

»Das habe ich auch niemals behauptet.« Sie überlegte. »Hat sie das alles allein geschafft?« Dann war sie eine ähnlich starke Frau ihrer Zeit wie Tante Ernie. Das würde erklären, warum sie befreundet gewesen waren.

»Ich denke, ja. Mein Opa ist schon kurz nach der Geburt meiner Mutter gestorben.« Er kaute auf der Unterlippe herum, und legte seine Stirn in Falten, als wäre ihm gerade etwas klar geworden. »Tante Ida ist allerdings jünger gewesen als meine Mutter, also musste es einen Mann gegeben haben. Aber sie spricht nicht über ihn.«

»Verstehe.«

Wie er da saß, ein wenig zusammengesunken, in völlig intakten Jeans und einem schlichten T-Shirt, wirkte er viel sympathischer als am Abend zuvor. Allerdings war er ja auch freundlicher zu ihr und hatte immerhin noch keine neuen Anstalten gemacht, sie in der Wildnis zurückzulassen.

»Und das Rezeptbuch?«

Er warf ihr einen mitleidheischenden Blick von unten zu. »Ich weiß nicht. Es kann sein, dass sie ein altes Kochbuch besitzt. Aber das heißt noch lange nicht, dass sie es deiner Familie geklaut hat!« Zum Ende wurde er immer lauter.

»Habe ich auch nie behauptet. Aber mal ehrlich, willst du nicht auch langsam wissen, was es mit alldem auf sich hat?«

Er nickte. »Ja. Deshalb mache ich dir folgendes Angebot: Du gibst mir Zeit bis heute Abend. Ich spreche mit meiner Oma und berichte dir dann.«

Sie legte den Kopf schräg. »Sicher.«

»Ich schwöre es dir.« Er grinste schief. »Du weißt doch, wo du mich findest. Und ich weiß, wie hartnäckig du bist.«

Helmke kniff die Augen zusammen. »Und warum hast du noch nicht mit ihr gesprochen? Ich hätte schwören können, dass du gestern Abend auf dem Weg zu ihr warst.«

»Das war ich auch, aber ich musste ja einen ... einen Umweg fahren. Und als ich dann endlich bei ihr war, war sie schon im Bett. Sie ist Frühaufsteherin, weißt du? Heute Morgen hatte sie ihren Yogakurs, aber gleich nach dem Mittagstisch werde ich zu ihr fahren. Und ich verspreche dir noch etwas.«

»Das da wäre?«

»Ich werde meiner Oma ins Gewissen reden, dass sie dir das Rezept überlässt. Das ganze Buch, wenn sie es denn hat.«

Erleichterung durchströmte Helmke, allerdings grob durchmischt mit Misstrauen. Das hatte sich Leo redlich verdient. »Das wäre fantastisch! Und ich verspreche auch, egal wie sie es bekommen hat, dass ich keinen Aufstand deswegen machen werde! Sie bekommt keinen Ärger.« Genau genommen rechnete sie nicht damit, dass Leo es ihr sagen würde, wenn Adelheid eine Diebin war – und danach sah es nun mal gerade aus.

Leo nickte. »Okay. Deal.« Er rappelte sich auf.

So richtig wohl war Helmke nicht dabei, doch auch sie erhob sich. In dem Moment flatterte vom Sessel ein Stück Papier zu Boden und landete neben ihren Pumps.

Sie erfasste auf den ersten Blick, worum es sich handelte, und bückte sich schnell, um es aufzuheben. Bevor Leo es bemerkte, wanderte der Schnipsel in ihre Hosentasche.

»Steht dir übrigens gut, dein neuer Look«, sagte Leo und grinste schief.

»Danke.« Ihr Herzschlag jagte, und sie war nicht ganz sicher, ob es am schrägen Kompliment lag, an seinem Grinsen, das sie irgendwie mochte, oder an der Beute in ihrer Hosentasche.

Er zupfte an seinem eigenen Shirt, als fühlte er sich nicht so recht wohl. Als wäre es ihm unangenehm, im Vergleich zu ihr so schlicht gekleidet zu sein. Beinahe wünschte sie sich, ihn wieder in seiner Koch-Uniform zu sehen, zerrissene Jeans inklusive.

Vielleicht war sie doch nicht so spießig, wie sie immer dachte. Jedenfalls nicht, wenn es um ihn ging.

Sie musste lächeln. Ob sie ihm wohl ein wenig gefiel?

So wenig, wie er dir gefällt, meinst du?

Sie verdrängte den Gedanken. Er war ein Schuft, das durfte sie nicht vergessen.

»Dann werde ich mir mal ein bisschen die Gegend ansehen, während ich auf den Abend warte.«

Er nickte und versuchte eindeutig, einen ihrer Blicke aufzufangen, doch das musste kein Flirtversuch sein. Er könnte auch einfach nur testen wollen, wie ehrlich sie war, wie sie reagierte.

»Und ich werde für dich heute Abend einen großen Topf Knurrhahn kochen. Aufs Haus, versteht sich.«

»Da sage ich nicht nein.«

Sie verließen das Büro. In Helmkes Hosentasche schien sich das Papier langsam zu ihrem Bein durchzubrennen.

Sie verabschiedete sich ein wenig zu hastig und winkte Louisa nur im Hinausgehen zu. Was die wohl von der Situation hielt?

Erst draußen im Auto wagte sie es, den Schnipsel aus ihrer Tasche zu ziehen. Die Ader in ihrem Hals pulsierte heftig. Was, wenn sie sich geirrt hatte?

Doch sie hatte sich nicht geirrt. Sie hatte ein Stück eines Briefumschlags erbeutet, das aus dem Stapel gefallen sein musste, den Leo vom Sessel genommen hatte.

Adressiert war der Brief an eine Adelheid Schneider, und das war nicht die Adresse des Restaurants, die dort stand.

Helmke startete den Wagen und gab die Adresse im Navi ein. Das Haus lag in der Nähe von Bad Münstereifel, wie der Abschlepper gesagt hatte.

Sie hatte die Frau gefunden und war nicht mehr auf Leos Kooperation angewiesen. Doch sollte sie ihn wirklich hintergehen? Ihr war nicht wohl bei der Sache, doch er hatte bisher noch nichts getan, um sich ihr Vertrauen zu verdienen.

Hinfahren konnte sie auf jeden Fall. Dann entschied sie vor Ort, was sie tun würde. Irgendwie war sie ja schon gespannt, was die alte Frau ihr zu sagen hatte, wenn sie ihr ein Bild von Tante Ernie unter die Nase hielt.

Kapitel dreiunddreißig

Oktober 1962

Ernestine betrachtete das Bild, das Kuno ihr mitgebracht hatte. Es zeigte ihn und sie gemeinsam, die erste Aufnahme von ihnen beiden. Sie hatte nicht bemerkt, dass Emil sie fotografiert hatte.

Ein warmes, wohliges Gefühl erfasste sie, wann immer sie das Bild betrachtete. Obwohl sie nicht verstand, warum er seine Dienstreise Woche für Woche, Monat um Monat verlängert hatte, war sie glücklich, dass er wieder bei ihr weilte. Es schien zwischen ihnen alles in Ordnung zu sein. Auch Adelheids Verhalten ihr gegenüber hatte sich in den vergangenen Monaten wieder normalisiert. In den letzten Tagen mochte sie sich ein wenig zurückgezogen haben, doch sie hatte auch mit Hedwig zu tun, die ein wenig kränkelte.

Emil war wohl bereits nervös geworden und hatte um das Geld gefürchtet, das er Kuno aus der Geschäftskasse mitgegeben hatte, doch Ernestine hatte gewusst, dass er zu ihr zurückkäme, und alles gut werden würde.

Dieses wohlige Gefühl wandelte sich schlagartig. Sie hielt sich den Bauch, als ihr Sohn zutrat. Jetzt konnte sie es kaum noch verstecken. Ernestines Bauch wuchs und wuchs, als würde die gute Luft in der Natur Niedersachsens ihn düngen. Vielleicht sollte sie nicht so viele Strandspaziergänge an der nahen Nordsee unternehmen.

Mit einem Seufzen legte sie das Foto wieder auf die Kommode und hob das Jackett auf, das Kuno nur nachlässig über einer Stuhllehne drapiert hatte. Sie würde es aufhängen, damit es nicht knitterte. Das war das Mindeste, was sie tun konnte.

Emil und Kuno hatten sich zurückgezogen. Sie hatten beschlossen, dass sich Ernie wenigstens bis zur Geburt aus den Geschäften heraushalten sollte.

Ihr war das ganz recht, die Schwangerschaft machte sie müde und träge. Sie konnte nicht lange sitzen und stehen, nur Gehen und Liegen funktionierten einigermaßen problemlos.

Eine Jacke auf einen Bügel hängen, das schaffte sie gerade noch.

Sie presste sie für eine Sekunde gegen ihre Nase, bevor sie sich in Richtung Schrank aufmachte. Die kurze Strecke bis in die Zimmerecke war mit ihren geschwollenen Knöcheln eine wahre Odyssee.

Erst jetzt wurde ihr bewusst, wie sehr sie Kunos Duft vermisst hatte. Die Mischung aus seiner Pomade, seinem Aftershave und seinem ganz eigenen Körpergeruch.

Er war viel zu lange weggewesen, und in den beiden Tagen, die er nun hier bei ihnen in Aurich weilte, war er sehr beschäftigt. Es gab viel aufzuarbeiten.

Ernie entfuhr ein Seufzen. Ausgerechnet jetzt, da sie immer unförmiger und unbeweglicher wurde, kam er endlich zurück. Vor einigen Wochen hätten sie immerhin noch lange Spaziergänge am Strand oder im Moor unternehmen können, auf dem alten Bohlenweg, der dort hindurchführte, damit man sich nicht verlief oder an unwegsamen Stellen steckenblieb. Die Heide hatte geblüht und Libellen schwirrten überall herum und erfüllten die Luft mit sanftem Brummen und schillernden Farben.

Doch jetzt, im Oktober, wurde es langsam ungemütlich. Wege wurden unpassierbar und die Leute im Ort warnten davor, sich zu weit ins Moor hineinzuwagen. Man erzählte sich von dem Geist des Mannes von Bernuthsfeld, der dort zu Einbruch der Dunkelheit herumspuken sollte. Diese Moorleiche, die Anfang des Jahrhunderts im Moor gefunden worden war, hatte ihr schon als Kind Albträume bereitet.

Ihr lief eine Gänsehaut über den Rücken, wenn sie nur daran dachte.

Die Tür vom Kleiderschrank klemmte ein wenig, und Ernie musste sich das Jackett über einen Arm hängen, um die Hände frei zu haben. Sie zerrte am Griff, bis sich endlich ein Spalt auftat, in den sie ihre Finger schieben konnte.

Das Kleidungsstück rutschte ihr dabei vom Arm und fiel zu Boden. Mühsam öffnete sie den Schrank. Sie sollte Adelheid bitten, die Scharniere zu schmieren, damit es leichter ginge.

Als sie das Jackett wieder aufhob, rutschte etwas aus der Innentasche. Es war ein Briefumschlag.

Das Blut in Ernies Adern wurde zäh und kalt wie Schlamm. Sie fühlte, wie es langsam durch ihren Körper kroch und sie lähmte.

Sie kannte diesen Umschlag, sie hatte ihn bereits einmal gesehen. Es war schon einige Monate her, doch sie täuschte sich nicht.

Es war das gleiche Briefpapier, das sie in Adelheids Schürzentasche gesehen hatte, kurz bevor sie diesen Umschlag an ihre Mutter vor einigen Wochen vor ihr zu verstecken versucht hatte. Die rote stilisierte Lilie war deutlich zu sehen, doch der Adressaufkleber war entfernt worden.

Was hatte ein Brief von Adelheid in Kunos Jacke zu suchen?

Ihre Gedanken überschlugen sich. Adelheid, die ihr am Tag vor ihrer Hochzeit etwas Wichtiges sagen wollte. Einer ihrer Briefe im Jackett ihres Verlobten. Ihre Erleichterung, als die Hochzeit abgesagt worden war, und dann diese Begegnung der beiden im Flur, kurz vor Kunos Abreise.

Sie konnte ihren Verdacht nicht mehr verdrängen, es war zu offensichtlich. Auch wenn Adelheid wohl versucht hatte, dagegen anzukämpfen: Sie musste sich in Kuno verliebt haben. Alles passte zusammen.

Ernies Finger zitterten, während sie darüber nachdachte, den Umschlag zu öffnen. Er war nicht zugeklebt, die Oberseite war mit einem scharfen Gegenstand aufgeschlitzt worden.

Sie betrachtete noch unschlüssig das zerfranste Material, als im Flur vor den Schlafzimmern plötzlich Schritte erklangen. Jemand näherte sich mit festem Tritt.

War es Kuno?

Rasch steckte sie den Umschlag in die Innentasche der Jacke. Dort hatte er vermutlich auch vorhin schon gesteckt, weil sie ihn in den Außentaschen wohl sofort entdeckt hätte.

So schnell es ihre geschwollenen Füße zuließen, huschte sie zu der Verbindungstür, die Kunos Schlafzimmer mit ihrem verband. Ein Zugeständnis, da sie nun mal immer noch verlobt waren. Sie hatte immer schon dieses Zimmer bewohnt, und in Kunos Zimmer hatten sonst die Eltern geschlafen. Emil hatte sich, anscheinend ohne darüber nachzudenken, für seine übliche Schlafkammer entschieden. Die war zwar kleiner, doch da Merle und ihr gemeinsamer Sohn nicht mit nach Aurich gekommen waren, reichte sie ihm. Adelheid bewohnte mit der kleinen Hedwig die Dienstbotenkammer im Erdgeschoss.

So blieb für Kuno nur dieser Raum. Hatte Ernestine diesen Umstand zuvor mit einem aufgeregten Gefühl der Romantik betrachtet, entpuppte er sich nun als ihr großes Glück.

Kaum war Ernie in ihr eigenes Zimmer verschwunden, betrat Kuno sein Schlafzimmer. Sie konnte seine Stiefel durch den Türspalt erkennen.

Sie verharrte hinter der noch nicht ganz geschlossenen Tür und hielt den Atem an.

Kuno schien irgendetwas zu suchen. Er kramte in seinem Koffer, dann klackten die Schnallen seiner Aktentasche.

Wann immer er ein Geräusch machte, entfernte sie sich weiter von der Tür. Ihr Herz fühlte sich schwer an und wurde mit jedem Schritt schwerer.

War das wirklich ein Liebesbrief? Hatte sie richtig gelegen mit ihrer Vermutung, dass die Köchin Kuno in Wahrheit sehr mochte, wollte sie ihn ihr nur ausreden, weil sie es nicht ertrug, dass er Ernie heiraten wollte und nicht sie?

Kein Wunder, dass sie ihr in den vergangenen Tagen aus dem Weg gegangen war!

Was es bedeutete, dass Kuno es ihr nicht berichtet hatte, konnte sie nur erahnen. Adelheid war jung, schön und vor allem schlank. Warum sollte er abgeneigt sein?

Sie bekam beinahe keine Luft mehr. Das Kind drückte ihr von unten die Lungen zusammen, und ihr Herz tat das gleiche von innen heraus.

Nach ein paar Minuten verließ Kuno sein Zimmer wieder.

Ernie lauschte, bis seine Schritte im Erdgeschoss in der kleinen, aber feinen Bibliothek verklangen, und die Tür ins Schloss fiel, dann hastete sie aus ihrem Zimmer.

Auf dem Gang stolperte sie beinahe über Adelheid, die sie mit weit aufgerissenen Augen ansah.

»Du ... du Schlange!«, spie sie ihr entgegen. »Wie konntest du nur?«

Adelheid wich zurück. »Ernie, ich ... was ...?«

Ernie schaffte es nicht, sie ausreden zu lassen. Sie lief die Treppe hinunter und durch die Haustür, lief immer weiter, bis das Haus weit hinter ihr lag. Das Licht aus den Fenstern erreichte sie kaum noch und schimmerte nur noch wie fahle Irrlichter im Nebel, der allabendlich vom Moor her aufzog.

Es roch erdig und feucht. Der Boden unter ihren viel zu feinen Schuhen federte wie eine dieser Gummimatten, die neuerdings auf Spielplätzen verbaut wurden.

Sie starrte auf ihre schmalen schwarzen Schuhspitzen, die schon nach den wenigen Schritten voller

Schlamm waren. Es war ihr nicht in den Sinn gekommen, ihr Schuhwerk zu wechseln. Ins Moor zu laufen, war überhaupt keine bewusste Entscheidung gewesen, sie hatte vielmehr einfach rausgemusst, an die frische Luft.

Weg von Kuno und Adelheid.

Ihre Wangen glühten, der kühle Wind vermochte sie kaum zu kühlen. Also lief sie immer weiter, tiefer ins Moor hinein.

Sie meinte, hier jeden Weg zu kennen, doch im Dunkeln sah plötzlich alles ganz anders aus. Es konnte doch nichts geschehen, nicht wahr? Alle gefährlichen Wege waren durch Warnschilder gekennzeichnet.

Der Geist der Moorleiche fiel ihr wieder ein, und ein Schauer lief ihr über den Rücken. Vielleicht sollte sie doch umdrehen. Die Luft war ohnehin nicht in der Lage, ihren Kopf zu klären. Ihre Gedanken gingen immer noch kreuz und quer durcheinander.

Adelheid und Kuno, war das möglich? Hatte sie ihm in dem Brief ihre Liebe gestanden? Und er, wie fühlte er? Er wäre nicht der erste Mann, der ein Verhältnis mit einer Hausangestellten einging.

Würde er das tun? Andererseits, ansonsten hätte er ihr doch von dem Brief erzählt, nicht wahr? Und all das erklärte auch Adelheids plötzlichen Rückzug.

Ernestine wusste nicht, was ihr mehr zusetzte; Kunos Heimlichkeit, oder dass Adelheid sie hinterging.

Dennoch sollte sie nun zum Haus zurückkehren. Sie war lange genug in der Dunkelheit und im Nebel herumgeirrt.

Rasch wandte sie sich um und ging einige Meter in die entgegengesetzte Richtung. Eigentlich musste sie gleich den Bohlenweg erreichen, der Spaziergänger sicher auf den Weg zurück nach Aurich brachte.

Doch der kam nicht. Sie machte weitere zehn Schritte und zählte dann noch einmal zehn. Immer noch fühlte sie weichen Boden unter den Füßen. Viel zu weichen Boden, wenn sie es genau nahm.

Plötzlich meinte sie, rechts von sich in der Ferne einen sanften Lichtschein auszumachen. War das ihr Zuhause? Hatte sie sich so in der Richtung vertan?

Tief durchatmend folgte sie dem Licht, bis es plötzlich verschwand, als hätte es jemand ausgeknipst.

Doch das war unmöglich, es war noch viel zu früh. Dummerweise konnte sie durch den Nebel kaum etwas von der Umgebung erkennen, keinerlei Landmarken, an denen sie sich orientieren konnte.

Ratlos drehte sie sich einmal um sich selbst. Wohin sollte sie sich nun wenden? Zu ihrer Rechten stand ein knorriger Baum, von dem sie sicher war, ihn noch nie gesehen zu haben.

Ihre Füße verhedderten sich in einer Pflanze, und sie geriet ins Straucheln. Der nächste Schritt landete im Schlamm.

Fassungslos sah sie hinab und beobachtete, wie ihr schwarzer Damenschuh im Matsch versank. Nur mit Mühe konnte sie ihn wieder befreien. Doch, nein, das konnte sie nicht. Nur ihr Fuß kam zum Vorschein, der Schuh blieb verschollen.

So ein Ärger! Sie mochte diese Schuhe, und es war eins von wenigen Paaren, in die sie ihre Füße noch hineinquetschen konnte.

Mit einem Seufzer ließ sie sich umständlich auf die Knie nieder. Der Bauch war ständig im Weg. Es gelang ihr schließlich, und sie krabbelte näher an das Schlammloch heran, das ihren Schuh verschlungen hatte. Kurz verdrehte sie die Augen und rief sich noch einmal die Vorteile dieser bequemen Schuhe ins Gedächtnis, dann steckte sie ihre Hand in den Schlamm.

Sie fühlte – nichts.

Nur kalte, schleimige Schlüpfrigkeit, von der ein modriger Geruch ausging, wann immer sie eine untenliegende Schicht nach oben brachte. Da ihr nichts anderes übrig blieb, steckte sie ihren Arm tiefer hinein, bis sich ihr Ärmel bis zur Achsel mit braunem Wasser vollsog.

Sie glitt geradezu voran. Es fühlte sich an, als würde das Moor nach ihr greifen und sie zu sich ziehen wollen.

Einen kurzen Moment dachte sie tatsächlich darüber nach. So leicht wäre es, und all ihre Probleme wären verschwunden. Sie musste sich nur nach vorn fallen und es geschehen lassen. Kein Babybauch mehr, kein unehelicher Sohn, keine Eifersucht, keine Ansprüche ihrer Familie, von denen sie nicht wusste, ob und wie sie sie erfüllen konnte.

Ein Schauer überlief sie. Was für ein Wahnsinn, das wollte sie doch überhaupt nicht!

Sofort drückte sie sich zurück. Sollte ihr Schuh bleiben, wo er war. So gern hatte sie dieses Paar auch wieder nicht.

Aber der Schlamm ließ sie nicht gehen. Wie sehr sie es auch versuchte, er zog sie weiter zu sich. Sie konnte sich schon allein des Bauches wegen nicht aufrichten, und jetzt zerrte es sie immer weiter in die Tiefe.

Angst stieg in ihr auf. Sie begann, wild zu zappeln, was nur dazu führte, dass sie das Gleichgewicht verlor und mit dem ganzen Oberkörper im Moor landete.

Kalter Schlamm kroch ihr in die Kleidung.

Sie wollte schreien, doch es gelang ihr nicht. Sie konnte nur ein leises Röcheln ausstoßen. Die braune Masse erreichte bereits ihren Mund, quoll über ihre Lippen, und sie hatte nicht die geringste Chance, sich hochzudrücken.

Sollte es das gewesen sein? Nicht nur für sie, sondern auch für ihren ungeborenen Sohn? Ihr wurde ganz elend, wenn sie an das Kind dachte, das in ihr wuchs. Sie hatte es nicht geschafft, für seine Sicherheit zu sorgen.

Tränen liefen über ihre Wangen. Wäre sie doch nur nicht so unvorsichtig gewesen. Jetzt würde sie hier im Moor sterben, und irgendwann würde man ihren konservierten Leichnam bergen. »Die dicke Frau von Bernuthsfeld« hieße sie dann.

Im nächsten Moment fühlte sie sich an den Schultern gepackt. Das Moor gab sie mit einem saugenden Geräusch frei. Angestrengt arbeitete sie ein wenig mit, und schon hockte sie in einem nassen und völlig mit Schlamm verschmierten Kleid auf einem sicheren Untergrund.

Kuno kniete neben ihr, das Gesicht angstverzerrt. Schweiß lief ihm über die Stirn, und er sah sie aus geweiteten Augen an. »Mein Herz, was ist geschehen?«

Die Ader an seinem Hals pochte heftig.

Ernestines Herz kam selbst nicht hinterher, ihr Blut zu pumpen. Es hämmerte wie ein wildgewordener Schmied.

Wie ohne ihr Zutun schlangen sich ihre Arme um Kunos Hals, und er drückte sie eng an sich. Schlamm verteilte sich an seinem Hals.

Sie krochen ein Stück weiter und lehnten sich gegen den knorrigen Baum. Es dauerte eine Weile, bis sie sprechen konnte. »Wie hast du mich gefunden?«

»Du warst plötzlich verschwunden«, murmelte er dicht an ihrem Ohr. »Niemand wusste, wo du warst. Dann habe ich gesehen, dass die Tür nicht richtig geschlossen war, und bin nach draußen gelaufen.«

Sie presste sich enger an ihn. »Das Moor ist so groß.« Ihre Stimme zitterte schwach.

»Ich denke, ich habe einfach gespürt, wohin ich mich wenden muss«, sagte er leise. Seine Hand strich über ihren Oberarm.

Ein warmes Gefühl durchströmte sie und vertrieb nicht nur die Kälte in ihrem Körper, sondern auch die in ihrem Herzen.

»Warum bist du nur einfach ins Moor gelaufen, mein Herz? Wenn du einen Spaziergang unternehmen willst, begleite ich dich doch liebend gern.«

»Es war wegen ...« Sie biss sich auf die Lippe. Es kam ihr jetzt so dumm vor und auch so ungehörig, dass sie in seinen Sachen geschnüffelt hatte.

»War es wegen Adelheid?« Seine Miene verzog sich.

Sie zuckte zusammen. »Kuno ... Es tut mir ...«

Sanft legte er ihr einen Finger auf die Lippen. »Bitte lass dich von ihr nicht täuschen, mein Herz.«

Sie zog die Brauen in die Höhe. Was meinte er nur? »Ich habe ihren Brief in deiner Tasche gesehen«, gab sie schweren Herzens zu. Wenn er sie nun nicht mehr mochte, weil sie ihm etwas unterstellte, dann konnte sie es auch nicht ändern. Sie brauchte Gewissheit.

»Dieser vermaledeite Brief!« Er presste die Kiefer zusammen. »Hast du ihn gelesen?«

Sofort schüttelte sie nachdrücklich den Kopf. »Natürlich nicht! Das würde ich nie tun!«

Er nickte leicht. »Natürlich würdest du das nicht. Verzeih mir.« Er ließ seine Hand zu ihrem Rücken wandern, den er zärtlich streichelte, dann zog er sie auf die Beine.

Eng umschlungen führte er sie durch das Moor. An seiner Seite fühlte sie sich sicher.

»Aber du weißt es, nicht wahr?«, fragte er schließlich leise, als die Lichter des Hauses in der Ferne sichtbar wurden.

Es stand in einer völlig anderen Richtung, als sie es vermutet hatte. Wie hatte sie sich nur so täuschen können?

»Ich habe eine Vermutung«, sagte sie. Traurigkeit erfüllte sie, wenn sie daran dachte, dass sie ihre beste Freundin verlieren würde. Doch wie es sich gerade darstellte, würde sie immerhin nicht ihren Verlobten verlieren. Zur Liebe gehörten schließlich immer zwei.

»Sie ist ganz krank vor Liebe, scheint es mir«, sagte er und drückte Ernies Arm. »Und wer könnte es ihr verdenken?«

Er blieb stehen, legte seinen Arm um sie und zog sie an sich. Seine Lippen streiften die ihren, und ein Kribbeln durchzog ihren ganzen Körper. Ein Gefühl, das sie nicht mehr gespürt hatte, seit sie zum ersten Mal zusammen gewesen waren, in dieser Nacht in Hamburg.

Dennoch stutzte sie. Natürlich wusste sie, dass Kuno sehr viel selbstbewusster war als sie, doch sie hatte nicht angenommen, dass er davon ausging, jede Frau würde auf ihn fliegen, wie man so schön sagte.

»Verdenken?«, fragte sie vorsichtig.

Er sah sie traurig an. »Du kennst doch ihre Gefühle, mein Herz.«

Erst bei diesen Worten wurde ihr klar, dass er recht und sie zugleich völlig falsch gelegen hatte. Hätte sie es nicht spüren müssen?

Vermutlich.

Sie sah das Haus in der Ferne immer wieder aus dem Nebel auftauchen und wäre am liebsten für immer hier im Moor geblieben.

Kapitel vierunddreißig

Gegenwart

Als Helmke auf dem Weg zu Adelheids Adresse einen Drogeriemarkt in der Ferne auftauchen sah, konnte sie nicht widerstehen. So viel Zeit musste sein. Sie hielt und erstand eine Zahnbürste, Zahncreme, feuchte Reinigungstücher, Deo und eine Gesichtscreme.

Nachdem sie in der hintersten Ecke des Parkplatzes gehalten und ein Produkt nach dem anderen bestimmungsgemäß benutzt hat, fühlte sie sich besser.

Zuletzt widmete sie sich ihren Zähnen. Mit dem restlichen Wasser aus der Flasche vom Vortag benetzte sie die Bürste. Gut, dass sie in der Tankstelle heute Morgen Flüssigkeitsnachschub besorgt hatte.

Beim Zähneputzen puzzelte sie die Informationen neu zusammen, die sie momentan besaß. Es war immer gut, wenn man dem Gegenüber den Eindruck vermitteln konnte, ohnehin schon alles zu ahnen.

Da war also die Köchin Adelheid, die Anfang der Sechziger für Tante Ernies Familie gearbeitet hatte. Die ist irgendwann verschwunden und hat das geheime Familienrezept für Grünen Knurrhahn mitgenommen, vermutlich sogar das ganze Buch. Ihr Ehemann ist kurz nach der Geburt ihrer ersten Tochter gestorben, doch auf jeden Fall musste sie genügend Geld gehabt haben, um ein eigenes Restaurant zu eröffnen. Ob man das als Frau in den Sechzigern wirklich allein bewerkstelligen konnte? War es nicht wahrscheinlicher, dass sie die Hilfe eines Mannes gehabt hatte?

Sie überlegte. Was, wenn Leos Tante Ida wirklich die Tochter eines anderen Mannes gewesen ist? Und wer war dieser Mann, warum wusste Leo nichts über ihn?

Die größte Frage jedoch war, warum Adelheid einfach abgehauen war. Hatte es Streit gegeben, einen Konflikt? Ernie sprach nicht schlecht von ihr, eher sehnsüchtig. Ihr Verhalten deutete darauf hin, dass es ein nicht verarbeitetes Trauma gab.

In ihrer Familie war natürlich zu der Zeit auch einiges los gewesen. Jemand hatte Inventar geklaut, irgendwann war Großonkel Emil gestorben, und dann war da ja noch der geheimnisvolle Kuno. Ob er damals Ernies Freund gewesen war? Ihr Liebhaber vielleicht sogar?

Plötzlich kam ihr ein Gedanke. Leider ließ ihre Erinnerung sie ein wenig im Stich, doch sie wusste genau, wie sie diese auffrischen konnte.

Sofort spuckte sie aus und spülte den Mund. Sie hatte nun wirklich lange genug geputzt, um das Versäumnis vom Abend zeitlich ebenfalls auszugleichen.

Dann tippte sie eine Nachricht an Konstanze. Wenn sie sich richtig erinnerte, hatte diese heute nur bis zur Vierten und müsste bereits zu Hause sein – wo sie selbst auch schleunigst wieder auftauchen sollte! Sie konnte ihre zwölfjährige Tochter und ihre fünfundachtzigjährige Großtante nicht ewig in der Obhut einer beinahe fremden Frau lassen, egal wie zuverlässig und vertrauenswürdig diese als Altenpflegerin war.

Maus, kannst du mir bitte noch mal die Zeitungsartikel aus dem Zigarrenkasten abfotografieren? So, dass man sie lesen kann?

Dann musste sie sich nicht länger das Gehirn zermartern, wie dieser ominöse Geschäftspartner geheißen hatte, der verschwunden war.

Die Antwort kam prompt. Als erstes schickte ihre Tochter ein Foto von einem riesigen Eisbecher, den sie sich offenbar mit Tante Ernie teilte. Na gut, momentan war jede Nahrung, die die alte Frau zu sich nahm, gute Nahrung.

Direkt danach trafen gute Aufnahmen von den Artikeln ein. Schnell überflog Helmke die Texte. Im letzten Artikel, ziemlich weit hinten, wurde sie fündig. Da war von dem Geschäftspartner Kuno M. die Rede, der nicht auffindbar war.

Ihr gefror das Blut in den Adern, als sie auf das Datum sah. Seit Anfang 1963 war er verschwunden.

Zu der Zeit hatte Adelheid hier in der Eifel den *Eifelblick* eröffnet, den jetzt ihr Enkel fortführte.

Tante Ernies Kuno, von dem sie laut ihrer Tochter mit weicher Stimme sprach, verschwand zur gleichen Zeit wie die Köchin des Hauses und jede Menge wertvoller Antiquitäten. Konnte das ein Zufall sein?

Kurz überlegte sie, ob sie Konstanze bitten sollte, Tante Ernie zu fragen, ob Kuno vielleicht ihr Verlobter war, der mit Adelheid durchgebrannt war. Aber sie verwarf den Gedanken als zu grausam. Stattdessen wählte sie die Nummer ihrer Oma Merle.

Nach nur drei Mal tuten nahm diese das Gespräch entgegen. »Kind, ich bin gerade auf dem Sprung!«

Helmke musste lächeln. Das war ja immer so. »Es geht auch ganz schnell, Oma. Ich habe nur eine kurze Frage: Hatte Tante Ernie einen Freund damals, in den Sechzigern? Oder einen Verlobten?«

»Aber das weißt du doch! Oder weißt du das nicht?« Oma schien zu überlegen.

»Nein, woher denn?« Helmke hielt es kaum aus vor Ungeduld.

»Ja, stimmt auch wieder. Das ist ja nicht ihr Lieblingsthema.« Oma Merle stieß die Luft aus. »Welche Frau wird schon gern verlassen, nicht?«

»Er hat sie also verlassen?«

»Das munkelt man, Kind. Jedenfalls war er irgendwann weg und niemand hat seinen Namen mehr erwähnt. Doch das war zu der Zeit, als es deinem Opa sehr schlecht ging, deswegen ...«

»Du kennst seinen Namen aber, richtig?« Um auch wirklich sicher zu gehen, wollte sie es ihrer Oma nicht vorkauen. Nicht, dass sie dadurch ihre Erinnerungen verwässerte.

»Ja, bestimmt. Es ist nur schon so lange her. Mal überlegen ... Kurt? Ich glaube, er hieß Kurt. Oder nein ...«

Jetzt hielt sie es allerdings nicht mehr aus. »Kuno? Hieß er vielleicht Kuno?«

»Das ist es! Ach, du wusstest es ja doch!«

»Vielen Dank, Oma! Du hast mir sehr geholfen. Und viel Spaß bei allem, was du heute noch vorhast.«

Sie verabschiedeten sich schnell voneinander. Helmke starrte vor sich hin. So langsam ergab sich ein

Bild und zwar eins, bei dem Leos Oma nicht allzu gut wegkam.

Das dürfte ihre langsam aufkeimende Freundschaft leider nachhaltig stören. Der Mann schien seine Oma auf ein Podest zu heben, und das war prinzipiell eine schöne Sache. Das tat sie ja ebenfalls mit ihren Familienmitgliedern – jedenfalls mit manchen.

Dummerweise war sie nun auf dem Weg, die Frau da herunter zu schubsen. Wenigstens käme es dann auch nicht mehr darauf an, dass sie ihre Absprache brach und auf eigene Faust hinfuhr.

Sie ließ sich vom Navi weiterleiten und zum Glück waren alle Straßen, die sie befahren musste, auch verzeichnet. Nur einmal musste sie wegen einer Baustelle eine Umleitung nehmen, die sie einmal um einen Ort herumführte statt mitten hindurch.

Nach einer viel längeren Zeit, als sie gedacht hatte, hielt sie ihren Wagen vor dem Haus, in dem Adelheid lebte.

Es war ein an den Hang gebautes Einfamilienhaus mit hellem Putz und einem roten Dach. Von der Straße aus sah es riesig aus, doch vermutlich befand sich die Wohnebene komplett auf einer Etage. Der Eingang war hier unten, wo es wohl auch in die Kellerräume ging, der Garten befand sich eine Ebene weiter oben. Ein Treppenlift war durch die Fensterfront im Treppenhaus auszumachen.

Helmkes Herz machte einen Satz. Der Lift war oben geparkt. Hieß das nicht, dass Adelheid zu Hause war?

Jedenfalls wenn sie nicht mit einer Person dort lebte, die ebenfalls schlecht zu Fuß war. Leo hatte keine

Wohngemeinschaft erwähnt, doch das musste nichts heißen.

Sie atmete ein paar Mal tief durch, um sich zu sammeln. Noch einmal kaute sie durch, was sie wusste. Wie sollte sie sich bei ihr vorstellen? Als Ernestine Tegelers Großnichte, auf der Suche nach dem alten Familienkochbuch?

Ihr wurde ein wenig schwer ums Herz bei dem Gedanken, einer alten Frau zusetzen zu müssen, doch es war wohl nicht anders möglich, diese Angelegenheit zu klären. Besser sie, als wenn sie es ihrem Anwalt übergeben würde. Der war nicht besonders zimperlich, wenn es darum ging, die Gegenpartei in die Mangel zu nehmen.

Als sie gerade so weit war, jetzt endlich auszusteigen und zu klingeln, raste ein anderer Wagen in die Straße und kam mit quietschenden Reifen vor ihrem zum Stehen.

Helmke rutschte das Herz in die Hose. Das las man doch immer in Büchern so, doch jetzt fühlte sie es am eigenen Leib. Es war, als sackte alles in ihr eine Etage tiefer.

Auch ihre Mundwinkel. Die hob sie jedoch unter einiger Kraftanstrengung wieder an und schlug dann ihre Wagentür zu. Leider von außen, obwohl sie jetzt lieber drinnen gesessen hätte.

Leo sprang aus seinem Wagen und funkelte sie böse an. »Kannst du mir mal sagen, was du hier vorhast?« Mit seinen Mundwinkeln gab er sich nicht so viel Mühe wie sie mit ihren.

»Ich wollte nur mal ...« Den Rest verkniff sie sich, weil er ihr ohnehin nicht glauben würde – außer wenn sie die Wahrheit sagte. Doch er war schon sauer genug, wie es schien.

»Ich habe dir doch versprochen, dass ich mich um die Sache kümmern werde!«

Sie nickte. »Ja, ich erinnere mich. Aber ich dachte mir, dabei könnte ich ja ein bisschen mithelfen.« Innerlich stöhnte sie auf. Warum zum Teufel war er überhaupt schon hier? So spät war es doch noch gar nicht, das Restaurant war garantiert noch geöffnet.

»Ich hatte gleich so ein Gefühl! Gut, dass heute überhaupt nichts los war. Und auch, dass du so lahmarschig fährst, wie du Gemüse schneidest. Gestern Nacht dachte ich noch, ich würde dich versehentlich verlieren, wenn ich nicht die ganze Zeit gebremst hätte.«

Da hatte sie ihre Antwort. »Ach, da konntest du ja mal früher Feierabend machen. Das freut mich aber für di...«

Leo ließ sie nicht ausreden. Er ergriff ihre Hand und zog sie sanft, aber bestimmt auf die Beifahrerseite seines Wagens. »Los, steig ein. Wir müssen reden!«

»Müssen?« Sie sah ihn schief an. Das wäre ja noch schöner.

»Bitte!« Seine Augen flehten sie genauso an wie seine Stimme.

Helmke nickte, vielleicht ein bisschen zu schnell. Sie schaffte es gerade noch, auf das Schlosssymbol ihres Schlüssels zu drücken. Aus dem Augenwinkel heraus sah sie, wie ihre Blinker aufleuchteten, dann schob Leo sie bereits auf den Beifahrersitz.

Sofort lief er um die Motorhaube herum und stieg auf der Fahrerseite ein. Seine Augen funkelten, einige Strähnen hatten sich aus seinem Haarknoten gelöst und wehten im Luftstrom, den seine zufallende Tür verursacht hatte.

Helmke lächelte ihn an und hoffte, dass es nicht so verkrampft wirkte, wie es sich anfühlte. Immerhin hatte sie frisch geputzte Zähne und fühlte sich beinahe so, als hätte sie nicht im Auto übernachtet.

Aber nur beinahe. Ihr Nacken zum Beispiel wusste das noch ganz genau und wurde nicht müde, sie zu erinnern.

»Ich kann nicht zulassen, dass du ohne mich mit meiner Oma sprichst«, begann Leo. Ein wenig nervös versuchte er, die gelösten Strähnen wieder festzustecken, doch sie rutschten ständig zurück und hingen ihm ins Gesicht.

Das gab ihm einen verwegenen Ausdruck. Helmke wandte schnell den Blick ab, um ihm nicht das Gefühl zu geben, sie würde ihn anstarren.

»Hör zu. Ich werde dir und deiner Familie keinen Ärger machen. Ich will nur das Buch, und dann bin ich schon wieder weg. Was da damals vorgefallen ist, interessiert mich überhaupt nicht.« Sie biss sich auf die Unterlippe bei dieser Lüge. Außerdem fühlte sie tief in sich ein Bedauern.

Wenn sie heute hier wegfuhr, würde sie Leo wohl nie wiedersehen.

Die Erinnerung an seine Lippen auf ihren machte diesen Umstand nicht eben leichter.

»Echt nicht?« Er strich sich jetzt mit beiden Händen die Haare zurück und sah sie fest an. »Also, mich schon.«

Sie verzog das Gesicht. »Na gut, mich auch. Aber ich will deiner Oma nicht schaden, das musst du mir glauben. Ich hatte nur das Gefühl, die Sache selbst in die Hand nehmen zu müssen, nachdem du so … Na ja, nachdem du so warst, wie du warst.«

Jetzt verzog er den Mund und sah auf seine Hände. »Na gut, das kann ich dir wohl nicht übelnehmen. Ich würde mir vielleicht auch nicht vertrauen, wenn ich du wäre.«

»Du weißt genau, dass sie das Buch besitzt, oder?« Helmke legte den Kopf schräg.

»Ich habe einen Verdacht.« Er kratzte mit dem Zeigefinger an der Nagelhaut seines Daumens herum. »Es gibt in ihrem Haus einen Raum, der immer abgeschlossen ist. Unten im Erdgeschoss.« Fahrig deutete er aus dem Fenster, doch es wurde deutlich, dass er die Ebene meinte, auf der sie sich befanden.

Na, hoffentlich war dieser Raum nicht feucht. Als Antiquitätenhändlerin wusste sie, was unsachgemäße Lagerung anrichten konnte.

»Und da befindet sich mein Buch?« Sie räusperte sich und korrigierte. »Das Buch meiner Familie?«

»Dort befindet sich ein Buch, ja. Was für eins weiß ich nicht, doch inzwischen wüsste ich es selbst gern. Ich weiß nur, dass sie es in Ehren hält und diese Kammer immer gut verschließt. Als kleiner Junge bin ich einmal dort hineingestolpert, als sie vergessen hatte zuzusperren, und sie war sehr böse, als sie mich erwischt hat.«

Helmke richtete sich auf. Ihr Herzschlag legte einen Zahn zu und pochte leicht in ihren Schläfen. »Und was hast du gesehen? Weißt du das noch?«

Er verzog den Mund. »Zeig mir doch noch einmal dieses Bild, auf dem dein Buch zu sehen ist.«

Sie holte ihr Mobiltelefon heraus und scrollte sich durch die immer größer werdende Liste an Fotomaterial, das Konstanze ihr in den vergangenen zwei Tagen zugeschickt hatte.

Leo rückte näher an sie heran, und sie hielt das Gerät so, dass er auf das Display sehen konnte. Bei dem Bild von dem Eisbecher, den ihre Tochter sich mit Tante Ernie teilte, legte er kurz den Finger auf den Bildschirm und vergrößerte es.

Aus irgendeinem Grund fand Helmke diese Übergriffigkeit überhaupt nicht übergriffig. Ganz im Gegenteil, sein Interesse schmeichelte ihr.

»Das ist Konstanze, richtig? Und diese Ernestine, nehme ich mal an?« Er betrachtete das Bild sehr genau.

Helmke musterte ihn dabei unauffällig von der Seite. »Genau.«

Er hatte ein angenehmes Profil mit einem starken Kinn und einer geraden Nase. Das fiel ihr erst jetzt so richtig auf.

Sein Blick traf sie unvorbereitet und jagte ihr einen wohligen Schauer über den Rücken. Was war das denn jetzt? Sie wollte ihn doch eigentlich nicht zu sehr mögen!

»Sie ist sehr hübsch. Bestimmt wird sie dir in wenigen Jahren ähnlich sehen.«

Ein dummer taumelnder Schmetterling kitzelte ihren Bauch von innen. »Danke«, murmelte sie.

»Du glaubst, das war ein Kompliment?« Sein Mundwinkel zuckte.

Der Schmetterling verpasste ihr einen Leberhaken. »Ähm, ich meine ... nein. Ist mir eigentlich auch ...«

»Es war eins.« Ohne ein weiteres Wort und vor allem ohne einen weiteren Blick scrollte er weiter.

Rasch entzog sie ihm ihr Telefon und suchte so schnell wie möglich das richtige Bild heraus. Sie hielt es ihm hin, jedoch ohne loszulassen. Das fehlte noch, wenn der Kerl vollen Zugriff auf ihr Privatleben hatte. Was dachte der sich eigentlich dabei, einfach in ihren persönlichen Bildern zu schnüffeln?

Vermutlich nicht viel. Jedenfalls legte er jetzt seine Hand auf ihre, um das Gerät zu stabilisieren. »Du wackelst«, war sein einziger Kommentar.

»Könnte es dieses Buch gewesen sein?«, presste sie hervor. Wenn ihr Herz nicht so schnell schlagen würde, wäre das mit dem Stillhalten um einiges leichter.

Er ließ los und hob die Schultern. »Könnte sein, ja. Aber ganz sicher bin ich nicht.«

Sie zeigte zur Haustür. »Ich wüsste eine gute Methode, es herauszufinden.«

Er nickte ganz leicht und warf dann einen Blick auf die Uhr. »Meine Oma geht in einer halben Stunde zum Chiropraktiker, dann können wir uns die Sache mal in Ruhe ansehen. Kannst du solange noch warten?«

»Natürlich kann ich warten.« Sie rutschte ein Stück von ihm weg und steckte das Telefon wieder ein. Auf eine halbe Stunde käme es nun auch nicht mehr an.

Leopold steckte den Autoschlüssel ins Schloss und ließ den Wagen an. »Dann schlage ich vor, du schnallst dich an.«

»Was? Was soll das?« So schnell, wie er losfuhr, konnte sie gar nicht nach dem Gurt greifen.

»Ich dachte, ich zeige dir solange die Sehenswürdigkeiten.« Ein Grinsen zuckte über sein Gesicht.

»Schon klar.« Jetzt musste sie selbst grinsen. »Wenn sie dein Auto hier sieht, kommt sie zum Hallo sagen. Und fragt, was du hier vor ihrem Haus willst.«

»Vor allem wird sie fragen, warum ich nicht hochgekommen bin.« Er warf ihr einen Blick zu, der ihre Knie zittern ließ. »Und warum ich ihr die nette Frau an meiner Seite nicht längst vorgestellt habe. Da versteht sie keinen Spaß.«

Helmke kam nicht umhin, sich zu fragen, wie viele Frauen er seiner Oma schon vorgestellt hatte, und ob es aktuell jemanden gab.

Bildete sie sich sein Interesse vielleicht nur ein, oder mochte er sie wirklich ein wenig mehr, als ihm lieb war?

Kapitel fünfunddreißig

Konnte es wirklich sein, dass Adelheid sie ein bisschen lieber hatte, als es gut war für ihre Freundschaft?

Ernestine beäugte ihre Freundin in letzter Zeit genau. Auch jetzt wieder, als sie im Esszimmer den Tisch deckte.

Es kam ihr so vor, als betrachtete sie sie jetzt aus einem anderen Blickwinkel als früher. Lag es an dem anderen Haus?

Nein, Adelheids Verhalten war wirklich seltsam. Sie wirkte gehemmt und bedrückt, seit Kuno hier war. So bedrückt, dass sich Ernestine fragte, wie sie jemals denken konnte, dass sie in ihn verliebt sein könnte.

Sogar die Bewegung, mit der sie die Teller auf dem Tisch platzierte, war kraftloser als früher. Das passte zu dem, was Kuno ihr an diesem Abend im Moor berichtet hatte.

Er hatte seinen schönen Mund zu einer Grimasse verzogen, als er ihr von Adelheids Gefühlen erzählt hatte. Von den Gefühlen, die sie Ernestines Meinung nach für ihn hegte.

»Ich weiß natürlich, dass es prinzipiell widernatürlich ist«, hatte er zu ihr gesagt und sie dann fest an sich gedrückt, als wollte er sie beschützen. »Doch andererseits verstehe ich es nun mal, wenn sich jemand in dich verliebt. Es ist mir ja nicht anders ergangen.«

Es dauerte, bis die Information sie mit voller Wucht traf.

Adelheid war verliebt? In sie, nicht in ihn?

Sie wusste, dass es Frauen gab, die sich in Frauen verliebten, doch das war so ungehörig, dass sie nie darüber nachgedacht hatte. Vermutlich war sie auch nie davon ausgegangen, dass es eines Tages sie selbst betreffen könnte.

Ernestine durchforstete ihre Erinnerungen. Hatte es irgendwelche Anzeichen gegeben? Wie hätten diese ausgesehen? Sie und Adelheid waren Freundinnen. Natürlich kam es hin und wieder zu Berührungen, zu Blicken, zu liebevollen Neckereien. Niemals hatte die Köchin dabei eine Grenze überschritten.

Andererseits hatte sich ihre Abneigung immer eher auf Kuno konzentriert, das stimmte. Wenn sie auf Ernie eifersüchtig wäre, würde sich ihr Unmut doch gegen sie richten, oder nicht?

Der Abend vor der geplanten Hochzeit fiel ihr ein. Adelheid hatte Mut gefasst und versucht, ihr etwas zu sagen, aber dazu war es nicht gekommen. Wollte sie ihr da schon ihre Gefühle beichten?

»Sie hat mir einen Brief geschrieben, in dem steht, dass ich mich von dir fernhalten soll«, hatte Kuno ihr berichtet. »Ich soll mich zurückziehen und dir deine Freiheit geben. Damit sie die wichtigste Person in deinem Leben bleibt.«

Ernie wusste noch immer nicht recht, ob sie erbost, erschrocken oder geschmeichelt sein sollte. Vermutlich fühlte sie gerade von allem etwas.

Kunos Vorschlag, die Köchin möglichst schnell vor die Tür zu setzen, hatte sie sofort abgewehrt. Sie wusste noch nicht, wie sie mit der Angelegenheit umgehen sollte, doch was immer sie auch entschied, es war ihre Aufgabe und nicht seine. Auch wenn er der Meinung war, dass er als ihr zukünftiger Mann sich darum kümmern sollte.

Nun war ein Monat vergangen, und sie hatte immer noch nicht mit Adelheid gesprochen. Sie wusste einfach nicht, wie sie es anfangen sollte.

Die Stimmung im Haus war gedrückt, das konnte jeder spüren. Nun ja, vielleicht jeder außer Emil, dem die Seeluft deutlich gut bekam. Er hatte wieder Farbe auf den Wangen, und sein Appetit war auch gestiegen.

Wenigstens eine gute Auswirkung hatte der Aufenthalt in diesem Haus bisher zu verzeichnen.

Und nun saß sie hier, auf dem kleinen Sofa im Esszimmer, blätterte lustlos in einem Buch und wusste nicht, wie sie mit ihrer besten Freundin umgehen sollte. Sogar der Geruch des Abendessens bereitete ihr keine Freude.

Adelheid blickte vom Esstisch auf und ihr direkt in die Augen. Ernie hielt stand, jedoch nur wenige Sekunden, dann sah sie weg.

Ernie biss sich auf die Lippe. Sie musste endlich mit ihr über den Elefanten sprechen, der im Raum stand.

Die Gelegenheit war günstig. Sie waren in letzter Zeit selten allein gewesen. Immer waren Kuno oder Emil in der Nähe, und oftmals trug einer der beiden der Köchin eine Aufgabe auf, die überhaupt nicht in ihrem Aufgabenbereich lag. Irgendwie hatte es sich schnell so eingebürgert, dass Adelheid auch die Aufgaben eines Zimmermädchens übernahm, sodass nur einmal in der Woche eine Zugehfrau aus dem Ort ins Haus kam, um zu putzen.

Jetzt sah es so aus, als kämpfte auch Adelheid mit sich. Sie hantierte viel länger als nötig mit den Servietten und faltete sie immer wieder neu.

Ob sie ebenfalls auf ein Gespräch hoffte? Wieder sah sie zu Ernie und lächelte traurig.

Warum wagte sie es nur nicht, mit ihr zu sprechen wie früher? War es wegen der Vorwürfe, die Ernie ihr gemacht hatte, und die sie vermutlich überhaupt nicht einzuordnen wusste? Ahnte sie gar, dass Kuno Ernestine ins Bild gesetzt hatte?

Wie sie sich wohl momentan fühlte? Sie musste doch damit gerechnet haben, dass Kuno sich nicht durch ihren Brief vertreiben lassen würde. Was hatte sie nur erwartet?

Gerade hatte Ernestine sich soweit aufgerafft, dass sie das Buch weglegen und zu ihrer Freundin gehen wollte, als Kuno das Esszimmer betrat.

Sein Blick huschte sofort von Ernie zu Adelheid und wieder zurück. Seine Miene verhärtete sich, als der Blick auf das Buch fiel, das zugeschlagen auf dem Tischchen neben dem Sofa lag.

Sofort richtete er das Wort an Adelheid. »Geh doch bitte in den Keller herunter und hol eine Flasche Wein zum Abendessen. Eine von denen, die ich mitgebracht habe. Der müsste hervorragend zu dem Gericht passen.«

Adelheid senkte den Blick und nickte. »Sofort.«

Kuno ließ sie nicht aus den Augen, während sie sich langsam zur Tür bewegte. Als die Köchin innehielt und Ernie einen traurigen Blick zuwarf, räusperte er sich.

Er trat zu Ernestine und legte ihr die Hand auf die Schulter. »Und für meine zukünftige Frau einen Traubensaft. Der Wein wäre nicht gut für unseren Sohn.«

Dabei betonte er das Wort unseren ganz besonders.

Adelheids Kiefermuskulatur arbeitete, das sah Ernie ganz deutlich. Ohne etwas zu sagen, verließ sie den Raum.

Sie litt, und das schmerzte Ernie. Sie legte sich die Hand auf den Bauch, der mit jedem Tag weiter wuchs. Ihr Kind bewegte sich unruhig und trat sie. Es war so schmerzhaft, dass sie beinahe zusammenzuckte. Wie sollte sie das nur die nächsten fünf Wochen aushalten, bis der Kleine endlich kam? Jedenfalls war das der Zeitraum, den die Hebamme genannt hatte, die sie hinzugezogen hatten, sobald sie hier in Aurich eingetroffen waren. Sie war auch die Frau, die das Kind zur Welt bringen sollte.

Ihr wurde ganz übel bei dem Gedanken daran. Nicht nur wegen der bevorstehenden Schmerzen - noch immer wussten sie nicht, was mit dem kleinen Kurt geschehen sollte, wenn es so weit war. Immerhin hatte er inzwischen einen Namen, nämlich den von Kunos Großvater, der im Krieg gefallen war.

Die Hebamme hatte bereits zu verstehen gegeben, dass sie eine Familie wüsste, bei der sie das Kind gut unterbringen könnte. Eine Frau, die selbst keine Kinder bekommen konnte, und ihr liebevoller Ehemann würden alles für den Jungen tun. Doch noch hoffte Ernie, dass es eine Möglichkeit gäbe, das Kind zu behalten.

Sicher spürte Kurt, dass etwas seine Mutter belastete, und war deswegen so aufgeregt und unruhig. Sie musste sich beruhigen, sonst würde die kommende Zeit zur Hölle für sie beide.

Ernestine seufzte und legte ihre Hand auf Kunos. Hatte er Adelheid weggeschickt, damit sie nicht miteinander reden konnten? Wenn sie es sich so überlegte, hatte er in den vergangenen Wochen immer dafür gesorgt, sie so wenig wie möglich allein zu lassen. Sogar ins Bett hatte er sie gebracht, und die Verbindungstür zwischen ihren Räumen blieb stets offen stehen.

Emil hatte sich wohl damit arrangiert, seitdem er wusste, dass seine Schwester ohnehin bereits ein Kind erwartete. Oder die gute Luft und seine verbesserte körperliche Verfassung hatten ihm das Gehirn vernebelt. Mutter würde es niemals zulassen, dass sie beinahe zusammen in einem Raum schliefen, verlobt hin oder her.

»Geht es dir gut, mein Herz?« Kuno blickte auf sie herab und lächelte.

Sie nickte. »Den Umständen entsprechend.« So fühlte es sich nicht wie die Lüge an, die es war.

Er zog die Hand unter ihrer fort, ohne ihr noch mal die Schulter zu drücken oder sie auf andere Art zu liebkosen. Mit übereinandergeschlagenen Beinen setzte er sich neben sie und verschränkte die Arme. »Ich habe mir Folgendes überlegt. Wir werden noch dieses Jahr hier in Aurich heiraten. Dann nehmen wir das Kind mit ins Haus deiner Eltern und stellen sie vor vollendete Tatsachen.«

Ein Schauer lief Ernie über den Rücken. »Ohne Mutter?« Sie sah an sich hinab. Ihr Bauch wölbte sich so, dass sie nur nach hinten gelehnt und mit einem Kissen im Rücken sitzen konnte. »Und in diesem Zustand?«

Warum nur hatte er das nicht vor fünf Monaten vorgeschlagen, als man ihr die Schwangerschaft noch nicht so angesehen hatte?

Sie wünschte sich, dass er den Arm um sie legte, damit sie sich an ihn lehnen konnte, doch das tat er nicht. Stattdessen kniff er die Augen zusammen. »Ich will, dass das Kind nicht unehelich zur Welt kommt.«

»Das möchte ich doch ebenfalls.« Sie sah ihn an und hoffte, dass er sich ihr endlich zuwendete, doch sein Blick ging weiter geradeaus.

»Ich habe bereits mit dem Dorfvorsteher von Aurich gesprochen. Er sorgt dafür, dass wir nächste Woche vermählt werden können. Es genügt das Einverständnis deines Bruders.« Kuno nickte zufrieden.

Ernestine wurde es schwer ums Herz. Sie musste schlucken bei dem Gedanken, dass Adelheid ihr womöglich bei den Hochzeitsvorbereitungen dieses Mal nicht zur Seite stehen würde. Dennoch nickte sie, sie hatte ja keine andere Wahl. »Wenn du das für richtig hältst, dann tun wir das.«

»Und ich habe mich umgehört. Die Tochter aus der Wirtschaft hat eine Lehre als Köchin gemacht und würde bei uns aushelfen. Dann können wir Adelheid gleich morgen wieder nach Bremen schicken.«

Der Schrecken fuhr durch Ernies Glieder, sie fühlte sich schlagartig ganz schwach. »Du willst sie wegschicken?«

Jetzt ergriff er doch ihre Hand, aber seine Berührung reichte nicht aus, ihre Verkrampfung zu lösen. »Das ist besser für alle. Auch für sie. Wenn wir das Geschäft von deinen Eltern übernehmen, werde ich sie umgehend austauschen.«

Wie grausam das klang, wie lieblos er von ihrer Freundin sprach. Als wäre sie eine Sache, die man einfach so ersetzen konnte. Das gefiel Ernestine überhaupt nicht, doch er hielt es offenbar ohnehin nicht für nötig, sie nach ihrer Meinung zu fragen. Vielleicht war das ganz gut so, denn sie wusste momentan nicht, welche Meinung sie dazu hatte.

War es denn wirklich wichtig, wen jemand liebte, ob Mann oder Frau? War Liebe denn nicht immer Liebe, und konnte sie nicht in jeder Konstellation mitunter unerwidert bleiben? Das musste sich doch lösen lassen, ohne dass ihre Freundschaft zerstört wurde!

Sie musste mit Adelheid sprechen, und zwar so schnell wie möglich. Bevor sie weggeschickt wurde.

Vor ihrem inneren Auge sah sie eine andere Köchin mit ihrem Familienkochbuch, das sie selbstverständlich mit hierhergebracht hatte. Nein, das war nicht zu ertragen.

Auch Adelheid würde darunter leiden, das wusste Ernie.

Sie ballte die Fäuste und fasste den Entschluss, sie noch in dieser Nacht aufzusuchen.

Kapitel sechsunddreißig

Helmke ballte auf dem Beifahrersitz die Fäuste, fest entschlossen, mit Leos Oma zu sprechen, egal was sie in dem kleinen Raum finden mochten. Dafür hatte ihre Großtante die Köchin zu oft erwähnt.

Sie musste einfach wissen, was sie zu sagen hatte.

Leo blickte sie fragend an. »Was denkst du?«

Sie rutschte auf dem Autositz hin und her. »Ich denke, wenn deine Oma nicht gleich losfährt, gehe ich einfach so in ihr Haus und stelle sie zur Rede.«

»Du bist ja ganz schön rabiat. Hat deine Tochter das von dir geerbt?« Sein Gesicht blieb ganz ernst, doch in seinen Augen blitzte es.

»Das hoffe ich doch!« Ihr schlechtes Gewissen regte sich, wenn sie an Konstanze dachte. »Ich muss das hier so langsam mal regeln, damit ich zurück nach Hause zu meiner eigenen Familie komme.«

Er nickte verständnisvoll. »Sicher hat Konstanzes Vater langsam die Nase voll davon, allein den Laden zu schmeißen.«

»Konstanzes Vater?« Wie kam er denn jetzt darauf? »Willst du etwa wieder nachfühlen, ob ich in festen

Händen bin?« Kaum hatte sie das ausgesprochen, merkte sie, wie sie rot wurde.

Seit wann bist du so direkt, Helmke?

Leo fixierte sie vollkommen unverblümt. »Und wenn es so wäre?«

»Dann würde ich sagen, das hättest du tun sollen, bevor du gestern in deiner Küche versucht hast, mich zu küssen.« Ihr Mundwinkel zuckte. Wie konnte man sich nur gleichzeitig so amüsiert und beschämt fühlen?

Er lachte auf. »Ich würde ja sagen, du hast versucht, mich zu küssen! Und wie du mich angesehen hast … Ich meine, ich sage nur ›Marlene Dietrich‹, und plötzlich kannst du deinen Blick nicht mehr von mir lassen!«

»Das wüsste ich aber!« So war das nicht gewesen, oder? Sie versuchte, sich an die Situation zu erinnern, doch es gelang ihr nicht so recht.

»Dein Hintern hat mir jedenfalls ein deutliches Zeichen gegeben.« Seine Augen leuchteten.

Helmke schlug die Hand vor den Mund. »Also, echt, das war überhaupt nicht …«

»Hey!« Er hob die Hände. »Ich fand's gut. Ein bisschen zu gut, um ehrlich zu sein.«

Er hatte den Anstand, selbst ein wenig zu erröten. Das gefiel Helmke sehr. »Also, wenn du es unbedingt wissen willst: Ihr Vater befindet sich momentan in einer Rehabilitationseinrichtung, wenn ich richtig informiert bin.«

»Rehab…« Er überlegte kurz. »Ach, du meinst Knast?«

Sie verzog den Mund. »Ich bin wirklich nicht stolz darauf. Aber ich hatte wohl eine Phase, in der ich auf böse Jungs stand.«

»Ich wusste es. Du bist gar nicht so brav, wie du die Menschen glauben lassen willst, was?« Er strich sich die Haare zurück und präsentierte gewollt auffällig die Tätowierung an seinem Oberarm, ein schwarzes Tribal. »Und ist diese Phase vorbei?«

Sie musste lachen. »Wenigstens die Phase mit Konnies Vater ist vorbei, so viel kann ich sicher sagen.«

Ein Lächeln huschte über sein Gesicht. »Gut zu wissen.«

Ihr wurde es kurz ziemlich warm.

Dann fuhr er plötzlich zusammen und verjagte das Gefühl. »Da ist sie!«

Sie duckten sich instinktiv, obwohl Leos Oma sie von ihrer Position aus sicher nicht bemerkte. Die alte Dame schlenderte den Gehweg entlang und schien mit jemandem zu telefonieren. Sie war die erste Person über achtzig, die Helmke in der Öffentlichkeit mit einem Mobiltelefon sah.

Als sie verschwunden war, startete Leo den Motor. »Los geht's«, sagte er leise. Er wirkte angespannt.

Sie fuhren zurück in die Straße, in der seine Oma lebte. Er parkte wieder vor Helmkes Wagen.

Als sie ausstiegen, knirschte er beinahe mit den Zähnen vor Anspannung. Er griff nach Helmkes Arm. »Hör mal, wenn das Buch da ist ... Versprich mir, dass du ihr wirklich nicht allzu sehr zusetzen wirst, okay?«

»Natürlich, das habe ich doch schon gesagt. Ich will ihr nichts Böses. Das alles ist lange her, und sie ist nicht die Einzige, die jemals etwas mit dem Mann einer anderen angefangen hat.«

Er hob die Hand. »Falls es denn so war!«

»Genau. Falls.« Eine andere Erklärung fiel Helmke allerdings momentan nicht ein, und Leo schien es ähnlich zu gehen.

Er holte den Schlüssel hervor und schloss die Tür auf. Sie traten ein und verharrten auf der Schwelle. Atemlos lauschte Helmke in das leere Haus. Das Ticken einer Uhr hallte durch das Treppenhaus und jagte ihr einen Schauer über den Rücken.

Gleich würden sie es wissen.

Dicht an dicht schlichen sie durch einen schmalen Gang, weg vom Treppenhaus. Hier bekam das Gebäude schnell den Charakter eines Kellers. Es wurde kühl und ein wenig feucht, doch das konnte sich Helmke auch einbilden – einfach, weil sie genau das befürchtet hatte.

Vor einer schmalen, unscheinbaren Tür stoppte Leo. »Hier ist es.« Er griff hinter ein Regal und holte einen Schlüssel hervor. »Und sie benutzt immer noch das gleiche Versteck wie früher.« Er steckte den Schlüssel ins Schloss und drehte ihn.

»Los.« Helmke stupste ihn an. »Worauf wartest du?«

»Ich weiß auch nicht. Irgendein Zeichen vielleicht.« Ohne ein weiteres Wort drehte er sich um, zog Helmke an sich und brachte ihr Gesicht dicht vor seins. Ganz flüchtig, wie die Berührung eines Schmetterlings, ließ er seine Lippen über ihre huschen. »Nur ein Glückskuss«, murmelte er, bevor er die Berührung verstärkte.

Dieses Mal riss sie kein Alarm auseinander.

Wie ohne ihr Zutun öffnete Helmke ihre Lippen, und ihre Zungenspitzen berührten einander. Sie lehnte sich gegen ihn und ließ es geschehen. Es fühlte sich so gut an, dass sie beinahe vergaß, weswegen sie hier waren.

Leo gab ein wohliges Geräusch von sich.

Viel zu schnell trennte er sich wieder von ihr, wandte sich ab und öffnete die Tür.

Helmkes Mund war schlagartig trocken geworden, und das Adrenalin rauschte durch ihre Adern. Ihre Mundwinkel strebten unweigerlich in die Höhe. »Ein … Glückskuss?« Ein bisschen wie Glück hatte es sich schon angefühlt, das konnte sie nicht leugnen.

»Alternativ hättest du mir auch noch mal deinen Po gegen meinen Unterleib drücken können«, murmelte er.

Sie knuffte ihn in die Seite, bevor sie den kleinen Raum betraten. Auch das fühlte sich völlig natürlich an, wie alles zwischen ihnen. Ihr Gesicht schmerzte schon vom vielen Lächeln.

Aufgeregt – aus so vielen Gründen – schob sich Helmke an Leo vorbei.

Da lag es vor ihr. Das Buch. Sie erkannte es sofort, es war definitiv das richtige.

Ehrfürchtig ließ sie die Hand über dem Einband schweben.

»Ist es das?«, fragte Leo leise hinter ihr. Er klang so, als wüsste er es ebenfalls.

Sie nickte bloß. »Ja. Tut mir leid, Leo.«

»Vielleicht gibt es ja doch eine Erklärung. Also, dass meine Oma es nicht gestohlen hat.« Das schien er sich sehr zu wünschen.

»Bestimmt.« Sie glaubte nicht so recht daran, doch das musste sie ihm ja nicht auf die Nase binden.

Behutsam schlug sie das alte Familienerbstück auf und schloss die Augen. Sie wollte das Papier riechen, erschnuppern, ob die Gerüche der vielen Gerichte in die Seiten gezogen waren.

Tief sog sie die Luft ein. Es roch kein bisschen muffig, Adelheid hatte das Buch gut behandelt. Stattdessen meinte sie tatsächlich, einen Hauch von Kräutern wahrzunehmen.

»Was … Was ist das denn?«, hörte sie Leo dicht an ihrem Ohr. Er war neben sie getreten und sah ihr offenbar über die Schulter.

Rasch schlug sie die Augen auf. Im ersten Moment sah sie etwas verschwommen, doch nach ein paar Mal blinzeln lichtete sich ihre Sicht. Auf der ersten Seite, dem Schmutztitel, wurde eine Schrift deutlich.

Es waren einige Worte, handschriftlich eingetragen. Helmke erkannte die Handschrift sofort, denn sie ähnelte ihrer eigenen.

Für meine liebe Freundin Adelheid

stand dort.

Möge dieses Buch dich stets an mich erinnern. Ernie

»Was zum …« Helmke sah Leo an.

Der sah zurück und hob die Achseln. »Hat deine Großtante meiner Oma das Buch geschenkt?«

»So sieht es aus. Doch warum machen die beiden dann so ein Geheimnis darum?«

Leos Miene verfinsterte sich. »Das wüsste ich so langsam auch gern.« Er warf einen Blick auf die Uhr. »Komm mit nach oben. Wir trinken etwas und warten auf meine Oma. Jetzt kann nur noch sie uns sagen, was wir wissen wollen.« Er packte das Buch und klemmte es sich unter den Arm. »Und das hier nehmen wir mit, damit ihr klar ist, dass sie uns nicht ausweichen kann.«

Sie mussten nicht allzu lange warten. Sie saßen erst ein paar Minuten in Adelheids Wohnzimmer in der oberen Etage, als die Haustür aufging.

»Leopold, bist du hier?«, erklang eine brüchige Stimme von unten. »Mein Termin wurde kurzfristig abgesagt. Jetzt kann ich sehen, wie ich diesen herausgesprungenen Wirbel allein in Form bekomme.«

»Ich bin oben im Wohnzimmer, Oma«, rief Leo ihr zu.

Der Treppenlift surrte leise, als er seine Last in das nächste Stockwerk beförderte. Dann klackerten Schritte auf den Marmorfliesen des Flurs.

Im nächsten Moment stand eine kleine, zierliche Person in der Tür.

Helmke erkannte sie sofort an ihrem um den Kopf geschlungenen Zopf. Er war jetzt grau wie schon auf dem Foto im *Eifelblick*, aber ansonsten hatte sich ihre Frisur nicht geändert

Adelheid sah von einem zum andern, dann erblickte sie das Buch. Sie atmete schwer ein und ging in kleinen Schritten zu dem Sessel, der ihr am nächsten stand.

»Ich glaube, du schuldest uns eine Erklärung, Helmke und mir.« Leo sah sie fest an, doch Helmke spürte, wie schwer ihm das fiel.

Adelheid nickte. Dann hörten sie eine Zeitlang nur noch das leise Atmen der alten Frau, bevor sie endlich zu sprechen begann.

Kapitel siebenundreißig

November 1962

Sobald Ernestine Kunos leises Atmen hörte, das ihr verriet, dass er eingeschlafen war, erhob sie sich so behutsam wie möglich.

Die Federn ihres Bettes quietschten leicht. Sie verharrte erschrocken in der Bewegung und hielt den Atem an. Ihr Herz klopfte so schnell und laut in ihren Ohren, dass sie fürchtete, er könnte es hören.

Nichts rührte sich im Nebenzimmer, nur ihr kleiner Mitbewohner strampelte wie wild in ihrem Leib. Wenn Kurt nur Ruhe bewahren würde, wenigstens noch für diese Nacht! Sie hatte etwas Wichtiges zu erledigen und musste sich auf ihren Körper verlassen können, wenn sie es unbemerkt nach unten zu Adelheids Zimmer schaffen wollte.

Mit klopfendem Herzen schlich sie zu der Verbindungstür und zog sie zu. Vorsorglich hatte sie schon zuvor ein wenig Watte in den Türspalt geklemmt, damit es jetzt lediglich gedämpft klang, als sie zuklappte. Nur etwas schwerer als sonst ging es.

Wieder lauschte sie in die Dunkelheit. Auf der anderen Seite der Tür war Kuno mittlerweile in leises

Schnarchen übergegangen. Im Licht des einfallenden Mondes griff Ernie nach ihrem Morgenmantel und warf ihn sich über. Sie fröstelte, es war kühl in ihrem Schlafzimmer. Vermutlich hätte sie jedoch auch gefröstelt, wenn es warm gewesen wäre.

Behutsam öffnete sie nun die Tür zum Gang. Erneut lauschte sie in die Dunkelheit. Es war nichts als das Ticken einer Uhr zu hören. Nicht einmal Emil hustete, und der hatte früher immer gehustet, wenn sie auf Geräusche gelauscht hatte.

Einen Moment fühlte sie sich, als wären sie, Kuno und das Kind in ihrem Leib allein auf der Welt. Dieser Gedanke hinterließ jedoch nicht das schöne Gefühl, das er hinterlassen sollte. Irgendetwas stimmte nicht an ihrer Situation, und das war nicht die ungeplante Schwangerschaft vor der Hochzeit.

Es war Kunos Verhalten, seit er wieder hier bei ihr war. Er war die meiste Zeit zuvorkommend und liebevoll wie immer, doch hin und wieder ertappte sie ihn mit einem finsteren Ausdruck im Gesicht oder dabei, wie er sie ignorierte, als sei sie überhaupt nicht anwesend.

Mit einer Gänsehaut, die ihren gesamten Körper erfasst hatte, schlich sie weiter. Auf dem Treppenabsatz verharrte sie für einen Augenblick.

Sie starrte die steilen Stufen hinab. Wenn sie nun stürzte, wäre alles vorbei. Im Gegensatz zu dem so ähnlichen Moment im Moor vor einigen Wochen verlockte es sie dieses Mal allerdings nicht.

Sie hielt sich gut am Geländer fest und nahm eine Stufe nach der anderen. Es knarrte, wie es sich für ein altes, abgeschiedenes Haus gehörte.

Dieses Geräusch hatte sie immer gemocht.

Unten angekommen wandte sie sich zu dem kleinen Raum am Ende des Flures, vorbei an Bibliothek, Wohnzimmer und Küche.

Das war die Dienstbotenkammer. Das Haus war nicht groß genug, um mehr als einen Raum für Bedienstete bereitzustellen. Ganz früher hatte es oben neben Emils Zimmer eine Kammer für einen Butler gegeben, aber man hatte die Wand herausgenommen, um seinen Raum zu vergrößern.

Vor der Tür musste sie atemlos innehalten. Sollte sie Adelheid wirklich auf die Vorwürfe ansprechen, die Kuno gegen sie erhoben hatte? Es war ihr unangenehm, ihre Freundin damit zu konfrontieren, doch sie würde es auch nicht aushalten, wenn man sie wegschickte, ohne dass sie sich ausgesprochen hatten.

Sie wollte gerade klopfen, als die Tür plötzlich aufschwang. Ihr Herz machte einen Satz, und Kurt tobte protestierend in ihrem Leib.

Adelheid stand blass und mit gelöstem Zopf vor ihr. Sie schien mindestens genauso erschrocken wie sie selbst.

Einen Augenblick starrten sie einander nur an. Dann begannen sie beide zu sprechen.

»Es tut mir so leid, was ich dir an den Kopf ...«, sagte Ernie und brach ab.

»Ich muss unbedingt mit dir sprechen! Du darfst nicht denken ...«, sagte Adelheid gleichzeitig und unterbrach sich ebenfalls.

Ernie musste lächeln, als ihr bewusst wurde, wie sehr sie dieses unausgesprochene Verständnis zwischen ihnen vermisst hatte.

Adelheids Mundwinkel hoben sich ganz leicht, was nicht ausreichte, um den Ausdruck von Traurigkeit aus ihrem Gesicht zu vertreiben. Sie ergriff Ernies Hand und zog sie zu sich in die Kammer.

Ernie ließ es geschehen, auch wenn ihr die Berührung ein wenig unangenehm war. Sie konnte einfach nicht ausblenden, was Kuno über ihre Freundin gesagt hatte. Allerdings musste sie ihr die Möglichkeit geben, sich dazu zu äußern. Das war sie ihr schuldig.

Adelheid schob ihr den Stuhl hin, der in der Ecke stand, und auf dem ihr Kleid fein säuberlich ausgebreitet war. Selbst setzte sie sich auf das Bett. Hedwig, die unter der dicken Decke lag, seufzte wohlig im Schlaf, erwachte jedoch nicht.

Eine Weile blickten sie einander schweigend an.

Adelheid war die erste, die es nicht mehr aushielt. Sie senkte den Kopf. »Ich weiß nicht, wie ich es dir sagen kann, sodass du mir glaubst!« Sie zog die Augenbrauen über der Nasenwurzel zusammen, als hätte sie Sorgen.

»Kuno hat es mir gesagt«, flüsterte Ernie und ließ die Köchin dabei nicht aus den Augen.

Deren Kopf ruckte hoch. »Er hat es dir gesagt?«

»Ich habe deinen Brief bei ihm gesehen. Den mit der roten Blüte. Daraufhin habe ich ihn zur Rede gestellt.« Dass sie sich im Moor verlaufen hatte, verschwieg sie.

»Und deswegen hast du mir gesagt, ich solle ihn in Frieden lassen?« Adelheid sah sie zweifelnd an. »Er hat mir den Brief weggenommen, als er das Briefpapier erkannt hat. Deswegen hatte ich keine Beweise mehr, die ich dir vorlegen konnte.« Sie schüttelte den Kopf. »Ich kann nicht glauben, dass er dir alles gebeichtet hat und du dennoch ...«

Ernie richtete sich auf. Sie hatte das Gefühl, überhaupt nichts mehr zu verstehen. »Bitte warte einen Augenblick. Was denkst du, hat er mir gebeichtet?«

»Dass er … bereits verheiratet ist«, sagte Adelheid vorsichtig. Sie ließ Ernie nicht aus den Augen.

»Er ist …« Ernie konnte nicht weitersprechen. Alles in ihr schien sich zusammenzuziehen, als wollte eine unsichtbare Kraft ihren Leib zum Zerreißen bringen. »Wie meinst du das?«

Es musste eine einfache Erklärung dafür geben. Sicher war seine erste Frau gestorben, und es war für ihn zu schmerzhaft, darüber zu sprechen.

Du weißt, dass mehr dahinterstecken muss. Sonst würde Adelheid nicht so reagieren.

Adelheid schluckte deutlich sichtbar. »Zu Anfang war ich noch unschlüssig. Er kam mir so bekannt vor. Ich war mir sicher, dass ich ihn schon einige Male gesehen hatte, und zwar im Nachbarhaus meiner früheren Anstellung. Er ging dort regelmäßig ein und aus.«

»Das ist ja nun kein Verbrechen.« Es fiel Ernestine schwer, zu sprechen. Die Worte wollten ihren Mund kaum verlassen. Insgeheim spürte sie, dass das noch lange nicht alles war.

»Dann ist er plötzlich nicht mehr gekommen, und die Dienstboten haben geredet. Du weißt ja, wie das ist. Manchmal bekommen wir mehr mit, als uns lieb ist.«

Ernie nickte. Adelheid hatte schon einmal darüber gesprochen, wie oft man als Hausangestellte einfach übersehen wurde. »Was ist denn geschehen?«, fragte sie tonlos.

Adelheid sah elend aus, als sie fortfuhr. »Du sollst wissen, dass ich dir dein Glück mehr als gegönnt habe. Ich habe so sehr gehofft, er hätte sich geändert.«

»Was ist geschehen, Adelheid?«, fragte Ernie nun lauter. In ihrem Kopf drehte sich alles, und wenn sie nicht bald erfuhr, was hier vor sich ging, würde sie noch wahnsinnig.

»Also gut. Man hat gemunkelt, der Mann, den ich hier als Kuno Müller wiedererkannt habe, hätte der ältesten Tochter im Nachbarhaus den Hof gemacht. Sie war schon weit über das Alter hinaus, in dem eine junge Frau noch problemlos einen Mann finden würde. Ihre Eltern hatten sich wohl bereits damit abgefunden, dass sie als alte Jungfer enden würde.« Die Köchin war mit jedem Wort leiser und leiser geworden.

»War sie dick?«, fragte Ernestine tapfer.

Adelheid schüttelte den Kopf. »Nein.« Kurz zögerte sie. »Sie hatte eine Hasenscharte.«

Ernie schluckte hart und legte ihre Hand auf den Leib. Ein furchtbares Wort für ein furchtbares Schicksal. »Ich verstehe. Und was ist dann geschehen?«

»Dann hat er ihr einen Antrag gemacht. Die Eltern waren überglücklich und haben eine großzügige Aussteuer bereitgestellt. Wertvolle Möbel und Kunstwerke für die gemeinsame Wohnung waren auch dabei.«

Ernestine ahnte bereits, worauf das hinauslief. »Und damit ist der Mann, den du für Kuno hältst, dann verschwunden?« Noch konnte sie nicht akzeptieren, dass es sich bei diesem Schurken und ihrem Verlobten um ein und denselben Mann handeln könnte.

»Du hast recht, das ist er. Und mit einem großen Batzen Geld, wie man munkelte.«

»Und warum hast du mir das nicht von Anfang an gesagt?«

»Weil ich nicht sicher war, dass es der gleiche war. Du wirktest so glücklich, wenn du von ihm gesprochen hast.« Adelheid sah wieder traurig zu Boden. »Ich wollte dir dein Glück nicht zerstören.«

»Aber jetzt bist du dir sicher?« Kälte erfasste Ernie.

Adelheid nickte. »Absolut sicher. Spätestens, als Herr Müller mir den letzten Brief meines ehemaligen Arbeitgebers weggenommen hat, wusste ich es. Er muss die Lilie darauf wiedererkannt haben. Dieses Symbol befindet sich auch am Gitter der Einfahrt zur Villa und den Fensterverzierungen. Er hat es damals oft gesehen, da bin ich mir sicher.«

»Dann ist es wahr«, sagte Ernie tonlos. »Ich bin auf einen Betrüger hereingefallen.« Es war, wie sie immer vermutet hatte. Sie verdiente es nicht, dass ein Mann sie liebte. Kuno hatte in ihr ein dankbares Opfer gefunden.

Seltsamerweise fühlte es sich überhaupt nicht so schlimm an, es jetzt zu wissen. Eigentlich fühlte sie gerade gar nichts, nur Taubheit.

Adelheid schluchzte auf. »Ich war unvorsichtig und dumm. Warum habe ich dir nicht sofort meinen Verdacht mitgeteilt?«

Eine Weile saß Ernestine einfach nur da und strich sich über den Bauch. Dann erhob sie sich, ging zum Bett und legte ihren Arm um die Freundin. So schrecklich all das auch war, wenigstens wusste sie nun die Wahrheit.

Erleichterung darüber, Adelheid nicht zu verlieren, mischte sich mit einem Gefühl der Demütigung. War sie nur so schnell bereit gewesen, Kuno zu heiraten, weil sie schwanger war? Oder hatte ihre Verzweiflung ihm in die Karten gespielt?

Sie räusperte sich. »Du hast richtig gehandelt, Adelheid. Vielleicht hätte ich dir wirklich nicht geglaubt. Ich war so geschmeichelt, dass dieser nette, gutaussehende Mann mich zu mögen schien.« Wie dumm sie sich nun vorkam.

Adelheid schob sie von sich weg und sah ihr fest in die Augen. »Ernie, das ist noch nicht alles.« Sie schluckte so stark, dass es sich in ihrem Hals bewegte.

Reichte es etwa noch nicht? Was sollte es noch Schlimmeres geben?

Ernestine sah die Köchin nur schweigend an und versuchte, sich zu wappnen.

»Es war nicht nur diese eine Frau. Ernestine, ich glaube, Kuno – sofern er denn so heißt – macht genau das häufig. Er sucht sich junge Frauen aus, die ...«, sie zögerte, und es war deutlich, dass sie eigentlich etwas anderes sagen wollte als das, was sie dann von sich gab, »die aus einem guten Haus stammen, und macht ihnen den Hof. Und dann verschwindet er mit Wertgegenständen und Geld.«

Ernie schlug die Hand vor den Mund. »Wie ein Heiratsschwindler?« Plötzlich ergab alles einen Sinn. Sie war völlig unerfahren in Liebesdingen. Wie sollte sie die echte Zuneigung eines Mannes erkennen können? Und vor allem: Hätte sie es erkennen wollen?

Adelheid nickte. »Ich fürchte es.«

»Wie kommst du darauf?« Wenn da noch ein kleiner Strohhalm war, an den man sich klammern konnte, dann musste Ernie es versuchen.

Die Antwort der Köchin war so leise, dass Ernie sie
kaum verstand. »Weil es so aussieht, als hätte er in den
letzten drei Monaten wieder eine junge Frau kennengelernt.«

Ernies Kehle schnürte sich zu. »Woher ...« Mehr bekam sie nicht heraus.

»Weil ich in seinen Sachen geschnüffelt habe, kurz
nachdem er hier eingetroffen ist. Dabei hat er mich
dann ertappt.« Die Wangen der jungen Frau wurden
rot.

Sie schämte sich offenbar ihrer Indiskretion, obwohl
sie dadurch einem Verbrecher auf die Schliche gekommen war.

In Ernie breitete sich ein tiefes Gefühl der Zuneigung
aus. Was für ein Glück, dass Adelheid den Weg in ihr
Zuhause gefunden hatte. Sie konnte nur erahnen, welche Ängste sie ausgestanden haben musste, als Kuno
sie zur Rede gestellt hatte. Hoffentlich war er nicht zu
hart zu ihr gewesen. Sie hielt ihn eigentlich nicht für
gewalttätig, doch auf ihre Menschenkenntnis wollte sie
sich in Bezug auf ihn nicht mehr verlassen. »Was hast
du gefunden?«

»Einen ... einen Brief. Mit Datum. Von einer anderen
Frau. Die ... die Angelegenheit hat sich wohl nicht zu
seiner Zufriedenheit entwickelt.« Mehr wollte Adelheid
offenbar nicht dazu sagen, und mehr brauchte Ernestine auch nicht.

Der Schmerz, der sie nun doch traf, war überhaupt
nicht so schlimm, wie sie erwartet hatte. Es war eher
eine unterschwellige Übelkeit, die sie erfasst hatte.

Es dauerte ein paar Sekunden, bis sie diese hinunter-
gekämpft hatte. »Doch wieso ist er nie gefasst worden?«

Der Grund dafür wurde Ernie bewusst, als sie darüber nachdachte, was nun zu tun war. Ihr erster Impuls, ihr erster Gedanke. »Vertuschen. Die Familien haben es vertuscht, weil es zu peinlich wäre. Weil es zu demütigend wäre.«

»So wird es sein.« Mit gesenktem Kopf drückte Adelheid Ernestines Hand. »Mein ehemaliger Dienstherr hat mit seinen Nachbarn gesprochen und mir Bilder von einigen Dingen mitgeschickt, die aus dem Haus verschwunden sind. Er hat geschrieben, dass es nicht leicht war, das Thema überhaupt anzusprechen. Erst, als er zugegeben hat, dass man dem Schurken auf der Spur sei, wurde das Familienoberhaupt redselig.«

»Das kann ich mir gut vorstellen.« Ein schrecklicher Gedanke kam ihr. »Sag mal, waren da etwa Dinge zu sehen, die er uns, also unserem Geschäft, verkauft hat?«

Das würde erklären, warum er immer so geheimnisvoll tat, wenn es um die Herkunft der Stücke ging, die er ihnen zu viel zu niedrigen Preisen veräußert hatte. Er machte damit dennoch ein gutes Geschäft und war die Sachen los, und zudem hatte er sich damit das Vertrauen und die Anerkennung der Familie Tegeler erschlichen.

Adelheid wiegte den Kopf. »Genau weiß ich es nicht, doch möglich wäre es schon. Ich habe nicht immer so sehr darauf geachtet, was ihr verkauft, wenn ich einmal im Laden war.« Eine ihrer Schultern hob sich. »Ich hätte mir ja ohnehin niemals etwas davon leisten können.«

Einen Moment überlegte Ernie, dann fasste sie einen Entschluss. »Ich muss diese Bilder sehen.«

Ihre Freundin zuckte zusammen.

»Nicht, weil ich dir nicht glaube«, versuchte Ernie, sie zu beruhigen. »Weil ich wissen will, ob er nur mich betrogen hat oder auch meine Familie.« Ohne diesen Beweis würde sie ihn niemals loswerden. Nur so konnte sie sich Emils Unterstützung versichern, der so große Stücke auf Kuno hielt.

»Die Aufnahmen waren in dem Umschlag, den er mir abgenommen hat.« Adelheid rieb sich die Oberarme.

Jetzt hielt Ernie es nicht mehr aus, sie musste fragen. »Hat er dich etwa verletzt?«

»Nur ein wenig fest angefasst«, sagte ihre Freundin leise. »Es ist nicht so arg schlimm.«

Hitze stieg in Ernestines Kopf auf. Wie hatte all das nur geschehen können? Hätte Emil doch niemals diesen Mann in die Familie gebracht!

Sie packte Adelheids Hand. »Er hatte den Umschlag in seinem Jackett, als ich ihn gesehen habe.« Ihr wurde ganz anders, wenn sie daran dachte, was er ihr über Adelheid und ihre Vorlieben vorgegaukelt hatte. Und sie hatte ihm geglaubt!

Wenigstens hatte sie Adelheid nicht dafür verurteilt. Was für ein schrecklicher Mensch musste man sein, um das zu tun?

»Und wie willst du da rankommen? Es ist mitten in der Nacht!« Die Köchin wirkte unsicher und rieb sich immer wieder die Arme. Er musste sie mehr als nur etwas fester angefasst haben.

»Ich lenke ihn ab. Ich werde Schmerzen vortäuschen, ihn bitten, mir etwas aus der Küche zu holen. Und wenn er sein Zimmer verlassen hat, suchst du nach dem Umschlag.« Ihre Beine zitterten, als sie mit Adelheid dicht hinter sich zur Tür ging.

Hoffentlich würde sie es überhaupt heil nach oben schaffen. Es fühlte sich gerade so an, als sei sie viel zu schwer, um ihr Gewicht mit ihren schwachen Beinen tragen zu können.

Warum war sie nur so dick? In diesem Moment verabscheute sie ihren Körper mehr als jemals zuvor.

Einen Augenblick später war Adelheid an ihrer Seite und stützte sie. Fest sahen sie einander in die Augen.

»Wir schaffen das«, sagte die Köchin, warf noch einen schnellen Blick auf die schlafende Hedwig in ihrem Bett und geleitete Ernie dann sicher aus dem Raum und die Treppe hinauf.

Kapitel achtunddreißig

Gegenwart

»Und dann habe ich Ernestine die Treppe hinauf geleitet.« Adelheid tastete in ihrer Tasche nach einem Taschentuch. Ihre Augen waren glasig, als müsste sie mit Mühe die Tränen zurückdrängen.

Helmke hätte am liebsten ihre Hand genommen. »Ihr wart beide so tapfer. Das muss unglaublich schwer gewesen sein.«

Ernestine litt unter ihrem Gewicht, das spürte Helmke immer wieder. Sie jammerte nicht, doch es war ihr immer unangenehm. Sie musste sich Zeit ihres Lebens gehemmt gefühlt haben, und ihre Erlebnisse mit diesem Schuft hatten sicher nicht geholfen.

Dennoch hatte sie es geschafft, sich Respekt zu verdienen. Sie war eine starke Frau geworden.

Eine Träne kullerte über Adelheids Wange.

Helmke sprang auf und kramte in ihrer Handtasche nach einem Taschentuch. Sofort war Leo an ihrer Seite und öffnete eine Kommodenschublade. Sie hielten der alten Frau gleichzeitig jeweils eine Packung Papiertaschentücher hin.

Leo sah sie an, und sie konnte nicht anders, als zurückzusehen. In seinen Augen lag eine Wärme, die sie bei ihm noch nie gesehen hatte. Er zeigte ihr gerade eine ganz andere Seite von sich, fürsorglich und liebevoll.

Und wie es aussah, schien ihm die Seite, die sie ihm zeigte, ebenfalls zu gefallen.

Über Adelheids Gesicht huschte ein Lächeln. Sie griff mit der rechten Hand in ihren linken Ärmel und förderte ein Stofftaschentuch zutage.

»Nehmt es mir nicht übel, aber ich bin nicht bereit, mich zwischen euch zu entscheiden.« Sie tupfte die Träne weg. »Dieses Tuch habe ich von Ernestine bei unserem Abschied bekommen, zusammen mit noch so viel mehr. Ich halte es seitdem in Ehren.«

»Mit noch so viel mehr?« Helmke sah sich um. Meinte sie die verschwundenen Antiquitäten? Sie konnte kein besonders wertvolles Stück entdecken, mit Ausnahme des Kochbuchs natürlich.

»Ihr werdet es verstehen, wenn ich euch berichte, wie es weiterging.« Leos Großmutter schniefte traurig.

»Dann erzähl, bitte«, sagte Leo, legte seine Hand in Helmkes und ging mit ihr zurück zu ihren Plätzen.

Adelheid sah sich um, als fürchtete sie, von Kunos Geist überwältigt zu werden. Dann sprach sie weiter.

Kapitel neununddreißig

Im Flur vor den Schlafzimmern sahen die beiden Frauen sich um.

Adelheid deutete auf einen alten Schrank, in dem nur ein paar muffige Mäntel aufbewahrt wurden. »Dort kann ich mich verstecken. Sobald er hinunter geht, schleiche ich mich in sein Zimmer.«

Ernie nickte. »Dann lege ich mich jetzt wieder in mein Bett.« Ihr Herz schlug bis zum Hals, und sie drückte ihre Freundin fest an sich, bevor sie in ihr Schlafzimmer zurückschlich.

Sie schaffte es trotz zitternder Beine, die Verbindungstür lautlos wieder zu öffnen und sich hinzulegen. In die Stille lauschend wartete sie einige Minuten. Kuno rührte sich nicht, sein Atem klang ruhig. Er musste tief und fest schlafen.

Hoffentlich schaffte sie es überhaupt, ihn aufzuwecken.

»Mein Liebster«, rief sie leise und setzte ein Stöhnen hinterher, als hätte sie Schmerzen.

Nichts geschah.

»Liebster, bist du wach?« Dieses Mal rief sie ein wenig lauter. »Es geht mir nicht gut.«

Kuno wälzte sich von einer Seite auf die andere. Die Bettfedern knarrten. Schon von diesem Geräusch erwachte sie regelmäßig und war insgeheim froh, dass er nicht direkt neben ihr lag, wenn das geschah. Dann wäre sie vermutlich jedes Mal hellwach und könnte so schnell nicht wieder einschlafen.

»Kuno!« Jetzt rief sie so laut, dass sie schon fürchtete, Emil könnte es hören. »Hilf mir!« Eine Idee durchzuckte sie. »Hilf deinem ungeborenen Sohn!«

Endlich erklang ein Murren aus dem Nebenzimmer. »Was is los?« Kunos Stimme drang undeutlich an ihr Ohr, als nuschelte er in ein Kissen.

»Liebster«, flüsterte sie jetzt wieder leiser. »Mir geht es nicht gut.« Sie stöhnte und verstummte sofort. Übertreiben wollte sie es auch nicht.

Jetzt hörte sie ein Seufzen. Klang es leicht genervt? Jedenfalls nicht so liebevoll, wie sie es sich wünschen würde.

»Kannst du nicht einfach weiterschlafen?«

Sie presste die Zähne aufeinander. Es fiel ihr richtig schwer, ihren Kiefer wieder so weit zu lockern, dass sie sprechen konnte. »Ich habe große Schmerzen, Kuno. Das macht mir Angst. Vielleicht stimmt etwas nicht mit dem Kind.«

Allein diese Worte zu sagen, verursachte ihr eine Gänsehaut. Was für eine schreckliche Vorstellung, es wäre wirklich so.

Endlich erklangen Schritte auf dem Holzfußboden und Kuno schlurfte heran. Er hatte sich einen Morgenmantel übergeworfen und sah ziemlich zerknautscht aus. Seine Augenlider waren nur zur Hälfte geöffnet.

»Was ist denn?«, murrte er missmutig.

»Ich habe so einen Druck im Bauch. Die Hebamme hat gesagt, das kann ein Zeichen für vorzeitige Wehen sein, und mir einen speziellen Kräutersud für diesen Fall mitgegeben.« Zum Glück hat die Frau ihr tatsächlich einen Tee gemischt. Der sollte allerdings nur gegen Blähungen wirken, doch auch wenn sie diesbezüglich keine Beschwerden hatte, konnte Kuno ihr ruhig eine Portion aufbrühen.

»Ich gehe und wecke die Köchin, damit sie dir ...«

Das hatte Ernie befürchtet. »Nein!«, sagte sie schnell. »Ich will nicht, dass sie das tut.« Sie musste schlucken. »Ich traue ihr nicht, verstehst du?«

Er atmete schwer, nickte aber. »Nun gut. Dann werde ich dir einen Tee aufbrühen.«

»Er muss zehn Minuten ziehen, sagt sie.« Als sie seinen zweifelnden Gesichtsausdruck sah, krümmte sie sich noch einmal und verzog das Gesicht. »Bitte beeil dich, mein Herz. Ich habe Angst um deinen Sohn!«

Ein wenig widerwillig nickte Kuno und verließ dann das Schlafzimmer. Mit angehaltenem Atem wartete Ernestine, bis seine Schritte auf der Treppe verklangen, bevor sie sich aus dem Bett kugelte und zur Verbindungstür lief.

Genau in dem Moment steckte Adelheid den Kopf durch die Tür zum Flur. »Er ist unten. Wir sollten ein paar Minuten haben.«

Sofort watschelte Ernie unbeholfen zum Schrank und durchsuchte die Taschen des Jacketts. Sie waren leer. Schnell steckte sie die geschwollenen Finger noch in die Taschen der anderen Jacken und Mäntel, doch auch dort hatte sie keinen Erfolg. »Hier ist der Umschlag nicht.«

»Hier auch nicht«, sagte Adelheid und schloss die unterste Schublade der Kommode. »In keiner der Schubladen befindet sich auch nur ein Fitzel Papier.«

»Ob er die Beweise vernichtet hat?« Aus irgendeinem Grund konnte sich Ernie das nicht vorstellen. Dann hätte er den Brief bereits entsorgt, bevor sie ihn hätte finden können.

»Lass uns weitersuchen. Ich denke, er hat ihn irgendwo versteckt. Er hat beinahe ein wenig stolz ausgesehen, als er ihn mir abgenommen hat.« Adelheid lief zum Nachttisch und blätterte durch die Bücher, die dort lagen. Auch darin fand sie nichts.

Ernie sah sich im Raum um. Es war das Schlafzimmer der Eltern gewesen, wenn sie hier den Sommer verbracht hatten. Sie und Emil hatten hier häufig gespielt und sich voreinander versteckt. Und nicht nur das, einmal hatte ihr älterer Bruder auch ihr Lieblingsbuch hier verborgen, und zwar ...

Bei der Erinnerung huschte ein Lächeln über ihre Lippen.

Als wäre sie auf der Suche nach dem Buch, bewegte sie sich auf die Stelle unter dem Fenster zu. Mit einem Ächzen ließ sie sich auf die Knie nieder und schob den Teppich zur Seite.

Hier war sie, die Bodendiele, die sich herausnehmen ließ. Darunter befand sich ein kleiner Hohlraum, der ein sicheres Versteck für alles Mögliche bieten konnte.

Hin und wieder, wenn man falsch darauf trat, hob sich eine Ecke der Diele ein wenig an. War es möglich, dass Kuno dieses Versteck gefunden hatte? Er schlief schließlich hier, und dass er nicht aufmerksam war, konnte man ihm nicht vorwerfen. Das nicht.

Sie hebelte die Diele heraus und schob die Finger in den Spalt. Mit etwas Kraft konnte sie das Brett entfernen.

Sofort war Adelheid an ihrer Seite. »Da ist etwas!«

Sie griff in den Hohlraum und zog einen Umschlag hervor, der mit einer stilisierten roten Lilie verziert war.

Triumphierend sahen die beiden einander an. Sie hatten ihn, den Beweis.

Ernies Finger zitterten, als sie den Inhalt aus dem Umschlag zog. Ein mehrfach gefalteter Briefbogen kam zum Vorschein, der eng beschrieben war. Als sie ihn entfaltete, fielen einige Fotografien heraus.

Sie griff danach und studierte sie. Auch wenn sie keine Farben zeigten, konnte sie sofort auf der ersten eine kleine Truhe anhand ihrer Schnitzereien wiedererkennen. Auch der Füller, der daneben lag, kam ihr bekannt vor. Sie hatte so einen erst kurz vor ihrer Abreise an den Apotheker aus der Ölmühlenstraße in Bremen verkauft.

Ernestine erschauerte. Nein, vermutlich hatte sie nicht einen ähnlichen, sondern genau diesen Füller verkauft. Wenn das herauskäme, wäre *Antiquitäten*

Tegeler ruiniert – zusätzlich zu allem anderen, was dieser Kerl angerichtet hatte.

Adelheid hielt einen weiteren Umschlag in der Hand. Er war rosafarben und verströmte einen sanften Veilchenduft.

Ein Stöhnen entrang sich Ernies Kehle. Auf dem Papier, das ein Stückchen hervorragte, konnte sie ein Datum erkennen, das gerade einmal wenig länger als vier Wochen zurücklag. Der Brief musste Kuno kurz vor seiner Rückkehr hierher erreicht haben. Die Handschrift war die einer Frau, was auch daran zu erkennen war, dass sie die Anrede »Mein Geliebter« verwendete.

Ob er ihn aufgehoben hatte, um sich eine weitere Option offenzuhalten, falls es mit ihr nicht klappte? Hatte er der Frau, die diesen Brief verfasst hatte, ebenfalls erzählt, er sei geschäftlich unterwegs?

Ein Stich durchfuhr sie bei diesem Gedanken, und ihr Leib krampfte sich zusammen. Das musste Eifersucht sein. Ein scheußliches Gefühl.

»Wir haben, was wir wollten. Die Beweise, die wir deinem Bruder zeigen können. Lass uns schnell das Brett wieder zurücklegen und dann nachdenken, wie wir diesem Verbrecher das Handwerk ...« Adelheid konnte ihren Satz nicht beenden. Im nächsten Moment wurde die Schlafzimmertür so heftig aufgestoßen, dass sie gegen die Wand flog.

Im Rahmen stand Kuno und sah kalt auf sie herab. Seine Augen verrieten keinerlei Gefühl. »Dachte ich mir doch, dass du etwas ausgeheckt hast.« Er machte einen bedrohlich wirkenden Schritt in den Raum und schloss die Tür hinter sich. Plötzlich hörte man ihm seine Herkunft deutlich an. Er sprach undeutlicher als sonst und mit stark bayrischer Färbung.

Adelheid sprang auf und versuchte, Ernestine auf die Füße zu ziehen. Es gelang nicht, sie blieb wie ein gestrandeter Schweinswal zu ihren Füßen sitzen. Ihr Bauch schmerzte viel zu sehr bei jeder Bewegung. Ein unangenehmer Krampf zog sich durch ihren Leib.

»Los, lauf durch mein Zimmer und hol Emil!«, rief Ernie ihrer Freundin zu.

Doch Kuno war schneller. Er stellte sich der Köchin in den Weg, bevor sie die Verbindungstür erreichen konnte. Mit einer raschen Bewegung griff er nach vorn und packte Adelheids Handgelenk.

Ihr entfuhr ein erschrockenes Keuchen, als Kuno sie zu sich zog und den Arm um ihren Hals schlang.

Panik ergriff Ernie. Sie versuchte, sich auf die Füße zu stemmen, aber es gelang ihr kaum. Auf allen Vieren kroch sie zum Bett und bemühte sich, sich daran in die Höhe zu ziehen.

Kuno, der die arme Adelheid in einem festen Griff hielt, sah sie halb mitleidig, halb angewidert an. »Ihr seid mir also auf die Schliche gekommen«, sagte er leise. Sein Gesicht wirkte immer noch kühl und ausdruckslos. Von dem charmanten jungen Mann war nichts mehr übrig.

»Emil!«, rief Ernie heiser, doch es müsste schon mit dem Teufel zugehen, wenn ihr Bruder sie hören könnte.

Das schien auch Kuno bewusst zu sein. Er grinste nur und drückte fester zu. Adelheid ging beinahe in die Knie, sei es vor Schmerzen, oder weil sie drohte, das Bewusstsein zu verlieren.

Ernie fühlte ihren Schmerz mit, jedenfalls kam es ihr so vor. Ihr ganzer Körper tat inzwischen weh, wenn sie in sich hineinfühlte. Besonders der Bauch. Diese Aufregung war einfach nicht gut für den kleinen Kurt.

Sie tastete nach etwas, an dem sie sich emporziehen könnte. Ihr Blick fiel auf einen dicken Strang, der neben dem Bett an der Wand entlang verlief. Was war das noch gleich?

»Lass mich los, du Verbrecher«, keuchte Adelheid mit Schmerz in der Stimme. Sie war kaum noch zu hören, so fest drückte er ihr die Kehle zu.

»Emil!«, schrie Ernie jetzt, so laut sie konnte. Eine Idee keimte in ihr und reckte vorsichtig das Köpfchen in Richtung Licht. Mit den Unterarmen auf die Matratze gestützt hangelte sie sich auf den Knien zum Kopfende des Bettes.

Hin zu dem Seil.

Kuno hielt sie nicht davon ab. Vermutlich hatte er sie als mögliche Bedrohung ausgeschlossen. Stattdessen stieß er Adelheid brutal zu Boden und trat ihr in den Leib.

Die junge Frau keuchte, verkniff sich aber tapfer einen Schmerzensschrei.

»Gib mir den Brief, Ernie«, sagte er völlig emotionslos. »Dann verschwinde ich und lasse dich und deinen Bastard allein.«

Alles in Ernie krampfte sich zusammen. Erst jetzt bemerkte sie, dass sie den Brief und vor allem die Fotografien noch immer in der Hand hielt.

»Wir hetzen dir die Polizei auf den Hals«, presste sie unter Schmerzen hervor. Sie konnte kaum atmen. Es fühlte sich an, als hätte sich ein eiserner Ring um sie zusammengezogen.

Er lachte auf. »Damit alle wissen, dass dich niemand will? Dass ein Mann sich höchstens für dich interessiert, weil er dein Geld will? Ach was, es ist ja nicht einmal deins. Es ist das deiner Familie, und viel ist da nicht zu holen. Es ist kaum der Mühe wert.«

Seine Worte trafen wie heiße Pfeile in ihr Herz. Noch einmal rief sie nach ihrem Bruder. »Emil!« Ein Krampf sorgte dafür, dass sie das I in die Länge zog.

Die Wut, die sich in ihr anstaute, verlieh ihr neue Kraft. Wenn sie hier heil herauskäme, würde sie es allen zeigen! Sie würde ihr Kind allein aufziehen und *Antiquitäten Tegeler* zu neuem Glanz verhelfen, auch ohne Mann!

»Er hört dich nicht. Er schläft tief und fest am anderen Ende des Hauses.« Kuno ließ Adelheid liegen, kam näher und sah höhnisch auf sie herab. »Und wenn du keine Beweise mehr für deine Behauptungen hast, wird er dir auch nicht glauben.«

»Er ist mein Bruder. Er wird mir ...«

»Er hat mich in die Familie gebracht«, fiel Kuno ihr ins Wort. »Diese Blöße wird er sich niemals geben. Ich verschwinde noch heute Nacht, und ihr werdet mein Tun totschweigen wie alle anderen.« Er streckte die Hand nach dem Brief aus.

»Ach ja?« Mit letzter Kraft ergriff Ernie das Seil, das am Kopfende des Bettes hing, und hängte sich mit ihrem vollen Gewicht daran.

Der volle Ton einer Glocke erklang irgendwo in den Tiefen des alten Hauses. Er war gerade laut genug, dass sie ihn auch hier noch hörten, und schien sich sanft über das gesamte Moor auszubreiten. Erleichterung durchströmte Ernie. Wenn Emil sie schon nicht rufen hörte, dann doch wenigstens das.

Noch einmal warf sie sich in das Seil. Die Glocke sollte richtig Alarm läuten.

Kuno zuckte zusammen. Er blickte sich irritiert um. Wo er aufgewachsen war, hatte es sicher keinen Hausdiener gegeben, den man mit einer Glocke rufen konnte.

Adelheid versuchte, sich vom Boden aufzurichten. Ihre Augen weiteten sich, als ihr Blick auf Ernie fiel. »Ernie!«

Im nächsten Moment flog die Schlafzimmertür auf, und Emil stand in der Öffnung. Etwas verschlafen blickte er von einem zum anderen. »Was ist denn hier los?«

Sofort wirbelte Kuno herum und ging auf ihn los. Emil hob abwehrend die Hände. In seinem Gesicht breitete sich Erstaunen aus, dann Furcht.

»Kuno!«, entfuhr es ihm. »Was tust du, Freu...«

In dem Augenblick war Kuno bei ihm und verpasste ihm einen Schlag ins Gesicht. Er durchbrach mit Leichtigkeit die Deckung des schwächlichen Emil.

Anstatt zurückzuweichen, senkte dieser den Kopf und machte einen Schritt auf seinen Angreifer zu. Es sah beinahe aus wie bei einem Schwimmer im Meer, der in eine Welle hineintauchte, um sich nicht umwerfen zu lassen.

Ernie widerstand dem Impuls, ihre Augen zu schließen. »Pass auf, Emil! Er ist ein Betrüger, der uns ruinieren will!«

Dann ging alles ganz schnell, fast zu schnell, um es nachzuvollziehen. Adelheid kam endlich auf die Füße, stand aber noch gebückt hinter Kuno. Dieser stolperte rückwärts und rempelte gegen sie. Durch Emils Vorwärtsbewegung hatte er so viel Schwung, dass er über sie fiel, sich dabei überschlug und mit dem Kopf zuerst donnernd auf dem Holzboden aufkam.

Es klang, als zerbräche jemand einen Ast. Ernie zuckte zusammen und sah Adelheid erschrocken an. Deren Gesichtsausdruck deutete darauf hin, dass es ihr ähnlich ging.

»Was ...?«, stammelte Emil und lief zu Kuno, der reglos neben Adelheid auf dem Boden lag. Sein Kopf war in einem unnatürlichen Winkel abgeknickt. »Kuno! Das wollte ich nicht!« Er hustete und griff sich in die Haare.

Adelheid rappelte sich vollends hoch. Sie warf nur einen Blick auf den reglosen Mann und lief dann zu Ernie. »Du blutest!«

Ernie tastete verwirrt über ihre Stirn. »Was? Da ist doch nichts.« Sie betrachtete ihre Hände, ihre Arme, ihren Körper.

Dann sah sie es, und ihr wurde schlagartig eiskalt. Zwischen ihren Beinen hatte sich dunkle Nässe ausgebreitet.

Ihr wurde es schwindelig. »Kurt!« Auch wenn sein Vater nicht der war, für den sie ihn gehalten hatte, so konnte doch das Kind nichts dafür.

Im nächsten Augenblick waren Emil und Adelheid bei ihr und halfen ihr, sich auf das Bett zu legen.

»Lauf, wir brauchen die Hebamme«, kommandierte Adelheid in Emils Richtung.

Wie selbstverständlich spurtete Ernies Bruder los. Seine Schritte klapperten auf der Treppe, und kurz darauf fiel die Haustür ins Schloss.

Adelheid half Ernie, sich bequem hinzulegen. »Es wird sicher alles gut. Das ist nicht ungewöhnlich, und so arg früh ist es auch nicht. Mach dir keine Sorgen, alles wird gut.« Sie strich ihr über den Kopf und breitete eine Decke über ihren Beinen aus.

Dann lief sie aus dem Raum und kam mit Handtüchern und einer Schüssel Wasser zurück. Behutsam begann sie, das Blut abzuwaschen.

»Ist er ...?« Ernie biss sich auf die Lippe und deutete zu Kuno. Sie konnte es nicht aussprechen. Eine Welle des Schmerzes hob sie hinweg und ließ sie mit Wucht wieder auf das Bett fallen.

Adelheid nickte. »Ich glaube, sein Genick ist gebrochen.«

Angst erfasste Ernie. Als wäre nicht alles schon schlimm genug.

Sie packte die Hand ihrer Freundin. »Adelheid, bitte zieh ihn in mein Zimmer und schließ die Tür!«

»Was?« Adelheid zog die Stirn in Falten. »Ernie, du hast jetzt eine andere Aufgabe. Du musst ein neues Leben auf die Welt bringen.«

»Ich weiß.« Ernie presste sich die Hand auf den Bauch. »Ich will nicht, dass Emil und du Ärger bekommt.« Was ihre Eltern sagen würden, wenn herauskam, dass Emil einen Betrüger angeschleppt hatte, der daraufhin ihre Tochter geschwängert hatte, wollte sie sich erst gar nicht ausmalen.

Adelheid wurde bleich. »Aber es war Notwehr. Ein Unfall.«

»Ja, das war es. Aber willst du das allen erklären müssen? Wir waren richtig erbost über ihn und hatten auch allen Grund dafür. Niemand wird glauben, dass es keine Absicht war.«

Ein paar Sekunden lang sah Adelheid ihre Freundin skeptisch an, dann nickte sie.

In Windeseile zog sie den leblosen Körper über den gebohnerten Holzfußboden. Zum Glück war die Köchin kräftig.

Erst, als die Tür geschlossen war, atmete Ernie auf. »Jetzt können wir uns in Ruhe überlegen, wie wir weiter vorgehen wollen.«

»Vorgehen?«

Eine weitere Wehe schüttelte Ernies Körper. Dennoch gelang es ihr, Adelheids Hand zu ergreifen und festzuhalten. So zwang sie ihre Freundin, ihr ins Gesicht zu sehen. »Emil ist so schwach. Er darf sich nicht auch noch mit einem Toten belasten. Was glaubst du, wie sich diese Geschichte auf unser Familiengeschäft auswirkt?«

Jetzt hatte sie es so lange geschafft, ihren Bruder mitzuziehen, und dieser eine Fehltritt, diese eine falsche Einschätzung sollte alles zerstören? Das konnte sie nicht zulassen.

Prompt öffnete sich unten die Haustür, und ein rasselndes Husten erklang. Der Vorfall schien Emils Gesundheit wieder um Monate zurückgeworfen haben.

Adelheid nickte ernst. »Ich verstehe. Und ich habe schon eine Idee, meine Freundin. Doch nun bekommst du erst einmal dieses Kind!«

Stimmen erklangen im Flur vor dem Schlafzimmer. Bevor die Hebamme den Raum betreten konnte, raunte

Ernie schnell: »Was für eine Idee? Was machen wir mit
Kunos Leiche?«

Kapitel vierzig

Gegenwart

»Und dann haben wir Kunos Leiche im Moor versenkt. Weit hinten, bei einem knorrigen alten Baum, der ihm als Grabstein dienen sollte.« Adelheid warf Helmke einen traurigen Blick zu. »Es war meine Idee, auch dass ich das Kind mit zu mir nehme und die Familie Tegeler verlasse. Niemand hat Verdacht geschöpft, nur dass die Hochzeit geplatzt ist, hat ein wenig für Gerede gesorgt. Der Verlobte, der mit der Köchin durchbrennt, das muss für Ernie die Hölle gewesen sein.«

Leo schluckte. »Tante Ida, das war Ernestines Tochter, nicht wahr?«

Seine Oma lächelte. »Den Namen hat sie ausgesucht. Sie war überhaupt nicht darauf vorbereitet gewesen, eine Tochter zu bekommen. Ich habe in den letzten Jahren oft gedacht, wie gut es war, dass Ernie sie nicht hatte sterben sehen müssen. Der Krebs hat sie lange leiden lassen.« Immer noch mit einem Lächeln auf den Lippen schniefte sie traurig.

Helmke presste sich die Hand vor den Mund. »Deswegen hat Tante Ernie so extrem reagiert, als sie in der Zeitung von den Ausgrabungen im Moor gelesen hat.«

Die arme Ernestine. Sie hatte so viel durchmachen müssen und war immer gezwungen gewesen, ein Leben zu führen, das sie so gar nicht führen wollte. Ein

Leben ohne Mann und Kind, ohne Bruder, ohne Familie. Sie stand fast die ganze Zeit ihres Lebens allein an der Spitze des Familienunternehmens, hat es aus eigener Kraft wieder konkurrenzfähig gemacht.

Jetzt wurde ihr auch bewusst, warum Ernie als einzige in der Familie keine Vorbehalte gegen Helmkes frühe und vor allem ungewollte Schwangerschaft gehabt hatte. Sie hatte genau gewusst, wie sich so etwas anfühlte.

Nur dass es für sie um so vieles schlimmer gewesen sein musste – in jener Zeit und vor allem, ohne das Kind behalten zu dürfen, das sie so viele Monate unter ihrem Herzen getragen hatte.

Adelheid riss die Augen auf. »Ausgrabungen? Hat man ihn etwa gefunden?«

Helmke schüttelte den Kopf. »Nicht, dass ich wüsste.« Eine weitere Sache ließ ihr keine Ruhe. »Was ist eigentlich mit den Sachen geschehen, die dieser Kuno dem Geschäft untergejubelt hat? Hattet ihr keine Angst, dass die Angelegenheit auf diese Weise herauskommt?« Hehlerware anzukaufen, war eine Sorge, mit der man als Antiquitätenhändlerin ständig konfrontiert wurde.

Dann konnte man nur eins tun: Die Gegenstände aus dem Verkehr ziehen, sie den rechtmäßigen Eigentümern zurückgeben und beten, dass diese keinen Skandal provozierten. Doch so schlecht, wie es dem Geschäft damals ging, konnten Ernestine und Emil sich das vermutlich nicht leisten.

»Die Sachen haben wir kurze Zeit später ebenfalls versenkt. Emil und ich haben sie heimlich aus Bremen geholt und dabei einen Einbruch vorgetäuscht.« Die alte Köchin verzog bedauernd den Mund. »Es war schade darum, aber nicht zu ändern. Nur das alte Kochbuch hat Ernie mir mitgegeben, als ich mit ihrer Tochter in die Eifel zurückkehren musste. Sie hat darauf bestanden, dass ich es bekomme. Obwohl sie noch wochenlang nach der Geburt schwach war, ist sie auf ihren eigenen Füßen nach unten gegangen und hat es mir signiert, bevor sie es mir übergeben hat.« Sie blickte auf den dicken alten Folianten zu ihrer Seite, und ein Seufzer entrang sich ihrer Brust.

Helmke nickte. Das konnte sie sich gut vorstellen.

Eine Idee entwickelte sich in ihrem Kopf. »Was meinst du, würdest du nicht gern mit nach Aurich kommen? Mittlerweile ist doch längst Gras über die Sache gewachsen. Tante Ernie spricht viel von dir ... Auch wenn ich nicht wusste, wer du überhaupt bist.«

Tränen bildeten sich in Adelheids Augen. »Meinst du, das geht?«

»Es ist jeder gestorben, der sich an die Angelegenheit damals erinnert«, sagte Leo. »Ihr solltet euch unbedingt wiedersehen.« Die Worte »solange es noch geht« ließ er sicher absichtlich weg.

»Auch Emil? Er ist tot?«

»Das genaue Datum weiß ich nicht, aber er muss kurz nach der Sache mit Kuno gestorben sein«, sagte Helmke. »Ernie hat den Laden seitdem allein geschmissen, bis sie mich an Bord geholt hat. Sie wäre sicher froh, ein bekanntes Gesicht zu sehen.«

Adelheid nickte schneller, als Helmke es erwartet hatte. »Ihr habt recht. Ich hätte schon vor Jahren Kontakt aufnehmen sollen. Tatsächlich habe ich es versucht, habe ihr Briefe geschrieben. Auf keinen davon habe ich eine Antwort erhalten, deswegen dachte ich, sie wollte mit der Geschichte abschließen. Jetzt bereue ich es, nicht hingefahren zu sein. Eigentlich wollte ich es, doch erst hat mich das Restaurant so eingespannt, dass ich es nicht konnte, und dann, nach Idas Tod ...« Sie schluckte. »Ich hätte es nicht übers Herz gebracht, es ihr zu sagen.«

Oma Merles Worte von der eintreffenden Post, die sich fest in den Händen von Ernestines Mutter befand, fielen Helmke ein. Ob sie die Briefe hat verschwinden lassen? Ernestine hat vielleicht niemals erfahren, dass Adelheid ihr geschrieben hatte. »Ich glaube, dich wiederzusehen, hätte sie den Tod ihrer Tochter verkraften lassen. Sie hat Ida ja schon vor langer Zeit verloren.« Dass es auch zu einem gewissen Anteil um einen ganz bestimmten Eintopf ging, musste Helmke ja nicht unbedingt dazu sagen.

Leo holte sein Mobiltelefon aus der Tasche.

»Was hast du vor?« Helmke beobachtete ihn neugierig.

»Ich gebe Louisa Bescheid, dass der Eifelblick die nächsten Tage aus persönlichen Gründen geschlossen bleibt.« Er sah ihr tief in die Augen, und ihr wurden die Beine weich.

»Du begleitest uns?«, fragte sie.

»Was dachtest du denn? Ich will diese tolle Frau kennenlernen, die in den Sechzigern ein Antiquitätengeschäft allein gemanagt hat.« Er stupste Helmke an. »Und vielleicht hoffe ich auch darauf, ihre Großnichte ein wenig besser kennenzulernen.«

Ein selten gefühltes Kribbeln breitete sich in ihr aus. Das musste Glück sein.

Sie lächelte ihn an und stupste zurück. Dann folgte sie einem plötzlichen Impuls und zog ihn an sich.

Er ließ es geschehen und legte bereitwillig die Arme um sie. Ein Lächeln breitete sich auf seinem Gesicht aus.

Mit den Lippen an seinen murmelte sie: »Dann räume ich mal die Rückbank für dich frei und sage Konstanze Bescheid, dass wir kommen.«

Schon vier Stunden später trafen sie in Aurich ein. Adelheid stieg aus dem Wagen und betrachtete das alte Haus ehrfürchtig.

Es blieb ihr nicht allzu lange Zeit dafür. Im nächsten Moment flog die Haustür auf, und Konstanze kam herausgesegelt. Sie landete zielsicher in Helmkes Armen.

»Mama! Schön, dass du wieder da bist! Im Moor wurde etwas gefunden, darf ich hin?« Die Worte sprudelten nur so aus ihr heraus.

»Ich habe dich auch vermisst, Maus!« Helmke drückte sie an sich und fing einen warmen Blick von Leo auf.

Mit Familienglück war er offenbar zu kriegen.

»Also ja?« Ihre Tochter sah sie erwartungsfroh an. »Cooles T-Shirt übrigens.«

»Natürlich, Konnie. Aber sei rechtzeitig zum Abendessen zurück. Ich glaube, es wird Grünen Knurrhahn geben.«

Adelheid lachte auf und nickte, doch ihre Hände zitterten. Es musste überwältigend für sie sein, in dieses Haus zurückzukehren.

Konstanze wurde rot und lächelte die beiden fremden Menschen an, die aus dem Auto ihrer Mutter gestiegen waren. »Ich bin übrigens Konnie.«

»Das sind Leo, der Koch, und seine Oma Adelheid«, sagte Helmke und deutete auf die jeweilige Person, auch wenn es sich von selbst erklärte.

»Adelheid, die Köchin?« Konstanze riss die Augen auf und starrte Adelheid an. »Da wird sich Tante Ernie aber freuen!«

»Ich hoffe es sehr«, sagte Adelheid leise und stützte sich auf Leos Arm.

»Und du bist der Typ, der meine Mama in der Wildnis zurückgelassen hat?« Sie musterte Leo mit strengem Blick.

Der war so anständig, rot zu werden. »Zurückgelassen ist so ein hartes Wort«, murmelte er.

»Musste sie in ihren Schickimicki-Klamotten im Auto schlafen oder nicht?« Konstanze zwinkerte, und Helmke begriff, dass sie Leo nur hochnahm.

»Also, für die Klamotten kann ich wirklich nichts!«, sagte dieser und hob abwehrend die Hände. »Ich hätte ihr was Bequemes dagelassen, wenn ich gewusst hätte, dass ihr Auto mit den Straßen in der Eifel nicht zurechtkommt.«

»Vor allem andere Schuhe!«, rief Konstanze aus und warf einen Blick auf Helmkes Pumps. »Die sind schrecklich, oder?«

Helmke warf ihrer Tochter einen halb strengen, halb belustigten Blick zu. So schnell verbündeten die beiden sich gegen sie.

Wie in einer richtigen Familie.

»Die sind mir als erstes aufgefallen.« Leo verdreht die Augen. »Absolut spießig. Wie läuft man in so etwas?«

»Hey!«, protestierte Helmke mit zuckenden Mundwinkeln.

»Genau!« Konstanze grinste Leo an, und es war klar, dass gerade eine neue Freundschaft geschlossen worden war.

Aus irgendeinem Grund freute es Helmke.

Du weißt genau, aus welchem Grund!

Ihre Tochter zwinkerte ihr zu und zögerte, als müsste sie überlegen, was sie mehr anzog, das Moor oder die Szenen, die sich gleich im Haus abspielen würden. Wenig überraschend gewann das Moor.

»Bis später, Mama!« Sie winkte nur noch einmal kurz und lief davon.

Helmke sah ihr nach, dann folgte sie Leo und Adelheid, die bereits bei der Haustür angekommen waren. Sie durfte nicht vergessen, dass Adelheid hier gelebt hatte, wenn auch nur kurz und vor sehr langer Zeit. Tante Ernies Zimmer müsste damals ihres gewesen sein.

Tatsächlich steuerte sie direkt darauf zu. Kurz davor stoppte sie. »Ich würde gern zuerst allein mit meiner alten Freundin sprechen«, bat sie.

Leo und Helmke nickten synchron.

Nachdem die alte Dame in Ernestines Schlafzimmer verschwunden war, sahen Leo und Helmke einander an. Leo hielt das Kochbuch unter dem Arm. »Wo soll das eigentlich hin?«

Ein Lächeln umspielte Helmkes Lippen. »Ich glaube, ich weiß, wo es hingehört.«

Sie ging voraus in die Bibliothek. Die roten Lilien auf dem Tisch ließen ein wenig die Köpfe hängen, und Helmke beschloss, gleich morgen neue zu besorgen. In Tante Ernestines Leben hatten Lilien augenscheinlich eine wichtige Rolle gespielt.

Vor dem Regal mit den alten Kochbüchern blieb sie stehen.

Leo nickte. Die Lücke war ja auch nicht zu übersehen. Er schob das Buch hinein, und es passte perfekt. Das Regal war vollständig, nach so langer Zeit wieder.

Die beiden starrten die Buchrücken an. Sie standen einander so nah, dass sich ihre Arme berührten. Wie von selbst ergriff Leo Helmkes Hand.

Seite an Seite gingen sie irgendwann zurück zu Tante Ernies Zimmer.

Helmke klopfte. Ein leises »Herein« erklang, und sie öffnete die Tür.

Die beiden alten Damen lagen einander in den Armen. Nasse Flecken auf den Blusen zeugten davon, dass Tränen geflossen waren.

Als sich Helmke räusperte, trennten sich die beiden zögerlich.

»Ach, Kind!« Ernie strahlte sie an. »Wenn du nur wüsstest, was du für mich getan hast.« Ihr Blick huschte zu Leo. »Ihr beide. Ihr habt mir meine beste Freundin zurückgebracht.«

Leo lächelte. »Und das Buch. Ihr altes Kochbuch mit den tollen Rezepten. Es steht wieder an seinem Platz in der Bibliothek.«

Ernie lächelte traurig. »Es war immer mein Wunsch, es meinen Kindern zu vermachen.« Sie räusperte sich. »Nun hat das Leben sich anders entwickelt, also wäre es mir eine Ehre, es dem Enkel meiner Freundin zu überlassen. Es ist ja ohnehin ihres. Ich bin mir sicher, du kannst etwas damit anfangen und wirst es in Ehren halten.« Wieder sammelten sich Tränen in den Augen der alten Frau.

Helmke schluckte. Ihr Herz fühlte sich schwer an. »Es tut mir so leid, was dir geschehen ist.«

Ernestine sah sie an, und ihr Blick war wieder vollkommen klar. »Kind, es ist besser, das Risiko einzugehen, verletzt zu werden, als sich vor Gefühlen zu verschließen. Wenigstens durfte ich eine Zeitlang lieben und glauben, ebenfalls geliebt zu werden.«

»Du wurdest geliebt, meine Freundin«, sagte Adelheid und legte den Arm um Ernie. Mit aneinandergelegten Köpfen verharrten sie.

Helmke sah Leo an, und er sah zurück. Der Blick, den er ihr zuwarf, bewegte sie dazu, sich ebenfalls an ihn zu schmiegen.

Die Haustür knallte, und kurz darauf lief Konstanze ins ohnehin schon überfüllte Zimmer. »Es wurde eine alte Truhe im Moor gefunden!«, rief sie aufgeregt. »Bestimmt ein richtiger Schatz!«

Die vier Erwachsenen sahen einander an und lächelten wissend. Helmke legte ihre Hand in Leos. Er umfasste sie so, als wollte er sie nie wieder loslassen.

Ende

Danksagung

Wieder einmal danke ich allen, die es möglich machen, dass ich tun darf, was ich tue. Ihr wisst natürlich selbst, wer gemeint ist.

Vielen Dank an
... Patrik für sein Verständnis und seine Unterstützung, auch wenn es auf eine Deadline zugeht. Ich weiß selbst, dass ich dann anstrengend bin.
... Alex fürs Testlesen, die hilfreichen und sehr achtsamen Kommentare und überhaupt alles. Ohne dich ginge es nicht.
... Britta, Konnie und Yvonne dafür, dass sie mir immer gut zureden, wenn ich Zweifel habe. Es bedeutet mir so viel, dass ihr an mich glaubt.
... meine Eltern für all die Bücher meiner Kindheit.
... meine Lektorinnen Carina, Sandra und Laura fürs hervorragende Teamwork, das ich nicht missen möchte. Ein Buch ist immer eine Gemeinschaftsarbeit.
... meine ehemaligen Chefs für Inspiration, Erfahrung und stets zauberhafte Hunde.
... Lillemor dafür, dass sie mich zur richtigen Zeit in die richtige Schreibgruppe gebracht hat (und eigentlich danke ich auch diesem furchtbaren Kurzgeschichtenwettbewerb, über den wir uns kennengelernt haben. War das eine mega Preisverleihung!).

... Anne und die fantastischen Menschen vom Freiburger Krimipreis für die Initialzündung.

... die schönen Gegenden unseres Landes für ihre inspirierende Wirkung! Für jeden Geschmack ist etwas dabei.

Natürlich danke ich all diesen und vielen weiteren Menschen (und Landstrichen) für noch viel mehr als das. Die Liste könnte ich endlos weiterführen, aber stattdessen schreibe ich lieber einen neuen Roman.